Le fils du play-boy

Le cow-boy de ses rêves

NAIMA SIMONE

Le fils du play-boy

Traduction française de
EDOUARD DIAZ

PASSIONS

HARLEQUIN

Collection : PASSIONS

Ce roman a déjà été publié en 2021

Titre original :
BACK IN THE TEXAN'S BED

HARPERCOLLINS FRANCE
83-85, boulevard Vincent-Auriol, 75646 PARIS CEDEX 13
Service Clients — https://www.harlequin.fr/contenu/contactez-nous
ISBN 978-2-2805-1341-8 — ISSN 1950-2761

Édité par HarperCollins France.
Composition et mise en pages Nord Compo.
Imprimé en mai 2025 par CPI Black Print (Barcelone)
en utilisant 100% d'électricité renouvelable.
Dépôt légal : juin 2025.

MIXTE
Papier issu de sources responsables
FSC® C159065

Pour limiter l'empreinte environnementale de ses livres, HarperCollins France s'engage à n'utiliser que du papier fabriqué à partir de bois provenant de forêts gérées durablement et de manière responsable.

Prologue

L'amour…

Assis dans la salle de réunion du Texas Cattleman's Club, Russell « Ross » Edmond Jr sirotait son scotch aux délicieux arômes de fumée, de caramel et de fruits avec un soupçon de sel, tout en observant, au-delà de la fenêtre, un très beau couple enlacé dans une étreinte passionnée. Quelques mois auparavant, Ezekiel Holloway et Reagan Sinclair – aujourd'hui devenue Reagan Holloway – avaient déclenché un beau scandale à Royal, Texas, en s'enfuyant à Las Vegas pour se marier malgré l'opposition de la famille de Reagan. Un scandale d'autant plus retentissant que la famille de Zeke faisait l'objet d'une enquête criminelle dans une affaire de détournement de fonds et de trafic de drogue. Depuis lors, toutefois, les protagonistes de cette sombre histoire avaient tous été blanchis par la justice et leur bonne réputation restaurée, et les jeunes mariés ne cessaient de se prouver avec délices leur amour éternel.

Ross réprima un sourire moqueur. Bien sûr, le jeune couple semblait très amoureux, et follement heureux, et ils s'embrassaient comme si Ezekiel s'apprêtait à partir en mer durant des mois. Ils s'adoraient. Ou, en tout cas, ils le croyaient.

Malheureusement – ou *heureusement pour lui* –, Ross n'était pas un croyant inconditionnel en l'amour. Cette émotion semblait servir trop souvent d'excuse bien pratique pour permettre aux gens de perdre tout contrôle de leurs actions, justifier des comportements idiots ou valider des élans de désir irréfléchis.

En *quoi* croyait-il, au fond ?

Portant de nouveau son verre à ses lèvres, il se détourna du jeune couple pour parcourir du regard l'élégant décor de la salle. Lors de récentes rénovations au Club, on avait remplacé le bois sombre et la pierre, et les couleurs étaient plus vives, toutes les fenêtres avaient été agrandies et les plafonds rehaussés. Certes, les trophées de chasse et les objets historiques décoraient encore les murs, et les écuries avaient été conservées, ainsi que la piscine et les courts de tennis. Mais, aujourd'hui, le Club était doté d'une garderie pour les enfants et s'enorgueillissait de magnifiques peintures murales. L'ensemble créait une ambiance bien plus chaleureuse qu'auparavant.

Mais le lieu suggérait toujours l'influence. L'exclusivité.

Et les idéaux en lesquels il croyait.

L'argent et la puissance. Qui pouvaient être comptés, mesurés, gérés, et, au besoin, manipulés. Qui étaient infailliblement consistants.

Qui ne l'avaient jamais déçu.

Au contraire des gens. Au contraire de l'*amour*.

Le seul fait de penser à ce mot le faisait grimacer.

— Ross, approche-toi par ici, lança Russell Edmond Sr d'une voix de stentor, comme si Ross se trouvait très loin de lui, et pas à seulement quelques pas. Tu bouderas sur ton temps libre. Pour le moment, nous avons du travail.

Rusty. Magnat du pétrole. Membre du Texas Cattleman's Club. Grand brasseur d'affaires. C'étaient les noms que les gens employaient en parlant de Russell Edmond Sr Ross quant à lui, préférait : *brillant, impitoyable, dominateur.* Et, à l'occasion *salopard* et *manipulateur.*

Tous ces noms lui allaient parfaitement.

C'était un homme de haute taille, aux larges épaules, que les années avaient très peu ramolli, aux cheveux noirs striés de gris aux tempes, aux yeux gris vifs et intelligents. Le physique puissant de Rusty imposait encore le respect. Ross s'approcha de la longue table de conférences d'acajou massif, son regard fixé non pas sur son père, mais sur la petite liasse de documents posée au centre de la table. Son cœur battait très fort d'anticipation. Pour les autres, ces quelques documents pouvaient paraître sans importance particulière, mais... pour lui ?

Ils représentaient l'indépendance. L'autonomie.

L'identité.

Certes, l'affaire incluait le soutien marketing et financier du Groupe Edmond, mais ce projet particulier – La Soirée dans la Baie, un festival de haute gastronomie, d'art et de grands vins qui devait avoir lieu sur une petite île privée – était son bébé. Ou, plus exactement, le sien, celui de sa sœur Gina et de son frère Asher, ainsi que de Billy Holmes, son meilleur ami. Mais, pour la première fois, il n'était plus un figurant portant le nom des Edmond et un vague titre de cadre dans l'entreprise. Il n'était plus une marionnette chargée d'exécuter les ordres de Rusty. Il n'était plus le play-boy inutile, le fils de famille accroché aux basques de son papa, profitant de sa réussite et de sa réputation.

Avec ce projet, cet événement, il sortirait enfin de l'ombre de son père et il prouverait au monde entier qu'il n'avait pas seulement hérité le nom d'Edmond. Il l'avait *mérité*. Ross jouerait un rôle actif dans la consolidation et l'expansion de l'héritage familial, en faisant passer le Groupe Edmond du niveau national à l'international. Ce que même Rusty n'avait pas réussi à faire durant toute l'histoire de l'entreprise.

Mais Ross le ferait.

Et, par la même occasion, il y gagnerait peut-être un peu de ce quelque chose qu'il n'avait jamais reçu durant ses vingt-huit années de vie dans le rôle de fils de Rusty – l'approbation de son père.

Pour être clair, ce n'était pas de l'amour qu'il réclamait. Les hommes comme son père croyaient encore moins à cette émotion que Ross lui-même. Ses quatre ex-épouses étaient bien placées pour le savoir.

Et ses enfants également.

— Alors, c'est cela ? s'enquit-il en reposant son verre sur la table, faisant de son mieux pour ne pas fixer les documents comme s'il s'agissait du Saint-Graal. Le contrat définitif ?

— Oui, affirma Billy Holmes, son ami d'université et futur associé avec un sourire satisfait. La phase finale avant que la Soirée dans la Baie ne quitte le domaine des rêves pour devenir une réalité.

— Des rêves, répéta Rusty d'un ton railleur. Les rêves sont

pour les hommes trop femmelettes pour se lancer dans la bagarre afin d'obtenir ce qu'ils désirent.

Ross tourna son regard vers sa sœur, assise en face de lui à la table, pour voir sa réaction. Visiblement frustrée, Gina se contenta de lever les yeux au ciel. Rusty avait toujours dévalué le rôle des femmes, tout spécialement dans les questions d'affaires et d'autonomie. Gina était devenue aussi experte que Ross dans la dissimulation de ses émotions, mais celui-ci lut l'irritation dans ses yeux. La blessure.

— Heureusement, intervint Billy avec bonne humeur, il n'y a que des hommes très virils autour de cette table.

Il adressa un sourire chaleureux à la jeune sœur de Ross, avant d'ajouter :

— À l'exception de Gina, naturellement. Et, lorsque nous aurons tous apposé notre signature sur ce document, personne n'osera plus jamais contester l'influence et la stature internationale du Groupe Edmond.

Son attitude détendue eut l'effet escompté. Rusty poussa le contrat vers lui à travers la table, bien que sans le moindre enthousiasme. Billy le parcourut rapidement, puis il releva les yeux vers Ross et lui adressa un clin d'œil. Ross secoua la tête. Son ami était déjà un charmeur au temps de l'université, et, depuis son arrivée à Royal, deux ans plus tôt, il n'avait pas du tout changé. Son apparence physique impeccable et ses manières parfaites, la générosité avec laquelle il accordait son temps aux autres, sa vive intelligence et sa fortune personnelle avaient conquis tout le monde, de ses associés en affaires à la clique très fermée de la bonne société de Royal.

Rusty y compris, ce qui était en soi un prodige.

Le vieil homme. avait même parrainé Billy au Royal Cattleman's Club, et lui avait fait obtenir le très convoité statut de membre. Il existait entre Billy et Rusty Edmond une camaraderie, une proximité à laquelle même ses enfants n'avaient jamais pu prétendre.

Mais cela, c'était Billy. L'Homme-qui-chuchotait-à- l'oreille-des-milliardaires, comme on l'appelait en plaisantant.

Et, à mieux y réfléchir, ce n'était peut-être pas tout à fait une plaisanterie.

— Tout cela m'a l'air bien, annonça Rusty et tirant un stylo en or massif de la poche intérieure de son veston.

Il signa son nom sur le contrat avec un geste un peu guindé, et il félicita Billy.

— Tu as bien travaillé, fils.

Ross ramassa son verre et sirota une gorgée, espérant que l'alcool le débarrasserait du goût amer de la jalousie qui lui serrait la gorge. Son père venait d'appeler un autre homme *fils*, et, après tout, il était humain. Il était sujet aux tourments de la jalousie. Mais il se sentait surtout soulagé.

Ce qui résumait parfaitement la dynamique toxique de la famille Edmond.

Mais un bref coup d'œil en direction de Gina et d'Asher, son demi-frère, que Rusty avait adopté après avoir épousé sa mère – épouse numéro deux –, lui confirma qu'il n'était pas le seul à éprouver ce sentiment. Eux aussi étaient visiblement soulagés. Lorsqu'il arrivait que Rusty sorte un instant de son personnage tyrannique, c'était une agréable pause dont il convenait de profiter pour respirer un peu, car elle ne durerait probablement pas longtemps.

À cet instant, quelqu'un frappa à la porte, et Billy se leva, désignant le contrat.

— C'est la surprise que j'ai commandée, déclara-t-il. Allez-y, terminez pendant que je m'en occupe.

Ross s'avança le premier pour ajouter sa signature au contrat, aussitôt imité par Gina et Asher. Ils venaient de se rasseoir lorsque Billy réapparut avec une bouteille de champagne et cinq coupes de cristal sur un plateau d'argent. Il ne lui fallut qu'un instant pour verser le vin pétillant, et ils levèrent tous leurs coupes pleines pour porter un toast.

— Au jour où l'Edmond Organisation aura apposé sa marque indélébile, pas seulement dans ce pays, mais dans le monde entier, dit Billy, ses yeux bleus brillant de fierté. Je crois que nous avons tous attendu impatiemment ce jour. Buvons à la réalisation de tous nos objectifs, et, enfin, à vous tous, la famille Edmond. Que tous vos rêves se réalisent, et que la fortune vous sourie.

Ils firent tinter leurs coupes et sirotèrent leur champagne pour célébrer l'heureuse conclusion de leur projet.

— Plusieurs représentants de grandes marques se sont déjà manifestés spontanément pour être présents au festival, observa Asher. Tous désirent y participer. Je soupçonne que la totalité des billets sera vendue en quelques heures. Notre Soirée dans la Baie sera un grand succès pour nous tous.

— Elle devra l'être, grogna Ross. Ce concept a le potentiel de devenir un événement annuel à la fois très exclusif et très profitable. Mais, pour cela, cette première édition doit absolument être un grand succès. En outre, d'autres investisseurs se sont joints à nous pour les financements, et toutes les associations caritatives qui en retireront potentiellement des bénéfices comptent sur *nous*.

— Nous réussirons, affirma Gina. J'en suis certaine.

— La réputation des Edmond et leur argent en dépendent, alors, oui, il faut que ce soit un succès. Vous n'avez pas d'autre choix. Je veux que tout le monde parle de ce festival des mois avant qu'il n'ait lieu, et des mois après.

— Soyez assuré qu'on en parlera, Rusty, murmura Billy, avec un sourire en coin. Je vous le promets. Ce sera un événement que personne n'oubliera de sitôt.

Une nouvelle fois, Ross sentit un délicieux sentiment d'excitation l'envahir. Dans quelques mois seulement, les grandes marques, les investisseurs et les titulaires de billets accourraient en masse à *leur* festival. Sirotant une gorgée de champagne, il esquissa un sourire. Pour lui, ce serait l'occasion de faire des affaires, *mais pas seulement*. Des gens du monde entier se rassembleraient sur l'île privée où aurait lieu le festival. Et cela signifiait des hordes de jolies femmes. Et, plus spécifiquement, des femmes qui n'attendraient rien de plus de sa part que le plaisir sexuel délicieusement temporaire qu'il pourrait leur procurer.

Il savait qu'on le considérait comme un play-boy, et, pour être honnête, cette réputation était amplement méritée. Il collectionnait les amourettes, les aventures d'une nuit – le plaisir des sens sans les attachements émotionnels qui pouvaient piéger un homme, l'étrangler jusqu'à ce qu'il ne puisse plus réfléchir correctement, ou même *respirer*.

À cette idée, il sentit une main glacée lui serrer le cœur. Un visage indistinct, fantomatique, flotta à la surface de sa mémoire, comme un mirage surgissant devant un mourant juste avant que son cœur ne cesse de battre.

Fronçant les sourcils, Ross serra plus fort la coupe dans sa main. Il *n'était pas* mourant, et il n'était pas question de faire preuve d'une telle *faiblesse* une nouvelle fois. De se permettre de croire qu'une relation sexuelle pouvait être autre chose que l'occasion pour deux personnes de satisfaire un besoin avant de retourner à la vie normale, chacun de son côté. Aucun rapport avec les émotions, avec... l'amour.

Mais pourquoi diable ce mot revenait-il en boucle dans son esprit, aujourd'hui ?

Furieux contre lui-même, il refoula ces pensées inopportunes – et un certain visage – hors de sa conscience. *Se concentrer*, songea-t-il. Il devait se concentrer.

Lui et le reste de sa fratrie étaient sur le point d'obtenir ce qu'ils désiraient depuis si longtemps, individuellement et collectivement. D'atteindre les objectifs auxquels Billy venait de porter un toast, quelques instants plus tôt.

Et aucun obstacle ne pourrait les arrêter.

1

— Charlotte, puis-je vous déranger un petit instant ?

Charlotte Jarrett, qui vérifiait une dernière fois les plats sur le point d'être servis en salle, releva les yeux. Cette cuisine était la sienne. Son bébé. Et ses recettes étaient son âme. Elle exigeait la perfection, et tout ce qui lui paraissait en dessous de ce standard était aussitôt renvoyé en cuisine pour être remplacé et servi de nouveau.

— Bien sûr, répondit-elle, se tournant vers Faith Grisham, la manageuse du Sheen, le restaurant où Charlotte avait été recrutée comme cheffe, deux semaines plus tôt. Accordez-moi seulement deux minutes pour terminer ici.

Faith était ravissante, et elle aurait pu passer pour une actrice de cinéma, mais elle était aussi une femme de tête.

— Pas de problème, répliqua-t-elle.

La règle numéro un dans cette cuisine était que le service et la qualité des plats devaient être impeccables, car la satisfaction du client était leur priorité absolue. Le Sheen voguait présentement sur une vague de succès, mais il suffirait d'un commentaire négatif dans la presse pour que leur statut de nouveau meilleur restaurant de Royal ne soit plus qu'un souvenir. Cela, personne ne le désirait.

Et Charlotte moins que quiconque.

Pas après avoir tout sacrifié pour revenir dans cette ville où elle était née, et où elle s'était juré de ne jamais remettre les pieds. Son avenir en dépendait.

Elle devait élargir sa clientèle à un public plus exclusif, aux relations influentes. Et peut-être obtenir ainsi un statut d'associée au Sheen. Acquérir plus de visibilité, faire un pas de plus vers son objectif final, qui était de devenir une cheffe mondialement reconnue, et gagner ses étoiles Michelin.

Et, par-dessus tout, s'assurer que Ben et elle auraient droit à un environnement stable et à la sécurité financière. Alors qu'elle mettait les touches finales à son plat fétiche, le bœuf braisé sur lit de pâtes thaïes, accompagné de tomates rôties et d'asperges, l'image de son adorable petit garçon traversa son esprit comme un rayon de soleil. C'était lui qui l'avait sauvée, qui lui avait offert une raison d'espérer, de continuer à lutter, au lieu de renoncer à vivre. Ben était *tout* pour elle, et il était bien normal qu'elle soit prête à renoncer à tout pour lui garantir une vie pleine d'harmonie et de bonheur.

Même si cela signifiait ravaler son orgueil et faire le premier pas pour se réconcilier avec ses parents, et combler le fossé qui les séparait depuis qu'elle avait quitté Royal.

Même si elle devait pour cela affronter les souvenirs – et les démons – qui continuaient à la hanter trois ans plus tard.

Réprimant un soupir, elle se concentra à nouveau sur son travail. Satisfaite que ses plats soient prêts à partir, elle passa rapidement une serviette en papier humectée de vinaigre blanc sur le bord des assiettes puis elle les posa sur l'étagère chauffée où les serveuses les récupéreraient. Puis, après avoir donné quelques instructions à sa seconde de cuisine, Charlotte s'essuya les mains sur un torchon et se tourna vers Faith, qui pianotait un texto sur son téléphone à une vitesse phénoménale.

— Que puis-je pour vous ? s'enquit-elle en souriant.

— J'ai besoin de vous, de votre ravissant visage et de votre brillante personnalité.

— À qui comptez-vous me vendre ? s'enquit Charlotte en pouffant de rire. N'oubliez pas que j'ai toute une salle de clients affamés à nourrir. Qu'y a-t-il pour votre service ?

— Il y a que je viens tout juste d'apprendre d'une source qui préfère rester anonyme que le critique gastronomique du *New York Voice* compte dîner chez nous mardi prochain.

— Quoi ? chuchota Charlotte, le souffle coupé. *Vraiment ?*

Ce magazine en ligne alternatif n'existait que depuis cinq ans, mais il avait aussitôt acquis une immense notoriété, non seulement à New York, mais dans tout le pays, et même à l'international. Grâce à une solide équipe de journalistes d'investigation, de nombreux articles centrés sur des sujets de société, une attention particulière à la communauté des arts, de la musique et de la gastronomie, le *New York Voice* avait reçu de nombreuses distinctions, dont le Prix national de la fondation de la presse. Si le Sheen avait droit à un avis flatteur dans leur page gastronomique, ce serait une magnifique publicité, et pas seulement pour l'établissement, mais aussi pour la carrière de Charlotte.

— C'est la pure vérité, déclara Faith. Et cela signifie que mardi prochain, nous devrons donner le meilleur de nous-mêmes. Je me chargerai de la salle et veillerai à ce que tout soit impeccable, et le service exemplaire. Vous, vous serez la responsable du côté cuisine. Je crois qu'il est inutile de vous expliquer ce qu'une bonne critique peut faire pour nous.

— Oui, je le sais, répondit Charlotte. Et, croyez-moi, tout sera mieux que parfait de mon côté.

— Je le sais, convint Faith.

Elles restèrent là un moment, à se regarder, un grand sourire aux lèvres, comme deux collégiennes à leur premier rendez-vous. Charlotte songea à ce qu'une critique flatteuse du *New York Voice* signifierait pour le Sheen, mais cela allait plus loin que cela. La manageuse de ce restaurant était une femme noire. En cuisine, la cheffe était une femme noire. L'équipe était formée de femmes de différentes origines ethniques – mais toutes étaient des femmes. Lorsque le propriétaire avait créé ce concept, ce n'était peut-être qu'une astuce pour différencier le Sheen des nouveaux restaurants qui se multipliaient partout comme des champignons. Néanmoins, Charlotte et Faith s'étaient juré depuis le début de ne pas permettre que cela reste un simple truc publicitaire. Leur restaurant deviendrait célèbre uniquement grâce à son superbe service et à sa sublime cuisine de gourmet. Et, pour le moment, elles étaient en voie de réussir leur pari.

— Cheffe, votre présence est requise à l'une des tables, lança Carlie, l'une des serveuses. Ces clients ont demandé à vous parler.

— Merci, Carlie, répondit Charlotte en soupirant. Je suppose que je ferais mieux d'y aller.

— Cela fait partie de la mission, rappela Faith en riant.

— Je sais, je sais, marmonna Charlotte, ôtant la veste de cuisinière qu'elle portait devant les fourneaux pour enfiler celle, plus élégante, qu'elle revêtait lors de ses sorties en salle. Ce n'est pas que je déteste parler avec les clients, mais je préfère de loin la cuisine aux relations publiques.

— Vous feriez bien de vous y habituer. Vous n'êtes pas naïve au point d'ignorer que, de nos jours, le chef compte autant que la cuisine. Ce joli visage et ce corps de pin-up font autant pour la réputation de ce restaurant que vos spécialités.

C'était hélas vrai, mais Charlotte s'en était toujours irritée.

— Merci pour ces mots de sagesse, répliqua-t-elle, mais j'ai toujours l'impression de me donner en spectacle. Passez devant, Carlie. Je vous suis.

Elles sortirent de la cuisine, et Charlotte parcourut du regard le restaurant où elle passait autant de temps que dans l'appartement qu'elle louait pour Ben et elle. Le Sheen était un bâtiment entièrement construit en verre, et, ce soir, la lumière tamisée de la salle s'harmonisait parfaitement avec les rayons du soleil couchant qui entraient à flots par les immenses baies, baignant les tables et la clientèle dans une symphonie d'oranges et de rouges. *Magnifique.*

Et elle gardait l'espoir que ce lieu serait un jour à elle. Tout du moins en partie.

Carlie la conduisit à travers la salle jusqu'à un coin où se trouvait l'une de leurs meilleures tables, qui offrait une vue superbe de Royal. La table en question, perchée sur une petite estrade, dominait toute la salle, ce qui plaçait le client dans la catégorie des VIP.

Charlotte plaqua un sourire poli sur ses lèvres en s'approchant. Elle se donnait cinq minutes maximum. Ensuite, elle devrait retourner en... *Oh ! mon Dieu...*

Une main de glace lui serra le cœur, et elle s'arrêta net, paralysée sur place, incapable de détacher son regard de ces yeux aussi bleus et aussi froids qu'un glacier de montagne.

Son cœur battait si fort qu'elle avait l'impression qu'il allait bondir hors de sa poitrine, et chaque pulsation augmentait sa souffrance et sa peur. Ainsi qu'un autre sentiment beaucoup plus complexe.

Souffrance, car, pour la première fois depuis trois ans, elle revoyait le beau visage insensible de l'homme qu'elle avait un jour aimé, qui avait accepté son corps, mais pas son cœur.

L'autre émotion était un mélange toxique de colère, de ressentiment et d'une autre réaction dont elle avait honte – le plaisir qu'elle éprouvait à revoir ce visage autrefois si cher.

Quant à sa peur, elle s'expliquait facilement – Russell Edmond Jr n'était pas seulement l'homme qui lui avait brisé le cœur. Il était le papa de Ben.

Un fils dont il ignorait totalement l'existence.

2

Impossible.

Ross fixait d'un regard incrédule un fantôme de son passé.

Un fantôme qu'il avait essayé d'exorciser avec le temps, avec le travail et avec d'autres femmes – quelquefois avec l'alcool – sans jamais y réussir.

Charlotte Jarrett.

L'ancienne cheffe de cuisine au ranch de sa famille. Son ex-amante. La femme qui l'avait abandonné sans se soucier des dégâts qu'elle laissait derrière elle.

Une autre femme qui était partie sans se retourner.

Un froid de glace envahit son corps tout entier. Il détestait la voir à nouveau devant lui, toujours exactement la même. Il détestait constater que sa haute silhouette était toujours aussi gracieuse, avec ces mêmes courbes sublimes dont ses mains avaient gardé un souvenir inaltérable. Elle était toujours aussi belle – une peau soyeuse d'un brun de noyer, des yeux en amande ourlés de longs cils noirs, des pommettes hautes, un nez aux proportions harmonieuses, et...

Il glissa ses mains sous la nappe et les posa sur ses cuisses pour dissimuler ses poings serrés.

Et une bouche qui appelait irrésistiblement les baisers. Des lèvres pulpeuses, d'une telle sensualité que n'importe quel homme en les voyant ne pouvait s'empêcher de les imaginer en train de le conduire au bord de l'extase. Vers un abîme de félicité où il s'était anéanti bien des fois avec elle...

Il avait ressenti une érection instantanée à la seconde où il avait plongé son regard au fond de ses yeux de la couleur du café noir, et il détestait cela aussi. Et, surtout, il détestait sentir son idiot de cœur battre de cette façon devant elle.

Pourquoi diable Charlotte était-elle revenue à Royal ?

Elle l'avait quitté. Elle s'était débarrassé de lui comme d'un vieux pull. Comme si elle ne l'avait jamais laissé entrer en elle. Ou prononcé son nom en gémissant de plaisir. Un son tellement sexy qu'il lui était devenu nécessaire comme une drogue. Comme si leurs corps nus luisants de transpiration n'avaient pas été étroitement unis l'un à l'autre, dans leur cocon privé d'où le monde extérieur était banni.

Charlotte Jarrett avait complété la leçon que sa mère avait commencé à lui enseigner. Ross était aujourd'hui un expert en matière d'abandon émotionnel. *Si tu es assez bête pour t'attacher, elles te quittent.* C'était peut-être quelque chose chez lui, qui les poussait si facilement à l'abandonner. Les quatre mariages de son père étaient autant de pièces à conviction. Rusty changeait de femme presque aussi souvent que de chemise. *Tel père, tel fils.*

Ross, au moins, ne les épousait pas.

Ça, non. Il avait enfin appris sa leçon. Et c'était grâce à Charlotte. Il couchait avec elles et passait à la suivante. Aucune promesse. Aucun attachement. Pas de sentiments. Tant qu'il suivrait ces règles, personne ne pourrait plus le prendre pour un idiot.

Ne pourrait plus jamais le faire souffrir. Le laisser tomber.

Ross refoula fermement ces ridicules mots de faiblesse de son esprit. Il ne s'était pas senti blessé lorsque Charlotte avait tout à coup quitté Royal. Lorsqu'elle l'avait quitté, *lui.*

Il avait été furieux, et cette colère continuait à brûler dans son cœur comme un brasier mal éteint, tandis qu'elle s'approchait de la table à laquelle il dînait avec Billy.

S'il avait su, lorsque son ami lui avait suggéré de rencontrer la cheffe du Sheen qu'il se retrouverait à nouveau face à Charlotte, Ross serait parti aussitôt, sans se retourner. D'ailleurs, il le pouvait encore...

— Bonsoir, lança Charlotte, son regard fixé sur Billy.

Par pure habitude, les bonnes manières lui ayant été inculquées depuis sa naissance, Ross se leva en même temps que son ami, et il eut la sensation que cette voix capiteuse s'insinuait sous ses vêtements pour caresser sa peau. Même avant qu'ils ne deviennent amants, cette voix sensuelle le faisait penser à des draps froissés, à des soupirs de volupté.

— Je suis Charlotte Jarrett, poursuivit-elle, et je suis la cheffe du Sheen. J'espère que le dîner a été à votre goût et que cette soirée chez nous restera dans votre mémoire comme une expérience agréable.

Puis, au moment où Ross allait conclure qu'elle ne l'avait pas reconnu, son regard rencontra le sien.

— Bonsoir, Ross, murmura-t-elle. Heureuse de te revoir.

Menteuse.

Elle était aussi heureuse de le voir assis dans son restaurant que lui l'était de se trouver là à cet instant.

— Ah, vous vous connaissez ? s'étonna Billy alors qu'ils se rasseyaient, lui évitant d'avoir à répondre à ce faux sourire et ce faux sentiment.

— Oui, grogna Ross, faisant un effort pour se ressaisir. Charlotte était cheffe de cuisine au ranch de ma famille, il y a quelques années de cela.

Il marqua une pause, avant d'ajouter :

— Avant de partir pour la Californie et un nouvel emploi.

Il regretta ces paroles sitôt qu'elles eurent franchi ses lèvres. Elle était partie, oui. Mais c'était le passé, et aujourd'hui il s'en fichait. Mais, tout de même... Pourquoi diable était-elle rentrée à Royal ?

— La Californie ? s'enquit Billy, visiblement intéressé. Le monde est décidément petit. Et quelle région de la Californie, si je peux me permettre ?

— Santa Monica, indiqua-t-elle d'une voix posée, toujours abritée derrière ce sourire qu'il détestait.

C'était l'expression qu'il appelait « son masque », il la reconnaissait parfaitement. Celle qu'elle arborait toujours devant son père. Jamais devant Ross.

Jusqu'à cet instant.

— J'adore Santa Monica, affirma Billy avec un sourire charmeur.

C'est une ville merveilleuse. Mais, ce qu'ils ont perdu, nous l'avons gagné. Et Royal est tout aussi jolie.

Billy se leva de nouveau et il tendit sa main à Charlotte.

— Puisque vous connaissez déjà Ross, permettez-moi de me présenter. Je suis Billy Holmes. C'est un plaisir pour moi de rencontrer une cheffe aussi talentueuse et aussi ravissante.

— Merci, répondit Charlotte, serrant la main offerte.

Ce ne fut qu'une brève poignée de main, mais Ross dut puiser dans ses réserves de volonté pour ne pas se lever d'un bond et s'interposer entre eux pour faire cesser ce contact. Et pourtant, Billy était comme un frère pour lui. Mais Charlotte lui avait supprimé ce privilège trois ans plus tôt, et il n'avait pas envie de lui demander de le rétablir.

— Êtes-vous satisfaits du dîner ? s'enquit-elle.

— Oui, assura Billy avec un sourire appréciateur. Nous avons choisi votre spécialité de bœuf braisé, et c'était absolument superbe. Je ne me suis jamais autant régalé.

— Merci, répéta-t-elle avec un sourire sincère, cette fois-ci. Dans ce cas, je suggère que vous poursuiviez avec notre spécialité de dessert. C'est un gâteau meringué aux pêches, couronné de crème Chantilly avec des éclats de chocolat.

— Comment dire non à une telle merveille ? répliqua Billy en riant.

Il s'était rassis, mais, à l'évidence, et à la grande irritation de Ross, il n'était pas encore prêt à laisser repartir Charlotte.

L'expression de Ross s'assombrit. Combien de temps encore devrait-il rester coincé là, et faire semblant de ne pas sentir son parfum à la fois léger et envoûtant, ce subtil mélange de sucre brun et de figues fraîches ? Même les yeux bandés, dans une pièce pleine d'autres gens, il reconnaîtrait encore sa fragrance délectable. Il la trouverait, *elle*.

— Dans ce cas, je commanderai moi-même votre dessert, déclara-t-elle. Merci à vous deux.

Pour la seconde fois seulement depuis qu'elle était arrivée devant leur table, elle lui lança un bref regard, puis elle détourna les yeux avant de conclure :

— Merci d'avoir choisi le Sheen ce soir. À présent, si vous voulez bien m'excuser...

— Attendez, cheffe, l'interrompit Billy. Pourrais-je abuser encore un instant de votre temps, s'il vous plaît ?

Ross fronça les sourcils. Que devait-il faire ? Il devait absolument s'éloigner de Charlotte avant de faire une bêtise. Comme l'entraîner hors de ce restaurant et exiger d'elle quelques réponses, par exemple. Ou, alors, commettre l'impardonnable – glisser ses doigts dans son chignon parfait et libérer ses cheveux d'un riche brun sombre. Vérifier s'ils avaient toujours cette douceur un peu rêche de la soie sauvage, s'ils étaient aussi longs qu'autrefois ou si elle les avait coupés.

Il devenait urgent de mettre le plus de distance possible entre eux.

— Bien sûr, répondit Charlotte d'un ton serein.

Si Ross n'avait pas été occupé à l'observer attentivement, il n'aurait peut-être pas surpris cette lueur d'impatience au fond de ses yeux. La cuisine, *la création* était sa passion dominante, et elle devait s'irriter de perdre ainsi son temps au lieu de retourner devant ses chers fourneaux.

— Que puis-je faire pour vous ? s'enquit-elle.

— Heu... Ross et moi travaillons sur ce projet de festival mêlant la gastronomie, les arts et les grands vins qui s'appellera Soirée dans la Baie, et qui aura lieu fin juillet sur Appaloosa Island. Connaissez-vous ce lieu ?

— Oui, répondit-elle.

Son regard était concentré uniquement sur Billy, et seul le battement rapide d'une veine à la base de son cou trahissait son état d'agitation. Ross devinait qu'elle pensait au jour où il l'avait emmenée en secret sur la petite île privée, propriété de sa famille, dans la baie de Trinity. C'était la première fois de sa vie qu'elle montait dans un hélicoptère. Ils avaient passé la journée à paresser au soleil sur les plages de sable fin, et la nuit suivante à faire passionnément l'amour dans l'élégant petit hôtel de l'île.

Une nuit inoubliable...

Il se souvenait comme si c'était hier de leurs soupirs, de leurs gémissements et de leurs fous rires, de la sensation de leurs peaux luisantes de transpiration glissant l'une contre l'autre. Des rayons de la lune éclairant les draps et leurs membres entremêlés.

Au même instant, Charlotte tourna les yeux vers lui, et, durant quelques interminables secondes, leurs regards s'affrontèrent. Se rappelait-elle aussi ces moments volés de leur passé ? Ressentait-elle comme lui cette incroyable montée de désir ? Le souvenir de sa douce étroitesse serrée autour de lui avait déclenché une érection si monumentale qu'il n'osait plus bouger.

Il fut le premier à détourner le regard.

— Nous avons déjà commencé à aménager l'est de l'île, poursuivit Billy. Le festival sera un événement géant, et les billets d'entrée se vendront en quelques heures. Seriez-vous intéressée par l'idée de monter un chapiteau pour faire participer le restaurant Sheen à cet événement ?

Ross sursauta. *Quoi ?* Ils n'avaient jamais parlé de cela ! Il dévisagea son ami, mais Billy n'avait d'yeux que pour Charlotte et il déployait tout son charme. Passer plus de temps en compagnie de son ex-amante ? La faire participer à un événement susceptible de changer la trajectoire de sa carrière ? De sa *vie* ? Comment parviendrait-il à rester concentré sur sa mission ? De plus... Elle ne méritait pas de collaborer à ce projet qui était si important pour lui. C'était *elle* l'avait quitté. *Elle* qui l'avait abandonné. Pourquoi bénéficierait-elle de ce qui était *à lui* ?

Il se rendait compte, bien sûr que cette attitude était mesquine de sa part. Mais il s'en fichait.

— Je... Heu... Je suis flattée par votre proposition, bredouilla-t-elle d'un air embarrassé. Mais je ne peux pas vous donner une réponse définitive sans en discuter d'abord avec le propriétaire et l'équipe de direction.

— Faites cela, je vous en prie, et tenez-nous au courant de ce que vous avez décidé. Des milliers de gens assisteront au festival, et votre participation serait avantageuse, tant pour nous que pour le restaurant Sheen. Et aussi pour vous, personnellement. C'est à votre magie en cuisine que ce restaurant doit son succès. Un élégant décor et un service professionnel ont leur importance, bien sûr, mais c'est sa cuisine qui fait la réputation d'un restaurant. Je suis persuadé que ce serait une magnifique opportunité pour vous.

Billy marqua une pause, avant d'ajouter avec un petit rire d'excuse :

— Pendant que vous réfléchissez à cette invitation, puis-je vous demander autre chose ? Je sais que nous venons à peine de faire connaissance, mais nous essayons de rassembler un comité d'organisation pour le festival, avec les esprits les plus créatifs du Texas. On m'a rapporté que vous en faites partie, et je serais honoré que vous acceptiez d'y participer.

Il avait entendu vanter son esprit créatif ? songea Ross, fronçant les sourcils. *Où ? Quand ?* Ross aurait pu jurer que Billy n'avait jamais rencontré Charlotte avant de demander à la voir pour la féliciter de l'excellence de sa cuisine, cinq minutes plus tôt. Des félicitations amplement méritées, Ross devait en convenir. Mais, bien sûr, ce n'était pas très surprenant de la part d'une femme qui plaçait sa carrière au-dessus de toute autre considération. Pour cela, elle n'avait pas hésité un instant à quitter ses parents.

Ou lui.

Ross refoula fermement cette pensée insidieuse. C'était le passé. Son orgueil avait souffert, mais sa brillante réussite prouvait qu'il s'en était remis. Il était guéri *d'elle*.

Et il ne permettrait jamais plus à une femme d'avoir un tel pouvoir sur lui.

Pour la première fois, Charlotte parut embarrassée et un peu tendue, et il lui ordonna silencieusement de refuser.

— Je ne...

À cet instant précis, la serveuse qui avait conduit Charlotte jusqu'à eux réapparut près de leur table. Lançant un regard d'excuse à Ross et à Billy, elle s'adressa à Charlotte :

— Cheffe, votre baby-sitter vient d'appeler pour signaler une urgence. Ben a de la fièvre, et la jeune fille désire savoir si elle doit le conduire aux urgences.

Elle baissa la voix avant d'ajouter :

— Ben pleure, et il vous réclame.

Charlotte tressaillit. comme si ces paroles avaient été des coups, mais elle se reprit presque instantanément, se rappelant sans doute qu'elle avait un public. Lorsqu'elle se tourna à nouveau vers Ross et Billy, son ravissant visage était redevenu un masque de sérénité.

C'était un super pouvoir que Ross lui enviait.

Un bébé ? songea-t-il, abasourdi. Charlotte avait un bébé ?

— Je suis désolée, dit-elle d'un ton serein démenti par la panique qu'il lisait dans ses yeux de la couleur du café. De la panique... et aussi autre chose. Quelque chose qui déclencha un frisson d'alarme en lui. S'il s'était agi de quelqu'un d'autre, il aurait catalogué cette expression comme de la peur. Mais, sûrement, il se trompait. Bien sûr, on ne pouvait pas dire qu'ils s'adoraient, mais pourquoi aurait-elle peur de lui ?

— Je dois partir, déclara-t-elle, mais je vais d'abord commander votre dessert. J'espère que votre soirée...

— Tu as un fils ? s'enquit Ross d'une voix rauque.

Une nouvelle fois, ce sentiment qui ne pouvait pas être de la peur brilla dans ses yeux, et Ross eut toutes les peines du monde à s'empêcher de se lever d'un bond et exiger qu'elle lui explique ce qui avait causé cette réaction.

— Oui, répondit-elle sèchement, avant de reculer d'un pas. Merci encore d'avoir choisi de dîner chez nous.

Là-dessus, elle tourna les talons et se dirigea à grands pas vers l'arrière du restaurant. Sourcils froncés, Ross la suivit des yeux jusqu'à ce qu'elle ait disparu.

Ne songe pas à la suivre, même en rêve, se tança-t-il. *Reste tranquillement assis où tu es.*

Ce restaurant – et son fils – ne regardaient qu'elle. Ross n'était en rien concerné. Charlotte n'était plus son problème depuis des années.

— Ai-je mis les pieds dans le plat ? s'enquit Billy dans un rare moment de doute chez un homme aussi sûr de lui-même. J'aurais peut-être dû te consulter avant de lui proposer de participer au festival avec son restaurant, et même de devenir membre du comité d'organisation.

— Ce n'est pas grave, assura Ross.

En réalité, c'était une catastrophe, mais Ross ne tenait pas du tout à devoir lui expliquer pourquoi.

Personne n'était au courant de sa relation passée avec Charlotte.

Ils avaient gardé le secret pour des raisons évidentes. Entretenir des liaisons amoureuses avec des employées était au mieux inapproprié, une sorte d'abus de pouvoir qu'il avait été trop arrogant, trop désespérément amoureux pour reconnaître. Il s'était justifié à ses propres yeux en se convainquant qu'il n'était pas le genre de brute à la licencier si... Ou plutôt *quand* leur relation prendrait fin.

Mais son père, lui, était exactement ce genre de brute. Pour lui, l'idée que son fils fréquente une employée était à peine moins scandaleuse qu'un meurtre, et beaucoup plus qu'un simple vol.

Cela seul aurait suffi pour qu'ils préfèrent garder leur relation... discrète. Mais Ross avait une autre raison, plus intime, pour choisir la discrétion.

Charlotte était à lui. Celle qu'il avait choisie. Sa beauté, son havre secret dans un monde où son nom et sa réputation étaient les seuls critères de jugement. Toute sa vie, son père avait tout décidé à sa place, des écoles qu'il fréquentait à sa carrière, et jusqu'aux femmes avec qui il sortait. Charlotte avait été la seule décision personnelle qu'il ait jamais prise.

Elle avait été spéciale.

Mais, cela, il ne pouvait pas l'avouer – ni à Billy, ni à personne d'autre. Et, même s'il avait été libre de le faire, il s'y serait refusé. Parce que, d'une certaine façon, Charlotte restait à ce jour l'unique décision personnelle de toute sa vie. Et, malgré tout, c'était pour lui un trésor précieux.

— En es-tu sûr ? insista Billy, fronçant les sourcils. Je...

— Quoi ? coupa Ross d'un ton impatient.

Il avait hâte de changer de conversation. Tout dans ce restaurant semblait porter la marque de Charlotte, les murs, la décoration, et même les fragrances de sa cuisine. À présent qu'il savait qu'elle était la cheffe de ce restaurant – qu'elle était de retour à Royal –, il sentait son essence personnelle dans tout ce qui l'entourait.

— Très bien, dit Billy en reposant sa fourchette. Puisque c'est ainsi, je vais dire ce que je pense. Je me mêle peut-être de ce qui ne me regarde pas, mais il m'a semblé percevoir une certaine... tension entre vous. Me suis-je trompé ?

— Oui, répondit Ross d'un ton bref.

Il inspira profondément et fit un effort conscient pour se détendre, avant de reprendre d'une voix radoucie :

— Charlotte a été notre cheffe de cuisine durant quelque temps avant de nous quitter pour un autre emploi. Nous avions des relations amicales, mais pas davantage.

— D'accord, répliqua Billy. Si tu le dis, je te crois.

Il continua à fixer Ross d'un regard scrutateur durant une seconde, puis il haussa les épaules et ramassa son verre.

— Charlotte est une très jolie femme, observa-t-il en sirotant son vin. Elle a visiblement beaucoup de talent et elle réussit brillamment. Tu n'aurais aucune objection à ce que je lui demande de sortir avec moi, n'est-ce pas ?

— Bien sûr que non, grogna Ross.

C'était vraiment un *grognement*. Parce que, à la seule idée des mains de Billy serrant sa taille fine ou se posant sur la courbe superbe de ses hanches, Ross sentait sa main se crisper sur son verre, si fort qu'elle risquait de le briser.

— Charlotte n'est pas ma propriété, marmonna-t-il. Elle était seulement notre cheffe. Fais ce qu'il te plaira.

Même lui entendait la colère dans sa voix. Alors, quand l'autre homme se contenta de le dévisager d'un air pensif, sans dire un mot, Ross baissa les bras. Pourquoi essayer de se défendre ? Même lui ne croyait pas à sa propre sincérité.

— J'ai une dernière chose à te dire et ensuite je me tairai, murmura Billy. D'un ami à un autre. Je ne sais pas ce qui te ronge de cette manière, mais tu ferais mieux de régler le problème avant qu'il ne s'aggrave.

Il but une autre gorgée et reposa son verre avant d'ajouter :

— Et, concernant le comité d'organisation, j'avais aussi songé à Lila Jones, de la chambre de commerce de Royal.

Soulagé par ce changement de sujet, Ross acquiesça et fit les réponses appropriées, mais son esprit revenait au passé, à ce jour où elle avait mis un terme à leur aventure. Qu'elle lui avait annoncé qu'elle partait en Californie. Il avait été furieux. Blessant. Très dur avec elle. Pas parce qu'il était amoureux – à cette époque, déjà, il ne croyait plus à cette émotion. Mais il avait compris qu'il devait renoncer à désirer que quelque chose ne soit qu'à lui, et à croire que quelqu'un puisse l'aimer uniquement pour lui-même.

L'enfant qui croyait aux super-héros avait grandi.

Et il avait cessé de rêver depuis longtemps.

3

Il existe des choses pires que d'écouter sa mère se plaindre et persifler. Les explosions de volcan noyant des villes entières sous des torrents de lave, par exemple. Ou les pandémies qui déciment des populations.

Des catastrophes bien plus graves que de rester tranquillement assise à écouter sa mère critiquer la façon dont elle élevait son enfant. Mais qui, au moins, lui auraient permis de raccrocher le téléphone.

— Maman, la coupa-t-elle, réprimant un soupir, je suis désolée de ne pas t'avoir informée moi-même que Ben avait été malade, et que tu aies dû l'apprendre en appelant le restaurant. Dès que je suis rentrée, je l'ai emmené aux urgences. Mais je t'aurais appelée ce matin, je t'assure.

— C'était très humiliant de l'apprendre par un employé, geignit Cherise Jarrett d'un ton douloureux. Je sais que nous avons eu... quelques divergences d'opinions, ces dernières années, Charlotte, mais nous aimons Ben et, lorsque nous n'avons pas pu te joindre...

Quelques divergences d'opinions, songea Charlotte, réprimant une grimace. Une manière polie de dire qu'elles ne se parlaient plus depuis qu'elle était tombée enceinte et qu'elle avait mis au monde un enfant hors des liens sacro-saints du mariage.

Mais elle serra les dents et ravala sa réponse sarcastique. N'était-ce pas en partie pour cette raison qu'elle était rentrée à Royal ? Pour essayer de se réconcilier avec ses parents ? Trois ans plus tôt, elle les avait déçus en leur annonçant sa grossesse, mais leur réaction l'avait déçue, elle aussi.

Brian et Cherise Jarrett avaient toujours été stricts et conservateurs, mais ils avaient été aussi des parents aimants. Charlotte s'était attendue à ce que sa grossesse les contrarie et les inquiète, mais pas à ce qu'ils en viennent presque à la renier. Ni à ce qu'ils soient soulagés qu'elle parte pour la Californie, parce que cela leur évitait de devoir répondre à des questions embarrassantes au sujet de leur fille mère. Si Charlotte n'avait pas eu sa sœur, son beau-frère et sa nièce en Californie, elle se serait retrouvée seule au monde. Le rejet de ses parents, leur désapprobation, lui avait fait l'effet d'un coup de poignard en plein cœur. La plongeant dans un abîme de tristesse durant des mois.

Mais, Charlotte devait le reconnaître, depuis la naissance de Ben, l'attitude de ses parents avait changé. Leur amour de son bébé avait contribué à refermer le gouffre qui les avait séparés sept mois plus tôt. Même s'ils continuaient à prétendre pour leurs voisins qu'elle avait été mariée en Californie, qu'elle était divorcée et que Ben était né de cette union. Ce mensonge faisait encore mal, mais, à présent qu'elle était de retour à Royal avec Ben, elle espérait que tout finirait par s'arranger.

Et puis, parfois, il y avait des jours comme celui-ci…

— J'ai dû éteindre mon téléphone à l'hôpital, expliqua-t-elle, et il était plus de 2 heures du matin lorsque je suis rentrée à la maison. Je n'ai pas osé vous réveiller, papa et toi. Après tout, Ben allait bien. Si l'incident avait été plus sérieux, j'aurais trouvé un moyen de vous contacter, tous les deux. Le médecin a dit que ce n'était qu'une petite fièvre passagère, et qu'il serait remis en vingt-quatre heures. Ne vous inquiétez pas.

— Pourtant…

— Avais-tu quelque chose d'important à me dire, pour m'avoir appelée sur mon lieu de travail ? l'interrompit Charlotte, pressée de changer de sujet.

— À vrai dire, cela ne semble plus aussi urgent, mais…

Sa mère marqua une pause, et Charlotte sentit son cœur se serrer. C'était idiot, songea-t-elle. À une autre époque de leur relation, elle aurait taquiné sa mère, lui aurait dit qu'elle dramatisait tout. Mais leur relation avait changé. Aujourd'hui, elle ne savait plus à quoi s'attendre de sa part, et cela la rendait nerveuse.

— Mais, poursuivit sa mère, le traiteur que nous avions engagé pour la Journée de la Femme de notre église s'est décommandé au dernier moment. Et je me demandais si tu pouvais le remplacer au pied levé pour nous préparer quelques amuse-gueules et des canapés. Rien de très compliqué, bien sûr. Je sais que je m'y prends un peu tard...

— Bien sûr, maman, murmura Charlotte, s'efforçant de dissimuler sa panique, songeant à la montagne de travail qu'elle avait déjà sur les bras.

Ses parents avaient toujours soutenu son projet de devenir cheffe de cuisine, bien qu'ils aient espéré qu'elle suivrait les traces de son père et de sa sœur et deviendrait avocate.

La partie d'elle-même qui désirait encore ardemment faire plaisir à ses parents, celle qui avait encore besoin de leurs sourires d'approbation, de leur amour, ne pouvait pas refuser.

— Envoie-moi une liste de tout ce que vous souhaitez servir au buffet, ainsi que le lieu et la date de l'événement et l'heure à laquelle vous voulez que je vienne pour la mise en place.

— Merci, Charlotte dit sa mère avec un soupir de soulagement. Je te suis très reconnaissante de ton aide.

— Pas de problème, assura Charlotte, souriant pour la première fois depuis le début de cet appel. Je vais...

Au même instant, elle entendit le carillon de la porte, et le reste de sa phrase resta en suspens.

— Je suis désolée, maman, déclara-t-elle. On vient de sonner à la porte. Je dois te quitter. Je te rappellerai plus tard pour que nous parlions de Ben.

— Embrasse ce beau garçon de la part de sa mamie.

— Je n'y manquerai pas, promit-elle. À plus tard.

Charlotte raccrocha et, consultant sa montre, elle se dirigea vers l'entrée, au bout du couloir. Il n'était que 9 h 20. Qui pouvait sonner à sa porte d'aussi bonne heure, un vendredi matin ? Même Faith s'en abstenait, car elle savait que ses matinées appartenaient à Ben, et, d'ailleurs, elle l'avait appelée pour l'informer que Ben était un peu fiévreux.

Lorsqu'elle écarta le rideau qui recouvrait la partie vitrée de sa porte d'entrée, elle se figea, catastrophée, puis elle serra très fort les paupières, comme si cela pouvait suffire pour faire disparaître son visiteur.

Elle aurait pu prétendre qu'elle était absente. L'éviter. Après tout, il s'était présenté à sa porte sans s'être annoncé. Et, surtout, sans y être invité. Cette fois-ci, elle n'était plus au restaurant, et rien ne l'obligeait à lui parler. Ou même à le regarder. À se noyer au fond de ses yeux, à la fois glacés et capables d'allumer un incendie ravageur dans son cœur. À inhaler sa fragrance masculine, cette combinaison de bois de santal, d'homme et de sexe.

Elle devait se protéger, et, surtout, elle devait protéger son fils à tout prix. Elle n'avait pas d'autre choix.

Une peur atroce l'envahit, l'empêchant de respirer. Ross pensait sûrement qu'elle s'était « débarrassée » de l'enfant, comme Rusty et lui le lui avaient ordonné, trois ans auparavant. Quelle serait sa réaction en découvrant qu'elle ne leur avait pas obéi ?

Le carillon tinta une nouvelle fois.

Charlotte enfonça ses ongles dans ses paumes. Elle n'était pas lâche. Ross Edmond n'avait plus aucun pouvoir sur elle. Il n'était plus rien pour elle, et courir se cacher plutôt que d'ouvrir la porte signifierait qu'il contrôlait encore ses émotions, sa vie. Et elle refusait de lui faire ce plaisir.

Sans y réfléchir davantage, elle ouvrit la porte en grand.

Peut-être aurait-elle mieux fait d'attendre une minute...

Bien sûr, elle avait déjà vu Ross le soir précédent, mais cette rencontre ne l'avait pas immunisée contre la force de sa présence. Trois années et une distance de presque deux mille kilomètres auraient dû suffire, mais c'était trop espérer.

Sans un mot, elle s'effaça pour le laisser entrer, et ses yeux bleus de glace ne dévièrent pas un instant de son visage tandis qu'il entrait dans sa maison. Ce qui n'était que justice, bien sûr, car elle non plus ne l'avait pas quitté du regard.

Mais, où était la justice ?

Une personne ayant vécu une vie aussi dissolue que lui aurait dû porter les stigmates de la corruption sur son visage. Comme une masochiste, elle avait, de temps à autre, suivi sa carrière en ligne. Et, chaque fois, elle le voyait quittant un club ou une soirée avec une nouvelle femme à son bras.

Mais ce n'était pas du tout le cas. Sa peau dorée demeurait aussi parfaite et lisse qu'avant. Large d'épaules, il se tenait toujours aussi droit. Ses lèvres sensuelles et ses yeux vifs d'un bleu perçant étaient fidèles à son souvenir. Chaque fois qu'elle contemplait le visage de son fils, c'était Ross qu'elle voyait. L'homme qui avait conçu son adorable petit garçon avant de les rejeter tous les deux.

Elle ne pouvait pas lui échapper.

Ni lui pardonner.

Le souvenir de cette offense inexcusable – les avoir reniés, elle et le bébé qu'ils avaient conçu ensemble – la fit sortir de cette sorte de transe où il avait toujours su la plonger. Ross avait peut-être l'apparence d'un archange, mais il avait le cœur et le sens moral d'une créature de l'enfer.

— Bonjour, Ross, lança-t-elle froidement, refermant la porte derrière lui. Quelle surprise !

Que fais-tu ici ? Comment as-tu su où j'habitais ? Quand vas-tu partir ? Jetant un bref regard en direction de la porte derrière laquelle son fils dormait, elle décida que Ross devait s'en aller avant qu'il ne se soit réveillé de sa sieste.

— Que puis-je faire pour toi ? s'enquit-elle.

Il ne répondit pas, trop occupé à parcourir du regard son salon minuscule, avec ses baies vitrées, son sofa moelleux et sa liseuse, sa table basse de verre et sa petite cheminée à gaz. D'où ils étaient, il ne pouvait pas voir la salle à manger adjacente avec sa longue table de cèdre pour huit convives.

Sa maison, qui comportait deux chambres et deux salles de bains, ne pouvait pas se comparer à la splendeur du ranch Elegance, où il vivait avec sa famille et où elle avait dirigé une cuisine de rêve, aussi bien équipée que n'importe quel restaurant de luxe. Mais sa maison était confortable, cosy, et elle était amplement suffisante pour Ben et pour elle.

— C'est joli, chez toi, remarqua-t-il, tournant à nouveau son regard glacial vers elle.

— Merci, marmonna-t-elle. Mais ce n'est pas pour me dire cela que tu es ici, n'est-ce pas ?

— Toujours aussi directe, je vois, murmura-t-il, esquissant un demi-sourire.

Ce n'était pas tout à fait vrai. Elle ne s'était jamais montrée aussi directe avec lui. Ni totalement honnête non plus.

Si elle avait été honnête – si elle avait eu suffisamment confiance en lui pour l'être –, elle lui aurait avoué que, durant ses deux derniers mois au ranch Elegance, elle ne s'était pas sentie en sécurité. Elle l'aurait informé que son père lui faisait constamment des avances. Rusty Edmond ne l'avait jamais touchée, mais sa façon de flirter avec elle, ses compliments et ses insinuations n'en étaient que plus insidieux. Et à qui serait-elle allée se plaindre, alors que c'était son patron lui-même qui la harcelait ?

Si elle avait rappelé Rusty à l'ordre, il l'aurait aussitôt mise à la porte. Et il avait suffisamment de pouvoir pour ne pas s'en tenir là. Il aurait pu facilement détruire sa carrière. Charlotte s'était sentie prise au piège. Sans défense. Sa seule solution avait été de partir.

Elle aurait pu instruire Ross de la situation avec son père et elle avait été tentée de le faire. Mais elle avait eu trop peur.

Peur que Ross ne la croie pas.

Peur qu'il la croie, mais qu'il soutienne son père.

Ross était d'abord un Edmond. Et sa famille passait avant tout – et avant n'importe qui.

— J'ai beaucoup à faire avant de partir pour le restaurant, déclara-t-elle. Alors, si...

Elle laissa le reste de sa phrase en suspens, espérant qu'il saisirait le sous-entendu. Car la principale raison pour laquelle elle n'avait pas été totalement honnête avec lui dormait au bout du couloir. Elle avait besoin que Ross s'en aille. Et vite.

Il hocha la tête, fourrant les mains au fond de ses poches.

Dans ce geste, sa veste s'entrouvrit, et elle fit de son mieux pour ne pas penser à ses pectoraux de rêve, à ses abdominaux parfaits, lorsqu'elle le chevauchait...

Elle échoua misérablement.

— Je suis venu pour deux raisons, dit-il enfin. Tout d'abord, je voulais voir ton bébé. Comment se sent-il, ce matin ?

— Il va bien, répondit-elle d'un ton hésitant. Enfin, mieux.

Pourquoi s'en préoccupait-il ? songea-t-elle. Mais il avait dit « ton *bébé* ». Quel âge pensait-il qu'avait son fils ? Supposait-il que son enfant avait un autre père que lui ? Cette idée lui causa d'abord une espèce de soulagement, presque aussitôt suivi d'un accès de furie irrationnelle. Ross n'avait jamais voulu de leur enfant. Comment osait-il s'enquérir de la santé du fils d'un autre homme ?

Génial. Maintenant, elle se mettait dans tous ses états au sujet d'un amant imaginaire qui aurait été le géniteur de Ben.

C'était un bon exemple de l'effet que la présence de Ross Edmond près d'elle pouvait avoir en moins de cinq minutes.

— Et... le père ? poursuivit-il d'un ton hésitant. Où est-il ? Est-il revenu à Royal avec toi ?

— Son père ne compte pas, déclara-t-elle en le contournant pour entrer dans le salon. Il n'y a que nous deux.

Et c'était vrai. Si elle passait dans une autre pièce, ce n'était pas parce qu'elle aimait l'idée de lui montrer sa maison, son sanctuaire. Il aurait été idiot de sa part de ne pas protéger sa vie privée, son secret, contre ses intrusions. Mais elle devait à tout prix éviter cette minuscule partie de l'espace où sa fragrance emplissait ses narines, s'attardait sur sa langue, imprégnait ses vêtements, sa peau. Elle avait désespérément besoin de respirer un air qui ne soit pas chargé de l'essence de Ross.

Il la dévisagea un instant d'un air impassible, puis il détourna la tête, et un muscle se crispa dans sa mâchoire.

— Charlotte, je...

— Qu'y a-t-il d'autre, Ross ? coupa-t-elle d'une voix tendue, sachant que Ben risquait de se réveiller d'une minute à l'autre. Tu avais dit que tu avais deux raisons pour venir ici.

— Hier soir, Billy t'a proposé de faire partie du comité d'organisation du festival, dit-il, rivant son regard bleu de glace sur elle. Et il n'aurait pas dû te mettre dans l'embarras de cette façon. Je ne te blâmerais pas de refuser, mais je désirais savoir si tu avais pris une décision à ce sujet.

— N'aurait-ce pas été plus simple de m'appeler ?

— Je n'ai pas ton numéro.

— Non, bien sûr, répliqua-t-elle. Mais tu as apparemment appris mon adresse sans difficulté. Mon numéro de téléphone n'aurait pas dû te poser de problème.

— Touché, murmura-t-il, esquissant ce demi-sourire trop sexy pour son bien, qui lui donnait toujours envie d'effleurer ses lèvres du bout de ses doigts.

Trois ans plus tôt, elle en avait le droit et elle ne se gênait pas pour céder à ce besoin. Aujourd'hui, elle serra simplement les poings.

— Tu es restée loin de Royal ces trois dernières années, ajouta-t-il. Mais tu n'as sûrement pas oublié combien il est difficile de garder un secret, chez nous. Il m'a suffi de poser la question à la bonne personne pour découvrir ta nouvelle adresse. Je te dis cela afin que tu n'imagines pas que j'ai commencé une nouvelle carrière de harceleur en ton absence.

Elle devait convenir qu'il n'avait pas tort. Et les éternels ragots de Royal ne lui avaient pas du tout manqué.

Mais, dans ce domaine, Ross et elle avaient accompli un véritable miracle. Leur relation avait été l'un des secrets les mieux gardés de cette petite ville du Texas.

En tout cas, jusqu'à ce qu'elle révèle leur histoire à Rusty.

— Concernant cette proposition, dit-elle, s'efforçant de ne pas se noyer dans ces yeux de glace, je suis sûre que ton ami voulait bien faire, mais... compte tenu de notre passé, me faire siéger à votre comité d'organisation n'est probablement pas une bonne idée.

— Hier soir, j'étais du même avis, répondit-il en rivant son regard au sien. Mais, depuis, j'y ai réfléchi et je pensais...

— Quoi donc ?

— Il est important pour beaucoup de gens que la Soirée dans la Baie soit un succès. Pour atteindre cet objectif, je suis prêt à mettre de côté notre... *passé*. Et le comité d'organisation est un élément essentiel de ce succès. Nous avons besoin des esprits les plus créatifs dans ce groupe. Et, quoi qu'il se soit passé entre nous, je me souviens que tu étais une cheffe brillante et originale, avec un sens inné de l'innovation. Tu apporteras au comité ces qualités et ton sens des affaires. Cela ne peut que profiter à tous.

Qu'est-ce qu'il *ne lui disait pas* ? songea-t-elle. Pourquoi sentait-elle un silence assourdissant dans ce discours ? Au fond, cela lui était égal. Elle ne pouvait pas se permettre de s'enliser dans un projet dont Ross, ou n'importe quel Edmond, ferait partie. Elle l'avait déjà fait et elle l'avait payé cher.

— Je réfléchirai à ta proposition, Ross, affirma-t-elle, sachant qu'elle n'en ferait rien. Mais je ne peux te promettre...

— Maman ?

Un bruit de petits pieds courant sur le parquet suivit aussitôt cette douce voix plaintive qui l'appelait. Des petits bras dodus se refermèrent autour de son mollet, et, malgré l'angoisse qui l'oppressait et l'empêchait presque de respirer, elle s'agenouilla sur le parquet et elle étreignit son fils. L'enfant noua ses bras autour de son cou se blottit contre elle. Le cœur battant à tout rompre, elle déposa un baiser sur les boucles châtain clair au sommet de sa tête et elle respira avec délices sa merveilleuse fragrance.

Charlotte serra très fort les paupières pour refouler les larmes qui lui montaient soudain aux yeux. Et pas seulement parce qu'un jour Ben perdrait cette douce odeur de bébé.

La cause de cette soudaine tristesse, c'était l'homme silencieux planté à quelques pas d'eux, avec ce regard qui la brûlait comme un fer chauffé au rouge.

L'épée de Damoclès suspendue au-dessus de sa tête et de celle de son fils depuis des années venait soudain de s'abattre sur eux avec fracas. Et elle ne pouvait rien faire pour l'éviter.

— Comment te sens-tu, mon bébé ? murmura-t-elle, effleurant le front et la joue de son fils du dos de sa main.

Elle constata avec un soulagement indicible que la fièvre était tombée. Devant son enfant malade, elle s'était sentie totalement impuissante.

— Bien, marmonna son fils en se blottissant contre elle.

Et, malgré son angoisse encore récente, Charlotte sourit. Lorsqu'il n'était pas malade, Ben était un enfant joyeux, doué d'une énergie inépuisable. À présent, il s'accrochait à elle comme s'il craignait de la perdre de vue une seconde. Et cela ne la gênait pas. Le prendre dans ses bras, sentir son petit corps solide tout contre elle et l'entendre respirer, la rassurait.

— Manger ! lança-t-il. J'ai faim !

— Que dirais-tu de pancakes à la banane ? suggéra-t-elle, bien décidée à le gâter ce matin-là.

— Oh ! oui ! s'écria Ben avec enthousiasme. Et du jus !

— D'accord, répondit-elle en déposant un nouveau baiser sur le sommet de sa tête. Pourrais-tu aller jouer avec tes camions une minute, pendant que je finis de parler avec ce gentil monsieur ?Ben tourna alors la tête pour regarder Ross. Ben était timide avec les inconnus et il ne dit pas un mot, mais Charlotte, au bord de la panique, retenait son souffle. Son fils se trouvait face à son père pour la première fois, même s'il l'ignorait encore. C'était un moment surréaliste. Père et fils s'examinant l'un l'autre, Ross scrutant le visage de l'enfant d'un air énigmatique.

Elle était tentée de s'interposer entre Ben et Ross, de protéger son fils contre lui, de lui crier qu'elle ne lui permettrait jamais de faire du mal à son enfant.

Mais la femme fière qu'elle était avait envie de laisser Ross devant son fils et le mettre au défi d'affirmer que ce précieux, ce brillant petit garçon était bien celui dont il désirait se débarrasser. Celui dont il ne voulait pas entendre parler.Son côté vindicatif souhaitait le voir rongé par les regrets. Écrasé par le remords.

Cela faisait-il d'elle une sorte de harpie ? Oui, probablement. Mais son besoin fondamental de protéger Ben balayait toute autre considération.

— Tu vas jouer un petit moment, dit-elle en se relevant, sa petite main serrée dans la sienne. Ensuite, nous mangerons des pancakes à la banane.

Elle conduisit son fils jusqu'au coffre à jouets dans un coin du salon et elle en sortit deux de ses camions aux couleurs vives. Puis, s'étant assurée qu'il jouait paisiblement, elle prit une profonde inspiration et se tourna face à Ross.

— Allons là-bas, ordonna-t-elle, indiquant le hall d'entrée d'un geste du menton.

Sans attendre qu'il ait acquiescé, elle sortit à grands pas du salon pour retourner dans l'entrée. Elle savait qu'elle allait devoir répondre à des questions. Dans son regard glacial, elle lisait les soupçons. Mais il n'était pas question d'avoir cette conversation là où son fils pouvait les entendre.

— J'avais pensé que Ben était un bébé, murmura Ross.

Elle ne commit pas l'erreur de croire que ce ton de voix contrôlé signifiait qu'il prenait la situation avec calme. Un orage grondait au fond de ses yeux.

— Et toi, ajouta-t-il, tu me l'as laissé croire sans rien dire.

Face à ce visage accusateur, Charlotte ne broncha pas. S'il avait supposé que son fils était encore un bébé, ce n'était certainement pas *sa faute*.

Se détournant d'elle, Ross dirigea son regard vers le salon. Un lourd silence s'installa entre eux, et, une nouvelle fois, elle fut tentée de s'interposer entre Ben et lui, de protéger son fils de ce regard soupçonneux, de ce visage à l'expression glacée.

— Quel âge a-t-il ? s'enquit-il d'un ton coupant.

— Ben a deux ans, répondit-elle aussi sereinement qu'elle en fut capable.

— *Deux ans*, répéta Ross, son regard toujours fixé sur le petit garçon, qui faisait s'entrechoquer ses deux camions, inconscient de la tension qui crépitait entre les deux adultes.

— Ses yeux, poursuivit-il de cette même voix rauque presque douloureuse, ce sont les tiens. Mais son visage... J'ai l'impression de regarder mon propre visage de gosse.

Ben était une magnifique combinaison génétique d'eux deux, avec une peau un peu plus sombre que celle de son papa, et des cheveux plus clairs et moins frisés que ceux de sa maman. Mais, tandis que Ross continuait à examiner son fils, à chercher d'autres points communs entre l'enfant et lui-même, Charlotte demeura stoïque, observant en silence toute une série d'émotions défiler sur son beau visage viril. Choc. Incrédulité. Rage. Et... un autre sentiment beaucoup plus complexe. Mais ce fut sa rage qui gagna la partie, et ses yeux du même bleu que le ciel lancèrent des éclairs.

— Est-il mon fils ? gronda-t-il. Réfléchis bien avant de répondre, Charlotte. Ne me mens pas !

— Pourquoi aurais-je besoin de te mentir ? répliqua-t-elle d'un ton de défi, malgré l'angoisse qui lui serrait le cœur. Ben est ton fils, bien sûr.

— Et tu n'as pas jugé que j'avais le droit de le savoir ? Si je n'étais pas venu chez toi aujourd'hui, aurais-tu même daigné m'informer qu'un fils *dont j'ignorais l'existence* vivait dans la même ville que moi ?

— Ne parle pas si fort ! rétorqua-t-elle d'un ton irrité.

Et, même si son instinct lui criait de garder ses distances avec lui, elle se rapprocha afin d'éviter que Ben entende leur conversation, avant de déclarer :

— Et la réponse est non, bien entendu. Je ne t'aurais rien dit. N'essaye pas de me rendre responsable de cette situation.

Elle constata avec consternation que sa voix tremblait. Elle devait absolument éviter toute manifestation de faiblesse devant cet homme. La dernière fois qu'elle lui avait exposé sa vulnérabilité, il l'avait *rejetée*. Elle ne lui en offrirait jamais plus l'occasion.

— Tu avais décidé que tu ne voulais pas de lui, poursuivit-elle, que tu ne souhaitais pas te compliquer l'existence avec un bébé. Et donc, je ne te dois rien du tout, et nous n'avons nul besoin de toi. J'ai pris la décision d'être son père et sa mère à la fois. Tu n'as aucun droit de te poser en victime.

— De quoi parles-tu ? s'insurgea-t-il. Tu n'as jamais...

Il marqua une pause, secouant la tête d'un air furieux, avant d'ajouter :

— Je me fiche bien de savoir pourquoi tu m'as menti et éloigné mon fils de moi, mais, je veux qu'une chose soit claire... aucune bonne raison ne le justifiait.

— Protéger mon fils de la souffrance était la meilleure raison du monde, rétorqua-t-elle.

— Le protéger de son père ? répliqua-t-il, indigné.

Son expression se durcit encore, et il recula d'un pas comme s'il éprouvait du dégoût à se tenir aussi près d'elle.

Qu'il aille au diable, songea-t-elle.

Mais elle avait la sensation qu'une lame glacée lui traversait le cœur.

— J'exige un test ADN.

— Ne disais-tu pas qu'il était l'image même du petit garçon que tu étais à son âge ? observa-t-elle d'un air offensé. Qu'est-ce qui t'a fait changer d'avis ?

Au fond, cela lui était égal. Ce qu'il pensait d'elle lui était totalement indifférent. Seul Ben comptait pour elle.

— Je ne doute pas d'être son père, affirma-t-il d'un ton sarcastique. Je me méfie de toi et de tes motivations. Et, avant de prendre ma décision suivante, j'exige une preuve concrète, *légale*, qu'il est de moi, pour faire en sorte que tu ne puisses pas m'empêcher de le voir.

Elle recula en titubant, le souffle coupé, mais, lorsque Ross s'avança vers elle comme s'il avait cru qu'elle allait s'effondrer, Charlotte repoussa brusquement ses mains et fit un gigantesque effort pour se ressaisir.

— Prendre ta décision suivante ? répéta-t-elle. Que veux-tu dire par là ?

Il se redressa de toute sa taille, plus intimidant que jamais, et, son regard glacé rivé au sien, il répondit seulement :

— Je resterai en contact avec toi, Charlotte. Et je te conseille de ne pas essayer de disparaître comme tu l'as fait la dernière fois. Ce coup-ci, je retrouverai ta trace.

Et, tandis que ces paroles menaçantes résonnaient encore dans le petit hall d'entrée, il pivota sur ses talons, ouvrit la porte et sortit.

Charlotte demeura clouée sur place, comme paralysée.

Sa décision suivante.

Qu'avait-il l'intention de faire ? Obtenir la garde de Ben ? L'éloigner d'elle ? Compte tenu de la fortune des Edmond, de l'influence de cette famille dans la région, il en avait le pouvoir. Pourrait-il envisager de...

Non.

Charlotte serra les poings. Elle ne le laisserait jamais arracher son bébé à ses bras. Après tout, c'était lui qui leur avait tourné le dos le premier. Qui les avait abandonnés.

Elle redressa la taille, bien décidée à résister.

Elle n'était plus la jeune fille solitaire et désespérée qui avait quitté Royal et qui l'avait presque supplié de ne pas leur tourner le dos, à elle et à son bébé. La maternité avait fait d'elle une guerrière.

Si Ross voulait la guerre, elle se battrait.

4

Il avait un fils.

Ross relut pour la énième fois le rapport d'analyse ADN qu'il avait reçu par mail. La dernière ligne de ce document venait de changer sa vie pour toujours.

Probabilité de concordance : 99,9998 %.

Son cœur battait à grands coups désordonnés, et un torrent d'émotions déferlait sur lui. Choc. Terreur. Douleur. Joie.

Tant de joie !

Jusqu'à cet instant, trois jours plus tôt, où il avait scruté ce petit visage, comme un sosie de l'enfant qu'il avait été au même âge... jusqu'à ce que ces yeux bruns familiers lui rendent son regard, à la fois curieux et timides, les enfants n'avaient été pour lui qu'un vague projet sans cesse repoussé. Qui n'avait pas sa place dans sa vie hédoniste. Mais, à l'instant où il s'était trouvé face à son fils, ce futur hypothétique avait fait irruption dans son présent.

Il désirait lire la joie et l'amour dans ces yeux, lorsqu'ils se levaient vers lui. Il désirait que ces petits bras se tendent vers lui sans aucune hésitation, en toute confiance.

Ross brûlait d'appeler cet adorable petit garçon *mon fils*. De le reconnaître haut et fort comme le sien. Et, qu'en retour, il l'appelle *papa*.

C'était un besoin si intense qu'il l'étouffait.

Il parcourut une nouvelle fois le rapport, et son regard s'arrêta sur le nom en haut de la page : Benjamin Jarrett. *Ben.*

Pour une raison inconnue, il lui avait été impossible de

prononcer ce nom chez Charlotte. Comme si le fait de le dire à voix haute avait fait de cette paternité un lien trop réel. Réel, mais aussitôt volé sans pitié par des mains cruelles.

Mais cela ne se reproduirait pas. Pas avec ce rapport officiel prouvant qu'il était le père de cet enfant.

— Ben, murmura-t-il, associant enfin un nom à ce qui venait de devenir son espoir le plus vif, le plus profond.

Et, parallèlement, une autre émotion l'envahit. Il avait été privé des deux premières années de la vie de son fils, et Charlotte avait nié à son fils le droit de porter son nom. Elle les avait privés, Ben et lui, de ce droit naturel.

Le détestait-elle à ce point ? songea-t-il en serrant les poings. Il prit une profonde inspiration, s'efforçant de calmer sa rage, puis il haussa les épaules.

Qu'elle le déteste ou pas lui était indifférent, et il se moquait de connaître ses tortueuses motivations pour avoir agi ainsi. C'était *elle* qui avait choisi de quitter Royal, qui avait choisi de ne pas l'informer qu'elle était enceinte. *Elle* qui avait décidé de lui voler son fils. Charlotte avait décidé seule pour eux trois, sans se soucier des conséquences. Ben méritait d'avoir à la fois une maman *et* un papa.

Ross ne permettrait plus qu'elle ait ce pouvoir de contrôler totalement leurs vies.

À cet instant, l'Interphone sur sa table de travail se mit à bourdonner, l'arrachant à ses réflexions.

— Ross ? fit la voix de son assistante dans le haut-parleur. Charlotte Jarrett est ici, et elle souhaiterait vous voir.

— Faites-la entrer, s'il vous plaît, répondit-il.

Quittant son fauteuil, il contourna rapidement sa table de travail, une expression de sombre satisfaction sur son visage. Sitôt après avoir lu le rapport du test de paternité, il avait envoyé un texto à Charlotte pour lui demander de passer à son bureau afin d'avoir une conversation avec elle.

Elle avait mis un peu de temps à réagir, mais elle avait fini par lui répondre qu'elle arrivait. À présent, elle se tenait juste derrière la porte de son bureau. Et Ross était bien décidé à obtenir d'elle toutes les réponses dont il avait besoin, à exiger tous ses droits de papa.

On frappa à la porte, et, une seconde plus tard, celle-ci s'ouvrit, livrant passage à son assistante et à Charlotte. Mais Ross ne voyait *qu'elle*. C'était l'un des super pouvoirs de Charlotte, sa capacité à capter l'attention d'un homme tandis que tout le reste disparaissait dans le brouillard. Aujourd'hui, elle portait une veste courte de cuir noir pour se protéger de la fraîcheur de février. Un chemisier blanc tout simple soulignait les courbes généreuses de sa poitrine, et un jean noir moulait amoureusement ses hanches superbes et ses longues jambes chaussées de bottes légères de daim.

L'effet de cet ensemble sur elle était aussi époustouflant que si elle avait été vêtue d'une robe de soirée de grand couturier exposant généreusement sa peau satinée, ou même entièrement nue. Elle avait toute son attention. Et, malgré lui, il rendit les armes.

Avec elle, il n'avait jamais su résister.

Jamais cessé de la *désirer*.

Elle l'avait quitté, lui avait menti, avait éloigné son fils de lui. Et il la désirait encore à en mourir.

Mais ce n'était pas une simple question de sexe.

Au cours de ces années, il n'avait jamais manqué de femmes dans son lit. Mais aucune n'avait jamais suscité ce besoin viscéral, presque primitif, que Charlotte Jarrett avait éveillé en lui lorsqu'il l'avait vue pour la première fois dans le bureau de Rusty, qui venait de la recruter.

S'il l'avait pu, il aurait effacé cette image traîtresse de sa conscience. Détournant son regard de Charlotte, il s'adressa à assistante.

— Merci, Sandra, dit-il. Aucune interruption pendant l'heure qui va suivre, s'il vous plaît.

Son assistante acquiesça en silence, puis elle se retira.

— Veux-tu poser tes affaires quelque part ? s'enquit-il désignant le sac accroché à son épaule.

— Non, c'est inutile. Je dois commencer au restaurant dans un petit moment. Pourrions-nous en finir avec cette affaire ? Je présume que tu as reçu le rapport d'analyse ADN ?

— Oui, je l'ai reçu, convint-il, désignant le sofa au fond du bureau. Veux-tu t'asseoir un instant, s'il te plaît ?

— Vraiment, Ross ? répondit-elle avec un sourire sans joie. Tu as envie que nous bavardions un peu ? N'avons-nous pas dépassé ce stade depuis longtemps ? Je préfère rester debout et aller droit au but.

— Soit, murmura-t-il en s'approchant d'elle. Nous ferons les choses à ta façon. Pour la dernière fois.

Lorsqu'il cessa d'avancer, il se tenait seulement à quelques centimètres d'elle. Suffisamment loin pour être sûr de ne pas la toucher par accident, et suffisamment près pour distinguer la lueur d'appréhension qui avait traversé son regard.

Était-il mesquin de sa part de ressentir cette sombre satisfaction, face à sa réaction ? Sûrement.

Mais, tant pis. Il avait mérité ce petit plaisir.

— Ce rapport a confirmé que je suis bien le père de Ben, dit-il, prononçant ces mots à voix haute pour la première fois, avec ce même mélange de joie, de choc et de crainte.

— Alors maintenant, tu le sais avec certitude, répliqua-t-elle d'un ton de défi.

Cette remarque déclencha une vague de colère brûlante en lui, et il dut puiser dans ses réserves de self-control pour ne pas glisser la main derrière sa nuque délicate et l'attirer à lui pour l'embrasser jusqu'à ce qu'elle fonde dans ses bras. Jusqu'à ce qu'il sente ses courbes délicieuses pressées tout contre lui... Jusqu'à ce que ses lèvres s'entrouvrent sous les siennes. Il s'efforçait encore de contenir cet élan, ce besoin de domination, lorsqu'elle poursuivit :

— Que comptes-tu faire maintenant ? Car toi et moi savons que tu n'as pas la moindre envie d'être le papa d'un enfant. Tu t'y refusais il y a trois ans, et tu ne t'en souciais pas davantage avant d'avoir appris l'existence de Ben.

— Tu n'as aucune idée de ce que je désire, répliqua-t-il d'un ton amer. Tu ne m'as jamais *demandé* ce que je désirais. Tu as toujours décidé de tout sans te soucier des conséquences, et sans te préoccuper de la souffrance des autres.

— Parce que je n'avais pas d'autre choix ! s'écria-t-elle.

L'écho de ces mots se réverbéra un instant dans la pièce. Elle exhala un soupir tremblant, visiblement secouée, puis elle redressa les épaules et se détourna de lui.

Plusieurs secondes s'écoulèrent avant qu'elle n'affronte à nouveau son regard. Son visage était devenu un masque lisse, dénué de toute expression.

— Tu ne peux pas refaire l'histoire afin qu'elle coïncide avec le récit que tu en fais, Ross. J'ai fait ce que je devais pour protéger mon fils. Je l'ai élevé et aimé, et je continuerai à le faire. Je ne veux pas de ton argent et je n'en ai pas besoin. Mais il ne s'agit pas de moi. Tu as le droit de contribuer à la sécurité financière de Ben, et, si tu le désires, j'ouvrirai un compte à son nom. Cet argent financera ses études à l'université, ou tout autre projet qu'il aura choisi lui-même lorsqu'il sera en âge de le faire.

— C'est très généreux de ta part de m'autoriser à assurer les besoins de *notre* fils, ironisa Ross. Je déteste avoir à te l'annoncer ainsi, Charlotte, mais tu ne pourras pas me tenir plus longtemps à l'écart de sa vie. Et si, durant un bref instant, tu pouvais placer ton amour pour lui au-dessus de ta haine pour moi, tu comprendrais que Ben a aussi besoin de moi, *son père*, dans sa vie.

— Comment oses-tu...

Sa voix n'était plus qu'un souffle, et ses yeux bruns brillaient de larmes retenues. Charlotte ne pleurait que lorsque sa rage avait atteint un niveau intolérable.

Et Charlotte ne s'effondrait jamais. Elle s'enfuyait.

— Tout ce que j'ai fait depuis que j'ai appris que j'étais enceinte de Ben, je l'ai fait pour lui. J'ai été à deux doigts de ruiner ma relation avec mes parents. J'ai laissé derrière moi mon ancienne vie. J'ai tout recommencé à zéro dans une autre ville. J'ai travaillé de longues heures, j'ai repoussé tous mes projets. *Pour lui*. Toujours pour lui. Et je ne l'ai jamais regretté. Qui es-tu pour me juger, Ross ? Où étais-tu ? Pendant que je me sacrifiais pour Ben, *pendant que je l'aimais*, tu jouais les play-boys avec la jet-set internationale, parcourant le monde de fête en fête, de femme en femme.

— Tu ne m'avais pas vraiment laissé le choix, Charlotte, gronda-t-il. Tu ne m'as pas offert l'opportunité d'abandonner ce genre d'existence et de faire partie de la vie de mon fils. Tu n'as aucun droit de jouer les martyrs et de me laisser le rôle du méchant de l'histoire à cause de décisions que tu as prises toute seule, sans consulter qui que ce soit.

— Oh ! je t'en prie ! rétorqua-t-elle d'un ton furieux. Si tu crois que le fait d'avoir contribué ton ADN te donne des droits sur lui, tu te trompes. Un père absent vaut mieux qu'un play-boy qui jouera avec lui comme avec un nouveau jouet, puis qui l'abandonnera sitôt qu'un devoir plus important... une soirée mondaine, un gala ou un voyage d'affaires, l'appellera ailleurs. Ou, pire encore, un père qui n'a jamais voulu de lui.

Était-ce l'image qu'elle avait de lui ? Un jouisseur hédoniste, indifférent à tout ce qui n'était pas sa prochaine fête ? Sa prochaine conquête féminine ? Était-ce pour cette raison qu'elle avait éloigné Ben de lui ?

— Jamais voulu de lui ? protesta-t-il, profondément blessé. Ce n'est pas la première fois que tu me lances cette accusation, Charlotte, et elle est injuste, car elle suggère que j'avais le choix. La réalité, c'est que tu m'as volé deux ans de la vie de mon fils, deux années qui ne reviendront jamais !

Il avait manqué le premier sourire de son fils. Ses premiers mots. Ses premiers pas. Ross ne savait rien de Ben, ni ce qu'il aimait manger, ni ses jouets favoris. Il ne savait pas s'il devenait grognon lorsqu'il était fatigué. Il n'avait jamais entendu son rire. C'était un abîme de chagrin en lui qui ne se refermerait jamais.

— Es-tu sérieux, Ross ? s'exclama-t-elle d'un ton incrédule. C'est cela, ta défense ? Tu avais exigé que je me débarrasse de notre fils, l'as-tu oublié ? Jouer les idiots ne te va pas.

Il était sur le point de lui lancer une réplique blessante lorsque le sens de ses paroles s'imprima dans son cerveau.

Tu avais exigé que je me débarrasse de notre fils, l'as-tu oublié ? L'idée lui paraissait tout à coup tellement vile qu'il fut saisi d'horreur pour ce qu'il avait fait.

— Charlotte, je t'en prie, murmura-t-il d'un ton douloureux. Fais seulement... semblant de croire que je ne sais rien et raconte-moi tout, s'il te plaît.

Elle le fusilla du regard, et il crut d'abord qu'elle allait refuser sa requête, puis elle poussa un soupir.

— C'est totalement fou, mais d'accord, répondit-elle. À quelle date dois-je commencer cette exploration du passé ?

— Commence tout au début. Et n'oublie aucun détail.

— Comme tu voudras, dit-elle avec un rire amer. Quelques semaines après avoir quitté Royal, j'ai remarqué que mes règles étaient en retard. Je t'ai appelé au téléphone, t'en souviens-tu ?

— Oui, marmonna-t-il.

Comment pourrait-il l'oublier ? Durant les quatre semaines qui avaient suivi son départ, il avait bondi sur son téléphone chaque fois qu'il sonnait. Mais ce n'était jamais elle qui appelait. Alors, la première fois qu'il avait vu son nom s'afficher sur l'écran, que le doux son de sa voix avait caressé son oreille, il s'était montré froid, distant.

— Tu n'as pas dit un mot au sujet de ta grossesse, ce jour-là.

— Non, mais j'ai essayé, insista-t-elle. Tu ne m'en as pas laissé l'occasion. Tu étais pressé. Un rendez-vous que tu ne pouvais pas manquer, d'après toi.

Il lui avait menti. Ce jour-là, il était vautré sur le sofa, dans le salon du ranch, à noyer son chagrin dans le scotch dix-huit ans d'âge de son père. Mais son orgueil lui interdisait de lui faire un tel aveu. Il avait inventé ce rendez-vous pour ne pas reconnaître qu'il ne s'était plus approché d'une femme depuis qu'elle l'avait quitté.

— Mais tu aurais tout de même pu me l'annoncer avant de raccrocher. Quatre petits mots. *Ross, je suis enceinte*. Et, je le répète, tu t'en es bien gardée.

— J'ai essayé une seconde fois, affirma-t-elle, ignorant le sarcasme. Je n'ai obtenu que ton répondeur et j'ai donc appelé le ranch, où la gouvernante m'a informée que tu étais absent. J'allais raccrocher lorsque Rusty a pris le téléphone, et il a exigé de savoir pourquoi je cherchais à te contacter, alors que j'avais démissionné.

Elle hésita une seconde, puis elle poursuivit :

— Je crois... J'étais si abattue que je lui ai tout dit au sujet de ma grossesse. Rusty m'a ordonné de me débarrasser du bébé. Il m'a déclaré que son fils était un *Edmond*, et qu'il n'était pas question qu'il élève un enfant avec sa cuisinière.

Elle esquissa un sourire sans joie, avant de conclure :

— Il m'a également déclaré qu'il était au courant de notre... relation. Grâce à toi. Et que tu lui avais assuré que tu en avais fini avec moi.

— C'est un mensonge ! gronda-t-il. Je n'ai jamais parlé de nous à mon père, ni à personne d'autre.

— Non, j'en suis sûre, murmura-t-elle d'un ton amer.

— Bon sang, Charlotte ! gémit-il d'un ton désespéré. Ce n'est pas ce que je voulais dire. Je...

— Tout cela, c'est du passé, Ross, coupa-t-elle. Que Rusty ait menti ou non à ce sujet, il disait vrai en affirmant que tu voyais d'autres femmes, n'est-ce pas ? Il m'a promis de te demander de m'appeler, mais pas avant de m'avertir que si je refusais de mettre fin à ma grossesse, et que je racontais cette histoire à quelqu'un, il me ruinerait. Et aussi qu'il ne s'arrêterait pas là. Qu'il s'en prendrait aussi à mes parents.

— Je n'arrive pas à croire...

Ross s'interrompit. En vérité, son père aurait été parfaitement capable de mettre ses menaces à exécution – et il l'était toujours. Menacer une ex-employée pour protéger le précieux nom des Edmond était tout à fait dans ses cordes.

— Ne te donne pas tant de peine Ross, chuchota Charlotte, l'amertume imprégnant à nouveau sa voix. Tu peux nier avoir eu connaissance de cette conversation avec Rusty au téléphone, mais pas de la lettre.

— La lettre ? Quelle lettre ?

Elle le dévisagea, et sa confusion devait être évidente dans son regard, car elle ouvrit son sac et le fouilla rapidement avant d'en extraire un portefeuille de cuir brun usé. Elle en tira un feuillet plié, et, s'approchant de lui, elle le plaqua contre son torse.

Par pur réflexe, Ross recouvrit sa main avec la sienne. C'était la première fois qu'elle le touchait depuis trois ans, et ce léger contact le fit presque défaillir. Une vague de plaisir inouï déferla sur lui, et il crispa ses doigts sur les siens, comme si elle était sa seule ancre dans l'univers.

Hélas, elle libéra brusquement sa main et recula d'un pas, lui abandonnant le feuillet plié. Frottant sa paume avec son pouce comme si elle venait de se brûler.

— As-tu envie de lire cette lettre à voix haute ? suggéra-t-elle. Elle rafraîchira peut-être ta mémoire défaillante.

Il la dévisagea un instant. Son expression intraitable cadrait mal avec ce geste inconscient qu'il venait de surprendre… Comme si Charlotte essayait d'effacer l'empreinte de sa peau sur la sienne. Puis, enfin, il déplia précautionneusement feuillet.

— « Charlotte, récita-t-elle de mémoire, alors qu'il parcourait le feuillet des yeux, tu étais censée être une agréable aventure, pas la mère de mon enfant. Débarrasse-t'en. Utilise le chèque ci-joint pour payer l'intervention et pour te dédommager de ta peine. Ensuite, tu reprendras le cours normal de ta vie, comme je l'ai déjà fait avec la mienne. Russell Edmond Jr. »

—Russell Edmond Jr, répéta-t-elle d'un ton sarcastique. Comme si je n'avais plus le droit de t'appeler Ross. C'était très stylé de ta part.

Il demeura un instant sous le choc, luttant contre la sensation qu'une main glacée lui serrait le cœur. Puis il relut la lettre, encore et encore. Elle était imprimée, mais c'était bien sa signature. Ou ce qui ressemblait à sa signature. Parce que ce qui était certain, c'était qu'il ne l'avait jamais écrite, ni signée ni postée. Comment…

Il savait très bien comment. Son père. Son père n'avait jamais mentionné avoir parlé avec Charlotte au téléphone, et c'était lui qui avait envoyé cette lettre. Un faux.

Charlotte ne lui avait pas volé les deux premières années de la vie de son fils. Le coupable, c'était Rusty. Cette révélation déclencha une telle furie en lui, une rage si meurtrière que si son père n'avait pas été absent pour assister à une réunion de travail, à l'autre bout de l'État, il se serait immédiatement précipité dans son bureau pour lui dire en face ce qu'il pensait de lui.

Quelle plaisanterie ! songea-t-il avec amertume. Son père avait accusé Charlotte de placer ses propres intérêts avant ceux de son enfant. Ross aurait dû se méfier. Après tout Rusty avait fait cela toute sa vie avec ses propres enfants.

— Je sais que tu n'as aucune raison de me croire, Charlotte, dit-il, la gorge serrée d'émotion, mais… je n'ai jamais écrit cette lettre. Je ne connaissais même pas ton adresse en Californie pour te l'envoyer.

— Elle a été envoyée à l'adresse de mes parents, et ils l'ont fait suivre chez ma sœur, chez qui je logeais à l'époque, précisa-t-elle, scrutant attentivement son visage comme si elle essayait d'analyser chaque nuance de son expression.

Et il ne lui cacha rien – ni à quel point il était dévasté par les mensonges de son père, ni son chagrin à l'idée de tout ce qu'il avait perdu. Ni la douleur de savoir qu'elle l'avait pris pour un monstre. On pouvait certainement l'accuser d'être un coureur de jupons, mais pas un père indigne. Un sale type capable d'esquiver ses responsabilités et d'ignorer son enfant.

— Je me fiche de ce chèque, gronda-t-il, l'esprit tourbillonnant. Pourquoi as-tu gardé cette lettre ? Pourquoi l'emportes-tu dans ton portefeuille ?

— C'est un rappel de la réalité, répondit-elle en lui reprenant le feuillet des mains pour le replier soigneusement avant de le glisser dans son portefeuille. Lorsqu'il m'arrive d'être trop fatiguée, et que j'ai l'impression de ne plus pouvoir continuer, je le relis pour me rappeler que je l'ai déjà fait une fois, et que je peux recommencer. Et aussi pour me rappeler que je ne peux compter que sur moi-même.

— Je ne savais pas, Charlotte, murmura-t-il, le cœur serré. J'ignorais que tu étais enceinte et je ne t'ai jamais écrit une lettre pour te demander de te débarrasser de mon bébé. Je...

Il n'abandonnerait jamais son enfant. Pas après avoir été la victime d'un abandon semblable de la part de sa propre mère. Il avait ressenti cette douleur, cette confusion, cette perte de l'estime de soi. Il ne les infligerait jamais à un enfant, et surtout pas au sien.

— Je t'en prie, Charlotte, laisse-moi te prouver que je peux être un bon père pour Ben. Je sais que tu ne dois rien à ma famille, mais accorde-moi une dernière chance.

Elle secoua la tête, mais, pour la première fois, il lut de l'indécision dans ses yeux.

— Je...

Au même instant, la porte du bureau s'ouvrit, et Gina, sa sœur, entra dans la pièce, son regard baissé vers la tablette qu'elle tenait entre ses mains.

— Ross, dit-elle, Valencia Donovan, de l'Association de protection des chevaux, m'a appelée tout à l'heure. Nous devons lui envoyer...

Elle releva enfin la tête et, apercevant Charlotte, elle se figea.

— Je... je suis désolée, Ross. Ton assistante n'était pas à son poste, alors je...

Le reste de sa phrase resta en suspens, et, retrouvant instantanément les bonnes manières qui lui avaient été inculquées depuis le berceau, elle salua la visiteuse.

— Charlotte Jarrett ! dit-elle en s'avançant vers elle, sa main tendue. Cela fait une éternité. Heureuse de vous revoir.

— Merci, répondit Charlotte, serrant la main offerte avec un sourire un peu hésitant. C'est merveilleux d'être de retour.

— Je ne voudrais pas vous sembler indiscrète, dit Gina, mais je le suis probablement. Qu'est-ce qui vous ramène chez nous ? J'espère que votre famille va bien ?

— Billy et moi sommes tombés sur elle par hasard en dînant au Sheen, il y a quelques jours de cela, expliqua Ross. Charlotte est la nouvelle cheffe de ce restaurant. Je lui ai demandé de passer ici afin que nous discutions de sa participation à la Soirée dans la Baie avec un restaurant sous chapiteau, et peut-être un siège au comité d'organisation.

— C'est merveilleux, déclara Gina en souriant. J'ai entendu de nombreux commentaires très flatteurs au sujet du Sheen et de sa nouvelle cheffe. J'étais loin de me douter qu'il s'agissait de Charlotte.

Elle jeta un coup d'œil à la tablette qu'elle tenait encore entre ses mains, avant d'ajouter :

— Ce que j'avais à te dire peut attendre, Ross. Pourrais-tu venir me voir après votre réunion ?

— Pas de problème, affirma Ross. Accorde-moi encore un moment, puis je passerai à ton bureau.

— C'est inutile, intervint Charlotte. J'étais sur le point de partir, de toute façon.

Sa sœur ne remarqua peut-être rien, mais Ross entendit parfaitement la note de désespoir qui vibrait dans sa voix. Il faillit protester, car ils étaient loin d'en avoir terminé avec leur conversation. Mais, à la dernière seconde, il ravala ses objections pour ne pas attirer inutilement l'attention sur eux. Il n'avait pas honte de Ben – encore maintenant, il avait envie de crier au monde entier qu'il avait un fils. Mais cette décision aurait des effets, pas seulement pour lui, mais aussi pour Charlotte, et surtout pour Ben. Jusqu'à ce qu'ils aient repassé ensemble tous les détails de cette affaire, et qu'il ait digéré ces nouvelles révélations cataclysmiques, cette information devait rester confidentielle.

— Oh ! non ! protesta Gina. Vous n'avez pas à vous en aller à cause de moi !

— Ce n'est pas du tout le cas, assura Charlotte. Cela a été un plaisir de vous revoir.

Elle mentait visiblement. Un passager du *Titanic* repêché par un canot de sauvetage n'aurait pas eu l'air plus soulagé.

— Pour moi aussi, répondit Gina. Et je me réjouis d'entendre que vous allez vous joindre à nous pour la Soirée dans la Baie. Vous étiez une cheffe brillante, et nous avons beaucoup de chance de vous compter dans notre organisation. Bienvenue à la maison, Charlotte.

— Merci, murmura-t-elle. Et, Ross, je t'appellerai pour te faire part de ma décision, concernant le comité d'organisation.

Puis, lui accordant à peine un regard, elle leur adressa un dernier salut de la main et elle fila vers la porte.

— C'est moi qui t'appellerai, lança Ross dans son dos.

Elle hocha la tête sans se retourner, puis elle sortit, refermant la porte derrière elle.

— Es-tu certain que je n'ai pas interrompu un tête-à-tête plus... personnel ? s'enquit Gina d'un air intrigué.

Leur père était le seul à ne pas avoir remarqué l'acuité du jugement, l'intelligence de Gina. Peu de chose lui échappait. Et certainement pas la tension sous-jacente dans les rapports entre Charlotte et lui.

— Pas du tout, répondit-il d'un ton qui n'invitait pas s'attarder sur le sujet. Et maintenant, que se passe-t-il avec Valencia Donovan ?

Gina lui décocha un dernier regard scrutateur, puis elle lui expliqua les raisons de sa visite impromptue.

Et Ross se fit une promesse solennelle.

Charlotte lui avait peut-être échappé pour le moment.

Mais, cette fois-ci, à la différence de ce qui s'était passé trois ans plus tôt, où qu'elle décide de s'enfuir, il la retrouverait.

5

— Les Hudson n'en finissent pas de s'extasier au sujet de votre cuisine, déclara Faith en entrant dans la salle privée du Sheen, que Candice Hudson, sa mère, sa tante et plusieurs de leurs amies venaient de quitter, emportant leurs bavardages et leurs rires avec elles.

Un mélange de plaisir et de satisfaction dans son regard, Charlotte se tourna vers la manageuse du restaurant, qui venait de s'affaler sur l'une des chaises que Candice, la future mariée, et son groupe venaient de libérer. Elle ne se lassait jamais d'entendre répéter que sa cuisine avait été appréciée.

— Pourquoi êtes-vous si fatiguée ? demanda-t-elle, rassemblant les dernières cartes sur lesquelles les clientes avaient noté les spécialités qu'elles avaient choisies. C'est moi qui me suis chargée de la cuisine, et les serveuses ont assuré le service en salle.

— J'ai dû parler toute la soirée, répondit l'autre femme en soupirant. Savez-vous comme il est épuisant d'animer un public en restant *intéressante* ? C'est un travail de titan.

Empochant toutes les cartes, Charlotte pouffa de rire.

— Pauvre petite chose fragile ! ironisa-t-elle.

— Oui, je sais, répliqua Faith avec un rire de dérision. Mais il faut bien faire son devoir. Maintenant, assez parlé de moi. Les Hudson viennent de déposer une avance de cinq mille dollars pour le service de traiteur du mariage, et tout cela grâce à votre cuisine. Je n'avais pas douté un instant qu'ils adoreraient votre menu, bien sûr. Qui pourrait résister à vos huîtres grillées au basilic et au parmesan ? Le seul fait d'y penser vient de me déclencher un orgasme gustatif...

— Vous êtes terrible ! fit Charlotte, quittant la salle privée, pour se diriger vers la cuisine, Faith sur les talons.

— Quoi ? protesta Faith. Les huîtres sont aphrodisiaques. Vous rendez service aux jeunes mariés pour leur nuit de noces en les incluant au menu.

— Arrêtez ! s'exclama Charlotte se retenant à grand-peine d'éclater de rire. Je suis seulement heureuse qu'elles aient apprécié ma cuisine.

La première fois que Faith avait fait une remarque révélant ce sens de l'humour coquin, Charlotte avait failli s'étouffer avec la cuillerée de bisque de homard au parmesan qu'elle goûtait.

La composition d'un menu de mariage dans la haute société, auquel participeraient près de cinq cents invités, avait été un challenge nécessitant des heures de travail. Mais la satisfaction évidente de leurs clientes l'avait amplement récompensée de ses efforts.

— Elles l'ont *adorée*, corrigea Faith, entrant derrière elle dans la cuisine bourdonnante d'activité. Et la fière maman de la mariée nous a promis de nous recommander à ses amis richissimes et très influents, pour leurs réceptions de mariage ou pour d'autres événements. Je dois parler avec Jeremy pour lui suggérer d'imprimer de nouvelles brochures centrées sur les mariages et les réceptions.

Faith composait déjà son numéro lorsque Charlotte retourna devant ses fourneaux pour préparer une sauce au vin. Au même moment, la porte de la cuisine s'entrouvrit, et Jeremy Randall passa sa tête à l'intérieur.

— Charlotte ? lança-t-il, le front barré d'un pli soucieux. Pourrais-je vous parler un instant ?

— Oui, bien sûr, répondit-elle, réprimant un soupir.

Elle venait de perdre beaucoup de temps à la table des Hudson et de leurs invitées à leur expliquer la composition de chaque plat, et son seul désir, désormais, était de se replonger dans ses préparations culinaires. C'était son plus grand plaisir dans la vie.

Mais, lorsque le propriétaire du restaurant requérait sa présence, elle ne pouvait pas refuser.

Après avoir donné ses instructions à sa seconde de cuisine, elle rejoignit Jeremy dans le couloir.

— Que puis-je pour vous ? s'enquit-elle.

Jeremy était un bel homme entre deux âges, aux cheveux poivre et sel, à la peau brune sans une seule ride. Avec sa haute taille et sa parfaite forme physique, le propriétaire du Sheen pouvait avoir entre quarante et soixante ans. Ses cheveux gris ne faisaient qu'accentuer sa prestance et sa distinction. À cet instant précis, toutefois, son habituel air de sérénité avait disparu. Il paraissait stressé.

— Euh… Ross Edmond est ici, et il désire vous parler.

Cette visite aurait dû la surprendre… mais ce n'était pas le cas. Depuis qu'elle était sortie – *qu'elle s'était enfuie* – de son bureau, la veille, elle s'attendait à ce qu'il l'appelle, ou qu'il se présente à sa porte comme il l'avait déjà fait. Mais pas au Sheen. Elle n'avait pas envie de devoir répondre à une foule de questions indiscrètes au sujet de l'intérêt évident que lui portait le fils aîné des Edmond, héritier du groupe.

D'un geste né d'une longue habitude, elle effleura le collier qu'elle portait à son cou, sous sa veste de cuisine. Par bonheur, Ross ne l'avait pas remarqué lors de son unique visite chez elle. Comment pourrait-elle lui expliquer qu'elle ne souhaitait plus rien avoir à faire avec lui, qu'elle désirait l'effacer de sa vie, alors qu'elle portait toujours l'unique cadeau de lui qu'elle ait conservé ? Elle s'était débarrassée de tout le reste et avait été très surprise de retrouver ce collier parmi ses affaires en Californie. Elle avait même failli le jeter, mais… elle en avait été incapable. Trop de souvenirs étaient attachés à cette chaînette d'or et à son pendentif en forme de cœur incrusté de diamants.

— Je l'ai installé dans mon bureau afin que vous puissiez parler tranquillement, déclara Jeremy, ses yeux noisette brillant de curiosité. Mais… Y a-t-il quelque chose que je devrais savoir ? Préférez-vous que je reste avec vous ?

Charlotte secoua la tête. Elle appréciait son offre de protection, mais cette bataille ne concernait que Ross et elle.

— Merci, répondit-elle, mais c'est inutile. Il souhaite probablement me parler du restaurant sous chapiteau pour la Soirée dans la Baie dont je vous ai déjà parlé.

— Très bien, dit-il d'un ton hésitant. Si vous êtes sûre... En tout cas, si vous avez besoin de moi, je serai au bar.

Charlotte acquiesça. Et, quelques secondes plus tard, elle poussait la porte du bureau de Jeremy. Ross était assis dos à la porte, mais il se retourna en l'entendant entrer, et ses yeux d'un bleu lumineux vinrent se poser sur elle.Durant une seconde, elle se figea. Car ces yeux d'azur, habituellement mi-clos et impassibles, étaient noyés de colère et de souffrance. Et, à cet instant, même si c'était naïf de sa part, elle fut convaincue qu'il n'avait pas écrit cette horrible lettre. Il en découlait qu'il n'était pas non plus au courant de l'existence de Ben. Ces yeux... ne mentaient pas.Mais où cela la laissait-il, *elle* ? C'était la question qu'elle s'était posée durant ces dernières vingt-quatre heures. Car trois années de souffrance et le sentiment d'avoir été trahie ne disparaissaient pas en un seul jour. Elle ne lui faisait toujours pas confiance, ne croyait pas une seconde qu'il placerait Ben au-dessus des intérêts de sa famille, ou qu'il renoncerait à son style de vie, et qu'il ferait des sentiments de son fils – *ou de ceux de Charlotte* – sa priorité absolue.

Elle refoula aussitôt cette pensée. Il ne s'agissait pas d'elle, ici. Ross n'était rien pour elle, hormis le père de Ben. Et c'était très bien ainsi. Car il lui avait prouvé depuis longtemps qu'il ne désirait pas partager sa vie avec une femme, et surtout pas avec elle, que son père n'approuverait jamais. Elle n'était pas assez riche. Ses parents n'avaient pas les relations nécessaires. Son arbre généalogique ne remontait pas assez loin.

Et, de plus, elle avait repoussé les avances de Rusty.

Elle en avait assez de rêver de choses impossibles avec Ross. Elle y avait renoncé trois ans plus tôt, lorsqu'il n'était pas accouru à sa défense alors qu'elle s'apprêtait à quitter Royal. Mais la seule responsable, c'était elle, pour être tombée amoureuse de Ross, tout en sachant qu'il ne serait jamais capable de l'aimer en retour.

Elle ne rendrait plus jamais coupable de ce genre de dévotion envers un homme.

— Ross, dit-elle en refermant la porte derrière elle, que fais-tu ici, sur mon lieu de travail ?

— Je pars pour Dallas demain afin de participer à une série de réunions, répondit-il, parcourant tout son corps du regard avant de s'arrêter sur ses yeux. Et j'y resterai quelques jours.

Face à ce regard scrutateur, Charlotte fit de son mieux pour se convaincre que ses seins ne lui semblaient pas plus lourds, que sa féminité ne pulsait pas de désir secret. Qu'elle ne ressentait *rien*.

— Avant mon départ, poursuivit-il, ses lèvres généreuses esquissant une moue, j'ai besoin de régler une ou deux petites choses entre nous... je ne veux pas passer plus de temps que nécessaire loin de Ben. Je désire faire partie de sa vie, apprendre à mieux le connaître. J'ai déjà tant manqué !

— Je n'ai pas l'intention de m'y opposer, murmura-t-elle.

— Alors, tu me crois ? insista-t-il, fixant son visage d'un regard intense. Tu crois enfin que j'ignorais tout de ce coup de téléphone, de cette lettre... de l'existence de *Ben* ?

— Oui, je te crois, convint-elle en soupirant. Mais cela ne change rien. Il ne te connaît pas. Il n'a jamais connu que moi. Nous ne devons rien hâter, tous les deux. Je ne veux pas mettre sa vie sens dessus dessous, ou le rendre malheureux.

— Je suis tout à fait d'accord avec cela, assura Ross. C'est pourquoi je veux qu'il vive avec moi.

Le souffle coupé, une expression d'horreur sur son visage, elle ne put que le dévisager en silence. Avait-il l'intention de lui faire un procès pour obtenir la garde de son fils ?

Puis, une vague de colère déferla sur elle. Et pas uniquement dirigée contre l'homme qui avait l'intention de lui prendre son bébé, mais aussi contre elle-même, pour avoir eu la sottise de croire qu'il avait changé. Qu'il n'était plus un monstre d'égoïsme qui ne pensait qu'à ses propres intérêts. Elle n'avait plus rien à faire ici.

— Je m'en vais, annonça-t-elle en se détournant de lui.

— Attends, bon sang ! gronda Ross, agrippant son bras.

À sa grande honte, le contact de ses longs doigts vigoureux sur sa peau s'irradia dans tout son corps comme la brûlure d'un fer rouge, mais, déjà, il chuchotait :

— Je suis désolé, Charlotte. Je me suis mal exprimé. Mais tu dois comprendre que je ne sais plus du tout où j'en suis. Laisse... Laisse-moi une minute, d'accord ?

Ross... *s'excusait ?* Pour Charlotte, c'était un événement inouï. Et, le plus stupéfiant, c'était cette note de frustration impuissante qu'elle entendait pour la première fois dans la voix de cet homme charismatique, arrogant et sûr de lui. Lorsqu'elle se tourna face à lui, il lâcha son bras, mais sous la manche de sa veste de cheffe sa peau picotait encore.

— Je ne pensais pas seulement à Ben, murmura-t-il. Je désire que tu viennes vivre avec moi, toi aussi, Charlotte.

C'était une véritable avalanche d'émotions qu'il lui faisait subir. À peine remise de l'une, elle devait déjà affronter la suivante, mettant à mal son équilibre intérieur.

— Est-ce là ton idée pour nous adapter en douceur à ces changements ? s'enquit-elle d'un ton incrédule.

— Oui, dit-il. Nous vivrons ensemble pour élever Ben, dans une relation platonique. De cette façon, Ben nous aura, toi et moi, sous le même toit.

— En gros, tu me proposes de vivre à la colle avec toi, observa-t-elle d'un ton sarcastique. Non, merci.

— Charlotte...

— Non, coupa-t-elle. As-tu idée de ce que ma grossesse hors mariage a fait à ma relation avec mes parents ? Nous avons été à deux doigts de la rupture définitive. C'est en partie pour réparer ces liens que je suis revenue m'installer à Royal. Et, à présent, tu me suggères d'anéantir tous les progrès que nous avons faits en leur déclarant que je vais emménager avec un homme... avec *toi* ? Non, je refuse.

Le seul fait d'annoncer à ses parents que l'héritier du Groupe Edmond était le papa de leur petit-fils promettait déjà d'être un moment embarrassant.

— Devons-nous vivre selon les critères des autres ? répliqua-t-il d'un ton de défi. Ben est notre fils, pas le leur.

— C'est facile, pour toi, rétorqua-t-elle. Tu es Ross Edmond, le fils de Rusty. L'héritier d'une fortune. Personne n'oserait te critiquer, ou te fermer sa porte. J'ai des responsabilités envers d'autres que moi-même, des dettes envers eux. Et, c'est vrai, l'opinion de mes parents compte pour moi. Je ne veux pas les perdre une nouvelle fois.

Il se détourna d'elle pour marcher de long en large dans la pièce d'un air agité, avant de se retourner face à elle.

— Charlotte, j'ai l'impression de serrer une poignée de sable, qui s'échappe entre mes doigts sans que je puisse l'empêcher. Les années que j'ai manquées, les souvenirs que je n'aurai jamais. C'est pourquoi je tiens tant à ces instants futurs. Avec chaque jour, chaque minute, d'autres événements pourraient se produire, et je les manquerais.

La véhémence de son ton, *sa passion*, la laissèrent stupéfaite. Cet homme désirait réellement faire partie de la vie de son fils. En tant que mère, et en tant que femme de cœur, elle ne pouvait pas lui nier ce droit. Et Ben aussi avait des droits qu'elle devait respecter. Car, même si des mères seules élevaient souvent des enfants, et qu'elles les élevaient très bien, Charlotte ne pouvait pas enseigner à Ben ce que c'était que d'être un homme. Seul Ross pouvait lui servir de modèle dans ce domaine. Elle adorait son beau-frère et son père, mais ils ne pouvaient pas remplacer son vrai papa.

Elle devait à son petit garçon d'accorder à Ross une chance de devenir un bon père.

Mais vivre avec lui dans sa maison ? C'était impossible.

— Je n'ai pas l'intention de te priver de ces précieux moments, Ross, affirma-t-elle. Tu y as droit. Mais...

Autrefois, elle avait rêvé de vivre avec Ross, d'être son épouse. Lorsqu'elle l'avait appelé, trois ans plus tôt, elle s'accrochait encore à l'espoir naïf qu'ils allaient devenir une famille. Ce qu'il lui offrait aujourd'hui ressemblait à un mariage de convenance – sans les bénéfices du mariage. Elle était une maman célibataire, et elle en était fière, mais, aux yeux de la bonne société, elle ne serait qu'une fille quelconque que Ross avait engrossée et qu'il accueillait dans sa maison par charité, mais qui n'était pas assez bien pour porter son nom.

Elle avait des principes et elle n'en dévierait pas. Même si une partie d'elle-même – la femme qu'elle était trois ans plus tôt, celle qui s'accrochait aux rêves d'amour éternel – aurait tout donné pour pouvoir jeter ces principes aux orties.

— Ne refuse pas tout de suite, murmura Ross en se rapprochant. Réfléchis-y ces deux prochains jours, pendant que je serai absent, et nous en discuterons à mon retour.

— D'accord, souffla-t-elle après une seconde d'hésitation.

— Merci.

Il se rapprocha encore, et, lorsqu'il leva sa main vers son visage, Charlotte cessa de respirer. Ross adorait les chevaux, peut-être même davantage que les gens. Elle se souvenait encore de la sensation de sa paume calleuse de cavalier caressant sa peau, un contraste sensuel entre douceur et rudesse. C'était ainsi qu'était leur relation.

Une tendresse rugueuse.

Au moment où elle crut qu'il allait la toucher, faisant s'entrechoquer le passé et le présent, il laissa retomber son bras et fourra la main dans sa poche, comme pour s'empêcher de faire quelque chose qu'il regretterait.

— Si tu veux bien, dit-il, je t'appellerai demain matin pour avoir des nouvelles de Ben. Au moins pour lui dire bonjour, afin qu'il se familiarise avec ma voix.

— Très bien, répondit-elle.

Suivit un instant de silence. Sa fragrance de bois de santal et d'humus l'entourait de toutes parts, comme une délicieuse tentation. Elle brûlait de sentir son grand corps puissant et sensuel tout contre elle, de sentir son érection presser contre son ventre lui promettant un plaisir exquis.

Je le fais pour Ben, se répéta-t-elle mentalement comme un mantra. *Seulement pour Ben.*

À une autre époque de sa vie, elle aurait cédé à la tentation. Elle se serait blottie contre sa peau chauffée par le soleil. Elle se serait donnée à lui. Mais, frissonnant de tout son corps, elle recula d'un pas.

— Je t'appellerai bientôt, promit-il de sa voix grave.

Elle s'écarta pour le laisser sortir et referma la porte avant d'oser respirer.

Ross représentait un danger pour elle.

Certaines choses ne changeaient jamais.

6

Ross arrêta son Aston Martin devant la grille de fer forgé du ranch Elegance, et, actionnant sa télécommande, il attendit qu'elle coulisse avant de rouler jusqu'à l'allée circulaire devant la maison. Laissant tourner son moteur ultra-silencieux, il resta là un instant à observer les derniers rayons du coucher de soleil, au-delà de la somptueuse villa, qui illuminaient les pâtures du ranch d'une lueur d'incendie.

C'était l'heure de la journée qu'il préférait. Pour lui, cela signifiait la fin d'une autre journée de dur labeur, de réussite et d'objectifs atteints. La satisfaction d'avoir fait sa part en tant qu'homme, et pas seulement en tant qu'Edmond. Et la beauté du soleil couchant était sa récompense.

Poussant un soupir, il rentra sa voiture dans le garage climatisé et coupa le contact. Il venait de rentrer de Dallas où il avait passé trois jours, entre réunions et dîners d'affaires, à la fois pour le compte de l'organisation Edmond et pour le festival qu'il préparait. Tout s'était déroulé sans accroc, et il était fier de ce qu'il avait accompli. Même son père n'y trouverait rien à redire. Enfin si. Rusty Edmond trouverait toujours une critique à lui faire, parce qu'il était ainsi.

Et, concernant Rusty...

Ross ouvrit brusquement sa portière. Il repoussait la conversation qu'il devait avoir avec son père depuis des jours parce qu'il devait lui parler face à face, pas au téléphone. Il tenait à regarder Rusty droit dans les yeux pour étudier chaque nuance de son expression lorsqu'il l'informerait qu'il était au courant de tous les mensonges qu'il lui avait débités au sujet de Charlotte, ces trois dernières années.

La rage qui couvait en lui comme un incendie jamais tout à fait éteint se mit à flamber d'un coup alors qu'il sortait du garage. Et ce feu gagna en intensité tandis qu'il traversait l'immense et luxueuse maison. À cette heure de la soirée, son père ne pouvait être que dans son cabinet de travail, à déguster un verre de scotch avant de continuer le travail qu'il n'avait pas eu le temps de terminer au bureau.

Aussi loin que Ross remonte dans ses souvenirs, le travail avait été l'unique obsession de son père. Exception faite des femmes, bien entendu. Il avait été marié quatre fois, mais chacun de ces mariages avait échoué, parce qu'il traitait ses épouses de la même manière qu'il traitait ses enfants. Comme des employés qui n'étaient là que pour obéir à ses ordres, subir ses critiques, et, éventuellement, être congédiés.

Lorsqu'il arrivait qu'elles se plaignent, il leur rappelait que le luxe où elles vivaient, les somptueux vêtements et les coûteux bijoux, les fêtes extravagantes qu'elles organisaient, dans le pavillon du jardin, étaient financés par son travail.

Oui, Rusty était un salaud arrogant et sarcastique.

Ce qui expliquait, bien sûr, qu'il se soit marié quatre fois.

En chemin vers le cabinet de travail de Rusty, Ross passa devant la luxueuse cuisine ultramoderne disposant d'un office séparé et d'une cave à vin. Il se souvint de voir Charlotte s'affairer dans cet espace avec l'aisance d'une professionnelle accomplie. C'était cela qui avait d'abord éveillé son attention. Son assurance imperturbable. Son calme au milieu du chaos contrôlé. Sa beauté sauvage.

Ses mains rapides et précises, capables de trancher des légumes, de remuer des sauces, de préparer des mets exquis, et, avec la même dextérité, de le faire monter au paradis lorsqu'ils étaient au lit.

Ce qui l'avait attiré vers elle comme un papillon de nuit vers une flamme, ce n'était pas seulement ses courbes délicieuses et son ravissant visage. Il était entouré de jolies femmes depuis son adolescence. Mais Charlotte, c'était plus que cela. Il n'avait toujours pas percé le mystère de ce qui la rendait différente des autres, mais elle l'avait *ensorcelé*. Les autres femmes n'avaient été que des distractions passagères, il revenait toujours à Charlotte. Il lui était impossible de résister, de renoncer à ce sentiment de complétude qu'elle seule semblait pouvoir lui procurer.

Puis, un jour, elle était partie.

Mais c'était son père qui l'avait exclue de sa vie.

Son père qui l'avait empêché de connaître son fils.

Son père qui avait une énorme dette envers lui.

Ross entra sans frapper dans le cabinet de travail. Assis devant son ordinateur en manches de chemise, son père, ne quitta même pas des yeux l'écran en l'entendant entrer.

— Ah, te voilà, dit-il de sa voix basse, rocailleuse, qui savait donner des ordres abrupts, ou offrir de charmants compliments lorsque l'occasion l'exigeait. As-tu oublié la politesse, à Dallas ? Quand une porte est fermée, on frappe avant d'entrer.

— Désolé, marmonna Dallas. J'ai besoin de parler avec toi.

— Je suis occupé. Cela va devoir attendre.

— Non. Je dois te parler maintenant.

Son père se raidit visiblement, et, durant une poignée de secondes, ils se dévisagèrent comme des adversaires sur le point de livrer bataille. Habituellement, Ross détournait les yeux le premier pour mettre un terme à ces stupides démonstrations de machisme.

Mais pas aujourd'hui.

Son père avait dû le sentir, parce qu'il esquissa un sourire sarcastique et s'adossa à son fauteuil de cuir, qui ressemblait plus à un trône qu'à un simple meuble de bureau.

— Puisque tu insistes, assieds-toi, dit-il en désignant le siège des visiteurs. Allez, assis !

Comme s'il parlait à un chien.

Mais une rage brûlante bouillonnait en lui, et Ross n'était pas d'humeur à obéir. Ignorant le fauteuil, il s'avança jusqu'à la table de travail, posant ses poings sur la surface de verre.

— Es-tu allé au Sheen, ces temps derniers ?

— Le restaurant ? fit son père, fronçant les sourcils. Non. Pourquoi donc ? Es-tu venu te plaindre de leur cuisine ?

— Dans ce cas, tu ne sais pas à qui le propriétaire a confié la direction de la cuisine ?

— Non, Ross, je n'en sais rien, grogna Rusty. Je n'ai pas investi dans ce lieu et je me fiche de savoir qui en est la cuisinière.

— La cheffe, corrigea Ross. Et il s'agit de Charlotte Jarrett.

Une lueur de surprise, vite réprimée, traversa le regard de son père. Rusty aurait été un rude adversaire au poker. À présent, son expression ne révélait déjà plus rien.

— Charlotte Jarrett, vraiment ? dit-il d'un ton indifférent. J'ignorais qu'elle était rentrée en ville.

— Eh bien, je te l'apprends.

— Et alors ? En quoi cela nous regarde-t-il ? Elle était employée ici il y a des années de cela. Nos employés de maison vont et viennent, et je n'ai jamais essayé de garder le contact avec eux. Pourquoi m'intéresserais-je à elle ?

Ross n'était pas du tout étonné par cette réponse. Il n'avait jamais espéré que son père lui avouerait ce qu'il avait fait. Rusty se considérait comme un maître des échecs, y compris dans la vraie vie. Il permettait à l'adversaire d'avancer ses pions afin de pouvoir le contrer, l'esquiver ou le piéger.

— Comme tu voudras, répondit Ross, se préparant pour la bataille imminente. Nous jouerons à ta façon. Il y a trois ans de cela, après avoir démissionné, Charlotte a appelé ici pour me parler, mais c'est toi qu'elle a eu au téléphone.

Rusty n'eut aucune réaction, et ses yeux gris continuèrent à dévisager son fils, le défiant de poursuivre.

Ross refoula sa colère derrière un masque glacé, refusant de lui fournir des munitions contre lui, et il ajouta :

— Elle t'a parlé de sa relation avec moi.

— Elle m'a informé que vous couchiez ensemble, précisa son père d'un air goguenard.

Ross fut à deux doigts de donner libre cours à la rage qui l'étouffait. Mais il s'en garda bien. *C'est exactement ce qu'il veut*, songea-t-il. *Je ne lui ferai pas ce plaisir.*

— Mais elle t'a dit autre chose, n'est-ce pas ?

Une nouvelle fois, Rusty ne répondit pas, mais l'expression de son regard trahissait clairement son irritation.

— Elle était enceinte, gronda Ross. Et toi, tu lui as conseillé de se débarrasser du bébé. De se débarrasser de *mon* bébé.

— Et alors ?

Tu ne dois pas frapper ton père.

Ross se répéta plusieurs fois ces mots mentalement, comme s'il récitait un mantra, avant d'être réellement convaincu que cette action lui était interdite.

— Alors, tu lui as suggéré de se débarrasser de mon bébé. *Pas du tien*. Tu n'en avais pas le droit.

— Et pourquoi pas ? grogna Rusty. Tu es mon fils, et je n'allais pas laisser une fille de rien te prendre au piège.

— Et ce bébé *est mon fils*, répliqua Ross. Tu n'as même pas jugé utile de m'informer de son existence. Tu ne m'as pas laissé l'opportunité de choisir moi-même. C'était à moi de prendre cette décision. Pas à toi.

— *Est ton fils ?* répéta Rusty d'une voix trop douce, annonciatrice de danger.

— C'est exact, papa, déclara Ross avec une amère satisfaction. Cet enfant *est* mon fils. Charlotte n'a pas fait ce que tu lui avais ordonné de faire, au téléphone d'abord, puis dans cette lettre minable que tu lui as envoyée en falsifiant ma signature. Malgré toutes tes tentatives de manipulation, elle a mis au monde mon bébé. Mon fils.

— Et comment peux-tu en être sûr, Ross ? rétorqua Rusty en se levant lentement, les poings serrés sur la table.

— Parce que je l'ai vu. Je l'ai rencontré.

— Tu mens ! éructa Rusty. Elle n'a pas eu ce bébé !

— Si, répondit Ross en souriant avec une fierté non dissimulée. Elle l'a mis au monde.

Charlotte avait fait ce qu'il avait lui-même toujours trouvé si difficile de faire. Tenir tête à l'invincible Russell Edmond Sr, et le défier.

— Pour une fois, ajouta Ross, quelqu'un n'a pas obéi à tes lois. Et cet enfant est de moi, cela ne fait aucun doute.

— Pourquoi ? Parce qu'une fille facile que tu as troussée l'affirme ? Si elle a écarté ses jambes pour toi si facilement, avec combien d'autres l'a-t-elle fait ?

— Surveille tes paroles ! riposta Ross.

— Alors, te voilà le champion de la femme que tu as engrossée ? répliqua Rusty avec un rire insultant.

Son père était ainsi. Il ne savait se battre que dans la boue.

— Cette fille était une *domestique*, fils, poursuivit-il. Crois-tu vraiment qu'elle n'a pas vu en toi une opportunité de s'élever dans une position sociale où elle n'a pas sa place ? Ne sois pas idiot ! Elle s'est servie de toi alors, et elle le fait encore aujourd'hui, en réapparaissant tout à coup avec un gosse dont elle essaye de t'attribuer la paternité. Crois-tu vraiment que tu es sa première cible ? Sûrement pas.

— Dernier avertissement, papa, lâcha Ross, les dents serrées. Ne dis plus un mot à son sujet. Et Ben est mon fils, j'ai un test ADN pour le prouver. Et, même si cela te chagrine, j'ai la ferme intention de reconnaître mon fils et de me rapprocher de lui.

— Sûrement pas ! rétorqua Rusty d'un ton féroce. Je ne te permettrai pas de salir le nom de notre famille en fréquentant cette femme et son bébé.

— Tu ferais mieux de t'y habituer, répliqua Ross en imitant la pose de son père, penché en avant, les poings sur la table, leurs visages à quelques centimètres l'un de l'autre. Parce que j'ai demandé à Charlotte de venir vivre avec moi au ranch. Avec Ben. J'ai l'intention d'être un vrai père pour mon fils, que cela te plaise ou non.

— Je te l'interdis, Ross ! C'est exactement ce qu'elle veut. C'était déjà ce qu'elle voulait lorsqu'elle a téléphoné ici pour te parler, il y a trois ans. Ne le vois-tu pas ? Tu es en colère à cause de cette lettre que je lui ai envoyée, mais cette femme, a-t-elle mentionné le chèque que j'y avais inclus ? Dix mille dollars, fils ! Et elle a touché l'argent. Réveille-toi, Ross ! Cette femme est une intrigante.

— Est-ce tout ce que tu as trouvé pour me pousser à la mépriser ? s'exclama Ross avec un rire sans joie. Elle était seule et enceinte, et elle avait tout laissé derrière elle – sa famille, sa maison, son emploi. Crois-tu vraiment que je la blâmerais pour avoir dépensé ton sale argent pour ses besoins et ceux de son fils ? Une intrigante, crois-tu ? Jamais au cours de ces trois années elle ne m'a demandé un cent.

Charlotte n'était pas comme sa mère.

Elle n'avait pas abandonné son enfant. Elle n'avait pas accepté l'argent et disparu dans la nature. Charlotte avait peut-être quitté Ross, mais pas son enfant. C'était une énorme différence.

— Cela se fera, papa, insista-t-il. Elle n'a pas encore accepté, mais ce n'est qu'une question de temps.

— Pas sous mon toit, riposta Rusty. Et n'essayons pas de prétendre que cette maison, ce domaine, cette entreprise, et même *ta vie*, ne m'appartiennent pas. C'est à moi que tu dois de pouvoir parcourir le monde en grand seigneur, sans aucun souci. Et les coûteux costumes, les montres que tu aimes à exhiber ? Tout cela, c'est grâce à moi. Et si tu persistes dans cette... imbécillité consistant à reconnaître l'enfant de cette femme, à t'ingénier à l'introduire chez nous, attends-toi à des répercussions. Tu n'as littéralement pas les moyens d'ignorer les conséquences d'une telle décision. Ne me force pas la main, Ross. Coupe tous tes liens avec elle et avec ce garçon. Et fais-le *tout de suite*.

— Deux ans, murmura Ross en se levant lentement sans quitter son père du regard. C'est l'âge de mon fils. Deux ans sans savoir qu'il existait. Deux ans de sa vie que tu m'as volés. Que tu *nous* as volés. Vas-y, papa, crache-nous ta bile. Menace-nous. Mais tu ne nous sépareras pas un seul jour de plus, ou même une heure...

— Bon sang, Ross...

— Salut, les gars.

Ross se retourna juste à temps pour voir Billy entrer dans le cabinet de travail et refermer la porte derrière lui.

— Je vous ai entendus crier de l'autre bout du couloir, remarqua-t-il, fronçant les sourcils d'un air soucieux. Et le personnel aussi. Que se passe-t-il, ici ? Tout va bien ?

— Bien sûr que non, grogna Rusty. Cela ne va pas bien du tout. Parle à ton ami, Billy. Vois si tu peux le ramener à la raison, parce que, moi, j'en suis incapable. Mais il vaudrait mieux pour tout le monde que quelqu'un le fasse.

— Ross ? fit Billy.

— Plus tard, répondit Ross, se retournant vers son père. Nous terminerons cette conversation plus tard.

— Pas question, gronda Rusty. Ne me pousse pas, Ross !

— Toi non plus, papa. Ne me pousse pas.

Ross traversa la pièce à grands pas, ouvrit la porte d'un geste brusque et sortit. Aux prises avec un mélange de colère, de déception, et... de tristesse, il se rua vers l'escalier pour redescendre au premier étage, où se trouvait sa suite. Il s'était attendu à la réaction de son père, mais il n'avait jamais songé que Rusty exigerait de lui qu'il abandonne son fils - un enfant de leur sang. Durant toute sa vie, Rusty avait répété à qui voulait l'entendre qu'il avait enseigné à son fils à « se conduire comme un homme ». Mais un homme acceptait ses responsabilités. Un homme subvenait aux besoins de son fils. Un homme protégeait les faibles.

Bien sûr, son père et lui avaient eu des divergences d'opinions, mais Ross avait toujours pensé que son père défendait réellement ces valeurs.

À présent, la tristesse avait supplanté la colère en lui. Tristesse pour la mort d'une croyance. Son père n'était pas l'homme qu'il avait imaginé qu'il était.

— Ross, que diable se passe-t-il ?

Une main vigoureuse s'était refermée sur son bras, l'obligeant à s'arrêter, et Billy apparut alors, s'interposant entre l'escalier et lui.

Sans lui laisser le temps de répondre, son ami l'entraîna à travers un salon d'apparat jusqu'aux grandes portes de l'une des terrasses face aux écuries. Lorsqu'ils eurent gagné l'allée éclairée, et qu'ils se furent un peu éloignés de la maison, Billy s'immobilisa et, fourrant les mains au fond de ses poches, il se planta face à lui.

— Parle-moi, Ross. Que diable s'est-il passé avec Rusty ?

Initialement, Ross n'avait pas eu l'intention de parler de Charlotte et Ben avec qui que ce soit. Tout du moins, pas avant de s'être calmé. Mais toute l'histoire jaillit de son cœur comme un torrent que rien ne pouvait endiguer. Lorsqu'il eut terminé, il respirait par saccades, luttant contre un flot d'émotions incontrôlables.

— Fichtre ! murmura Billy. Si je m'attendais à cela...

Pour la première fois depuis qu'il était entré dans le cabinet de travail de son père, Ross retrouva son humour.

— Oui, dit-il. Lorsqu'il s'agit de théâtre, je choisis invariablement la tragédie.

Il redevint sérieux presque aussitôt, pour ajouter :

— Dis-moi simplement ce que tu en penses, Billy.

— Je n'approuve pas la façon dont ton père a géré la situation autrefois, dit Billy en soupirant. Les mensonges finissent toujours par faire mal. Mais, si l'on considère la situation de son point de vue, ses motivations sont compréhensibles.

— Parles-tu sérieusement ? s'emporta Ross. Il a...

— Attends une seconde, l'interrompit Billy. J'ai dit que je comprenais ses motivations, pas que je les approuvais. Ben est ton fils, et aucun homme ne devrait se détourner de son enfant. Je respecte ton père, mais je ne peux pas être d'accord avec lui sur ce sujet. Tu es mon ami, et je suis de ton côté.

— Merci, Billy, répondit Ross, en soupirant. Je t'en suis reconnaissant. Je vais avoir besoin du soutien moral de tous mes amis, surtout lorsque cette histoire deviendra publique. Car je refuse de cacher l'existence de Ben ou de Charlotte.

— Tout cela, c'est à cause de Rusty, n'est-ce pas ?

— Oui, murmura Ross. Pourquoi ai-je l'impression de partir en guerre contre mon père ?

— Cela ne durera pas, tu verras, assura Billy. En ce moment, il est furieux, mais il finira par entendre raison.

— On dirait que tu ne connais pas du tout Rusty Edmond, observa Ross avec un rire amer.

Rusty n'oubliait jamais, et il ne pardonnait jamais les offenses qu'on lui avait faites. Son fils autrefois obéissant l'avait ouvertement défié, et il s'en souviendrait.

Mais c'était une bataille que Ross ne pouvait pas se permettre de perdre.

7

Cette fois-ci, lorsque Ross arriva devant la petite maison dans ce quartier ancien mais coquet de Royal, il était attendu.

Dès son retour en ville, le soir précédent, il avait appelé Charlotte pour l'informer qu'il était rentré et lui demander s'il pouvait passer le lendemain matin pour voir Ben.

Au cours des trois jours qu'il venait de passer à Dallas, il l'avait appelée quotidiennement et il avait même parlé à Ben en visioconférence avec son téléphone. La conversation avec un garçon de deux ans était limitée, bien sûr, mais Ben lui avait dit *bonjour*. Et ce souvenir l'avait aidé à affronter ces trois interminables journées. Un jour – qu'il espérait prochain –, son fils sourirait en voyant son visage et en entendant sa voix. Il se précipiterait en courant vers lui.

Ross ne vivait plus que pour cet moment-là.

Il en tremblait. Il ne s'était jamais senti aussi nerveux depuis l'instant où il avait compris que Charlotte allait se donner à lui. Mais il s'agissait alors d'anticipation, de désir. Pas de cette délicieuse impatience. Et, aujourd'hui, ce n'était pas pour une femme, mais pour un petit garçon, presque un bébé, qui avait conquis son cœur à tout jamais.

Il grimpa les quelques marches du porche et, prenant une profonde inspiration, il frappa à la porte. Celle-ci s'ouvrit presque aussitôt, comme si la personne à l'intérieur l'attendait, la main sur la poignée.

Charlotte apparut devant lui, ses cheveux sombres noués en une longue tresse unique posée sur son épaule. Sa robe émeraude à manches longues d'un tissu doux et soyeux moulait amoureusement ses seins superbes avant de retomber jusqu'au sol. Ross en avait le souffle coupé, et une érection instantanée distendit son pantalon. Cette femme aurait pu être follement sexy même dans un habit de nonne.

— Bonjour, Ross, dit-elle en s'écartant pour le laisser passer. Entre, je t'en prie.

— Merci, répondit-il, faisant de son mieux pour ne pas fixer son corps magnifique avec trop d'insistance.

Il n'aurait pas dû la trouver sexy. Il ne devrait pas la désirer. Il ne devrait *rien* ressentir pour elle.

Il avait accepté le fait qu'elle ne lui avait pas menti, et qu'elle n'avait pas éloigné son fils de lui par simple malice. Mais il ne lui faisait toujours pas confiance. Elle était encore capable de disparaître. Elle l'avait déjà fait une fois. Il n'était toujours pas convaincu qu'elle ne renierait pas sa promesse de lui permettre de voir son fils.

C'était peu dire qu'il était furieux contre son père. Mais Rusty Edmond l'avait élevé. Et, si Ross avait retenu une leçon de ses enseignements, c'était qu'on devait comprendre les besoins de l'opposition et trouver un moyen de les satisfaire. Considérer Charlotte comme son adversaire semblait certes condamnable d'un point de vue moral, mais il désirait qu'elle et Ben viennent vivre avec lui, et elle y était opposée. Alors, il avait cherché son point faible et il était décidé à ne pas relâcher la pression jusqu'à ce qu'elle cède. Elle lui avait montré qu'il n'était pas une raison suffisante pour qu'elle choisisse de rester à Royal. La proposition qu'il s'apprêtait à lui faire la convaincrait peut-être.

Était-ce un combat loyal ? Non, bien sûr. Était-il le digne fils de son père à cet instant précis ? Probablement.

Cela le tracassait-il ? Absolument pas.

— Où est Ben ? s'enquit-il, parcourant le salon du regard.

— Je travaille souvent tard le vendredi, et mes parents m'ont offert de me le garder jusqu'à ce matin, expliqua-t-elle. Ils doivent arriver d'une minute à l'autre pour me le ramener.

Sa déconvenue devait être évidente, car elle ajouta :

— Je t'ai envoyé un texto hier soir pour te le signaler, au cas où tu préférerais passer plus tard. Je suis désolée.

— Oui, dit-il en soupirant. Je ne l'ai pas lu.

Dans son impatience de se confronter à son père dès son retour, il avait oublié son téléphone dans sa voiture et il n'avait lu ses messages que ce matin, au moment de partir.

— Mais c'est peut-être mieux ainsi, poursuivit-il. Cela nous donnera l'occasion de parler un peu avant son arrivée.

Elle le dévisagea un instant, puis elle hocha la tête.

— Très bien.

Sans attendre davantage, elle se dirigea vers le salon, et Ross lui emboîta le pas. Ignorant le sofa et la causeuse, elle se tourna face à lui. Son expression résolue et son maintien altier suggéraient qu'une rude bataille s'annonçait.

Il n'avait pas prévu que cela se passe ainsi.

— J'ai parlé avec Billy pendant mon séjour à Dallas, dit-il, choisissant de commencer par un sujet inoffensif. Il m'a informé que tu avais accepté de participer au comité d'organisation du festival.

— C'est vrai, affirma-t-elle. J'ai abordé le sujet avec Jeremy, le propriétaire du restaurant, et avec Faith, la manageuse, et ils ont convenu avec moi qu'un restaurant sous chapiteau et la participation de la cheffe du Sheen au comité d'organisation ne pourraient que nous être bénéfiques. Billy m'a promis que ma présence aux réunions du comité n'interférerait pas avec mon travail. Pourvu que ces activités n'empiètent pas trop sur le temps que je passe avec Ben, je suis prête à essayer.

— Nous t'en sommes reconnaissants, Charlotte. Les idées que tu pourras nous apporter nous seront précieuses. Merci.

— Nous verrons bien comment cela fonctionnera, répondit-elle, haussant les épaules. Mais cesse de tourner autour du pot, Ross. Tu veux savoir si j'accepterais de cohabiter avec toi, et ma réponse est encore la même. Non, je ne peux pas.

— Écoute-moi d'abord, Charlotte, s'il te plaît !

Il s'était rapproché d'elle, mais, après une seconde de réflexion, il fourra les mains au fond de ses poches. Cela devenait une habitude lorsqu'elle était près de lui. Il devait occuper ses mains, ou les immobiliser avant qu'elles n'aillent commettre une action scandaleuse, comme caresser sa joue veloutée, effleurer du bout d'un doigt la courbe sensuelle de sa lèvre inférieure. Ou empoigner cette tresse et tirer sa tête en arrière pour l'embrasser.

Que lui prenait-il ?

Faisant un effort pour se ressaisir, il fixa son regard au fond de ses magnifiques yeux bruns, et il lui proposa l'arrangement auquel il avait réfléchi ces trois derniers jours.

— Je comprends que tu hésites à venir vivre avec moi, compte tenu de notre... passé. Mais j'ai une contre-proposition à te faire.

Les battements précipités de son cœur contredisaient le ton calme de sa voix. Il avait *absolument besoin* qu'elle accepte, mais il ne pouvait pas le lui avouer. D'après son expérience, exprimer à voix haute ses besoins, *supplier* l'autre de les satisfaire, était totalement inefficace. L'unique fois où il s'y était laissé aller, sa mère les avait quand même abandonnés, Gina et lui. C'était la leçon la plus importante et la plus cruelle qu'il ait jamais reçue.

— Venez vivre avec moi, Ben et toi, durant une année poursuivit-il. Un an seulement, pour me permettre de mieux connaître mon fils et organiser notre coparentalité. À la fin de ce délai, si tu décides que cela ne fonctionne pas entre nous, tu seras libre de partir.

Comme elle ne répondait pas, il osa se rapprocher un peu, et sa merveilleuse fragrance épicée – figues, sucre brun et pure féminité – vint caresser ses narines. À cet instant, il aurait tout donné pour la goûter sur sa peau brune satinée.

— Autre chose, ajouta-t-il, s'arrachant à cette délicieuse vision. À la fin de cette année, je te remettrai cinq cent mille dollars, que tu pourras utiliser pour réaliser n'importe lequel de tes projets... ouvrir ton propre restaurant, par exemple.

Il s'était attendu à ce qu'elle soit surprise, ou qu'elle résiste un peu pour la forme, avant une rapide capitulation. Mais il n'avait certes pas anticipé l'indignation qui brûlait tout à coup au fond de ses yeux sombres.

— Un pot-de-vin ? gronda-t-elle. C'est *cela*, ta contre-proposition ? La solution au problème que je représente pour toi ? M'acheter ?

— Il ne s'agit pas d'un pot-de-vin, riposta-t-il.

— Oui, bien sûr, dit-elle d'un ton coupant. C'est un *cadeau*. Comme ceux que tu offres sans doute aux autres femmes avec qui tu couches et que tu ne te donnes pas la peine de rappeler. Même principe, plus gros chèque. Non, merci. Je n'ai pas besoin de tes cadeaux de culpabilité.

Son accusation était totalement injuste, et il faillit lui faire une réplique acerbe. Il lui avait offert exactement ce dont elle avait besoin, et elle...

Puis, tout à coup, il comprit qu'elle avait raison. Il contempla son visage et, pour la première fois il se vit tel qu'elle le voyait. Il lui était souvent arrivé de faire de somptueux cadeaux aux femmes qui partageaient son lit. Ces gestes ne signifiaient rien pour lui. Il avait les moyens. Mais aucune d'elles ne s'était plainte lorsqu'il leur envoyait un bijou accompagné d'un mot de remerciement pour une merveilleuse nuit.

Ce n'était pas une marque de mépris pour elles, ou un manque de respect. C'était... tout ce qu'il savait faire. Ross avait vu son père agir ainsi en d'innombrables occasions avec ses épouses et ses maîtresses, et il avait constaté que leurs relations avec Rusty s'en trouvaient souvent apaisées.

Sa mère, elle aussi, avait accepté un très généreux règlement de divorce, et elle s'était empressée de disparaître, libre de vivre sa vie sans être encombrée d'une famille.

Pourtant, cette explication lui restait en travers de la gorge. À d'autres moments de ses relations avec Charlotte, après l'amour, par exemple, lorsque l'air de leur chambre était saturé des parfums du désir, leurs corps rassasiés luisants de transpiration et Charlotte allongée nue sur les draps froissés du lit, dans ces moments d'intimité où ils se confiaient leurs pensées les plus intimes, il aurait pu reconnaître ce qu'il venait de comprendre lui-même – qu'il faisait ces cadeaux pour se donner bonne conscience.

Mais plus maintenant.

— Pardonne-moi, Charlotte, murmura-t-il, espérant toujours la convaincre d'accepter son plan. Je n'avais pas l'intention de t'offenser. J'ai seulement pensé que, outre ton travail au Sheen, tu serais obligée de réorganiser ta vie pendant toute une année à cause de moi. Le moins que je puisse faire en retour, c'est de t'aider à atteindre l'objectif dont tu as toujours rêvé. C'est seulement un cadeau. Que tu restes avec moi ou que tu partes, cet argent sera à toi.

Elle se contenta de le dévisager sans un mot durant un long moment, avant d'observer d'une voix douce :

— Et après cette année-là, Ross ? Laisserons-nous cette petite expérience derrière nous, comme s'il ne s'était rien passé ? Ferons-nous semblant de croire que nous n'avons pas laissé Ben s'habituer à un style de vie où il a ses deux parents auprès de lui chaque jour de sa vie ? Retournerons-nous simplement aux deux foyers séparés et aux visites bihebdomadaires ?

Elle secoua la tête en soupirant avant d'ajouter :

— Et toi ? Après avoir été un papa à plein temps, pourrais-tu accepter de ne voir ton fils que certains jours précis ? As-tu réfléchi à ce que tu ressentirais ?

Une nouvelle fois, elle le laissait sans voix.

En abordant un sujet auquel il n'avait pas pensé, mais aussi parce qu'elle s'inquiétait... pour lui.

— C'est vrai, marmonna-t-il, la gorge serrée. Je n'y avais pas réfléchi. Personnellement, je préférerais profiter de cette année où je verrai Ben en me réveillant chaque matin, prendre mon petit déjeuner avec lui, être là dans ses moments de joie et de peine... l'entendre m'appeler papa. J'aimerais mieux profiter de ces douze mois-là, même en sachant que cela pourrait être différent par la suite.

Elle détourna son regard un instant, puis elle lui fit à nouveau face et chuchota :

— Et que fais-tu de Ben ?

— Tu es une maman merveilleuse, Charlotte, répondit Ross, je l'ai su après ces quelques minutes que j'ai passées avec vous deux. J'espère que tu m'enseigneras à être un bon papa. Et, à nous deux, je suis sûr que nous pourrons l'aider à gérer toutes les situations de sa vie.

Il marqua une pause et reprit d'une voix émue :

— Il a besoin de me connaître, Charlotte. Et moi aussi.

Il ne l'avait pas dit à voix haute, mais il supposait qu'à la fin de ces douze mois, elle désirerait s'en aller. Mais... Et s'il s'était trompé ? Et si elle s'apercevait qu'elle aimait sa vie au ranch, avec davantage de luxe, sans se soucier des factures, ou du coût de la garde d'enfants ? Ils pourraient continuer leur arrangement sans aucune limite. Y compris, même... en se mariant ? En somme, vivre des vies séparées tout en restant une famille dans l'intérêt de Ben.

Toutefois, avant d'avancer cette possibilité, il avait d'abord besoin qu'elle ait accepté.

— Cela me semble incroyable, mais je peux y réfléchir, dit-elle, le faisant tressaillir de bonheur malgré son air visiblement peu convaincu. À deux conditions.

Rassemblant son courage, il acquiesça.

— Premièrement, il n'est pas question que j'habite sur la propriété de ta famille. Je serai ferme, là-dessus. Je ne vivrai pas sous le même toit que ton père. J'ai travaillé trop dur pour gagner mon indépendance. Je n'y renoncerai pas pour dépendre de toi ou de Rusty.

— Où vivrions-nous, dans ce cas ? lança-t-il, balayant du regard son salon confortable mais de taille modeste. De combien de chambres disposes-tu ?

— Deux.

— Je ne dis pas non à ta condition, mais, ne pourrions-nous pas chercher une maison plus grande pour nous trois ? Si je confisque la chambre de Ben, il devrait dormir dans la tienne. Et c'est injuste pour vous deux.

Elle le dévisagea un instant en silence, puis elle opina.

— D'accord. Je peux m'accommoder de cela.

— En outre, vous êtes locataires de cette maison, n'est-ce pas ? Je réglerai vos loyers jusqu'à la fin du bail. Ne proteste pas, Charlotte. J'y tiens beaucoup. C'est sur ma demande que tu vas devoir déménager, et c'est le moins que je puisse faire.

— Si tu y tiens, répondit-elle en soupirant.

— Quelle est ta seconde condition ? s'enquit-il, anxieux d'entendre toutes ses réserves pour les éliminer une à une.

— Je n'accepterai pas ton argent, ton... *cadeau*, précisa-t-elle d'un ton ferme.

— Ah, non ! protesta-t-il d'un ton véhément. Pendant deux ans, tu as assuré tous les besoins de Ben sans aucune aide financière de ma part. Si j'avais été au courant de son existence, j'aurais été heureux de payer une pension alimentaire. Considère que cette somme n'est qu'un règlement global de ma dette. Cet argent est à toi et à Ben. C'est un point que je refuse de négocier.

Il la vit hésiter de nouveau, mais, enfin, elle hocha la tête.

— D'accord. Cela me semble juste.

— Parfait, répondit-il. Et à présent, c'est *moi* qui vais poser une dernière condition.

Il marqua une pause, avant d'ajouter :

— Je veux que Ben porte mon nom.

Il se prépara à entendre ses protestations, mais il avait déjà des réponses toutes prêtes pour chacune d'elles. Après tout, n'était-il pas le digne fils de son père ?

Mais, à son immense stupéfaction, elle hocha la tête.

— D'accord.

— Merci, murmura-t-il.

Ils se dévisagèrent mutuellement en silence, la tension entre eux plus forte à chaque seconde, devenant insupportable. Sans en être réellement conscient, il abaissa son regard vers ses lèvres sensuelles. Il croyait presque sentir leur douceur, leur élasticité. Leur passion dévorante.

Il voulait tout d'elle. Cette spontanéité sans aucun artifice, ces gémissements de volupté qu'il croyait encore entendre aujourd'hui. Cette sensualité addictive qui lui faisait compter les heures qui la séparaient encore de lui. Pour se délecter d'elle. Pour la *dévorer* de nouveau.

Il n'avait jamais été homme à frustrer ses envies. Et il ne comptait pas commencer aujourd'hui.

Une fièvre de désir pulsant dans ses veines, il se rapprocha d'elle. Et, aussitôt, la chaleur de son corps, le parfum capiteux de sa peau, devinrent son unique horizon. Il inhala profondément sa fragrance enivrante, ressentant un plaisir viscéral, grisant. Presque... sexuel. Comme lorsqu'il lui faisait l'amour, autrefois, lorsqu'il était en elle.

Il lui laissa le temps de se reculer, de l'éviter – ou, en tout cas, il se convainquit lui-même qu'il le faisait. Constatant qu'elle ne bougeait pas, qu'elle se contentait de lever ses magnifiques yeux bruns vers les siens, comme des abîmes sans fond où il se noyait, il succomba au désir qui le torturait depuis qu'il l'avait vue traverser cette salle de restaurant pour venir vers sa table d'un pas assuré, incroyablement sexy.

Un feu insensé rugissait en lui comme une bête féroce, mais il ne bondit pas sur elle comme la bête l'exigeait. Il venait de traverser trois années de privation sensorielle, à souffrir de l'absence de ces caresses qui hantaient ses rêves érotiques les plus secrets.

Après avoir attendu si longtemps, il voulait la *savourer*.

Laissant remonter ses doigts sur l'élégante colonne de son cou, il les glissa sous sa longue tresse jusqu'à sa nuque, et il l'entendit gémir doucement. Et, lorsqu'il posa sa bouche sur la sienne, il absorba en même temps ce son de plaisir.

Lorsque ses douces lèvres s'entrouvrirent, comme si elle avait attendu cet instant avec une impatience égale à la sienne, il lui fut impossible de contrôler son désir plus longtemps. Il l'embrassa passionnément, la serrant tout contre lui, ses courbes voluptueuses épousant parfaitement son propre corps, sa bouche brûlante lui rendant son baiser avec abandon. Cette femme était faite pour lui.

C'était *cela* qu'il avait recherché sans aucun succès durant ces trois dernières années chez la cohorte de femmes sans nom et sans visage qui avaient défilé dans son lit. Cet éblouissement, comme une puissante drogue qui déferlait dans ses veines, qui affolait les battements de son cœur et qui palpitait dans son sexe en érection.

Un simple baiser. Elle avait failli déclencher un orgasme en lui avec *un simple baiser*.

Il saisit son visage entre ses mains pour se donner un meilleur accès. Pour mieux la *conquérir*. Il désirait graver ce baiser dans sa conscience afin que Charlotte n'oublie jamais que son corps s'était convulsé de plaisir entre ses bras, qu'il l'avait fait crier de jouissance jusqu'à en avoir la voix rauque.

Et il était prêt à recommencer. Pour elle, et pour lui aussi.

— Ross ! gémit-elle en détournant sa tête.

Il laissa glisser ses lèvres encore humides sur sa joue et déposa un baiser près de son oreille, en chuchotant :

— Pars avec moi ce week-end.

Ces mots, qui avaient franchi ses lèvres avant qu'il y ait réellement réfléchi, déclenchèrent une sonnerie d'alarme dans son esprit, mais il ne retira pas son invitation. Pas même lorsqu'il la sentit se figer dans ses bras.

— J'ai un chalet au Colorado, ajouta-t-il. Toi, Ben et moi pourrions prendre un avion ce soir, après ton service et y passer la journée de demain. Je te promets de te ramener lundi, à temps pour ton travail. Nous pourrons discuter des détails du déménagement et réfléchir à ce que nous allons raconter à nos familles. Je désire passer du temps avec mon fils et avec sa maman. Ose prendre une journée de congé, Charlotte.

— Ce ne sera pas nécessaire, murmura-t-elle. Mon contrat stipule que j'ai droit à mes dimanches, pour être avec Ben.

Qu'elle le comprenne ou non, elle avait à moitié accepté de l'accompagner ce week-end. Il poussa donc son avantage.

— Dis oui, Charlotte, insista-t-il, s'écartant d'elle malgré les protestations indignées de son corps, de ses mains qui brûlaient d'étreindre à nouveau ces hanches voluptueuses. Pour le bien de Ben. Et ce qui se passera ensuite,s'il se passe quelque chose, ne dépend que de toi.

Son regard s'assombrit et elle baissa les paupières, mais il avait eu le temps de surprendre une lueur de désir dans ses yeux. Et aussi d'incertitude. Elle avait compris ce qu'il voulait. Qu'il ne parlait pas de leur coparentalité, ou du besoin d'annoncer à ses parents qu'il était le père de Ben.

Qu'il pensait à ce baiser.

Et à la brûlante étreinte qui avait suivi.

Lorsqu'il lui avait proposé de... cohabiter avec lui, il avait stipulé que ce serait platonique. Et c'était réellement ce qu'il pensait. Jusqu'à ce qu'il l'entende gémir contre sa bouche.

La suite lui appartenait. La balle était dans son camp. Et si elle souhaitait jouer, il ne lui nierait pas ce plaisir. Une année de libre accès à son corps ? À ses caresses ?

Il la désirait à en mourir.

Lui faisait-il confiance ? Non. Rêvait-il de se perdre en elle ? Mille fois oui !

— Pars en week-end avec moi, répéta-t-il.

Ses lèvres s'entrouvrirent, mais aucun son n'en sortit. Elle baissa la tête d'un air pensif, et Ross attendit sa réponse, tremblant d'impatience derrière sa façade de sérénité.

Il devait lui laisser du temps. La décision devait venir d'elle. Et elle devait la prendre en toute liberté.

Puis, enfin, elle releva la tête et rencontra son regard.L'envie et le doute se livraient encore bataille dans son esprit.

Mais sa résolution n'avait pas faibli. Il lut sa réponse dans ses yeux avant même qu'elle n'ait murmuré :

— Oui.

— Parfait, dit-il, recommençant à respirer. Appelle-moi au moment de quitter ton travail. Je passerai vous prendre chez toi ce soir, Ben et toi.

— D'accord, lâcha-t-elle en soupirant. J'espère que nous ne commettons pas une erreur, Ross.

Il aurait pu lui répondre que c'était tout le contraire, mais il s'en garda bien. Car cela aurait été un mensonge.

En réalité, il n'en savait rien.

Mais, à cet instant précis, cela lui était complètement égal.

8

Un petit chalet, disait-il.

Charlotte esquissa un sourire mélancolique, portant sa tasse de café fumant à ses lèvres.

Il fallait être Ross pour décrire ainsi ce luxueux chalet sur quatre niveaux situé dans le très exclusif village de Telluride, au Colorado, songea-t-elle.

Accoudée à la balustrade de bois, elle contemplait la beauté du mont Wilson en sirotant un café. Curieusement, ce breuvage avait bien meilleur goût ici, avec l'air vif des montagnes qui fouettait ses joues. Il aurait dû faire trop froid pour rester dehors, mais, bien emmitouflée dans son gros pull et une veste de duvet que Ross lui avait trouvée dans l'un des placards parfaitement achalandés du chalet – et grâce à la cheminée qui flambait au centre de la pièce derrière elle –, Charlotte se sentait parfaitement à l'aise.

Mais, même s'il avait gelé à pierre fendre, elle serait restée là, sur cette somptueuse terrasse, à observer son fils et son papa en train de jouer ensemble.

Ben, qui n'avait jamais vu la neige auparavant, avait été très excité par ce manteau blanc, et ses cris de joie balayèrent les réserves que Charlotte avait pu avoir au sujet de ce voyage.

Ross lui avait toujours semblé être un homme plein d'assurance. Quasiment arrogant. Mais, depuis le moment où il était passé les chercher chez elle pour les conduire à l'aéroport, puis durant leur vol dans le jet privé des Edmond, il s'était comporté d'une manière très différente. Il avait paru un peu... nerveux. Et elle en connaissait la raison.

Ben.

Ce tout petit garçon avait rendu Ross Edmond humble. Son attitude devant Ben était un mélange de crainte et d'admiration, et cette admiration était visiblement mutuelle. Depuis le début de ce voyage, Ben avait perdu toute sa timidité et il suivait Ross partout comme son ombre. Dans l'avion, il s'était endormi sur les genoux de son père, et à cet instant, ils étaient dehors ensemble, occupés à bâtir un impressionnant château de neige.

Une histoire d'amour était née entre eux.

En proposant ce voyage, l'une des motivations de Ross avait été de créer des liens avec son fils. De ce point de vue, c'était une réussite. L'autre raison – clarifier les détails de leur arrangement – n'était pour le moment qu'un projet.

Charlotte s'étonnait encore d'avoir accepté de vivre sous le même toit que lui. Avant son arrivée chez elle, ce jour-là, elle avait été bien décidée à préserver son propre espace, mais Ross était un homme éloquent, et elle avait fini par céder.

Lorsqu'il l'avait embrassée, à l'instant où ses lèvres avaient effleuré les siennes, un tsunami de désir avait balayé les dernières traces de son orgueil et de sa prudence. Avait-il deviné à sa réaction qu'elle n'avait plus jamais fait l'amour avec un homme depuis qu'ils s'étaient quittés ? Cela aurait été humiliant pour elle. Surtout si ce qu'elle avait lu dans les journaux à scandale et sur les sites en ligne, au sujet des innombrables conquêtes de Ross, était vrai.

Les occasions ne lui avaient pourtant pas manqué. Mais Ben et sa carrière avaient été ses deux principales priorités. Elle n'avait plus aucun temps à consacrer aux relations, même occasionnelles. En outre, la dernière fois où elle avait fait suffisamment confiance à un homme pour lui confier son corps, il l'avait laissée tomber sans la moindre hésitation.

Bien sûr, sa libido s'en moquait. À cet instant même, le seul fait de penser à lui faisait durcir les pointes de ses seins, et générait une chaleur liquide au centre de son corps. Cet homme avait toujours eu le pouvoir de la rendre folle de désir. Avec lui, elle oubliait toutes ses règles et toutes ses inhibitions. Elle devenait... sa chose. Qu'il pouvait, à son gré, utiliser, corrompre ou emprisonner dans un univers de plaisir dont elle ne voulait jamais se libérer.

Et, lorsqu'il en aurait assez d'elle… il pouvait la jeter.

Cette dernière vérité lui fit l'effet d'un coup de poing.

Car, c'était ce qu'il ferait un jour. Comme trois ans plus tôt, lorsqu'il ne lui avait pas demandé de rester. Qu'il n'avait rien fait pour la retrouver. Même leur arrangement présent avait déjà une date de péremption.

Ross Edmond pouvait peut-être la faire défaillir de plaisir, mais elle ne pouvait pas compter sur lui. Il n'était pas un homme pour le long terme.

Il n'était pas *son* homme.

— Maman, 'garde !

Le cri joyeux de son fils l'arracha à ses amères réflexions. Posant sa tasse sur la balustrade, elle sourit malgré sa tristesse. Ben était perché sur les épaules de Ross, ses petites jambes dodues autour du cou de son papa, ses mains serrées contre ses joues, telles de petites étoiles de mer.

Un grand sourire aux lèvres, Ross avait commencé à tournoyer lentement sur lui-même, faisant hurler de joie le petit garçon comme s'il avait été sur un manège de foire. Charlotte remarqua alors l'expression de pur bonheur sur le visage de Ross, et elle exhala un long soupir tremblant. Dans un élan spontané, elle avait décidé le matin même d'informer Ben que Ross était son « papa ». Et, la joie évidente de Ross à être reconnu comme tel – et à recevoir des ordres de son fils – suggérait qu'elle avait pris la bonne décision.

À ce sujet, en tout cas.

— N'as-tu pas faim ? lança Ross, levant la tête vers elle.

— Un peu, dit-elle. Je vais voir ce que nous avons au réfrigérateur et je nous cuisinerai quelque chose.

— Inutile, indiqua Ross, faisant descendre son fils. Tu es censée te reposer durant ce séjour. Je nous ai déjà mitonné quelques petits plats. Rassure-toi, je m'occupe de tout.

Et il n'avait pas exagéré.

Une demi-heure plus tard, elle était assise devant le gigantesque îlot central de marbre d'une cuisine dotée d'équipements qui auraient fait le bonheur d'un grand chef. Mais, bien sûr, on ne pouvait pas s'attendre à moins dans une maison comportant cinq chambres, chacune avec sa salle de bains indépendante, une salle de médias, une bibliothèque... et même un *ascenseur* !

Elle secoua la tête devant tout ce luxe, et Ross, qui s'apprêtait à placer un plat dans le four, haussa les sourcils.

— Quoi ? fit-il. Ne me crois-tu pas capable de faire réchauffer des plats préparés plus tôt ?

— Je n'ai jamais mis en doute tes capacités culinaires, répliqua-t-elle. Je pensais à tous les équipements de cette maison. Ai-je bien vu un téléviseur dans les toilettes de l'une des suites ?

— Bien sûr, répondit-il. Si mes deux équipes de football favorites disputent un match de championnat et que j'ai un besoin naturel pressant, suis-je censé manquer un but ?

— Ce serait trop horrible, reconnut-elle en riant.

— Ben s'amuse beaucoup, murmura-t-il en tournant son regard vers l'enfant, assis sur le tapis devant un grand sofa d'angle brun sombre, très occupé à jouer en babillant devant la montagne de jouets qui l'attendait au chalet à leur arrivée.

— Comment pourrait-il en être autrement ? Pour lui, c'est Noël avant l'heure.

— Je me suis peut-être un peu laissé aller, au magasin de jouets, admit-il. Mais j'ai manqué des anniversaires, des Noël et d'autres occasions de lui offrir des cadeaux. J'ai beaucoup à rattraper. Tes parents savent-ils que vous êtes ici avec moi, tous les deux ?

— Non, avoua-t-elle. Je leur ai dit que je partais en voyage d'affaires, et que le mari de ma manageuse nous accompagnait pour s'occuper de leurs enfants et de Ben.

Il hocha la tête, affichant un masque impassible qui ne laissait rien voir de ses pensées.

— Quand comptes-tu leur dire la vérité à mon sujet ?

— Bientôt, promit-elle. D'autant plus qu'apparemment nous allons vivre ensemble. Comme je te l'ai déjà dit, mes parents et moi... essayons de reconstruire notre relation. Je ne sais pas trop quelle sera leur réaction lorsque je les mettrai au courant de notre situation, mais je m'inquiète un peu.

— Oui, dit-il en s'adossant au plan de travail de marbre, les bras croisés sur son torse. Tu m'as parlé de votre histoire.

Charlotte fit de son mieux pour ignorer le roulement de muscles puissants sous les manches de sa chemise blanche, alors qu'il ajoutait :

— Si je me souviens bien, vous étiez proches, autrefois.

— Cela, c'était avant que je les couvre de honte, en mettant un enfant au monde hors des liens du mariage. Je les ai beaucoup déçus, et ils ne se sont pas gênés pour me le dire.

Même si elle avait pardonné à ses parents depuis longtemps, une note de chagrin était encore parfaitement perceptible dans sa voix.

— Nos relations sont restées très tendues jusqu'à la naissance de Ben. Mes parents l'ont aimé au premier regard, J'ai encore refusé de leur dire qui était son père, mais ils ne m'ont plus posé la question.

Elle marqua une pause et elle exhala un soupir, avant de poursuivre :

— Il n'empêche qu'ils vont devoir fournir quelques explications à leurs amis. Ces gens ont supposé que je m'étais mariée en Californie, et que j'ai divorcé. Et mes parents ne les ont jamais détrompés. Quand ils sauront que tu es le père de Ben, et que nous n'avons jamais été mariés, cela va jaser.

— Es-tu en colère contre eux ?

Charlotte ne répondit pas tout de suite. Que lui prenait-il ? La dernière fois qu'elle s'était laissée aller à faire confiance à cet homme, tout ce qu'elle avait récolté c'était un chagrin d'amour qui avait failli la détruire. Croire à nouveau en lui serait une erreur stupide, qu'elle s'était juré de ne jamais répéter avec aucun homme. Et surtout pas avec *celui-ci*.

Et cependant... Dans peu de temps, ils allaient à nouveau vivre ensemble. Élever un enfant ensemble. Ils devaient construire une relation cordiale entre eux – et se faire mutuellement confiance – afin que Ben puisse s'épanouir dans un environnement serein. Pour cela, elle allait devoir entrouvrir à Ross la porte de son cœur – même si ce n'était qu'un peu.

— Je l'ai été, répondit-elle en soupirant Ils m'ont abandonnée, sur le plan émotionnel, pour l'unique raison que j'ai fait quelque chose qu'ils désapprouvaient. Et, pour être sincère, il m'arrive encore d'avoir du mal à me convaincre que je leur ai pardonné. Mais, je me suis guérie presque entièrement de ma colère.

— Pour le bonheur de Ben, pourras-tu me pardonner aussi ?

Elle le dévisagea, le souffle coupé. Dans ses yeux bleus électriques, elle lisait une intensité qui rallumait en elle les braises du désir, et, simultanément, l'effrayait de façon inexplicable.

Découvrir qu'il ignorait tout de sa grossesse et qu'il ne l'avait pas rejetée pour cette raison avait beaucoup fait pour calmer sa colère et son ressentiment. Mais son amertume ne s'était pas totalement effacée. Elle ne lui avait pas pardonné de ne pas l'aimer, de n'avoir pas besoin d'elle, de l'avoir laissée partir alors qu'elle désirait seulement être à lui.

Mais, avant qu'elle n'ait pu répondre, Ben apparut sur le seuil du salon et se précipita vers elle, nouant ses petits bras autour de ses jambes.

— Aller au pot, maman !

Immensément soulagée par cette interruption qui tombait à pic, elle prit sa petite main potelée dans la sienne.

— Oui, je viens avec toi, déclara-t-elle.

Consciente du regard brûlant de Ross fixé sur elle, elle battit en retraite vers la salle de bains. Elle allait avoir besoin de temps pour renforcer ses défenses contre cette force de la nature qu'était Ross Edmond. Ce n'était qu'un répit temporaire, mais elle l'appréciait.

— S'est-il enfin endormi ? s'enquit Charlotte.

Le ton était un peu sarcastique, car Ross avait quitté le salon pour aller coucher Ben une bonne demi-heure plus tôt.

— Oui, dit-il en s'affalant à l'autre bout du sofa sur lequel elle était pelotonnée. Par simple curiosité, as-tu l'habitude de lui lire trois livres de contes avant qu'il ne s'endorme ?

— Non, s'exclama-t-elle en riant. Jamais.

— J'ai eu le pressentiment qu'il m'exploitait, observa-t-il, esquissant un sourire. Cet enfant sait être adorable.

— J'ai deviné que tu aurais besoin d'un remontant, annonça-t-elle en lui tendant le second verre de vin posé sur la table basse

— Merci, fit-il, sirotant une gorgée de muscat d'Italie.

Le spectacle de ces lèvres fermes et douces sur le bord de son verre, le mouvement de déglutition de sa gorge puissante lui firent l'effet d'un aphrodisiaque, et elle s'efforça désespérément de se ressaisir.

— Nous devrions peut-être discuter des modalités de notre future cohabitation, suggéra-t-elle, faute d'un meilleur sujet.

— C'est vrai, convint-il, en prenant une autre gorgée. À notre retour, nous chercherons une maison. Mais, en attendant de l'avoir trouvée, le plus logique serait de loger au ranch.

— J'ai déjà dit non, riposta Charlotte d'un ton sans réplique. Je croyais que nous avions épuisé le sujet.

— J'aimerais comprendre pourquoi tu es tellement opposée à cette solution. Est-ce parce que tu y as travaillé ? Ou est-ce parce que toi et moi y avons fait...

— Non, l'interrompit-elle, peu désireuse d'entendre qualifier ce qu'ils avaient fait – *Se rencontrer ? Faire l'amour ? Une partie de jambes en l'air ?* – J'ai toujours été une personne indépendante. Tu connais ton père, Ross. Si nous vivons sous son toit, il essayera de gouverner nos vies.

Elle n'avait pas osé s'approcher plus près de la réalité.

Comment pourrait-elle lui expliquer qu'elle craignait de se retrouver à la merci de Rusty ? Car, si celui-ci reprenait son manège avec elle, s'il recommençait à flirter avec elle à chaque occasion, il ne trouverait plus devant lui la même jeune fille vulnérable. Elle n'aurait plus peur de lui. Elle se verrait obligée d'avouer à Ross la vraie raison de son départ précipité du ranch. À savoir que Rusty ne pouvait s'empêcher de lui faire des propositions déplacées, et qu'elle craignait qu'un jour il ne se contente pas de simples paroles.

Malgré leurs relations tumultueuses, Ross aimait son père et espérait encore une relation apaisée avec lui. S'il existait encore une chance pour que ce vœu se réalise, Charlotte ne voulait pas la leur gâcher.

Mais, au plus profond d'elle-même, elle avait une autre raison.

Trois ans plus tôt, elle n'avait pas cru Ross capable de la défendre contre son père, de se dresser face à lui. Et, aujourd'hui encore, elle n'était pas convaincue qu'il le ferait, s'il lui fallait choisir entre son père d'un côté, et Ben et elle de l'autre. Rusty était un personnage puissant et charismatique, une force dominatrice. Ross, un fils qui admirait son père et qui avait soif de son affection, désirait peut-être que Charlotte et Ben fassent partie de sa vie. Mais, si cela devenait nécessaire, se battrait-il pour eux ?

Elle n'en était pas sûre.

Et elle n'avait pas envie de le découvrir.

Ce qui signifiait qu'il était hors de question qu'ils aillent s'installer au ranch Elegance.

— J'ai simplement besoin que tu acceptes ma décision, déclara-t-elle. C'est tout.

Ross la dévisagea un instant, et elle s'efforça de ne pas flancher sous ce regard bleu de glace.

— Très bien, murmura-t-il. Mais j'ai une demande à te faire. À notre retour à Royal, je voudrais que tu viennes avec moi pour présenter Ben à ma famille. Nous ne serons pas obligés de rester au ranch, mais je tiens à ce que tu sois là.

— Soit, répondit-elle sans enthousiasme. Cela, je peux le faire.

Si Ross était prêt à accepter un compromis au sujet du ranch, elle lui ferait ce plaisir, pourvu qu'elle ne soit pas obligée de passer plus de temps que nécessaire en compagnie de Rusty.

— Quels sont tes horaires de travail ? s'enquit-il.

— Du lundi au samedi, je commence à midi et demi pour la mise en place et je reste jusqu'à l'heure de la fermeture.

— Ce sont de très longues heures, répliqua-t-il. Comment te débrouillais-tu en Californie, avec un bébé ?

— Disons seulement que je n'ai pas dormi une nuit entière depuis deux ans, confia-t-elle, haussant les épaules. Mais ma sœur et sa famille m'ont beaucoup aidée. Aujourd'hui, j'ai une baby-sitter pour Ben, et mes parents le prennent aussi fréquemment chez eux.

— J'ai une autre proposition à te faire, à ce sujet, déclara Ross. Laisse-moi m'occuper de Ben durant tes heures de travail. Mon emploi du temps est plus flexible que le tien. Nos bureaux disposent d'une garderie pour les employés, et je pourrai lui rendre souvent visite pendant la journée. Et, à la fin de ma journée, Ben et moi pourrions venir au restaurant et dîner avec toi, à l'heure de ta pause.

Stupéfaite par cette proposition, elle le dévisagea un instant en silence. Combien de fois n'avait-elle pas rêvé que ses parents amènent Ben au restaurant pour qu'elle puisse le voir ? Maman célibataire avec une profession exigeante, elle se sentait constamment coupable de n'être pas assez présente pour son fils. Mais, si elle désirait réussir dans sa carrière, ce n'était pas seulement pour elle, mais aussi pour Ben, pour lui montrer qu'aucun objectif n'est hors d'atteinte si l'on y met tout son cœur. Plus encore que devenir une cheffe étoilée, elle espérait être une inspiration pour son fils.

— Je... heu... Si tu es sûr que cela ne te dérange pas...

— Mon fils ne me dérangera jamais.

Son fils, songea-t-elle. Pas *elle*. Au fond, c'était mieux ainsi. C'était un rappel du fait que le seul lien existant entre eux était cet enfant qu'ils avaient conçu ensemble.

— Merci, alors, dit-elle, les yeux fixés sur le liquide rubis au fond de son verre. Mais j'ai peur de trop espérer.

— De cette proposition... ou de moi ? s'enquit-il.

Elle releva vivement la tête et, face à son regard scrutateur, elle fut tentée de battre en retraite, de retourner à la conversation polie sur des sujets légers.

— Des deux, convint-elle, sentant revenir sa nervosité.

— Tu as pardonné à tes parents pour le bien de Ben, observa-t-il, faisant tournoyer le vin dans son verre. Es-tu prête à faire de même avec moi ?

— Et toi, l'as-tu fait ? rétorqua-t-elle, évitant d'avoir à répondre à cette dangereuse question.

Quelques secondes s'écoulèrent dans un silence à peine rompu par le craquement des bûches dans la cheminée. Charlotte attendit, retenant son souffle.

— Oui, lâcha-t-il enfin. À présent que je sais comment cela s'est passé, et que tu ne m'as pas intentionnellement éloigné de mon fils, je ne t'en veux plus.

— Menteur ! ne put-elle pas s'empêcher de s'écrier.

Ross la dévisagea d'un air... surpris ? Intrigué ? Irrité ? Ou était-ce une autre émotion plus sombre... Un farouche désir ?

— Une partie de toi m'en voudra toujours de t'avoir fait manquer les deux premières années de la vie de Ben, affirma-t-elle. Mais ce n'est pas à ce sujet que tu me mens.

— Vraiment, Charlotte ? Et si tu m'éclairais, alors ?

— Tu ne m'as pas encore pardonné d'être partie en Californie, déclara-t-elle. Avant d'avoir appris l'existence de Ben, tu étais fou de rage, Ross. Et tu l'es encore.

Ross reposa posément son verre sur la table basse avant de répondre, son regard fixé sur les flammes de la cheminée :

— Crois-tu vraiment me connaître, Charlotte ? chuchota-t-il d'une voix dénuée de rancœur. C'est présomptueux de ta part.

— Je te connaissais mieux que la plupart des autres.

— Nous avons couché ensemble, Charlotte, dit-il crûment.

C'était la vérité, bien sûr, mais cette réponse la blessa profondément. Car elle venait confirmer ce qu'elle avait toujours su, et qui la désolait. Pour lui, cela n'avait été qu'une coucherie avec la cuisinière, mais pour elle, cela avait été infiniment plus. C'était *sa* faute, pas celle de Ross. Mais, heureusement pour elle, elle avait cessé d'être aussi naïve.

— Et pourtant, tu m'en veux encore, remarqua-t-elle d'un ton amer. Allons, Ross, libère-toi de ce poids, dis-moi tout.

— Que fais-tu, Charlotte ? murmura-t-il, abaissant son regard vers sa bouche puis, descendant encore, s'attardant sur ses seins, devenus tout à coup hypersensibles, et plus bas encore, vers l'espace brûlant à la jonction de ses cuisses. Lorsque ses yeux rencontrèrent à nouveau les siens, l'incendie qu'elle vit brûler au fond de ses prunelles lui brûla la peau.

Elle désirait se plonger dans sa chaleur. S'y consumer.

Et tant pis si son instinct de préservation lui criait de se protéger à tout prix.

— Je ne comprends pas ce que tu veux dire, répliqua-t-elle d'un ton qui démentait ses paroles.

— Vraiment ? susurra-t-il, avec un sourire de carnassier. Veux-tu lutter avec moi, bébé ? Est-ce cela ? Ou n'est-ce qu'une excuse pour poser ta bouche sur moi ? Inutile de jouer cette comédie, Charlotte. Si tu as envie de me goûter sans devoir te sentir coupable, cela pourrait être notre petit secret.

Notre petit secret. Ces mots déclenchèrent une sonnerie d'alarme dans son esprit.

C'est tout ce que tu es pour lui. Ce que tu as toujours été.

C'était la vérité. Elle le *savait*. Et cependant... un torrent de désir faisait brûler son sang, hors de tout contrôle.

Il avait peut-être raison. Elle souhaitait que la colère l'amène à prendre cette décision à sa place, afin de pouvoir capituler en blâmant ses émotions, au lieu d'accepter son désir de sentir une fois encore sa bouche sur la sienne. Ses mains caresser son corps.

Un baiser. C'était tout ce qu'elle se permettrait. Un autre baiser. Ensuite, elle pourrait assouvir le désir qui la torturait depuis la veille. Durant trois ans, elle s'était sacrifiée – pour sa carrière, pour son fils.

Cette nuit serait pour elle toute seule. Une nuit seulement.

À qui cela pourrait-il nuire ?

À elle-même.

Balivernes. Parce qu'elle ne le permettrait pas.

— Cela n'aurait rien de nouveau pour nous, n'est-ce pas ? remarqua-t-elle, se levant du sofa, pour s'approcher lentement de lui. Les secrets, nous en avons beaucoup, toi et moi. Qu'est-ce qu'un petit secret de plus ?

Elle appuya un genou sur le coussin, tout contre sa cuisse, avant d'ajouter d'une voix de séductrice :

— Seulement, cette fois-ci, c'est toi qui es à moi, et pas le contraire.

— Charlotte ! gémit-il, empoignant ses hanches alors qu'elle levait son autre jambe pour s'installer à califourchon sur lui, l'enserrant entre ses cuisses. Qu'est-ce que tu...

— Je te prends, l'interrompit-elle.

Sans le quitter une seconde du regard, elle porta son verre à ses lèvres et sirota une gorgée de vin. Puis, tournant le verre afin que ses lèvres se posent à la même place que les siennes, elle le lui tendit. Il but à son tour, et l'intimité de ce geste fit naître un torrent de feu liquide en son centre.

Sitôt qu'il releva la tête, elle plongea le bout d'un doigt dans son vin et le remua lentement. Puis, elle se tourna vers lui pour lui effleurer les lèvres de son doigt humide, l'une après l'autre, le regard rivé sur sa bouche sensuelle.

À présent, sa respiration était hachée, rapide. Elle se dressait au-dessus de lui, son visage tout près du sien, s'attendant à chaque instant à ce qu'il commence lui-même ce baiser, la privant de ce plaisir. Mais ses yeux bleus, pareils à des flammes de cristal dans un visage aux traits presque sévères, continuèrent simplement à la fixer. À attendre. Et, chez un homme comme lui, habitué à exercer le contrôle dans la chambre comme partout ailleurs, cette apparence de soumission était exceptionnelle... et très, très excitante.

Peu désireuse qu'il soupçonne la tempête érotique qui faisait rage en elle, Charlotte réprima le gémissement qui montait dans sa gorge. Et elle ne l'avait même pas encore embrassé. Mais elle comptait bien corriger cet oubli.

Tout de suite.

Elle rapprocha son visage du sien pour lécher sa lèvre inférieure charnue à petits coups de langue gourmands. Le goût du vin qu'elle y détecta faillit à nouveau la faire gémir, et elle répéta l'opération avec sa lèvre supérieure.

Elle sentit les mains de Ross se resserrer sur ses hanches, et, à son grand embarras, elle s'aperçut qu'elle désirait qu'il serre plus fort, laissant sa marque sur sa peau comme un témoignage de ce moment interdit. Elle désirait qu'il la possède.

Refoulant cette idée dérangeante, elle s'abandonna tout entière à ce baiser, goûtant avec délices la fragrance épicée de bois de santal, de pluie et de vent du Texas. Elle aurait pu se noyer dans cette senteur. Se fondre dans cette irrésistible sensation de chaleur, de volupté et de plaisir aigu.

Le gémissement qu'elle essayait vainement de contenir franchit enfin ses lèvres, tout contre les siennes. Le baiser de Ross se fit passionné, exigeant, et elle ne fit rien pour se défendre. Elle rendit les armes, renonça au contrôle qu'elle avait exercé jusque-là, mais qu'elle voulait qu'il assume à son tour, à compter de cet instant.

Comme s'il avait senti ce changement de cap, il empoigna

fermement sa queue-de-cheval et tira sa tête en arrière, faisant jaillir des fulgurances de désir dans tout son être. Le gémissement qui lui échappa alors serait peut-être un souvenir humiliant plus tard, mais, à cet instant précis, les yeux fermés, elle se délectait de ce picotement sur son cuir chevelu, de la délicieuse vulnérabilité de sa gorge exposée.

— Si tu dois regretter demain ce que nous faisons, murmura Ross, son souffle tiède tout contre sa peau, je vais te donner quelque chose que tu pourras réellement regretter.

Il laissa glisser ses dents sur son cou, la légère brûlure se réverbérant dans tout son corps, des pointes de ses seins à ses reins et au centre de sa féminité. Puis, elle sentit une morsure de possession au creux de son épaule et de son cou.

— Ross ! gémit-elle, insinuant les doigts dans ses épais cheveux blonds pour le retenir contre sa peau.

— Cela m'a tellement manqué ! grogna-t-il, déposant un doux baiser là où il l'avait mordue. T'entendre prononcer mon nom de cette voix voilée par la passion au moment où je m'apprête à te donner ce que tu désires. Car tu le désires, n'est-ce pas, mon bébé ?

— Oui ! répondit-elle, haletante, les derniers vestiges de sa raison balayés par le torrent incandescent qui cascadait librement dans tout son corps. Donne-le-moi, vite !

— Tu dois me le demander gentiment, répliqua-t-il, d'un ton empreint d'un mélange de douceur exquise et de vague menace.

— Es-tu sérieux ? s'étonna-t-elle.

Elle serra les dents, réprimant son envie de protester. Parce que ses expériences passées avec Ross lui avaient appris que, lorsqu'il était de cette humeur, lorsqu'il la provoquait, avec ce fond de colère juste sous la surface de son désir, il était prêt à faire durer cette torture jusqu'à ce qu'elle le supplie de lui donner ce que lui seul pouvait lui offrir. Un moment d'extase qui la laisserait brisée.

— Ross, j'ai besoin de...

Le mot *toi* refusa de franchir ses lèvres. Ce n'était pas de lui qu'elle avait besoin, mais de ce qu'il faisait à son corps. Deux choses tout à fait différentes, comme il le lui avait si expertement prouvé.

— J'ai besoin que tu me fasses jouir, murmura-t-elle.

— Oh ! oui, je le sais, dit-il d'une voix rauque, écrasant sa bouche contre la sienne pour l'embrasser passionnément.

Ce fut un baiser de feu et de glace. D'essence explosive et d'eau fraîche. Des retrouvailles et une perte douloureuse.

Il dévora ses lèvres, et elle s'offrit aux assauts de sa gourmandise. Puis, abandonnant sa bouche à vif et humide, il traça un chemin de baisers le long de son cou, s'attardant pour lui infliger un suçon dans le creux délicat à la base de sa gorge, lui imprimant sa marque. Et elle était au paradis, l'invitant silencieusement à continuer à butiner sa peau. Plus fort. *Plus longtemps.*

Des doigts impatients retroussèrent son pull et le firent passer par-dessus sa tête. À cet instant, elle éprouva un accès de panique et elle faillit porter ses mains à son cou. Puis elle se souvint avec soulagement qu'elle avait retiré son collier au pendentif de diamants avant de quitter la maison. *Dieu merci.* Comment aurait-il réagi en constatant qu'elle l'avait gardé ?

— Qu'est-ce qui ne va pas ? murmura-t-il en l'allongeant sur le sofa, la laissant uniquement vêtue d'un petit débardeur et d'un soutien-gorge de dentelle noire festonnée. À quoi pensais-tu ?

Elle était une cheffe qui travaillait de longues heures et, la plupart du temps, son corps ne connaissait que les vestes de cuisine, les T-shirts et les pantalons noirs. Unique concession à la femme qu'elle était, et qui adorait la mode, elle avait une passion pour les jolis dessous. Et le désir qu'elle voyait brûler dans les yeux de Ross disait éloquemment qu'il approuvait ses choix.

— À rien, assura-t-elle, effleurant ses larges épaules du bout de ses doigts, en évitant soigneusement son regard.

Il ne releva pas son mensonge. Au lieu de cela, il glissa sa main sous son débardeur et le remonta, exposant sa peau à la chaleur de la cheminée. Charlotte cessa de respirer. Cela faisait si longtemps ! Elle désirait qu'il la caresse. *Elle en avait désespérément besoin.*

À cet instant, ses lèvres effleurèrent la pointe d'un sein, lui arrachant un cri, la faisant fondre tout contre lui.

— Chut ! murmura-t-il, mordillant le bouton durci à travers la dentelle de son soutien-gorge.

Le débardeur et le soutien-gorge s'avérèrent être de piètres obstacles aux assauts de sa bouche passionnée. Ses grandes mains si douces l'attirèrent à lui, et il mordilla, lécha tour à tour les pointes durcies, la faisant mourir de plaisir.

Elle s'installa à califourchon sur lui, ondulant des hanches contre sa monumentale érection, et, renversant sa tête en arrière, elle laissa échapper un gémissement. La passion, on le sait, fait vite oublier le bon sens, la honte et l'inhibition. Voguant sur la crête d'une vague de plaisir inouï, Charlotte se donna tout entière à cet instant magique, ondulant des hanches contre lui, et, voguant toutes voiles dehors vers une apothéose des sens, elle les oblitéra sans aucun regret.

Ross écarta le bonnet du soutien-gorge avec des doigts impatients, exposant son autre sein à ses assauts érotiques. la faisant trembler de tout son corps, puis sa main descendit vers son ventre, et, sans s'arrêter à la ceinture élastique de ses leggings noirs, elle se glissa, toujours plus bas, pour la caresser plus intimement.

— Ross ! murmura-t-elle dans un souffle, incapable de détacher son regard du sien.

Le contact doux et ferme de ses doigts entre les plis de sa féminité humide et brûlante la fit presque défaillir de plaisir.

— Oui, oui, j'en ai besoin ! le supplia-t-elle d'une voix mourante. S'il te plaît !

Sa passion avait réduit son orgueil en cendres. Trop désespérée pour écouter la voix de la prudence, elle désirait cet homme avec une intensité qui aurait dû l'effrayer. Cela viendrait peut-être plus tard, mais pas à cet instant, avec ces doigts élégants dansant une ronde diabolique autour du bouton de chair hypersensible. Pas alors que ses caresses la conduisaient au bord de l'explosion finale pour la première fois depuis trois longues années.

Il la fit taire avec un baiser, sa bouche sensuelle se révélant un délectable complément à la caresse de ses doigts, qui s'immisçaient lentement dans sa féminité palpitante, un d'abord, puis un second.

Elle cria tout contre sa bouche, et une gigantesque vague de plaisir monta en elle, toujours plus puissante, toujours plus éblouissante, qui menaçait de l'emporter si haut qu'elle ne redeviendrait jamais la femme qu'elle était avant d'avoir imprudemment décidé de se lancer dans cette aventure.

Ses doigts accrochés à ses épaules, elle ondulait des hanches contre sa main. Au bord d'un orgasme qu'elle savait inévitable, alors même que son corps exigeait déjà davantage, elle luttait encore contre cette issue. Elle craignait de ne plus jamais ressentir cela. Ne jamais plus le *vivre*.

Refoulant cette pensée, elle enfouit son visage contre son cou en gémissant contre sa peau, et il dut prendre cette réaction pour un signal, car les mouvements de ses doigts se firent plus rapides, plus profonds, plus délectables.

Et elle rendit les armes.

Elle s'abandonna à ce plaisir divin. À cette sensation de pouvoir. À ce désir dévorant.

Elle explosa, et, encouragée par sa voix grave contre son oreille, elle se laissa basculer dans les flammes de sa passion, sachant pertinemment qu'elle en ressortirait déchirée, marquée...

Changée.

Et pas en mieux.

9

— Merci d'avoir quitté ton travail plus tôt pour faire ceci avec moi, dit Ross en se tournant vers la femme silencieuse assise sur le siège passager de l'Aston Martin.

Charlotte regardait par la fenêtre, les mains posées sur les genoux, le dos bien droit, et il contempla un instant son chignon serré, la beauté presque fragile de son profil et la moue sensuelle de sa bouche, avant de reporter prudemment les yeux sur la route devant lui.

Il était plus sage de se concentrer sur sa conduite, plutôt que de se remémorer la douceur de cette bouche sous la sienne, son goût enivrant qui brûlait dans sa mémoire presque deux jours après les faits. Il croyait encore sentir sa féminité palpitante, soyeuse, se resserrer autour de ses doigts. Il avait cru se consumer dans ce feu. Ses souvenirs du temps où ils étaient ensemble ne pouvaient se comparer à la réalité de Charlotte dans ses bras, ondulant des hanches à califourchon sur ses genoux, laissant échapper un long cri au moment de l'extase.

Ce souvenir le fit frissonner sur son siège, et il ressentit à nouveau l'aiguillon du désir dans son corps. Charlotte avait cet effet-là sur lui. Et il était effrayé à l'idée de tout ce qu'il ferait – de tout ce à quoi il était prêt à renoncer – pour avoir une nouvelle chance de la sentir sur lui. Sous lui.

Pour être en elle.

— J'ai accepté de t'accompagner au ranch, et de présenter Ben à ta famille, murmura-t-elle, l'arrachant à ses pensées érotiques, mais l'heure normale de son coucher est passée depuis longtemps.

Il était 21 heures, et leur fils dormait à l'arrière dans son siège adapté. À leur retour de Telluride, la veille, Rusty était absent, et il n'était rentré que cet après-midi-là. Mais Ross ne voulait pas retarder ces présentations plus longtemps. Son père, Gina et Asher devaient absolument faire la connaissance de son fils, pour commencer le processus qui ferait d'eux une famille. Il ne se faisait aucun souci pour sa sœur ou pour son frère, mais, dans le cas de Rusty, les choses n'étaient pas aussi simples. Toutefois, Ross s'accrochait à l'espoir que, dès que son père aurait posé les yeux sur ce merveilleux petit garçon, il oublierait son entêtement et sa colère, et qu'il accueillerait cet enfant au sein de sa famille. Et qu'il y accueillerait aussi la maman de Ben.

— Rusty sait-il que nous arrivons ? s'enquit-elle d'un ton détaché, totalement dénué d'émotion.Ross coula un nouveau regard dans sa direction. Cette note dans sa voix le mettait mal à l'aise. Autant que sa réticence à se rendre au ranch, même pour une courte visite. Il avait accepté ses raisons de refuser de venir vivre chez lui, même s'il ne les approuvait toujours pas. Mais un sentiment indéfinissable continuait à le tarauder, l'irritant à la façon d'une piqûre d'abeille. Comme si elle avait d'autres raisons de ne pas vouloir vivre au ranch. Des raisons dont elle ne lui avait pas parlé.

— Ross ? insista-t-elle.

— Oui, fit-il, serrant plus fort son volant. Je lui ai parlé tout à l'heure, et je l'ai informé que nous allions venir au ranch. Et pour quelle raison.

— J'espère que tout se passera comme tu le souhaites, observa-t-elle. Pour ton bien, je l'espère sincèrement.

Ross ne répondit pas, car l'allée conduisant au ranch Elegance venait d'apparaître devant lui. Mais un frisson glacé lui parcourut le dos. Faisant un effort pour se ressaisir, il roula lentement jusqu'aux grilles monumentales de fer forgé. Rusty et lui avaient eu leurs moments difficiles, ils avaient été en désaccord sur bien des questions, mais, au bout du compte, la famille et le nom des Edmond comptaient plus pour son père que quoi que ce soit d'autre. Rusty menaçait, mais il ne l'abandonnerait jamais comme sa mère l'avait fait. Retrouvant une sombre assurance, il actionna la télécommande de l'ouverture automatique des grilles. Non, décidément, Rusty était coupable de bien des maux, mais jamais...

— Oh ! non ! murmura-t-il.

Il pressa de nouveau le bouton d'un geste impatient, mais les grilles demeurèrent obstinément fermées.

— Il l'a fait, gronda-t-il, partagé entre choc et incrédulité. Le vieux salopard l'a fait.

Le chagrin et la colère suivirent immédiatement sa surprise initiale. Ne venait-il pas de penser que son père, qui professait de placer la famille au-dessus de tout, ne le laisserait jamais tomber ? Gina et Asher étaient-ils au courant de ce nouveau plan ? Allaient-ils l'abandonner aussi ?

Un gouffre béant s'ouvrait au creux de sa poitrine. *Seul*. Il était seul, et ce vide menaçait de l'engloutir tout entier. L'espace d'une seconde, il redevint le petit garçon de dix ans qui regardait sa mère quitter leur maison sans se retourner. Ce vide immense l'avait submergé ce jour-là aussi, et il avait essayé de le remplir avec l'affection et l'approbation, accordées avec avarice, du seul parent qui lui restait. Son père. Et, désormais, il n'avait même plus cela.

Il avait été rejeté. Abandonné.

Une nouvelle fois.

— Ross, que se passe-t-il ?

Une main venait de se poser sur son bras crispé, et c'est seulement alors qu'il se rendit compte qu'il serrait si fort son volant que ses jointures avaient blanchi. Laissant retomber ses mains, il se tourna vers Charlotte, qui le considérait dans la pénombre, le front barré d'un pli soucieux.

— Je ne peux pas ouvrir la grille, expliqua-t-il avec un rire amer. Mon père a fait changer la serrure pour m'interdire l'accès à la propriété. Il m'a jeté dehors. Hors de la maison. Hors de la famille.

— Je suis désolée, Ross, chuchota-t-elle. Je...

— Cela ne fait rien, coupa-t-il, passant la marche arrière et se retournant sur son siège pour faire demi-tour, repoussant son bras par la même occasion.

À cet instant précis, il n'avait pas envie de sa sympathie – ni de sa pitié.

Pas au moment où la personne qui était censée l'aimer, le soutenir, *l'accepter* l'avait trahi. Cette blessure était comme un poison dans son sang. Il fut brièvement tenté de s'arrêter sur le bord de la route pour appeler Rusty et essayer de le faire revenir sur sa décision. Mais son père ne lui avait pas seulement légué son nom. Ross avait aussi hérité son opiniâtreté. Et il refusait de s'abaisser à mendier devant lui.

Il n'avait pas supplié sa mère.

Il n'avait pas supplié Charlotte.

Et il ne ferait sûrement pas ce plaisir à son père.

— Ross ? murmura Charlotte d'une voix douce. Je...

— Désolé de t'avoir détournée de ton travail sans motif valable, l'interrompit-il de nouveau, le cœur serré. Je vais vous ramener chez toi, tous les deux.

— Où comptes-tu aller ?

— Je vais prendre une chambre dans un hôtel pour le moment, indiqua-t-il, haussant les épaules avec une nonchalance feinte. De toute façon, nous avions prévu de chercher une maison ensemble, n'est-ce pas ?

Durant un long moment, seul le silence lui répondit. Puis, elle déclara :

— Nous allons venir avec toi.

Il tourna vivement la tête vers elle pour river son regard au sien une seconde, puis il fixa à nouveau la route devant lui. Mais ce bref contact avait suffi à lui confirmer qu'elle parlait sérieusement.

— Non, dit-il, secouant la tête. C'est inutile.

— Peut-être. Mais c'est ce que nous allons faire.

— Charlotte ! gronda-t-il.

— Je ne te laisserai pas tout seul ce soir, insista-t-elle. Ta famille vient tout juste de rompre ses liens avec toi. Je sais ce que l'on ressent lorsqu'on se retrouve seul, privé de ces ancrages que l'on avait crus permanents. Ben et moi venons avec toi, un point, c'est tout. Et, dès demain matin, nous commencerons à chercher une maison.

— Je n'ai pas besoin de ta pitié, marmonna-t-il.

— Mais peut-être de mon amitié ? suggéra-t-elle après un court instant de silence.

Il faillit objecter une nouvelle fois, mais une partie de lui-même… celle qui s'était constamment entourée de gens, de fêtes, *de bruit*, celle qui détestait le silence assourdissant, insupportable, de la solitude, fit taire son orgueil.

— D'accord, répondit-il en soupirant.

Ross marchait nerveusement de long en large dans le salon de sa luxueuse suite, un verre de scotch à la main, et il s'arrêta brièvement devant les immenses baies vitrées offrant une vue spectaculaire des jardins du Bellamy, le palace cinq étoiles de Royal. L'établissement s'enorgueillissait de vingt-cinq hectares de magnifiques jardins, d'un spa, d'un restaurant étoilé et de cinquante suites somptueuses dotées de toutes les nouvelles technologies. Le Bellamy Resort Hotel était l'orgueil de Royal.

Et, pour la première fois depuis son arrivée dans ce luxueux établissement, sa carte bancaire avait été refusée.

Il avala une nouvelle gorgée de son scotch, et la brûlure de l'alcool vint s'ajouter à la rage qui bouillonnait encore dans son cœur. Non seulement son père l'avait exclu du seul foyer qu'il ait jamais connu, mais il lui avait aussi coupé les vivres. Il essayait de le mater, de l'obliger à lui obéir comme un vilain petit chien.

Mais Ross n'était l'animal de compagnie de personne.

Et il avait des ressources, des investissements que son père ne pouvait pas toucher. C'est avec cela qu'il allait acheter une maison pour lui, pour Charlotte et pour leur fils.

De plus, il avait toujours le nom que Rusty lui avait donné. Ross s'en était servi pour mettre la note de leur séjour sur son propre compte.

Par une amère ironie, Rusty n'avait pas pu priver Ross de ce qui comptait le plus au monde pour lui.

— Ben s'est endormi, murmura Charlotte derrière lui, sa voix douce, capiteuse, lui faisant l'effet d'une caresse. Comme il est déjà tard, il n'a pas beaucoup résisté. Comment te sens-tu, Ross ?

— Tout va bien, assura-t-il, fixant le fond de son verre.

— C'est faux, répliqua-t-elle en venant se planter devant lui. Tu ne vas pas bien du tout. Comment le pourrais-tu ? Écoute, je sais que nous cherchons encore le moyen d'être de bons parents pour Ben, et peut-être de bons amis l'un pour l'autre, mais tu peux continuer à me parler comme tu le faisais auparavant.

— Nous étions nus, toi et moi, et le sexe m'avait délié la langue, grogna-t-il.

Il savait qu'il se comportait comme un imbécile, mais il avait eu tort d'accepter qu'elle s'installe à l'hôtel avec lui. Il était trop tendu. Trop furieux. Il souffrait trop. Et avec sa douce fragrance qui l'entourait, ses beaux yeux fixés sur lui, ce corps sublime si près du sien, il était prêt à commettre toutes les folies.

Elle aurait eu parfaitement le droit de le remettre à sa place après cette réponse grossière. Au lieu de cela, elle se contenta de l'observer en silence. Et lui, comme un lâche, il tourna les talons pour s'approcher du bar et se resservir un verre. Et, surtout, pour éviter son regard scrutateur.

— Maintenant, qui cherche le conflit ? remarqua-t-elle, lui renvoyant les paroles qu'il lui avait lancées lui-même au chalet. C'est une manœuvre classique des Edmond.

Cette remarque l'emplit d'amertume, mais il se tut. La colère valait mieux que ce besoin débilitant de la serrer dans ses bras et d'accepter le soutien qu'elle lui offrait, jusqu'à ce que ce sentiment de solitude ne l'empêche plus de respirer.

— Attaquer le premier, poursuivit-elle. Les blesser avant qu'ils ne puissent te blesser. T'éloigner afin que personne ne voie ce que tu ressens réellement. Tu m'as dit un jour qu'il était présomptueux de ma part d'affirmer te connaître. Mais certaines choses n'ont pas changé ces trois dernières années.

Il ne la vit pas s'approcher derrière lui, mais l'épaisse moquette crème ne pouvait pas étouffer tout à fait le bruit de ses pas. La main qui se posa sur son épaule brûla sa peau comme un fer rouge à travers le tissu de sa chemise.

Soudain nerveux, il renversa quelques gouttes de son scotch en essayant de se servir un nouveau verre. Reposant la carafe d'un geste brusque, il avala l'alcool d'un trait.

Ce n'est qu'alors qu'il s'éloigna d'elle – d'elle et de ces doigts délicats qu'il aurait préféré ailleurs que sur son épaule, le serrant très fort, échangeant une douleur pour une autre.

— Je ne veux pas me disputer avec toi, Charlotte, dit-il en se retournant face à elle, son verre à la main. Mais je commence à soupçonner que tu as une autre raison pour être ici avec moi. Peut-être attends-tu autre chose de moi que... la simple honnêteté.

Il l'examina posément de la tête aux pieds, promenant son regard sur le chemisier à jabot bleu et blanc, le pantalon bleu marine très ajusté et les escarpins noirs à talons aiguilles qu'elle avait choisis pour leur entrevue avec sa famille.

Et ,lorsque ses yeux remontèrent lentement le long de ces courbes délicieuses, il fit de son mieux pour dissimuler l'effet qu'elle produisait sur lui. Il en tremblait presque. L'incendie ravageur qui brûlait en lui allait bien au-delà du simple désir physique. Que diable croyait-il faire ? À quel danger s'exposait-il ? Dans l'état où il se trouvait, elle était comme des brindilles sèches jetées sur un feu qui couvait déjà. Il ne faudrait pas longtemps avant que des flammes dévorantes rugissent hors de tout contrôle.

— Tu faisais cela aussi, remarqua Charlotte soutenant tranquillement son regard, nullement offensée.

— Faire quoi ? répliqua-t-il, espérant que l'ennui qu'il feignait dans sa voix dissimulerait sa panique.

— Utiliser le sexe pour éviter une conversation.

— Allons, bébé, si j'utilisais le sexe, tu le saurais, crois-moi. As-tu oublié si facilement ? Pour commencer, nous n'aurions pas besoin de parler. Pas si ta petite bouche gourmande dévorait la mienne, me rendant fou. Et puis, ces vêtements si jolis mais si encombrants auraient disparu, révélant ce corps délicieux. Ensuite, j'entendrais ce râle sensuel montant du fond de ta gorge tandis que je butinerais les pointes de tes seins en caressant tes fesses superbes. Puis, enfin, je te sentirais frissonner de cette façon si particulière qui m'annonce que tu vacilles au bord de l'orgasme. Il suffirait dès lors d'un simple contact, d'une caresse de plus pour que tu...

— *Arrête !* l'interrompit-elle d'une voix faible.

Il aurait dû exulter en entendant sa respiration un peu haletante. Mais ce qu'il ressentait n'était pas du triomphe.

C'était un désir insensé.

Une fringale.

Son plan de la faire taire, de l'éloigner de lui avait misérablement échoué, se retournant contre lui.

— Je préfère t'entendre me supplier de ne pas m'arrêter. Me murmurer que tu désires davantage. C'est la seule conversation que nous aurions.

— Ross, crois-tu vraiment que je ne sais pas à quel point tu te sens malheureux ? observa-t-elle. Combien tu souffres ?

Elle insistait bravement, mais la flamme qu'il voyait briller dans ses beaux yeux bruns, les pointes durcies de ses seins qui tendaient le tissu de son chemisier la trahissaient.

— Je n'ai jamais prétendu que je ne souffrais pas, rétorqua-t-il, reposant son verre sur le bar avant de s'approcher d'elle, si près qu'elle dut lever la tête pour le regarder dans les yeux. Laisse-moi te montrer où je souffre le plus.

Saisissant son poignet, il attira sa main vers lui, assez lentement pour lui laisser largement le temps de comprendre ses intentions. Et pour libérer son bras si elle le désirait.

Mais elle ne résista pas lorsqu'il posa sa main sur son sexe. Ne manifesta pas la moindre gêne lorsqu'il la pressa plus fort contre lui.

Ce fut lui qui grogna un juron. Ce fut sa main à lui qui repoussa la sienne.

Lui qui tourna les talons et qui s'éloigna d'elle.

— Va dormir, Charlotte, ordonna-t-il d'un ton las. Cette journée a été longue pour nous deux.

Il avait besoin qu'elle soit loin de lui, de préférence derrière une porte fermée à double tour. Il sentait encore la chaleur de sa paume sur son sexe et il ne pouvait pas garantir qu'il ne la toucherait pas. Et rien de bon ne pourrait en résulter. Pas alors que le désir et la colère se disputaient la première place dans son esprit, et qu'il était tenté de rompre la trêve fragile qu'ils avaient négociée avec une rencontre sexuelle brûlante et débridée. Ce qu'il lui ferait maintenant ne lui apporterait pas la paix de l'âme. *La prendre. La conquérir. La corrompre.* C'était tout ce qu'il avait à offrir.

— Pas avant que tu ne m'aies parlé, décréta-t-elle.

Réprimant un juron, il pivota vers elle et retraversa la pièce à grands pas. *Reste calme*, chuchota la voix de sa raison. *Garde tes distances*. Mais le tumulte de ses émotions eut tôt fait de réduire ces sages conseils au silence. Lorsqu'il fut tout près d'elle, il ne s'arrêta pas avant de l'avoir adossée contre la baie vitrée, ses paumes appuyées de part et d'autre de sa tête, l'emprisonnant comme dans une cage entre son corps et la surface de verre.

— Pourquoi insistes-tu ? grommela-t-il, effleurant de ses lèvres la courbe de son oreille. Qu'attends-tu de moi ? Que je te dise que mon père est un salaud ? Qu'il m'a expulsé comme un locataire en retard de paiement ? Qu'il m'a renié et que je suis furieux ? Oui, bien sûr, je le suis ! Es-tu satisfaite ? Je suis choqué et en colère, et j'ai aussi un peu peur. Tout cela à la fois. Mais il n'est pas le premier à m'avoir abandonné, Charlotte. Je suis expert en la matière. Alors, garde ta sympathie, ta pitié. Je n'en ai pas besoin. Ce que j'ai besoin que tu fasses, c'est que tu emportes tes charmes dans la chambre, que tu te couches près de notre enfant et que tu me laisses seul. Dans ton intérêt et dans le mien.

Il s'écarta de la baie vitrée, la respiration haletante, furieux contre lui-même. Il n'avait pas voulu lui dire toutes ces choses. Mais sa proximité, son désir inextinguible et sa souffrance s'étaient combinés pour leur faire franchir ses lèvres, et, maintenant, il était trop tard pour reprendre cette confession trop révélatrice. Il recula à pas lents, s'éloignant d'elle, son regard toujours rivé à son visage. Un visage où il lisait la surprise – et aussi une totale détermination.

Il battit en retraite – une nouvelle fois. Si elle refusait de le laisser, c'est lui qui s'en irait. Son orgueil avait déjà été réduit à néant. Quelle différence pouvait faire une retraite de plus ?

La main de Charlotte saisit fermement son poignet.

Et les derniers vestiges de son self-control s'écroulèrent.

Il pivota vers elle et s'approcha pour recueillir son visage entre ses mains, inclinant sa tête en arrière. Elle posa ses mains fines sur son torse, froissant le plastron de sa chemise entre ses doigts. C'était probablement pour garder son équilibre, car il se tenait si près au-dessus d'elle qu'elle devait cabrer le dos pour le regarder en face, ses seins superbes pressant contre son torse. Il frissonna de la tête aux pieds.

— Bon sang, Charlotte ! gronda-t-il, ses lèvres tout contre les siennes. Laisse-moi ou reste, mais, dans ce cas, prépare-toi à ce que je me serve de toi pour évacuer cette… chose qui m'étouffe. Ne t'attends pas à de la douceur de ma part. Je n'en suis pas capable à cet instant. Je prendrai et je ne peux pas te promettre de te donner quoi que ce soit en retour. Je veux me délecter de ton corps et ne pas m'arrêter jusqu'à ce que nous soyons l'un et l'autre trop épuisés pour même respirer.

Il posa ses lèvres sur les siennes et il l'embrassa, sans que cela atténue le moins du monde le désir dévorant qu'il ressentait pour elle.

— C'est ta dernière chance de te retirer, mon bébé, murmura-t-il d'une voix rauque. Car, moi, j'en suis incapable.

Il sentait sa respiration précipitée tout contre ses lèvres. Ses doigts délicats serraient ses poignets, mais ce n'était pas pour éloigner ses mains de son visage. Cette femme si brave, aussi ravissante qu'imprudente, se haussait sur la pointe des pieds pour recevoir son prochain baiser. Elle s'offrait à lui, lui ouvrait toutes les portes. Elle l'invitait à la dévorer.

Et, gémissant de désir, de besoin – et de gratitude –, il accepta son invitation.

Ce baiser charnel, brûlant, vorace, l'enflamma dès la première seconde. Le goût de sa bouche lui fit abandonner toute raison, toute mesure, faisant monter son désir à des hauteurs vertigineuses. Qu'avait-elle de tellement spécial pour le transformer ainsi en animal féroce, insatiable, prêt à tout pour être seul à la posséder ?

Cette nuit seulement, argua ce qui lui restait de raison. Ici et maintenant, pas davantage. Seule comptait cette nuit. Ben était l'unique lien permanent entre Charlotte et lui.

Porté par cette idée, Ross la fit reculer en direction du sofa, et, sans jamais abandonner sa bouche, il la guida jusqu'aux coussins. Sitôt qu'elle fut assise, il se glissa entre ses jambes, lui écartant largement les genoux afin de faire de la place à son torse.

Il mit alors fin à son baiser et il se recula pour voir ses mains remonter le long de ses cuisses fermes et parfaites, effleurant du bout des doigts le pli où sa cuisse rencontrait le haut de son corps. Qu'elle soit encore habillée importait peu. Il sentait sa chaleur à travers le tissu et il aurait pu jurer que sa fragrance de figues et de sucre brun devenait plus intense, plus dense... plus enivrante. Dirigeant son regard plus haut, il se concentra sur la chair gainée de soie au sommet de ses cuisses. La source de cette fragrance merveilleuse.

Et il désirait s'en repaître.

— Si tu tiens à ce chemisier, tu ferais mieux de l'enlever tout de suite, déclara-t-il, détournant son regard de son sexe pour le lever vers son visage. Je ne le ménagerai pas.

Ses lèvres encore gonflées et humides de leur baiser s'entrouvrirent, et elle exhala un soupir. Puis, dans le brûlant silence de la pièce, son cœur battant à tout rompre, Ross observa ses longs doigts élégants qui défaisaient un à un les boutons invisibles sous le jabot du chemisier. Les deux pans s'écartèrent, révélant un soutien-gorge sexy à damner un saint. Cette fois-ci, il était vert pâle, fait de soie et de dentelle, moulant amoureusement ses seins magnifiques. Ross en avait l'eau à la bouche. Et il n'attendit pas qu'elle ait fini de l'ôter pour se pencher et prendre l'une des pointes goulûment dans sa bouche.

Comme elle s'escrimait à défaire les boutons à ses poignets avec des doigts tremblants, et qu'elle avait les mains occupées, il en profita pour s'attaquer à ses deux seins simultanément, pinçant l'une des pointes et suçotant l'autre. Il éprouva une sombre satisfaction en l'entendant gémir. Et, lorsqu'il sentit ses doigts se crisper dans ses cheveux, il défit l'agrafe sur le devant de son soutien-gorge, et il la libéra.

Aucun mot ne pouvait décrire une telle beauté.

Sa bouche alla se poser sur son autre sein, effleurant sa rondeur jusqu'à sa pointe, la parcourant de petits coups de langue gourmands. Elle creusa les reins pour se rapprocher de ses caresses, murmurant son nom comme une litanie, attirant sa tête contre elle.

— Je ne me lasserai jamais de toi, murmura-t-il, effleurant de ses lèvres la pointe humide d'un sein, avant de tracer un chemin de baisers sur le doux arrondi de son ventre, où il remarqua quelques vergetures presque invisibles sur sa peau, témoins de la précieuse vie qu'elle avait créée.

— Ross ? dit-elle dans un souffle, tiraillant doucement ses cheveux afin qu'il lève son regard vers son visage.

Il s'y refusa. Il en était incapable. En cédant à cette tentation, en plongeant son regard dans ces doux yeux bruns, il tomberait peut-être dans le piège de croire que ceci n'était pas uniquement une rencontre sexuelle. Ce qu'il voulait, c'était se perdre dans son corps, dans le plaisir. Pas s'égarer dans des rêves imbéciles et trompeurs en désirant *davantage*. Effleurant d'une dernière caresse les lignes à peine visibles sur son ventre, il poursuivit son exploration plus bas. Et, lorsque ses lèvres rencontrèrent la ceinture de son pantalon, il la déboutonna sans hésiter, descendit la fermeture à glissière et lui retira le vêtement presque dans le même geste.

Alors, il se figea un instant pour la boire des yeux. Pour admirer cette peau veloutée, soyeuse, couleur d'amande, uniquement parée de dentelle verte. Puis d'un seul geste, il la débarrassa aussi de cette dernière barrière.

— Bébé, grogna-t-il laissant glisser ses dents sur sa hanche, lui arrachant un petit cri. Ne crains rien. Reste avec moi.

Dans le même temps, ses mains s'étaient posées à l'intérieur de ses cuisses et les écartaient largement. Puis il y posa sa bouche. Il entendit à peine son cri, et c'est tout juste s'il sentit ses ongles s'enfoncer dans ses épaules. Tout son être était concentré sur sa fragrance, sur le goût de sa chair brûlante. Il faisait de son mieux pour se contrôler, pour ralentir, mais c'était impossible. À chaque seconde de ce festin divin, il s'oubliait davantage. À cet instant, il avait une seule mission dans sa vie : lui donner du plaisir. Entendre sa voix tremblant de désir crier son nom. Sentir la contraction de ses muscles autour de ses doigts en elle.

Elle serra sa tête entre ses mains, ondulant des hanches de plus en plus vite, de plus en plus fort, suppliant, exigeant qu'il la libère, vacillant tout au bord de l'orgasme. Et, lorsqu'il accentua la pression de ses lèvres sur le bouton de chair ultrasensible, que les caresses de ses doigts en elle s'accélérèrent, elle bascula dans un abîme vertigineux de plaisir. Ses cuisses tremblantes étreignirent sa tête, et ses cris d'extase résonnèrent dans l'air de la pièce, tandis qu'il savourait son goût sur sa langue.

Ross était au paradis. Il avait trouvé son sanctuaire.

Ici, entre ses jambes, rien ne pouvait l'atteindre.

Un torrent de désir plus brûlant, plus exigeant, déferla dans tout son corps, exigeant un exutoire. Il ôta ses vêtements à la vitesse de l'éclair, ne s'arrêtant qu'une seconde pour extraire une protection de son portefeuille.

Toutefois, il ne déchira pas tout de suite l'emballage. Levant ses yeux vers elle, il effleura ses lèvres pulpeuses du bout de ses doigts, puis, aussi délicatement que le lui permettait sa passion dévorante, il l'embrassa.

— Si ce n'est pas ce que tu désires, tu peux partir, suggéra-t-il, sachant que ce serait une catastrophe pour lui.

— C'est ceci que je veux, murmura-t-elle, effleurant son érection avant de la serrer doucement, lui coupant le souffle. Je veux te sentir en moi.

Il déchira l'emballage du préservatif avec des doigts tremblants et il se couvrit sans plus attendre. Puis, il prit sa main et, empoignant un coussin de l'autre, il lui fit quitter le sofa pour la guider jusqu'au sol. Agenouillé sur la luxueuse moquette, il se pencha au-dessus d'elle. Ses beaux yeux bruns vinrent se fixer aux siens, et il ne détourna pas le regard en se positionnant à l'entrée de sa féminité, guettant le moindre signe d'inconfort sur son ravissant visage. Mais, lorsqu'il entra lentement en elle, elle ne broncha pas. Ce fut lui qui ferma les yeux le premier lorsqu'il sentit sa moiteur brûlante se resserrer autour de lui.

Ross frissonna de tout son corps, luttant contre son envie de plonger tout au fond d'elle, de la ravager comme un sauvage, n'écoutant que son propre plaisir. C'était une sensation extraordinaire. Il n'était pas encore entièrement en elle, et il était déjà au bord de l'orgasme.

— Ross, regarde-moi, murmura Charlotte, posant sa main fine sur sa joue. Je ne suis pas fragile. Prends ce que tu désires de moi Je ne me briserai pas.

Exhalant l'air qu'il retenait dans ses poumons, il enfouit son visage dans le creux de son cou – et, d'un nouveau coup de reins, il entra profondément en elle.

Ils gémirent ensemble. Ross tremblait comme une feuille. Charlotte était la perfection même. Forte. Délicate. Humide. Brûlante. Elle était *tout*.

Incapable de retenir un gémissement rauque, il leva ses hanches et replongea fiévreusement en elle. Charlotte leva ses hanches pour venir à sa rencontre, nouant ses jambes autour de sa taille, et il entra tout entier dans sa féminité palpitante, encore et encore, souhaitant se perdre en elle.

Elle scandait son nom, ses ongles lui labourant le dos. *Lui imprimant sa marque*. Et, en vérité, il désirait cette appropriation physique...

Mais son esprit se rebellait encore à cette idée, alors même qu'il possédait son corps. Il ne s'agissait pas de propriété, mais de plaisir. Il avait besoin de la preuve physique qu'il était capable de lui faire perdre la raison avec ses caresses.

Retrouvant toute sa détermination, il se recula un peu pour lui soulever les jambes et les écarter largement, puis il se replongea fiévreusement en elle. Leurs gémissements se mêlaient dans l'air de la pièce. Il sentait des décharges électriques parcourir tout son corps, mais il résista bravement, luttant contre l'extase finale qui le mettrait hors course. Pas sans elle. Jamais sans elle.

Glissant la main entre leurs deux corps il trouva le bouton de chair ultrasensible, et il en fit lentement le tour avec son pouce avant d'appuyer plus fort.

Charlotte se raidit, le dos cambré, ses seins magnifiques dressés. Incapable de résister à leur attrait, il se pencha au-dessus d'elle, et, prenant l'une des pointes dans sa bouche, il entra de nouveau tout au fond d'elle. Un cri étranglé monta du fond de sa gorge, et elle fut prise d'un tremblement, tandis que sa féminité se resserrait presque douloureusement autour de lui. Mais il avait besoin de cette divine souffrance. Il désirait conserver le souvenir de cette union de la soie et de l'acier.

Et, lorsque ses tremblements s'espacèrent, il donna libre cours à ses propres besoins. Abandonnant son sein, il accéléra ses coups de boutoir, chaque coup de reins le rapprochant du bord de cet abîme sans fond où il désirait se perdre. Jusqu'à ce qu'un tsunami de plaisir déferle sur lui. Alors, il cessa de lutter.

Contre l'extase.

Contre elle.

Contre lui-même.

Il rendit les armes, et, pour cette nuit – pour ce moment –, cela lui suffisait.

10

Ross était planté face à la fenêtre, dans la salle de réunion du Texas Cattleman's Club, luttant contre une impression de déjà-vu. Était-il possible que quelques semaines seulement se soient écoulés depuis qu'il s'était trouvé au même endroit, avec son père, le reste de sa fratrie et Billy, pour signer le contrat de la Soirée dans la Baie ? Tant d'événements s'étaient produits durant ce temps… Il avait revu par hasard la femme qui hantait toutes ses nuits depuis trois ans, découvert qu'il était papa et avait été déshérité. Il lui semblait incroyable qu'en signant ces documents, tout ce qu'il voyait alors devant lui, c'était l'argent, le succès et les fêtes.

Avec un sourire de dérision, il se détourna de la fenêtre pour se servir une tasse de café sur le plateau que le personnel du Club avait apporté sur la petite table de conférences. Sirotant une première gorgée, il consulta sa montre. Il était presque 13 heures. Il s'étonnait de se sentir aussi nerveux à l'idée de revoir sa sœur et son frère. Cela ne lui était jamais arrivé. Ils étaient ses meilleurs amis – et même plus que cela. Lorsque des personnes ont survécu ensemble à des guerres, leurs liens sont plus forts que les liens du sang, parce qu'ils ont été forgés dans le conflit, dans la souffrance et le chagrin. Les mariages de Rusty et ses divorces avaient été les combats dont ils avaient souffert, leur enfance le champ de bataille où leurs liens s'étaient consolidés.

Mais, depuis que son père l'avait déshérité, Ross n'avait pas souvent parlé avec son frère ou sa sœur. Bien sûr, il était lui-même responsable d'une grande partie de cette distance. Il avait été trop occupé à chercher une maison pour Charlotte, Ben et lui-même, et à faire le bilan de ses ressources financières personnelles, pour avoir le temps de s'asseoir avec eux pour discuter. En outre, il redoutait cette conversation. Gina et Asher avaient toujours été ses alliés, mais, dans cet affrontement entre Rusty et lui, resteraient-ils de son côté, au risque d'encourir la colère de leur père ?

Ross n'en savait rien et il avait peur de le découvrir.

La porte de la salle s'ouvrit, et Gina et Asher entrèrent. Planté au bout de la table, les nerfs tendus, Ross scruta leurs visages, cherchant... la colère ? La tristesse ? La résignation ? Lui en voulaient-ils de les obliger à prendre parti ?

— Ross ! s'exclama Gina en se jetant à son cou. Où étais-tu ? Nous nous sommes beaucoup inquiétés pour toi.

Une vague de soulagement déferla sur lui, et il serra sa sœur dans ses bras – sans doute trop fort, car il ne s'était jamais senti aussi reconnaissant. Gina leva ses yeux vers les siens, avant de poursuivre :

— Heureusement que tu nous as donné rendez-vous ici, car j'étais prête à donner l'assaut au Bellamy. Sans la rumeur publique je n'aurais jamais su où tu te trouvais.

— Elle voulait déjà se précipiter là-bas il y a cinq jours, observa Asher d'un ton bourru qui cachait mal son affection pour leur sœur. C'est moi qui lui ai conseillé d'attendre, en lui rappelant que tu avais déjà fort à faire – avec ta nouvelle famille et papa qui t'a déshérité. Mais nous ne comptions pas attendre beaucoup plus longtemps.

Son frère lui asséna une claque amicale sur l'épaule, mais, Ross lut dans son regard qu'il était encore préoccupé.

— Cesse d'étouffer Ross comme une pieuvre, Gina, ironisa Asher en allant remplir deux tasses de café.

Il en tendit une à Gina et sirota une gorgée de la sienne avant de se retourner vers lui.

— Et si tu nous disais ce qu'il se passe, Ross ? suggéra-t-il. Papa ne décolère plus. Il se plaint de ton ingratitude, de ta stupidité et de ton manque de loyauté envers la famille. Il dit que tu laisses tes hormones te dicter ta conduite, au lieu de te servir de ton cerveau. Alors, où est la vérité ?

— Comment sais-tu que ce qu'il dit n'est pas vrai ? répliqua Ross avec un sourire soulagé.

— Lorsque Rusty se met à rechercher mon approbation au lieu de me traiter comme la cinquième roue du carrosse, je sais qu'il me joue la comédie et qu'il veut quelque chose. Par exemple, pouvoir compter sur mon soutien pour t'obliger à rentrer dans le rang. Et, même si je n'étais pas ton frère, cela seul suffirait à me placer dans ton camp.

— Pareil pour moi, assura Gina. Depuis que tu es banni du bureau, il fait semblant d'écouter mes opinions sur la conduite des affaires, alors que nous savons tous qu'il s'en fiche éperdument. Il essaye de nous acheter.

Elle esquissa une moue dégoûtée, avant d'ajouter :

— Comme si nous étions trop stupides pour remarquer qu'il tente seulement de nous manipuler. Alors, raconte-nous tout. Et, pour commencer, dis-nous pourquoi nous apprenons seulement maintenant que nous avons un neveu.

Ross accéda à leur demande. Et, comme ils étaient les deux personnes en qui il avait le plus confiance au monde, il leur avoua tout ce qui s'était passé depuis l'instant où Billy avait aperçu Charlotte au restaurant Sheen. Et, lorsqu'il termina son récit avec sa découverte qu'il avait été banni du ranch, que sa carte bancaire avait été annulée et qu'il avait été éjecté de l'entreprise familiale, ils étaient tous trois assis sur le sofa, dans un coin de la salle de réunion.

— Et, si j'avais encore douté du sérieux de sa démarche, le paquet que papa a fait déposer au Bellamy me l'aurait confirmé. Il y avait inclus une lettre stipulant que je n'étais plus le bienvenu au ranch Elegance et que je ne faisais plus partie du Groupe Edmond. Et il y avait aussi joint une copie de son nouveau testament, où il me déshéritait.

Ross tourna son regard vers sa sœur et reprit :

— Au fait, permets-moi de te féliciter, Gina. Tu es désormais l'actionnaire principale de l'entreprise et de son empire immobilier.

— C'est fantastique, dit-elle sans la moindre trace d'humour dans sa voix. Un fils, Ross. Tu as un petit garçon. Comment gères-tu cette nouvelle ?

Ross prit une profonde inspiration, avant de déclarer :

— Gina, Ben est...

Il marqua une pause, esquissa son premier sourire sincère de la journée, puis s'exclama :

— Il est magnifique. Extraordinaire. Il n'a que deux ans, mais il est déjà brillant, et il me fait rire. Je n'aurais jamais imaginé aimer quelqu'un aussi vite. Aussi totalement. Mais... c'est la vérité. C'est fou, non ?

— Pas du tout, répliqua Gina, posant sa main sur la sienne, ses yeux emplis d'affection. Tu parles seulement comme un papa. Et je suis très heureuse pour toi.

— Moi aussi, assura Asher. Et pour Charlotte ? Que ressens-tu pour elle ?

Au lieu de s'expliquer, Ross se leva et retraversa la salle pour aller se servir une seconde tasse de café. Il repoussait le moment de répondre à la question de son frère. Car, si l'amour qu'il ressentait pour son fils était indiscutable, ses sentiments envers Charlotte n'étaient pas aussi clairs. L'aimait-il ? Non, parce que pour aimer une personne, pour s'engager avec elle, il fallait pouvoir lui faire confiance. Et, même si son corps la désirait, il n'avait pas confiance en elle.

Mais son besoin d'elle, la fringale de désir qu'elle éveillait en lui, n'avaient pas diminué, bien qu'ils aient encore fait l'amour depuis cette première fois. Ce désir insensé venait compliquer l'équation de ce qui aurait dû être un simple arrangement de coparentalité. Loin de satisfaire sa fringale d'elle, cette première nuit au Bellamy n'avait fait que la rendre plus intense. Il aurait pu citer mille raisons pour lesquelles il aurait été préférable que sa relation avec Charlotte reste platonique, mais il les avait ignorées. Tout comme elle. Ils n'avaient jamais discuté des suites possibles de cette coparentalité doublée d'érotisme, mais chaque fois qu'il passait la nuit chez elle et Ben, ou qu'ils venaient chez lui à l'hôtel, ils cédaient invariablement à ce besoin mutuel.

— Elle est la mère de Ben, lâcha-t-il enfin, fixant la tasse de café qu'il remplissait. Nous avons un arrangement mutuellement satisfaisant. Durant l'année à venir, nous allons essayer de vivre ensemble. Ensuite, nous verrons.

— Ce n'était pas ce qu'Asher t'avait demandé, observa Gina en s'approchant de la table. Mais cette non-réponse me suffit. J'ai compris. Et que comptes-tu faire au sujet de papa ? As-tu l'intention de l'approcher de nouveau ? Au cas où tu en douterais encore, Asher et moi sommes de ton côté. Dis-nous seulement ce que tu attends de nous.

— Je vous remercie tous les deux de me soutenir, répondit Ross en la serrant brièvement dans ses bras. Mais je ne veux pas que vous soyez impliqués dans ce gâchis. C'est une histoire entre papa et moi, et je ne veux pas que vous deveniez des victimes collatérales.

— Comment t'en sors-tu, financièrement ? intervint Asher en les rejoignant près de la table alors que Gina s'apprêtait à protester. Pouvons-nous t'aider, dans ce domaine ?

— Non, de ce côté-là tout va bien, assura Ross, touché par l'offre de son frère.

Sincèrement, il ne souhaitait pas que les vies de sa sœur et de son frère soient affectées par ses décisions. Rusty pouvait se montrer vindicatif, et, même si Asher était son aîné, il se sentait tenu de les protéger, Gina et lui, contre de possibles représailles de la part de Rusty.

— J'ai quelques investissements dans plusieurs entreprises sans aucun lien avec le Groupe Edmond. Et j'ai toujours la Soirée dans la Baie. Tous les contrats ont été signés, et papa ne peut pas m'en exclure comme il m'a exclu de l'entreprise.

Côté positif, son licenciement avait obligé Ross à ne compter que sur lui-même. Par bonheur, il avait diversifié ses investissements des années auparavant et il ne comptait plus uniquement sur l'entreprise familiale. Il n'était pas pauvre, tant s'en faut. D'après son portefeuille d'actions, il était même encore millionnaire, mais… il n'aurait peut-être pas assez de cash disponible pour donner à Charlotte les cinq cent mille dollars qu'il lui avait promis.

— Je déteste te voir traverser cette mauvaise passe, gronda Gina. Je suis furieuse contre papa, mais pas vraiment surprise. Souviens-toi de la façon dont il a traité maman lorsqu'elle a osé le défier.

Ross se figea, et une colère ancienne mais très familière resurgit en lui, faisant bouillonner son sang.

— Cette situation est totalement différente, grommela-t-il.

— Pas tant que cela, répliqua sa sœur. Elle a demandé à papa de lui accorder le divorce, et il le lui a fait payer avec tous les moyens à sa disposition. Il lui importait peu qu'elle soit la mère de ses enfants. Il l'a expulsée de la maison et a fait changer toutes les serrures. Il s'est arrangé pour qu'elle ait toutes les peines du monde à voir ses enfants. Il lui a pris tout ce qui était important pour elle.

— Elle a choisi d'empocher une grosse somme plutôt que de voir ses enfants, observa-t-il d'un ton amer Personne ne l'a obligée à quitter Royal. À nous quitter, *nous*. Elle avait divorcé de papa, pas de nous. Ben ne fait partie de ma vie que depuis quelques semaines, mais je ferais n'importe quoi pour ce petit garçon. Je détruirais quiconque s'en prendrait à lui. On doit lutter pour ceux qu'on aime.

Il marqua une pause avant d'ajouter :

— *Sarabeth* – il avait prononcé ce nom d'un ton de dérision parce que, pour lui, elle n'était plus *maman* depuis très longtemps – a choisi de partir. De sortir de nos vies, à part de rares visites et quelques coups de fil. Si elle avait réellement désiré être là pour nous, aucune force au monde, pas même le pouvoir de Rusty, n'aurait pu l'en empêcher. Alors, oui, je maintiens que ce n'est pas du tout pareil.

Asher s'approcha de leur sœur pour étreindre sa main d'un geste rassurant, et Ross se détourna d'eux. Il avait soudain l'impression d'être un monstre. Ses problèmes avec sa mère ne regardaient que lui. Il n'avait pas le droit de s'en prendre à Gina pour la seule raison qu'elle avait gardé de leur mère un souvenir plus charitable que lui.

— Quand l'as-tu vue pour la dernière fois, Ross ? s'enquit Gina d'une voix douce. Quand as-tu parlé avec elle ?

— Des années, convint-il. Et c'est très bien ainsi.

— Tu pourrais l'appeler, suggéra Gina. Lui parler. Je pense que les réponses qu'elle pourrait t'offrir t'étonneraient.

Des réponses ? songea-t-il. Ses *réponses* pourraient-elles leur faire remonter le temps ? Remplir le vide que son absence avait laissé dans sa vie ? Pourraient-elles lui faire oublier qu'elle l'avait rejeté, le faisant douter de sa propre valeur ? Comment pouvait-il se sentir important alors que les deux personnes qui étaient censées l'aimer inconditionnellement l'avaient rejeté à chaque occasion ?

Sa mère avait choisi la liberté plutôt que lui. Quant à son père… Rusty était Rusty, voilà tout. Ross, Gina et Asher n'avaient jamais été sa priorité absolue. Ils comptaient moins que son entreprise, ses femmes, et même moins que son taureau de concours. Son père n'était pas venu à sa cérémonie de remise des diplômes, au lycée, pour ne pas manquer une vente de bétail. Et, aujourd'hui encore, il plaçait son orgueil au-dessus du bonheur de son fils.

Non, il n'avait aucune question à poser à Sarabeth. Son absence et le manque total d'affection de Rusty lui avaient appris tout ce qu'il avait besoin de savoir.

— Assez parlé d'elle, dit-il d'un ton las. Avez-vous envie de faire la connaissance de votre neveu, tous les deux ?

Il avait amené Ben avec lui, au Club, et il l'avait laissé à la halte-garderie pendant son entretien avec Gina et Asher. Gina fut la première à répondre :

— Bien sûr, murmura-t-elle en s'approchant pour le serrer dans ses bras. Je suis désolée d'avoir abordé le sujet de maman et d'avoir fait pression sur toi.

— Pas de problème, assura-t-il, déposant un doux baiser au sommet de sa tête.

— Allons-y, intervint Asher. J'ai hâte de rencontrer officiellement mon neveu. Tu nous as dit que c'est un beau garçon, et j'en déduis qu'il ne peut tenir que de sa maman.

— Très drôle, espèce de crétin ! répliqua Ross en souriant.

— Cela, c'est une tare familiale, déclara Asher, une main sur la poignée de la porte de la salle de réunion. Raison de plus d'espérer qu'il tient de sa mère.

— Pas de *toute* la famille, observa Gina, d'un air ton faussement outré, passant devant Asher pour gagner le couloir. Moi, je sais simplement ce que je pense, et je n'ai pas peur de le dire haut et fort.

— Et moi, ajouta Asher d'un ton tragique, je me fais insulter chaque fois que j'essaye d'exprimer mon opinion.

Ross rit de bon cœur, emboîtant le pas à son frère et à sa sœur – sa famille – en direction de la garderie à l'entrée du bâtiment.

Il les aimait de tout son cœur.

11

— Tout cela est absurde, grommela Charlotte, contemplant son image dans le miroir de son placard.

Placard ? Ce mot ne semblait pas convenir pour décrire un espace plus vaste que sa chambre dans son ancienne maison. Elle n'avait même pas suffisamment de vêtements pour remplir tous ces tiroirs, étagères et penderies. Sans même mentionner les piles de coffrets à bijoux. À part ses clous d'oreilles de diamant, un cadeau de ses parents pour son diplôme, et le collier que Ross lui avait offert, elle ne possédait que des bijoux de pacotille qui seraient ridicules dans ces coffrets.

Et ce collier, justement... Elle laissa glisser ses doigts sur le pendentif en forme de cœur, puis elle l'ôta et le posa sur l'îlot derrière elle. Jusque-là, elle avait réussi à le cacher à Ross, même si désormais ils vivaient ensemble.

Et dormaient ensemble.

Enfin, pas exactement.

Ils faisaient l'amour, puis chacun dormait dans sa propre chambre.

Et, le matin venu, l'un et l'autre prétendaient n'être que les parents de Ben, et rien de plus. Des étrangers bien élevés qui partageaient un même espace. À un moment indéterminé, entre son entrevue avec son frère et sa sœur au TCC et ce même soir, lorsqu'elle était rentrée de son travail, Ross était devenu distant, d'une politesse pointilleuse. Plus froid. Mais uniquement avec elle.

Avec Ben, il était tout simplement merveilleux. Après la naissance de son fils, lorsque Charlotte avait dû gérer seule les biberons de minuit, les pleurs inexplicables et les couches souillées, elle s'était souvent demandé si les choses auraient été différentes avec la présence de Ross à ses côtés. Si elle aurait pu compter sur lui pour partager son fardeau. Désormais, elle n'avait plus à l'imaginer. S'il restait distant avec elle, Ross déversait des trésors d'affection sur leur fils.

Ses parents eux-mêmes, qui avaient été choqués et stupéfaits d'apprendre qu'il était le père de Ben, respectaient Ross aujourd'hui pour avoir assumé ses responsabilités et pour l'enthousiasme qu'il mettait à être un bon papa. Si Charlotte redoutait encore de possibles représailles de la part de Rusty, elle ne pouvait pas nier que Ben adorait son père.

Pas plus que les sentiments qu'elle commençait à ressentir pour Ross.

Stupide. Stupide. Stupide.

Pourquoi tombait-elle constamment amoureuse du même homme inabordable et totalement inapproprié ? Qu'est-ce que cela révélait chez elle ? Pourquoi se laissait-elle croire qu'elle n'était pas digne de l'attention d'un homme qui soit fier de l'avoir pour compagne, et qui lui soit totalement dévoué ?

Durant la plus grande partie de sa vie, elle avait rêvé d'une relation comme celle de ses parents. Une dévotion mutuelle. Pourtant, lorsqu'elle était tombée amoureuse pour la première fois, c'était d'un homme qui avait préféré garder leur relation secrète avec sa famille, ses amis, le monde entier. Bien sûr, elle aussi avait ses propres raisons pour accepter leur aventure clandestine. Mais, tout au fond d'elle-même, là où se dissimulaient les désirs les plus vulnérables de son cœur, elle espérait qu'il en aurait assez de ces cachotteries, qu'il crierait au monde entier qu'ils étaient ensemble. Elle avait espéré qu'il la dissuaderait de partir en Californie. Qu'il lui demanderait de rester pour lui. Pour *eux*.

Elle s'était promis de ne jamais plus se placer dans cette pénible situation. Mais, aujourd'hui, elle était là, dans cette magnifique maison du quartier exclusif de Pine Valley qu'elle n'aurait jamais eu les moyens de s'offrir, et qu'elle partageait avec Ross Edmond, au titre de mère de son bébé. Et, une nouvelle fois, elle était en train de tomber irrémédiablement amoureuse du même homme.

Et son amour pour lui était toujours un secret.

— Tu es ravissante.

Elle releva vivement la tête, son cœur battant à tout rompre, et elle le vit. Ross était adossé au montant de la porte, les mains au fond des poches de son pantalon de smoking, et ce spectacle suffit à déclencher une véritable révolution dans ses hormones.

Elle tourna précipitamment son regard vers son reflet dans le miroir, mais cette image de lui était restée gravée dans son cerveau. Des cheveux blonds bouclés tirant sur le châtain, un visage énergique tout en angles arrogants et en courbes sensuelles, une haute silhouette en chemise blanche, nœud papillon et pantalon noir qui mettaient en valeur la perfection de sa musculature. Elle connaissait intimement la force de ce corps. Qu'elle savait capable de retenue, mais qui pouvait aussi à tout moment libérer cette puissance indomptable.

Une sensation de chaleur la parcourut tout entière, comme un souffle tiède caressant les pointes de ses seins, descendant vers le vide douloureux de sa féminité.

Mais elle savait que ce compliment n'était pour lui qu'une routine, et qu'il avait probablement répété ces mêmes mots à des centaines de femmes.

— Merci, répondit-elle d'un ton dont la sérénité la surprit elle-même. Mais c'est sûrement à cause de la robe... et tu le sais bien, puisque c'est toi qui me l'as fait livrer.

La robe longue de soirée d'un violet intense, rehaussée de sequins, effleurait ses courbes comme la caresse d'un amant. Elle était dotée de manches longues bouffantes resserrées aux poignets, et son décolleté plongeant se rétrécissait en pointe en dessous du niveau de ses seins. Une mince ceinture du même tissu nouée autour de sa taille soulignait sa finesse.

C'était la plus belle chose, la plus chère, qu'elle ait jamais possédée, exception faite du collier qu'il lui avait offert.

À cet instant, il entra dans le dressing, et elle le vit apparaître derrière elle dans le miroir. Pour une femme, elle était plutôt grande, mais, près de lui, elle se sentait minuscule. Puis, presque aussitôt, elle se revit la nuit précédente avec lui, tremblant de plaisir entre ses bras.

Elle ferma les yeux un bref instant, mais cette image refusa de s'effacer, brûlant plus fort dans sa mémoire. Et, lorsqu'elle les rouvrit, elle se trouva face aux yeux bleus de glace de Ross qui la fixaient sous des paupières lourdes.

Non, pas de glace, mais de chaleur brûlante et de fumée.

À l'intérieur de cet espace clos, l'air s'était chargé d'électricité, et elle sentait le feu de son regard glisser sur sa peau révélée par le décolleté hardi. Elle s'efforça de réprimer le frisson qui parcourait son corps. En vain.

Une appréhension purement féminine s'empara d'elle, et elle ne put que lui rendre son regard en silence. Attendre sa prochaine action. Moitié espérant, moitié redoutant, qu'il lui arrache sa robe et qu'il lui fasse l'amour à même le sol du dressing, pour éteindre l'incendie qui brûlait en son centre.

Et la dépouiller de sa dignité par la même occasion.

— Qu'est-ce qui est absurde ? s'enquit-il.

Soulagée et déçue à la fois, elle se ressaisit rapidement, et elle comprit qu'il devait être planté devant la porte du dressing depuis plus longtemps qu'elle ne l'avait supposé.

— Tout ceci, répondit-elle, désignant sa coiffure élaborée et sa robe longue. Je suis une cheffe, pas une femme du monde. Un samedi soir, je devrais être à mon restaurant, devant mes fourneaux. Pas à une soirée de gala. Je ne suis pas très bavarde par nature, et peu douée pour les conversations mondaines. Tout cela, ce n'est pas *moi*.

— Comment le sais-tu ? répliqua-t-il en se rapprochant d'elle, si près qu'elle sentait son large torse contre son dos. Ce que tu vis maintenant n'est peut-être qu'une facette de la personne que tu es. Ton rêve est de devenir une célèbre cheffe étoilée. Cette ambition pourrait t'entraîner dans le monde entier, devant les caméras de télévision, dans des partenariats avec des grandes marques. Et tout cela nécessite de socialiser avec des gens, de les convaincre. Considère ce que tu fais comme un entraînement pour le futur.

Il venait de décrire un avenir dont elle avait toujours rêvé. Croyait-il que cet avenir soit réellement à sa portée ? Croyait-il en *elle* ?

À cette idée, elle sentit son cœur se serrer et elle s'en voulut de se soucier de son opinion – d'avoir besoin de son estime. Elle n'avait besoin de personne, point final.

— Et Jeremy est visiblement du même avis, ajouta-t-il. La preuve, c'est qu'il t'a encouragée à participer au festival. Il comprend que tu es le visage du Sheen, et les contacts que tu pourras établir ce soir augmenteront son standing à Royal, ainsi qu'au niveau national. Peut-être même international.

Il effleura sa joue d'une caresse, et, même après qu'il eut laissé retomber son bras, elle sentait encore le contact de ses doigts sur sa peau, comme une brûlure.

— De plus, les autres membres du comité, Brett Harston, Lila Jones et Valencia Donovan seront là, ajouta-t-il.

Charlotte soupira. Qui aurait cru qu'un millionnaire autodidacte, une employée de la chambre de commerce et la fondatrice d'une œuvre caritative deviendraient ses amis ?

Mais elle était là, dans cette robe somptueuse, prête à se rendre au fameux festival, la Soirée dans la Baie. Et elle faisait de son mieux pour dissimuler sa nervosité.

— Qu'est-ce que c'est que cela ? s'écria Ross derrière elle.

Charlotte se retourna et elle cessa de respirer en reconnaissant le collier, qu'elle portait encore quelques minutes plus tôt, serré dans le poing de Ross.

Elle avait pourtant été si prudente ! Mais, bien sûr, elle ne s'attendait pas à ce qu'il fasse irruption dans son dressing.

— Pourquoi as-tu gardé ce collier ? gronda-t-il.

Mais, dans sa voix, il n'y avait pas seulement de la colère, mais aussi... de l'émotion ?

— Il est à moi, répondit-elle, fixant le bijou qui se balançait au bout de sa chaîne devant ses yeux. Tu me l'as offert.

— Cela, je le sais, bon sang ! Je me souviens de *tout* ce que je t'avais offert. Mais, lorsque tu t'es enfuie en Californie, tu as laissé tout le reste. J'ai retrouvé les boucles d'oreilles, les bracelets, tous les vêtements que je t'avais achetés. Comme si tu m'envoyais un message. Comme si ces cadeaux étaient comme moi, qu'ils ne représentaient plus rien pour toi.

— Ce n'est pas vrai, se défendit-elle d'une voix faible.

En laissant tous ses présents derrière elle, Charlotte avait désespérément cherché à se protéger. C'était une question de survie. Les garder aurait été une torture, un douloureux rappel des jours heureux. Elle ne pouvait pas les conserver, et se construire une nouvelle existence dont il serait absent. Elle était loin de se douter qu'elle emportait son souvenir de lui le plus permanent dans son ventre.

— Alors, qu'est-ce qui est vrai ? s'enquit-il avec un rire sans joie. Ce collier a-t-il fait le voyage en Californie tout seul ?

— Dans un sens, oui. Je me suis aperçue en arrivant qu'il était resté dans ma valise.

Elle se rappelait le moment exact où elle l'avait découvert. Elle avait pleuré toutes les larmes de son corps, allongée sur le lit, le collier serré contre sa poitrine.

— Et tu l'as gardé ? ironisa-t-il Pourquoi ne pas l'avoir vendu ? Il t'aurait rapporté quelques centaines de milliers de dollars. Réponds-moi franchement, Charlotte.

— Pourquoi es-tu si fâché, Ross ? demanda-t-elle, s'obligeant à soutenir son regard de glace et de feu. Quelle importance ?

— Tu es partie, riposta-t-il, la fixant d'un regard accusateur.

On arrivait enfin à la véritable raison pour laquelle il ne lui pardonnerait jamais. Pas pour avoir mis au monde un bébé sans l'en informer. Pas pour lui avoir fait manquer deux ans de la vie de son fils. Non, c'était parce qu'elle avait eu l'audace de le quitter, *lui*. De le priver de son jouet favori avant qu'il ne s'en soit lassé.

— Je suis désolée de ne pas être restée à Royal pour continuer à être ton sale petit secret, répondit-elle, luttant contre un nouvel accès de souffrance. La maîtresse que tu avais honte de reconnaître devant ta famille et tes amis.

Elle redressa les épaules, s'efforçant de dissimuler sa douleur derrière un masque d'indifférence, avant d'ajouter :

— Tu exiges une réponse franche ? Eh bien, tu as raison. J'aurais pu jeter ce collier ou le vendre. Cet argent m'aurait beaucoup aidée. Si je l'ai gardé, c'est parce que chaque fois que je le voyais, que je le touchais, je me souvenais que, durant presque un an, j'avais accepté une relation humiliante. Que je m'étais abaissée à devenir le jouet d'un homme qui ne me jugeait digne d'intérêt que dans son lit. Ce collier me rappelle de ne pas commettre deux fois la même erreur.

L'air autour d'eux crépitait de leur furie, de sa peine, de sa souffrance. Ses paroles amères avaient laissé un goût de poison dans sa bouche, que même ses excuses n'auraient pas pu effacer.

Elle ne pensait pas ce qu'elle lui avait dit.

Mais elle ne pouvait pas le reconnaître. Parce qu'une partie d'elle-même – la femme enceinte solitaire qui s'était sentie trahie par l'homme qu'elle aimait – pensait chaque mot de cette déclaration.

— Au moins, nous savons maintenant où nous en sommes, toi et moi, observa Ross dans le silence assourdissant, reposant le collier sur la tablette de marbre. Prends-en bien soin. Je ne voudrais pas que tu le perdes.

Sur ces mots, il tourna les talons et se dirigea vers la porte du dressing. Charlotte le suivit des yeux, s'efforçant de se convaincre que ses mains ne brûlaient pas de caresser son corps magnifique. Sur le seuil, Ross lança sans se retourner :

— Préviens-moi quand tu seras prête. Il ne faut pas que nous soyons en retard.

Puis, il sortit, la laissant seule.

Avec l'écho de ses paroles cruelles revenant sans cesse dans sa mémoire.

12

— Passez-vous une bonne soirée, Charlotte ? s'enquit Billy Holmes, l'ami et associé d'affaires de Ross en apparaissant à son côté, un verre de champagne dans chaque main.

Elle accepta l'une des flûtes, qu'elle porta à ses lèvres. Pour survivre à cette soirée, l'alcool serait une aide précieuse.

— C'est une soirée très réussie, répondit-elle, balayant du regard la foule qui se pressait dans la grande salle.

Le décorateur de Ross avait fait des miracles, transformant une salle austère avec son plafond cathédrale aux poutres apparentes et ses parquets de chêne en une scène d'hiver au pays des merveilles. Des lucioles et des fleurs blanches, mêlées de feuillages vert tendre, s'enroulaient autour des hautes colonnes, et des vases de cristal trônaient au centre des tables rondes. Des brochures, des dépliants et des échantillons, apportés par les commerces partenaires de l'événement, étaient placés à des endroits stratégiques. Charlotte avait préparé elle-même les spécialités du Sheen : crabes d'Alaska accompagnés d'une sauce aigre-douce et de dés de jambon fumé, et quiches à la patate douce. Presque tous ses plats étaient déjà partis.

— Excellents vins, excellente cuisine, murmura Billy comme s'il avait lu dans ses pensées. Vos préparations ont déjà disparu, et le dîner n'a même pas encore été servi. J'y vois un succès éclatant pour le Sheen et pour sa cheffe. Toutes mes félicitations.

Il fit tinter sa flûte contre la sienne, avant d'ajouter avec un sourire qui fit briller ses yeux bleus :

— Je n'aime pas me vanter, mais je suis assez fier de vous avoir convaincue de vous joindre à nous.

— J'avoue qu'au début j'avais quelques doutes au sujet de ce festival, répondit Charlotte en riant. Mais, aujourd'hui, je suis convaincue. C'est une excellente opportunité pour le Sheen.

— Et pour vous, Charlotte, observa Billy. Votre réputation d'artiste culinaire vous a précédée. Merci d'avoir pris le risque de participer à la Soirée dans la Baie avec nous.

Elle hocha la tête, ne sachant trop quoi répondre à cette avalanche de compliments. Les paroles que Ross lui avait dites resurgirent dans sa mémoire. *Considère cela comme un terrain d'entraînement pour l'avenir.* Selon lui, c'était ici qu'était sa vraie place, et ces compliments lui étaient dus.

Bien sûr, c'était avant l'explosion de colère qui leur avait fait perdre tout le terrain qu'ils avaient reconquis.

Billy toussota, fixant le fond de son verre, avant de murmurer, relevant les yeux vers elle :

— Je ne veux pas être indiscret, mais Ross est mon meilleur ami. Je n'ai pas pu m'empêcher de remarquer qu'il y avait... une sorte de distance entre vous, ce soir. Tout va bien ?

Elle faillit mentir, mais elle en fut incapable. Elle détourna les yeux pour fuir ce regard scrutateur, et, bien entendu, ce fut Ross qui apparut dans son champ visuel. Il était entouré de son demi-frère, sa sœur et un petit groupe d'amis, redevenu le playboy charismatique qu'elle avait toujours connu. Sans le moindre souci. À cet instant une jolie jeune femme brune vêtue d'une robe de lamé très affriolante posa la main sur son bras. Ross inclina la tête vers elle, et...

Non. Elle s'était détournée de lui pour avaler une bonne gorgée de champagne.

— C'est la fille de l'un des plus riches investisseurs de l'État, lui chuchota Billy d'un ton presque douloureux. Croyez-moi, il ne se passe rien d'inapproprié entre eux.

Était-elle transparente à ce point ? songea-t-elle, atterrée. Comment l'ami de Ross pouvait-il avoir deviné ce qu'elle essayait si fort de dissimuler ?

— Cela n'a aucune importance, assura-t-elle précipitamment.

Ross et moi ne sommes que les parents de Ben. Il est libre de vivre sa vie.

— Depuis que je connais Ross, tout a toujours semblé lui réussir, remarqua Billy en souriant. En partie grâce à son nom, mais si vous y ajoutez un physique de rêve et ce magnétisme qui attire les gens vers lui, il y a de quoi complexer un homme moins bien loti. Je n'insinue pas qu'il ne travaille pas dur, ce serait mentir. Mais c'est seulement depuis que vous êtes de retour à Royal et qu'il a appris l'existence de Ben que je l'ai réellement vu faire de vrais efforts. La paternité lui a insufflé une nouvelle détermination, et pourtant ce doit être une situation terrifiante pour lui. Alors, je vous en prie, soyez son amie. Ne renoncez pas à lui. Ben et vous avez une influence bénéfique sur lui.

— À tel point bénéfique que son père l'a déshérité à cause de nous, répliqua-t-elle, n'osant pas s'accrocher à cet espoir. Ce soir, Rusty n'a pas jeté un seul regard dans sa direction.

— J'admire Rusty, reconnut Billy en soupirant. Il est un brillant homme d'affaires, mais cette personnalité qui fait sa force dans l'industrie est la même qu'il présente à sa famille. Vous avez travaillé dans cette maison, Charlotte. Vous savez qu'ils ont déjà eu des disputes, et qu'ils en auront encore. Mais ils résoudront leurs problèmes... ils sont forts, et, derrière tout cet entêtement, il y a beaucoup d'amour. Malgré tout, je ne suis pas sûr que Ross puisse s'en sortir sans Ben et sans vous. Vous êtes la raison de ces changements. Il a besoin de vous deux.

Il haussa les épaules, avant de conclure :

— J'ignore ce qui a pu se passer entre vous, mais Ross est plus concentré et plus heureux depuis votre retour. S'il vous plaît, soyez patiente avec lui. Ne renoncez pas.

Là-dessus, Billy étreignit brièvement sa main et s'éloigna.

Lorsqu'il eut disparu dans la foule, ses paroles résonnaient encore dans son esprit. *Ne renoncez pas à lui.*

Il y avait tant d'obstacles entre eux... Méfiance. Chagrin. Ressentiment, comme l'avait prouvé l'incident du dressing.

Et pourtant... Son regard traversa toute la salle, et elle le repéra aussitôt. Il était toujours entouré de gens, mais, pour une fois, il ne souriait plus. Il était planté là, parmi ses nombreux admirateurs et les candidates à son lit. Seul, hors d'atteinte, comme une île au milieu de l'océan.

Parmi ces personnes, qui voyait l'homme qu'il était réellement derrière le smoking et l'image du play-boy ? L'homme qui avait toujours désiré l'approbation d'un père dominateur et qui cachait sa déception derrière une fausse indifférence ? L'homme qui avait accepté un fils dont il ignorait l'existence, et qui l'avait aimé de tout son cœur, sans aucune réserve ?Aucun d'eux ne voyait *cet homme-là*. Elle seule avait eu la chance de l'entrevoir. Et elle en avait gardé un ardent désir de mieux le connaître.

Ne rêvait-elle pas l'impossible ? Espérait-elle réellement que Ross l'aimerait d'un amour aussi sincère, aussi généreux que celui qu'il prodiguait à Ben ?

Que serait sa vie si elle pouvait l'aimer sans craindre d'être rejetée, sans revivre les souvenirs amers du passé ? Sans avoir peur que des forces extérieures les séparent ? En étant sûre qu'elle pouvait le rendre heureux ?

C'était le genre de rêve qui se dissiperait certainement avec le matin, mais, durant ces quelques précieux instants, elle s'y accrochait avec l'énergie du désespoir.

Comme s'il avait senti son regard rivé sur lui, Ross se retourna, et leurs yeux se rencontrèrent.

Et, même s'ils étaient séparés par la largeur de la salle, elle vacilla sous l'intensité de ce regard. Malgré les mots blessants qu'elle lui avait lancés plus tôt, elle avait besoin de se reconnecter avec lui. De le sentir proche d'elle.

Elle avait désespérément besoin de lui.

Son cœur battant à grands coups dans sa poitrine, elle inclina la tête pour lui faire signe de la suivre, espérant qu'il comprendrait le message, puis elle quitta la pièce sans se retourner. Dans le couloir, elle dépassa plusieurs portes fermées et elle en poussa une au hasard, le plus loin possible de la grande salle. Et elle entra.

Une immense baie vitrée occupait tout le fond de la pièce, et la pâle lueur de la lune illuminait ce qui semblait être un petit salon privé, avec une cheminée, quelques fauteuils, un petit sofa et deux tables basses.

Elle n'avait pas dépassé le premier fauteuil lorsque la porte se rouvrit derrière elle, puis se referma doucement. Elle se figea, puis, prenant une profonde inspiration, elle pivota face à Ross. Dans cette pénombre, sa haute silhouette était plus impressionnante encore, et elle sentit un frisson la parcourir tout entière. Son expression impassible ne révélait rien de ses pensées, ni de ses émotions. Mais il était là. Et elle décida que c'était un bon signe.

— Ross, je... désirais te demander pardon pour ce que je t'ai dit tout à l'heure, dit-elle d'un ton hésitant. Cette soirée est importante pour toi, et je regrette que ce qui s'est passé entre nous soit venu la ternir. J'en suis désolée.

— Est-ce de cela que Billy et toi parliez ensemble ?

— Euh... Non, répondit-elle, surprise par le ton abrupt de cette question. Enfin, pas vraiment...

— De quoi parliez-vous, alors ? insista-t-il d'une voix trop douce. Cela semblait très sérieux, en tout cas, vu la façon dont vous étiez blottis l'un contre l'autre.

— Attends ! gronda-t-elle. Que diable veux-tu insinuer ?

— Il m'a déjà demandé si je verrais un inconvénient à ce qu'il te demande de sortir avec lui, ne te l'ai-je jamais dit ?

Il s'éloigna de la porte pour s'avancer vers elle à pas lents, avant d'ajouter :

— C'était juste après t'avoir rencontrée, au Sheen. Il a dit que tu étais très belle, qu'il te désirait.

— Que lui as-tu répondu ? murmura-t-elle, sentant distinctement l'onde de désir qui les poussait l'un vers l'autre et qui menaçait de la submerger.

En apparence, Ross était l'image même du détachement serein. Mais ses yeux... Un incendie brûlait au fond de ses pupilles. Colère ? Désir ? Cela importait peu, car l'un et l'autre lui coupaient le souffle, rendaient ses paumes moites. Les pointes de ses seins étaient devenues des boutons durs, et une chaleur liquide pulsait au centre de son corps.

Quel genre de femme était-elle donc ?

Aucun des qualificatifs n'était très joli.

— Je lui ai dit de tenter sa chance, rétorqua Ross, se rapprochant encore, jusqu'à ce que les revers de son smoking effleurent les pointes de ses seins.

Son cœur cessa de battre, mais, déjà, Ross poursuivait :

— À ce stade, j'ignorais encore que tu étais la mère de mon fils, mais la raison reste la même. Nous sommes quelquefois des connaissances, quelquefois des ennemis. Deux parents qui n'attendent rien l'un de l'autre, mais qui désirent tous deux le bonheur de leur enfant. Nous sommes une erreur, mais nous sommes liés l'un à l'autre pour les seize prochaines années, n'est-ce pas ?

— Ross, murmura-t-elle d'une voix brisée. Je...

— Billy a-t-il flirté avec toi ? coupa-t-il. T'a-t-il demandé où en était notre relation ?

— Oui, mais pas de la façon que tu sembles insinuer.

— Vraiment ? ironisa-t-il. Et que crois-tu que j'insinue ?

— Si je n'étais pas persuadée que c'est impossible, je jurerais que tu es jaloux, observa-t-elle. Ce qui est ridicule, bien sûr, lorsqu'on sait que, tout à l'heure encore, tu étais entouré de jolies femmes qui ne buvaient pas seulement tes paroles, mais qui appréciaient beaucoup ton *physique*.

Elle regretta ces paroles sitôt qu'elle les eut prononcées. Elle ne se mettait pas souvent en colère, mais, dans ces rares occasions, elle se laissait invariablement aller à trop parler.

— Et, si je ne savais pas que c'est impossible, je dirais que c'est *toi* qui es jalouse, répliqua-t-il d'un ton moqueur. Heureusement, je sais la vérité, moi aussi. Mais, au cas où tu en douterais encore, ces femmes ne m'intéressent que pour ce qu'elles peuvent apporter au festival. Rien d'autre. Et je n'ai absolument pas envie de partager mon lit avec elles. Cette place-là est pour toi. Tu es la seule à me rendre fou de désir par le seul fait de respirer.

Il glissa ses doigts dans sa longue chevelure et tira sa tête en arrière jusqu'à ce que sa bouche soit à portée de la sienne, avant de chuchoter :

— Et tu te trompes, Charlotte. Je suis réellement jaloux. Billy t'a touchée deux fois, et deux fois j'ai résisté à mon envie de traverser la salle au pas de course pour l'éloigner de toi et le plaquer au mur.

— Tu... plaisantes, n'est-ce pas ? balbutia-t-elle le dévisageant d'un air incrédule.

— Je suis sérieux, insista-t-il. Pour toi, je suis peut-être une erreur, mais pour tous les autres, mon ami y compris, tu es à moi. La nuit, lorsque ton corps tremble sous le mien et que tu gémis mon nom, lorsque je suis en toi et que je sens les contractions de ton orgasme, tu es à moi. Rien qu'à moi.

Il se rapprocha, et elle sentit distinctement son imposante érection presser sur son ventre, alors qu'il susurrait :

— N'est-ce pas la vérité, mon bébé ?

— Oui, reconnut-elle dans un souffle, fermant les yeux.

Sa bouche se posa sur la sienne, passionnée, dominatrice. C'était un baiser de pur désir, un assaut qui ne laissait aucune place à la tendresse. Glissant les doigts dans ses cheveux soyeux, Charlotte s'y abandonna tout entière avec délices.

Il lui était égal qu'à l'autre bout du couloir des centaines de personnes soient assemblées. Que n'importe qui puisse ouvrir cette porte à tout moment. Ce qui comptait, c'était cet homme qui dévorait sa bouche comme s'il avait jeûné très longtemps et qu'elle était son premier repas.

Son bras vigoureux resserra son étreinte autour de sa taille, la plaquant plus fort contre lui. Son grand corps l'entourait. La protégeait. Elle sentait déjà venir l'explosion de désir incontrôlable qu'il ne manquait jamais de déclencher en elle, mais elle ne lutta pas. Elle n'avait pas peur. Il était son ancre dans la tempête, et elle avait confiance en lui.

— Serre tes jambes autour de moi, ordonna-t-il, quelques secondes à peine avant de la soulever du sol.

Elle fit ce qu'il lui demandait, nouant ses jambes autour de sa taille, confiante en sa force, en sa puissance. En quelques pas, il l'adossa contre le mur. Jetant un bref regard par-dessus son épaule, elle nota qu'ils étaient presque invisibles, dans le seul coin d'ombre que la lune n'éclairait pas. Ross tenait visiblement à ménager sa pudeur.

Avec le mur derrière elle et le corps de Ross pressant contre le sien, elle ne pouvait plus lui échapper. Et elle n'en avait aucune envie. Serrant ses joues entre ses mains, elle attira sa bouche à elle, exigeant qu'elle s'ouvre à ses baisers. Et elle ressentit un merveilleux moment de triomphe lorsqu'il inclina sa tête pour lui permettre de le dévorer plus commodément de ses baisers.

Elle ne se lasserait jamais de cet homme. Elle le savait avec la même certitude qu'elle savait qui était le père de son enfant. Ross avait laissé sa marque sur elle, sa marque personnelle de passion, de possession. Ce qui l'avait empêchée de nouer une relation romantique avec un autre homme, durant ces trois années, ce n'était peut-être pas le manque de temps, le travail ou la maternité. C'était plus probablement la certitude que personne ne pourrait jamais le remplacer.

— Caresse-moi, le supplia-t-elle, révélant son désir sans honte, déposant une pluie de baisers fiévreux sur ses joues, sur son cou. S'il te plaît, caresse-moi.

Lors de leur nuit au Bellamy, c'était elle qui avait essayé de l'aider à tout oublier dans la passion. À présent, c'était elle qui avait besoin qu'il lui rende le même service. Qu'il l'aide à oublier qu'elle l'avait blessé avec ses paroles de colère. Qu'il l'aide à oublier qu'elle s'était blessée elle-même.

— Comment ? s'enquit-il, recueillant l'un de ses seins dans sa paume à travers le tissu de la robe. Comme ceci ?

— Non, répondit-elle, guidant sa main pour écarter plus largement son décolleté, exposant son soutien-gorge et sa peau. Comme cela.

Il inclina sa tête vers elle, parcourant sa peau de la bouche avec un murmure de satisfaction. Avec les lèvres, avec la langue, la soumettant à une douce torture, lui arrachant des gémissements de délices. Elle aurait voulu qu'il ne s'arrête jamais. Ils avaient laissé tomber les barrières, ils avaient rendu les armes. Ils aimaient.

En tout cas, *elle* aimait.

Elle tremblait dans ses bras, ondulant des hanches contre lui, pressant sa féminité contre son érection. Et, même si des couches de vêtements les séparaient encore, chaque contact générait de nouvelles ondes de plaisir dans tout son corps, l'entraînant irrésistiblement vers l'explosion finale.

— Poche arrière, murmura-t-il, abandonnant ses seins pour s'emparer derechef de sa bouche. Mon portefeuille. Sors une protection. Maintenant, Charlotte !

Des doigts impatients glissèrent vers ses cuisses, et ils remontaient déjà sa robe autour de ses hanches lorsqu'elle posa les mains à plat sur son torse pour le repousser.

— Non, dit-elle dans un souffle. Pas encore.

Il releva vivement la tête pour la dévisager d'un air incrédule, mais elle le repoussa de nouveau, et il n'eut d'autre choix que de s'écarter d'elle.

Et, à sa grande stupéfaction, elle s'agenouilla devant lui.

Un gémissement rauque monta du fond de sa gorge lorsqu'elle tira la fermeture à glissière de son pantalon, mais, au lieu de l'arrêter, il appuya ses deux mains au mur au-dessus d'elle alors qu'elle introduisait les mains dans son boxer noir pour libérer son érection douloureuse.

— Tu n'as pas besoin de faire cela, mon bébé, chuchota-t-il.

— Au contraire, rétorqua-t-elle. J'en ai besoin, et toi aussi.

Et, sans la moindre hésitation, elle le prit dans sa bouche. Leurs deux gémissements se mêlèrent dans le silence de la pièce, suivis par son grognement de plaisir. Ou de douleur ?

Fermant les paupières, elle s'abandonna au goût, à la texture douce et ferme à la fois, à sa densité, dans sa bouche et entre ses mains.

— C'est si bon ! susurra-t-elle. Je l'avais presque oublié. Je veux tout de toi.

Il supposait probablement qu'elle faisait allusion à son sexe, son corps, le plaisir qu'ils se donnaient, l'un à l'autre. Mais ce n'était pas seulement cela. Elle désirait *tout*. Son corps. Ses caresses. Son temps. Son rire.

Son cœur.

Et, alors même qu'elle lui donnait du plaisir, des larmes brillaient dans ses yeux. Parce qu'une partie d'elle-même savait que c'était probablement tout ce qu'ils auraient. Trop de mots, trop blessures les séparaient. Trop de secrets.

Une vague de désespoir l'engloutit, et, pour la combattre, elle le prit tout entier dans sa bouche.

— Assez ! gronda-t-il en se libérant brusquement pour saisir ses bras et l'obliger à se relever. Je veux me sentir en toi.

Il tâtonna à la recherche de son portefeuille dans sa poche

arrière, en sortit une protection, et, quelques secondes plus tard, il était prêt pour elle. Il la souleva dans ses bras, ses mains empoignant fermement ses fesses rondes.La respiration haletante, elle glissa la main entre leurs deux corps, et, écartant la soie de sa culotte, elle prit son sexe entre les doigts et le guida vers son centre brûlant. Et, nouant les bras autour de son cou, elle se souleva, puis se laissa retomber sur lui jusqu'à ce qu'il soit tout entier en elle.

Défaillant de plaisir, elle enfouit son visage contre son cou. Ils avaient fait l'amour en de nombreuses occasions, depuis leur nuit au Bellamy. Elle le connaissait bien. Mais elle s'émerveillait encore à chaque fois de sentir à quel point il la comblait. Laissait sa marque sur elle. La *complétait*.

— Je veux voir ton visage, dit Ross en lui relevant la tête.

Lorsqu'il commença son va-et-vient en elle, alternant lenteur et passion brûlante, elle laissa échapper un cri, ses lèvres entrouvertes, ses yeux clos. C'était un combat sans merci de deux corps, de deux peaux, dans une même passion. Il l'emmena jusqu'au bord de l'abîme, et elle lutta un moment pour retarder l'instant, avant de s'y abandonner avec délices.

Elle ne pouvait plus respirer. Elle ne pouvait plus penser. Elle ne pouvait plus rien, hormis exploser en mille éclats.

Et, cette fois-ci, ce fut mémorable.

Une éruption. Elle tremblait de tout son corps, se convulsait dans ses bras, plongeant dans un abîme d'extase sans se demander si elle en ressortirait jamais. Sa féminité serrée autour de lui comme un étau, elle l'entendit émettre un gémissement sourd, et, avec ses dernières forces, elle lui rendit le plaisir qu'il lui avait offert.

Son nom, crié d'une voix rauque, résonna dans le silence de la pièce, et elle se laissa enfin aller contre lui, privée de toute force, confiante qu'il ne la laisserait pas tomber.

Tout du moins, pas physiquement.

Car, pour son cœur, il était déjà trop tard.

13

Ross était assis dans sa voiture, garée à la place de parking qui avait été la sienne depuis qu'il avait commencé à travailler pour le Groupe Edmond, six ans plus tôt. C'était ironique. Son père l'avait déshérité et licencié, mais il n'avait pas assigné cette place à une autre personne.Tournant les yeux vers l'immeuble qui avait été son second foyer, il soupira. Aujourd'hui, il n'en avait plus aucun.

Que faisait-il ici ? Qu'espérait-il de cette visite ?

Aussitôt, l'image de Ben resurgit dans son esprit. Juste avant qu'il ne le dépose chez ses grands-parents pour l'après-midi, Ben avait noué ses petits bras autour de sa jambe, levant son petit visage pour lui offrir un sourire rayonnant. Aucune incertitude dans son expression. Aucune hésitation. Il avait totalement confiance en l'amour de son papa.

— Papa ! Bisou !

Dans le silence de la voiture, Ross rit tout bas. Cette innocente manifestation d'amour avait fait naître en lui un ardent désir – et c'était celui-ci qui l'avait poussé à prendre sa voiture pour venir ici, au lieu de se rendre à son rendez-vous avec Billy. Ben avait le droit de connaître toute sa famille. Et tout spécialement son grand-père. Rusty et lui n'avaient jamais eu une relation très affectueuse, mais peut-être serait-ce différent entre son fils et son grand-père.

Même si cela signifiait ravaler sa fierté, il devait essayer.

Pas seulement pour son fils, mais pour lui-même aussi.

Ayant retrouvé toute sa résolution, il descendit de la voiture et entra dans l'Edmond Building. L'équipe de sécurité avait parfaitement le droit de le stopper et de lui faire signer le registre des visiteurs, mais le garde en faction se contenta de saluer Ross alors qu'il gagnait les ascenseurs. Et, plus surprenant encore, même son pass personnel donnant accès à la suite du P-DG fonctionnait toujours.

Étonné mais heureux de sa chance, il sortit de l'ascenseur à l'étage silencieux et cossu qui abritait les bureaux de sa famille. Quelques personnes parurent un peu surprises de le voir alors qu'il se dirigeait vers le bureau de l'assistante de son père, mais il les ignora et continua d'avancer à grands pas vers son but. Parce que être reçu par Rusty sans avoir pris rendez-vous serait le plus difficile.

— Bonjour, Lisa, lança-t-il, souriant à la jolie blonde. Croyez-vous que mon père puisse m'accorder un petit instant entre ses rendez-vous ?

— Bonjour, Ross, répondit-elle en lui rendant son sourire.

Ross lisait sa curiosité dans ses grands yeux bruns. Elle se demandait sûrement ce qu'un fils déshérité pouvait bien avoir à faire avec son père.

— Il n'a aucun rendez-vous jusqu'à 14 heures, affirma-t-elle, tapotant le clavier de son ordinateur. Il a donc une demi-heure de libre, mais…

— Merci, dit-il en dépassant sa table de travail pour se diriger vers les doubles portes closes. Inutile de m'annoncer.

— Mais…

Sans attendre la fin de sa phrase, il entra sans frapper. Il savait qu'il se comportait comme un enfant gâté mais, s'il avait laissé cette jeune femme prévenir Rusty que son fils désirait le voir, Ross aurait passé le reste de l'après-midi assis sur l'un des sofas à attendre d'être reçu. Rusty était ainsi.

Son père leva les yeux en entendant la porte s'ouvrir, et son expression s'assombrit.

— Ross ? Que fais-tu ici ?

Refermant la porte derrière lui, Ross traversa l'immense bureau pour se planter devant la table de travail de Rusty.

— Je suis venu pour parler avec toi, papa. Nous n'en avons pas eu l'occasion, samedi soir.

— Vraiment ? répondit son père d'un ton empreint d'ironie. Ne serait-ce pas parce que le reste d'entre nous travaillait pendant que tu fricotais avec cette femme ? Crois-tu que personne ne vous ait vus disparaître ? Ou, même avant cela, qu'il se passait quelque chose entre vous ?

Ross fut tenté de lui répondre vertement, mais il se retint. Il était là pour combler le fossé entre son père et lui, pas pour le creuser davantage. Il prit une profonde inspiration pour se calmer, avant de déclarer :

— Je suis venu pour te parler de Charlotte.

— Qu'y a-t-il de plus à dire d'elle ? gronda Rusty en se levant brusquement. Elle est à la racine de tous nos problèmes. Pour commencer, elle a manqué à toutes ses obligations en couchant avec mon fils. Ensuite, elle tombe enceinte, sans doute délibérément, et, lorsque je lui conseille de se débarrasser du bébé, elle me ment en prétendant l'avoir fait. Aujourd'hui, voilà qu'elle a le culot de réapparaître à Royal pour essayer de t'embobiner, toi, un Edmond, avec un gosse dont elle seule est responsable, et pas toi, puisque c'est elle qui a décidé de le garder.

— Quel genre d'homme serais-je si je reniais mon enfant, si je l'abandonnais ? répliqua Ross. Si je faisais cela, je ne vaudrais pas mieux que Sarabeth.

— Ne prononce pas le nom de cette femme devant moi ! éructa son père. Ta mère aussi était l'une de ces femmes qui utilisent leurs enfants pour faire fortune avant de disparaître. Et tu peux être sûr que c'est ce qui se passera avec Charlotte.

À présent, il était vraiment furieux et il pointa un doigt menaçant vers Ross, avant de poursuivre :

— Tu crois avoir créé une charmante petite famille, n'est-ce pas ? Que fera-t-elle lorsqu'elle apprendra que je ne te laisse pas un sou, Ross ? Que ma décision est irrévocable ? Crois-tu vraiment qu'elle restera ? Tu te fais mener par le bout du nez par une intrigante, et je ne vais pas rester là à vous regarder sans rien faire. Et, lorsqu'elle sera partie avec ce gamin, ne viens pas me supplier de te pardonner.

Chacune de ces insultes lui faisait l'effet d'une gifle. Il n'était pas pauvre. Il avait des titres, des investissements et des propriétés. Mais, avec la maison qu'il avait achetée pour Ben et pour elle, Ross craignait de ne pas avoir assez de liquidités pour lui remettre les cinq cent mille dollars qu'il lui avait promis à la fin de leur première année ensemble.

Lorsqu'il lui dirait la vérité, s'en irait-elle en emmenant Ben ? Après tout, elle avait respecté sa part du contrat – elle avait renoncé à son logement, elle était venue vivre avec lui et elle s'était chargée de toutes les formalités pour que Ben porte son nom – alors que lui ne pouvait même pas tenir l'unique promesse qu'il lui avait faite.

Je m'étais abaissée à devenir le jouet d'un homme qui ne me jugeait digne d'intérêt que dans son lit. Ce collier me rappelle de ne pas commettre deux fois la même erreur.

Les paroles de Charlotte revenaient le torturer. Oui, ils avaient disparu pendant le festival et ils avaient fait l'amour. Et, plus tard cette nuit-là, de retour à la maison, il s'était perdu de nouveau en elle. Mais il ne pouvait pas oublier ces mots qu'elle lui avait jetés au visage. Et, même si elle s'était excusée ensuite, ne les pensait-elle pas vraiment ?

Elle avait parlé de lui comme d'une erreur, et il ne pouvait pas la contredire là-dessus. Il était une erreur pour elle, pour sa mère, et même pour les femmes qu'il avait eues dans son lit et oubliées. Car, s'il avait été aussi important pour elles, pourquoi l'avaient-elles quitté aussi facilement ?

Si Charlotte lui offrait son corps, elle ne lui offrait pas sa loyauté, et certainement pas son amour, même s'il ne l'avait jamais demandé. Et moins encore depuis qu'elle lui avait dit clairement qu'il était une erreur qu'elle ne répéterait pas. La vérité, c'était que leur fils était le seul lien qui aurait pu l'obliger à rester avec lui. Or, Charlotte avait déjà prouvé qu'elle était parfaitement capable d'élever Ben toute seule.

Non ! décida-t-il. Ben était son fils. Qu'elle parte ou qu'elle reste, il ne lui permettrait pas d'éloigner son fils de lui.

— Ne t'inquiète pas, papa, dit Ross s'efforçant d'adopter un ton indifférent. Je ne reviendrai pas te supplier. Et je veillerai toujours à vous citer en exemples, Sarabeth et toi.

Et, sur ces mots, il tourna les talons et quitta le bureau de Rusty à grands pas. Toutes ses bonnes intentions, concernant cette visite, avaient lamentablement échoué. Mais il en ressortait avec une certitude.

Il ne pouvait pas compter sur son père.

Et il ne pouvait pas non plus compter sur Charlotte.

Il ne pouvait avoir confiance qu'en lui-même.

14

Charlotte ouvrit sa porte en soupirant. Généralement, la soirée du lundi était calme, mais, pour une raison mystérieuse, ce soir-là, on aurait cru que tout Royal s'était donné rendez-vous pour dîner au Sheen. Jeremy attribuait cette affluence inhabituelle à sa présence à la Soirée dans la Baie, ce week-end-là, et aux échantillons de ses spécialités qu'elle y avait présentés. C'était peut-être vrai, et elle l'avait mentionné à Ross, lorsqu'il était passé au restaurant avec Ben, tout à l'heure.

À la réflexion, songea-t-elle en poussant la porte, Ross s'était montré distant, ce soir. Depuis samedi, ils avaient conclu une trêve fragile, mais il était à nouveau l'homme froid et réservé qu'elle avait rencontré au Sheen des semaines plus tôt. Durant le restant de la soirée, un vague sentiment d'appréhension ne l'avait jamais quittée. Et c'est donc avec soulagement qu'elle avait soudain décidé, entre deux commandes, qu'elle devait se montrer honnête avec lui.

Elle devait lui avouer que, malgré tous ses efforts, et même si elle était furieuse contre lui, elle n'avait jamais pu cesser de l'aimer.

En entrant dans la maison, elle tremblait d'appréhension, mais un autre sentiment s'y mêlait – une étrange excitation. Il s'était montré jaloux, possessif, le samedi précédent. Et il avait souffert à cause d'elle, c'était indéniable. Cela devait signifier qu'il *ressentait* quelque chose pour elle, non ? Elle espérait ne pas se tromper, car elle avait déjà vécu cette situation avec lui, trois ans plus tôt. L'incertitude. La peur. L'espoir.

Seulement pour finir brisée, dévastée. Seule.

Survivrait-elle une nouvelle fois à une telle agonie ?

Elle n'était pas certaine que son cœur puisse supporter de le perdre à nouveau, mais… et si elle ne le perdait pas ?

Cette lueur d'espoir était peut-être un mirage, mais elle ne pouvait pas continuer à vivre dans cette espèce de purgatoire. Ce soir, elle aurait sa réponse. Ce soir…

Au même instant, son pied buta contre un obstacle dans le hall d'entrée, et, lorsqu'elle baissa les yeux, elle vit des valises noires posées sur le sol devant elle.

— Charlotte, j'ai besoin de parler avec toi.

Ross se tenait à l'entrée du salon. Il était un peu plus de minuit, et généralement, lorsqu'elle rentrait de son travail, à cette heure-là elle le trouvait en jean ou en pantalon de pyjama. Mais, ce soir, il portait un costume gris impeccable.

— Salut, dit-elle en posant son sac sur le guéridon près de la porte. Ai-je oublié que tu partais en voyage d'affaires ?

— Non, répondit-il d'un ton aussi froid que son expression, et qui lui glaça le sang. Pourrions-nous parler dans le salon ?

Sur ces mots, il tourna les talons, mais elle ne bougea pas.

— Non, répliqua-t-elle. Ce que tu as à me dire, tu peux le dire ici même. D'autant plus que tu comptes partir tout de suite après ton discours, n'est-ce pas ?

Son visage était un masque de pierre, mais elle avait entrevu la lueur au fond de son regard. Soudain, elle suffoquait, au bord de la crise de panique, mais elle lutta pour la refouler. Se concentrant sur l'homme silencieux, d'une cruelle beauté, planté devant elle, elle ajouta :

— Finissons-en tout de suite afin de ne pas trop te retarder.

— Parfait, lâcha-t-il d'un ton glacial. Je n'ai pas été tout à fait honnête avec toi. D'après mon conseiller financier, je ne dispose pas d'assez de liquidités pour tenir ma promesse de te donner cinq cent mille dollars. Il serait donc injuste de ma part d'exiger de toi que tu respectes ta part de notre contrat. Mais, naturellement, Ben et toi pouvez continuer à vivre ici.

— Menteur.

Ross releva la tête comme s'il avait reçu une gifle.

— Je ne t'ai jamais demandé cet argent, poursuivit-elle. N'essaye pas de me rendre responsable de ton départ. Tu as rendu visite à ton père aujourd'hui, n'est-ce pas ?

— J'ignore comment tu l'as appris, mais c'est vrai, convint-il.

— Gina m'a appelée, car elle cherchait à te joindre et tu ne répondais pas au téléphone. Apparemment, après ta visite à son bureau, ton père était sur le sentier de la guerre, et elle voulait s'assurer que tu allais bien.

Charlotte secoua tristement la tête, avant de conclure :

— Et moi qui avais cru que ce serait différent, cette fois-ci...

— J'ignore quelles conclusions tu en as tirées, Charlotte, coupa-t-il. Mais, comme je te l'ai dit, cela n'a aucun rapport avec Rusty. Je m'efforce seulement de faire ce qui est juste.

— J'ignore si tu crois vraiment ce que tu dis, ou si tu cherches seulement à t'en convaincre, répondit-elle en soupirant. Lorsque je suis partie pour la Californie, j'avais désespérément besoin que tu me défendes. Que tu me demandes de rester. Que tu déclares à ton père que nous étions ensemble, et que rien ne pourrait nous séparer. Mais tu ne l'as pas fait. Je t'en ai voulu longtemps à cause de cela. Cette fois-ci, en revanche, c'est exactement ce que tu as fait. Peut-être pas pour moi, mais pour Ben. Il demeure que tu as affronté Rusty et cela m'avait rendu l'espoir...

Elle hésita, avant de conclure avec un rire sans joie :

— Mais c'était stupide de ma part, bien sûr. Une seule visite à Rusty a suffi pour te faire rentrer dans le rang.

— Tu te trompes, rétorqua-t-il furieux. Je ne vous abandonne pas, ni Ben ni toi. Je désire toujours que nous partagions la garde de notre fils. Ou tentes-tu de me dire que si je ne peux plus vivre dans cette maison, je ne peux pas non plus continuer à voir mon fils régulièrement ? Je te préviens, je n'accepterai pas que tu essayes de l'écarter de ma vie.

— Fichtre ! murmura-t-elle. Durant un instant, j'ai cru que c'était Rusty lui-même qui se tenait devant moi. J'ignore ce que ton père a pu te raconter à mon sujet, mais, je n'ai jamais convoité ton argent et je ne t'ai jamais empêché de voir Ben pour l'obtenir. Je ne ferais jamais cela à Ben. Ton fils t'adore. Et je ne te ferais pas cela, à toi non plus.

Elle ferma brièvement les yeux, refusant de verser une seule larme devant lui. Il ne méritait pas de voir sa douleur.

— Tu n'as toujours rien compris, Ross, reprit-elle. Il y a trois ans de cela, je suis tombée amoureuse de toi. Un Edmond. Un homme que j'aurais dû éviter à tout prix. Mais j'en ai été incapable, parce que sous le masque de bravade, j'ai senti un homme unique, vulnérable, drôle, un homme doux qui m'a fait me sentir spéciale. Malgré tous les efforts de Rusty pour te plier à ses standards, tu étais différent de lui. Et c'était cela que j'aimais chez toi.

Ross la dévisagea d'un air stupéfait.

— Tu ne m'avais jamais dit... Pourquoi n'as-tu pas...

— Parce que ce n'était pas ce que tu désirais de moi, l'interrompit-elle. Ton père ne m'aurait jamais acceptée, et, lorsque tu as cédé à ses exigences, et que tu as rompu avec moi parce qu'il ne me trouvait pas digne d'un Edmond, j'ai dû m'enfuir pour ne pas être brisée, mais mon cœur ne l'entendait pas ainsi. Puis, j'ai appris que j'étais enceinte et, malgré cette lettre, j'ai accepté le fait que tu serais pour toujours en moi. C'est pourquoi, lorsque tu es réapparu dans ma vie et dans celle de Ben, je me suis convaincue que notre coparentalité un peu spéciale suffirait à me rendre heureuse. Mais je me mentais à moi-même, et c'est ce que j'avais l'intention de te dire, ce soir. Je te veux tout entier ou pas du tout. Mais je vois que tu avais déjà pris ta propre décision.

Elle ne lui laissa pas l'occasion de répondre. Qu'aurait-il pu dire alors que ses valises étaient déjà faites ? Elle se dirigea vers l'escalier et, une main sur la rampe, elle murmura sans se retourner :

— Te souviens-tu du jour où tu m'as offert ce pendentif de diamants en forme de cœur ? Tu m'avais emmenée à Appaloosa Island, et, une nuit, après avoir fait l'amour, tu me l'as donné. Tu disais que ce cœur te faisait penser au mien... parce qu'il était magnifique et précieux. C'est pourquoi j'ai conservé ce collier, Ross. De tous les bijoux que tu m'avais offerts, c'était celui qui avait le plus de sens pour moi. Parce que tu me l'avais offert sans rien attendre en retour. Simplement parce que tu avais pensé à moi. Et à mon cœur.

Et, là-dessus, elle monta l'escalier sans se retourner.

15

— Ross ? Puis-je te dire un mot ?

En entendant la requête de son père, Ross se figea. *Requête ?* Quelle plaisanterie ! Rusty avait donné un ordre et il entendait être obéi. Tournant son regard vers la porte de la salle de réunion, Ross pesa rapidement le pour et le contre, mais, finalement, sa curiosité lui fit momentanément oublier son animosité et son amertume, et il resta où il était.

— Ça va ? murmura Asher, près de lui.

Asher, Gina, Billy et Rusty s'étaient retrouvés au TCC, car Ross refusait de remettre les pieds dans l'immeuble de l'entreprise familiale. Il n'avait pas l'habitude d'aller là où on ne voulait pas de lui.

— Je peux rester avec toi, si tu veux, suggéra Asher.

— Non, répondit Ross sans quitter son père des yeux. Tout va bien. Je t'appellerai plus tard.

Son frère lui asséna une claque amicale sur l'épaule, Gina étreignit sa main en passant, et Billy lui sourit. Puis, tous trois disparurent à l'intérieur, et Ross resta seul avec son père.

— Alors, qu'y a-t-il ? s'enquit Ross, les bras croisés.

Rusty le dévisagea un long moment en silence, et Ross soutint tranquillement son regard. Si son père s'attendait à ce qu'il se laisse impressionner, il allait être déçu.

— On m'a rapporté que tu ne vivais plus à la colle avec cette femme et son enfant, remarqua Rusty, goguenard.

— Tu es bien informé, marmonna Ross, serrant les dents.

Trois jours gris, interminables, s'étaient écoulés depuis qu'il avait quitté la maison qu'il avait achetée pour sa famille, qu'il était privé du rire de Ben lorsqu'il se réveillait le matin.

Trois jours sans voir Charlotte, sans entendre sa voix, sans sentir sa fragrance. Sans caresser son corps.

Trois jours depuis qu'elle lui avait déclaré qu'avec lui, ce serait tout ou rien. Depuis, il ne dormait plus. Pourquoi ne pouvait-il se guérir de cette douleur au creux de sa poitrine ? L'oublier ? Seul son travail l'y aiderait peut-être. Et Ben.

— Ce genre de nouvelle circule vite, fils, observa Rusty.

— *Fils ?* répéta Ross d'un ton sarcastique. Depuis quand ?

Depuis trois jours, par exemple ?

— Tu as fait ce qu'il fallait, Ross, insista Rusty. Je regrette d'avoir dû prendre des mesures aussi radicales pour te convaincre que tu commettais une erreur, mais, au moins, tu es revenu à la raison, et c'est cela qui compte. Tu as besoin d'une femme qui accroîtra ta fortune, ton statut social et ta réputation, pas d'une *cuisinière*. Dis-moi seulement que tu as géré la situation, et nous pourrons regarder vers l'avenir.

Ross fixa son père, choqué par le venin qu'il entendait dans sa voix lorsqu'il parlait de Charlotte. Qu'avait-elle bien pu faire pour mériter cette détestation de Rusty ?

— C'est ce que tu penses ? rétorqua-t-il avec un rire amer. Que j'ai quitté Charlotte parce que tu m'avais déshérité ? Je suis navré, papa, mais je dois encore te décevoir. Tout cela n'a rien à voir avec toi. Je l'ai fait parce que c'était mieux pour elle. Charlotte et Ben ne sont pas une *situation à gérer*. Ben est mon fils, et elle est la mère de mon fils. Elle et moi ne vivons plus ensemble, mais je n'abandonne pas mon fils. Tes félicitations sont peut-être un peu prématurées.

Une expression de rage déforma les traits de Rusty, qui se dressa devant lui de toute sa masse menaçante. Mais Ross ne se sentait plus intimidé par son père. Son approbation, son estime, avaient cessé depuis longtemps d'être les moteurs de sa vie. Seules deux personnes comptaient pour lui. La première l'aimait sans condition. Et il avait si gravement blessé l'autre qu'il n'y aurait plus de retour en arrière.

— Bon sang, Ross, tu dois te ressaisir ! tonna Rusty, rouge

de colère. Tu n'auras aucune relation avec cette femme ou avec son fils. Point final !

— Tu me demandes de te choisir, *toi*, plutôt que Charlotte et mon fils ? rétorqua Ross, dévisageant son père comme s'il le voyait réellement pour la première fois. Tu ne m'as jamais accordé une telle faveur. Les affaires d'abord. Les femmes d'abord. Toi-même d'abord. Jamais mon bonheur.

Il marqua une pause, avant de poursuivre :

— Non, je refuse. Tu peux garder ton argent, ton héritage, ton empire. Quand mon fils me regardera avec amour et respect, je me sentirai beaucoup plus riche qu'avec cet héritage que tu me fais miroiter. Au revoir, papa.

Là-dessus, il tourna les talons et gagna la porte.

— Ne t'en va pas ! hurla Rusty derrière lui, comme un enfant frustré. Nous n'en avons pas fini, ici !

— Si, papa, nous en avons terminé.

Et, sur ces mots, il sortit, refermant la porte derrière lui. Refermant la porte sur son passé.

Ross tendit ses clés au voiturier du Bellamy et s'achemina vers l'entrée de l'hôtel. Son téléphone vibra dans sa poche, et, comme les trois autres fois où sa sœur avait tenté de le joindre depuis sa confrontation avec Rusty, il l'ignora. Il adorait Gina, mais, à cet instant précis, il souffrait encore trop pour avoir une conversation avec elle.

Il traversait le lobby en direction des ascenseurs lorsqu'une femme quitta l'un des fauteuils pour venir vers lui.

Et soudain il se figea. *Non !* songea-t-il. *Pas aujourd'hui !*

Toute la souffrance, toute la colère, toute la tristesse d'un petit garçon trahi et abandonné remontèrent dans sa conscience. *Sarabeth.*

Le sourire de sa mère, d'abord hésitant, gagna vite en assurance, sans doute grâce à son expérience des concours de beauté. C'était ainsi que Rusty l'avait rencontrée. Il l'avait sortie de son milieu petit-bourgeois pour la faire entrer dans l'élite sociale de Royal. Et, au lieu de l'épouse et de la maman qu'il espérait avoir trouvée, il avait seulement eu droit à une croqueuse de diamants au cœur froid.

À l'époque, Ross n'en était pas conscient. Il avait dix ans, et tout ce qu'il voulait, c'était sa maman.

Il observa attentivement la haute silhouette sinueuse de la femme blonde qui s'avançait vers lui. À presque cinquante ans, elle en paraissait dix ou quinze de moins. La belle vie, libérée des obligations maternelles, avait ses avantages.

— Ross, je suis désolée de t'aborder de cette façon, déclara Sarabeth, ses yeux du même bleu que les siens fixés sur lui.

Elle paraissait nerveuse, mais c'était normal, face à un fils avec lequel elle n'avait eu aucun contact depuis des années.

— À bien des égards, tu n'as pas changé, ajouta-t-elle. Je t'aurais reconnu n'importe où. Si tu préfères que je m'en aille, je le ferai. Mais j'apprécierais beaucoup que tu m'accordes quelques minutes de ton temps.

Il fut d'abord tenté de refuser, puis il hocha la tête en silence, et, faisant demi-tour, il se rendit au bar de l'hôtel, sachant qu'elle le suivrait. Il était 14 heures, et presque toutes les tables étaient libres. Il se dirigea vers le coin du fond, où ils seraient le plus tranquilles.

Ils s'assirent dans le box et passèrent leurs commandes – une bière pour lui et un verre de vin blanc pour elle – et, croisant ses mains fines sur la table, Sarabeth contempla son fils durant un instant.

— Désolée de te dévisager ainsi, dit-elle d'un ton embarrassé. Mais, cela faisait si longtemps… Tu m'as manqué.

— J'ai vécu à la même adresse durant tout ce temps, observa-t-il. Si je t'avais manqué, tu aurais su où me trouver.

— Je mérite tes reproches, chuchota-t-elle. J'ai tant de choses à te dire… Consentiras-tu à m'écouter ? S'il te plaît ? Lorsque j'aurai terminé, si tu désires toujours t'en aller et ne plus rien avoir à faire avec moi, je comprendrai.

— Très bien, fit-il alors que la serveuse apportait leurs consommations. Je t'écoute.

— Merci, répondit-elle avec un soupir de soulagement. Pour commencer, je ne cherche pas à excuser mon absence dans ta vie. Je voudrais seulement t'exposer mon côté de l'histoire, en espérant que tu me pardonneras.

Elle sirota une gorgée de son vin – pour se donner du courage ? C'était la raison pour laquelle il avalait sa bière si vite. Pour rassembler le courage de rester là à entendre sa mère lui expliquer pourquoi il n'était pas assez important pour qu'elle soit restée dans sa vie.

— Je n'avais que dix-neuf ans lorsque j'ai épousé ton père, murmura-t-elle. Il m'a enlevée comme dans un conte de fées pour m'emmener dans une somptueuse maison. Il m'a offert la vie dont j'avais toujours rêvé. Rusty m'a gâtée, c'est vrai. De beaux enfants, un foyer, des vêtements, des bijoux, des voitures, des vacances au bout du monde. Tout ce que j'aurais pu désirer. Tout, sauf un mari fidèle.

Elle porta son verre à ses lèvres pour une nouvelle gorgée, plus longue, cette fois-ci. En le reposant, sa main tremblait.

— Je ne pouvais plus rester dans un mariage sans amour, reprit-elle d'un ton grave. Pas après avoir surpris Rusty dans les bras d'une autre femme. La perspective du divorce me terrifiait, mais, au moins, je vous avais, toi et ta sœur. C'était ce que je croyais, dans ma naïveté. Mais, pour me punir de l'avoir quitté, Rusty a fait intervenir un juge de ses amis pour obtenir ta garde et celle de Gina. J'ai reçu une compensation financière, bien sûr, mais j'ai perdu ce à quoi je tenais le plus... mes enfants.

Ross s'efforça de ne pas se laisser attendrir par cette histoire, que Rusty lui avait déjà racontée en partie. En oubliant, bien sûr, de mentionner ce juge complaisant. Mais ce n'était pas étonnant de sa part. Rusty jouait pour gagner.

Sarabeth avait tout de même quitté son père. Pourquoi, après cela, avait-elle divorcé aussi de ses enfants ?

Comme si elle avait lu dans ses pensées, elle poursuivit d'une voix plus basse, douloureuse :

— J'ai essayé de maintenir une relation avec Gina et toi. J'ai réellement essayé. Mais vous grandissiez, tous les deux, et vous préfériez la compagnie de vos amis à celle d'une femme qui vous devenait de plus en plus étrangère avec le temps. Et Rusty n'a rien fait pour m'aider. Il se moquait bien des règles de notre arrangement de garde alternée. Ensuite, il m'est devenu impossible de trouver un emploi ici, à Royal, où tout le monde me traitait comme une pestiférée. Pour survivre, je n'ai eu d'autre choix que de quitter la ville.

Ayant été lui-même la cible des tactiques d'intimidation de Rusty, Ross ressentit pour la première fois une profonde empathie pour cette femme qui était sa mère.

Il comprenait ce besoin de survivre, de s'échapper du piège étouffant où Rusty enfermait son entourage.

— Avec le recul, je m'en veux de ne pas avoir lutté davantage pour vous garder. De ne pas avoir contesté la décision devant un autre tribunal. Mais le pouvoir des Edmond dépasse les limites de Royal, et je n'avais pas les moyens pour me battre contre lui. Mais je t'assure que si j'avais su que je vous perdrais, toi et ta sœur, je serais restée mariée avec lui malgré ses mauvais traitements et ses infidélités.

Elle hésita une seconde, puis, s'emparant de ses mains par-dessus la table, elle ajouta, une larme roulant sur sa joue :

— Ross, je regrette profondément de ne pas avoir été là pour toi, durant toutes ces années. J'avais peur que tu me rejettes, si j'essayais de te contacter. Je te demande pardon.

Ross sentit un sentiment inconnu germer dans sa poitrine. Il en avait assez de vivre dans l'amertume. La colère qu'il portait en lui l'avait rongé si longtemps qu'il ne reconnaissait plus l'homme qu'il était devenu. À cause d'elle, il n'avait cessé de punir tout le monde – son père, Charlotte, lui-même.

Comment avait-il pu traiter Charlotte de cette façon ?

Trois ans auparavant, il n'avait pas osé l'aimer parce qu'il avait trop peur qu'elle le quitte un jour. Et, lorsqu'elle l'avait fait, il n'en avait pas été étonné. Ensuite, lorsqu'elle était réapparue dans sa vie, lui offrant une seconde chance de fonder une famille avec elle, il avait cédé à ses anciennes craintes et il l'avait quittée avant qu'elle n'ait pu le faire.

Il en avait assez d'avoir peur. Assez de cette amertume, de cette colère qui l'empêchaient de vivre.

Il désirait seulement être aimé. Être... heureux.

Face à cette femme dont il avait tant espéré être aimé, accepté, il refoula les larmes qui montaient à ses paupières.

Elle ne l'avait pas assez aimé à l'époque, mais, aujourd'hui, elle était là.

Comme Charlotte avait désiré être là pour lui.

Il s'était vraiment comporté comme un imbécile. Mais il était encore temps de corriger ses erreurs. Et ce processus de guérison devait commencer avec Sarabeth – avec sa mère.

— J'ai justifié beaucoup de mes actions par le fait que tu m'avais abandonné, commença-t-il. J'ai fait souffrir la mère de mon fils, la femme… que j'aime, parce que j'étais incapable de grandir et d'accepter mes responsabilités. Mais je regrette que tu aies dû traverser tant d'épreuves, toi aussi. Je ne peux pas oublier mes souffrances d'enfant abandonné par sa mère, mais je te pardonne. Parce que en te pardonnant, je me pardonne à moi-même.

— Oh ! mon chéri ! murmura Sarabeth, prenant son visage entre ses mains, de grosses larmes ruisselant sur ses joues. Je ne peux malheureusement pas modifier le passé, mais, si tu me le permets, je serai là pour toi dans le présent. Et ne commets pas la même erreur que moi, Ross. Cours la retrouver. Bats-toi pour elle.

J'avais désespérément besoin que tu me défendes. Que tu me demandes de rester.

La voix de Charlotte résonnait dans sa conscience, et il fit silencieusement le serment de ne plus jamais faillir à ses devoirs avec elle comme il l'avait fait par le passé. Il était prêt à partir en guerre pour elle et pour Ben, et c'était une bataille qu'il ne pouvait pas se permettre de perdre. Car il se battait pour la femme qu'il aimait et pour son fils.

Il se battait pour sa survie.

16

— J'ai besoin du bœuf braisé pour la table 2 ! lança Charlotte dans la cuisine bourdonnante d'activité.

— Oui, cheffe, répondit le second de cuisine. Ça vient !

Satisfaite, Charlotte tourna son attention vers les plats qu'elle vérifiait avant de les laisser servir en salle. Depuis le festival Soirée dans la Baie, le Sheen ne désemplissait pas. Ce vendredi soir, une foule de clients faisait même la queue devant le restaurant, attendant leur tour d'entrer pour dîner. Ce succès aurait dû la remplir de joie, mais, depuis une semaine – depuis que Ross était parti –, elle vivait dans une sorte de grisaille émotionnelle. Et c'était mieux ainsi, car elle avait peur de *ressentir* quoi que ce soit. Peur qu'en donnant libre cours à ses sentiments, la souffrance, la déception et le chagrin surgissent pour la dévorer.

Pour le moment, ce manteau d'insensibilité la protégeait.

— Cheffe, un client souhaite vous parler à sa table.

Aïe.

Plaquant sur ses lèvres un sourire qui ressemblait davantage à une grimace, elle tourna la tête vers Carlie, plantée à l'entrée de la cuisine.

— Très bien, fit-elle. J'arrive dans une minute.

Elle changea de veste, puis elle donna rapidement quelques instructions au second de cuisine. Plus vite elle en aurait terminé avec cette corvée, et plus vite elle pourrait retourner dans sa cuisine – son sanctuaire. Là où elle pouvait s'immerger dans son travail et ne penser à rien d'autre. À *personne* d'autre.

— Par ici, cheffe, dit Carlie en la guidant vers le fond de la salle.

Charlotte la suivit, se frayant un chemin entre les tables, ralentissant au passage pour saluer quelques clients, mais sans jamais s'arrêter. Elle espérait que le client qui la réclamait ne serait pas trop bavard. À cet instant précis, elle n'était pas d'humeur à écouter d'interminables discours.

— Bonsoir, Charlotte.

Elle s'arrêta net, le souffle coupé en reconnaissant l'homme qui n'avait pas quitté ses pensées une seconde depuis une semaine. Ses jambes tremblaient. Que se passait-il ? Pourquoi Ross était-il ici ?

Elle tourna la tête vers Carlie, mais la serveuse avait déjà disparu. Ce devait être une erreur...

— C'est bien moi, dit-il en se levant, comme s'il avait lu dans ses pensées, sa haute silhouette se dressant devant elle. Lui rappelant irrésistiblement le sentiment de sécurité qu'elle éprouvait toujours dans ses bras.

Non, décida-t-elle. *Pas question de rouvrir cette page-là.*

— Que fais-tu ici, Ross ? s'enquit-elle d'une voix mal assurée.

Elle nota avec consternation que de nombreux regards se tournaient vers eux. Demain, cette petite visite serait le sujet de conversation principal de toutes les commères de la ville.

— Je suis venu pour te voir, répondit-il comme si cette explication suffisait.

Dans ses yeux d'azur, elle voyait briller une lueur de... Au fond, cela lui importait peu.

— Tu es très belle, ajouta-t-il.

— Sérieusement ? répliqua-t-elle avec humeur. Après avoir quitté la maison où vit la famille que tu prétendais désirer ? Est-ce cela que tu es venu me dire sur mon lieu de travail ? J'ignore à quel jeu tu joues, Ross, mais, moi, j'arrête.

— Il ne s'agit pas d'un jeu, mon bébé, murmura-t-il. J'ai renoncé à mon privilège d'aller et venir à ma guise dans cette maison, et j'ai préféré monter mon embuscade ici. Car il s'agit bien d'une embuscade, je le reconnais.

— Quoi ? répliqua-t-elle. Me crois-tu incapable de faire un scandale devant tous ces clients et de te faire jeter dehors ?

— J'espérais que tu ne le ferais pas, répondit-il en soupirant. Deux minutes, Charlotte. Peux-tu m'accorder deux minutes ?

Il tendit son bras d'un geste hésitant, puis il effleura délicatement sa joue du dos de sa main. Le souffle coupé, elle s'immobilisa, furieuse contre la réponse programmée de son corps, alors qu'une onde de désir la parcourait tout entière, comme si elle n'attendait que ce contact pour resurgir, plus brûlante que jamais.

Elle recula d'un pas.

Ross hocha la tête, et la flamme dans son regard s'éteignit.

— Je suis venu pour te faire des excuses et, au besoin, te supplier de me pardonner. Je sais que je ne le mérite pas, Charlotte, mais je te le demande quand même. Je suis parti pour une unique raison – j'étais terrifié de te perdre. Je suis parti avant que tu ne me le demandes, car j'étais persuadé que tu le ferais éventuellement. Dans un jour, une semaine, un mois, ou à la fin de cette année, tu me quitterais. C'est encore plus vrai maintenant que j'ai été déshérité et que je n'ai plus ni fortune ni riches relations à t'apporter.

Il réprima une grimace, avant de poursuivre :

— J'avais si peur de ne plus pouvoir me passer de toi que je me suis convaincu qu'il valait mieux mettre fin à notre relation avant de me laisser aller à croire que Ben et toi pouviez faire partie de ma vie pour toujours. Avant de tomber irrémédiablement amoureux de toi. Mais il était déjà trop tard. J'étais retombé amoureux de toi à la seconde où tu t'es approchée de cette même table, il y a quelques semaines de cela. J'étais seulement trop lâche et trop têtu pour le reconnaître.

Il baissa les yeux vers ses poings serrés, avant de poursuivre :

— J'étais si déterminé à m'accrocher au passé… au jour où tu m'as quitté, aux années que j'avais manquées avec Ben, à l'idée que tu ne m'aimais pas pour moi-même, que j'ai gâché mon futur. Et, si tu ne peux vraiment pas me pardonner, j'en assume la responsabilité et je devrai vivre avec. Mais je ne peux pas retarder davantage le moment de te dire que je t'aime, et que je n'ai jamais aimé d'autre femme que toi. Durant ces trois années, j'ai été hanté par ton souvenir. Que tu sois finalement revenue était un miracle, et je l'ai stupidement ignoré.

— Ross ! souffla-t-elle.

Muette de stupéfaction, elle ne put que le dévisager. Elle avait peur de le croire. De faire le dernier pas vers lui.

Elle était terrifiée de se retrouver de nouveau dévastée.

— Je nous ai détruits, mon bébé, dit-il d'un ton douloureux, se rapprochant lentement d'elle. Je te supplie de m'accorder une chance de réparer le mal que je t'ai fait. Laisse-moi te prouver que je suis l'homme de ta vie. Permets-moi de vous donner mon nom, à Ben et à toi. Laisse-moi vous aimer. Je n'ai pas besoin d'un héritage si je vous ai tous les deux. Vous suffisez à mon bonheur. Et j'ai besoin de toi, mon bébé.

Son orgueil aurait pu la pousser à le rejeter devant tous ces gens. Lui donner une leçon. Mais elle n'avait pas envie de le punir, car cela aurait été se punir elle-même.

Elle l'aimait.

— Ton argent ne m'a jamais intéressée, déclara-t-elle plongeant son regard au fond de ses yeux d'azur. C'était l'homme qui m'attirait… qui m'attire encore. Si tu venais à nous sans un sou, cela ne m'inquiéterait pas du tout. Ben et toi êtes tout ce qui compte pour moi. Si je vous ai auprès de moi tous les deux, j'aurai tout ce que je désire au monde.

— Bébé ! murmura-t-il.

La seconde suivante, il recueillit son ravissant visage entre ses mains, et, posant sa bouche sur la sienne, il l'embrassa avec une passion qui acheva de la priver de ce qui lui restait de raison. Puis, appuyant son front contre le sien, il ajouta d'une voix douce :

— J'ai tant de choses à te dire… Accepterais-tu de t'asseoir avec moi ? De dîner avec moi ?

— Si je le pouvais…

— Dans l'espoir que tu m'accorderais une nouvelle chance, j'ai déjà tout arrangé avec Jeremy, l'interrompit-il, effleurant ses lèvres d'un doux baiser. Tu as quartier libre, ce soir, afin de te permettre de partager un dîner romantique avec moi.

— On dirait que tu as pensé à tout, remarqua-t-elle en souriant. J'accepte avec joie.

Elle le prit par la main pour le ramener vers la table, et, lorsqu'ils furent assis, Carlie réapparut, un sourire rayonnant sur ses lèvres, et elle posa devant chacun d'eux un plat de la spécialité de la maison.

— Tu ne vas pas croire ce qui s'est passé…

Pendant leur dîner, Ross lui raconta sa confrontation avec son père et la visite surprise de sa mère. Charlotte l'écouta, sa main dans la sienne, lui expliquer qu'ils essayaient de réparer leur relation, et que Sarabeth lui avait conseillé de tout faire pour que Charlotte reste avec lui.

— J'ai une dette de gratitude envers ta mère pour ses conseils, dit-elle en caressant sa main. Je suis désolée de ne pas avoir eu l'occasion de la rencontrer.

— En réalité, elle a l'intention de revenir s'installer à Royal, annonça-t-il avec un sourire qui réchauffa le cœur de Charlotte comme un rayon de soleil. Elle a très envie de mieux connaître son nouveau petit-fils.

— C'est merveilleux, Ross !

Elle redressa le buste et prit une profonde inspiration, serrant toujours la main de Ross dans la sienne. S'ils devaient commencer une nouvelle relation, il avait le droit de connaître toute la vérité. Et ce, sans plus attendre.

— Je ne veux plus de secrets entre nous, alors, je dois t'avouer que je ne t'ai pas dit toute la vérité, concernant les raisons de mon départ, il y a trois ans.

Elle s'interrompit, le cœur serré à l'idée de lui faire mal, puis elle déclara d'un trait :

— Rusty me harcelait.

— T'a-t-il touchée ? gronda-t-il.

— Non, assura-t-elle, soulagée qu'il la croie, car, à l'époque son incrédulité était ce qu'elle avait redouté le plus.

Et elle ne l'en aima que davantage.

— Il ne m'a jamais agressée physiquement, précisa-t-elle mais il devenait très insistant, et cela me mettait mal à l'aise. D'autant plus que nous avions une liaison, toi et moi. Je savais que Rusty était un homme puissant. Je ne t'ai rien dit parce que tu aimais ton père et que votre lien était très important pour toi. Mais, si nous écrivons une nouvelle page de notre histoire, nous devons tout nous dire.

Elle ferma les yeux une seconde, puis son regard revint se river au sien, et elle chuchota :

— Pardonne-moi de t'avoir rendu responsable de tout.

— Inutile de t'excuser, mon bébé, dit-il en quittant son siège et en la faisant se lever à son tour. Ceci est notre premier jour. Le passé ne compte plus, et tu es mon avenir. J'ai besoin de toi, Charlotte Jarrett… bientôt Edmond. Je t'aime.

Portant sa grande main à ses lèvres, elle déposa un baiser dans sa paume, et, les yeux au fond des siens, elle murmura :

— Je t'aime aussi, Ross. Je t'ai toujours aimé et je t'aimerai toute ma vie.

JOANNE ROCK

Le cow-boy de ses rêves

Traduction française de
SOPHIE DABAT

PASSIONS

HARLEQUIN

Titre original :
ONE NIGHT SCANDAL

Ce roman a déjà été publié en 2021.

1

Hannah Ryder s'efforça de rassembler les derniers vestiges de sa patience pendant que le réalisateur zoomait sur elle en gros plan. Comme elle détestait cet imbécile ! Les projecteurs la faisaient transpirer – les multiples couches de maquillage recouvrant son visage n'arrangeant guère la situation – tandis que la paille rugueuse et sèche sur laquelle elle était allongée irritait sa peau nue. Elle était couchée à même le sol, au milieu d'une vieille grange transformée en studio temporaire. La scène réclamait que son personnage tombe à travers un trou percé dans la mezzanine au beau milieu d'une scène sensuelle avec un cow-boy. Heureusement, la chute avait été réalisée par une doublure. Sauf que, maintenant, Hannah devait jouer la séquence suivante, dans laquelle elle se retrouvait seule et blessée, abandonnée par son amant. Son visage était recouvert de sang artificiel et d'hématomes. En soi, elle n'avait rien contre cette scène, mais cela faisait maintenant trois heures qu'elle gisait dans cette paille qui lui faisait pleurer les yeux et lui brûlait la peau. Son maquillage devait être retouché toutes les vingt minutes pour ne pas couler, et la combinaison couleur chair qu'elle portait pour se protéger n'était en fait d'aucune utilité. Elle était entourée de chevaux, leurs sabots impatients formant un cadre à la scène, selon les plans du sadique qui dirigeait le tournage. Que se passerait-il si l'un des animaux ne supportait plus qu'une femme éternue et se roule sur le sol de son écurie ?

À deux reprises, elle avait vu une araignée – ou une autre

bestiole du même acabit – remonter le long de sa jambe nue, et une crampe lui torturait le mollet.

Elle aurait déjà abandonné le tournage si elle n'avait pas rejoint le casting dans un but bien précis : elle cherchait à prouver que le réalisateur abusait sexuellement de ses actrices et collaboratrices. Sa propre sœur que ce salaud avait agressée un an plus tôt en avait fait les frais, et elle tenait à tout prix à la venger.

L'incident avait transformé Hope, une jeune femme de dix-neuf ans alors, qui avait obtenu le poste si convoité d'assistante du célèbre Antonio Ventura, en une sorte de zombie n'éprouvant plus aucune joie de vivre. Elle travaillait à présent dans une boutique, se satisfaisant d'aiguiller les clientes vers les cabines d'essayage car il s'agissait d'un métier exclusivement féminin. Alors qu'elle était auparavant une autrice de talent, elle n'écrivait désormais plus et ne quittait son domicile que pour aller travailler. Elle sursautait au moindre bruit et pleurait tous les soirs en cachette, malgré plusieurs mois de thérapie qui ne lui avaient fait aucun bien.

Voir sa petite sœur ainsi transformée avait brisé le cœur de Hannah. Hope refusait de porter plainte, prétextant qu'elle n'avait aucune preuve de son agression et qu'elle ne voulait pas subir un procès. Après que les encouragements, la douceur, puis la pression avaient tous échoué un à un, Hannah avait tenté une nouvelle approche. Elle avait décidé de s'immiscer sur l'un des tournages d'Antonio Ventura pour voir par elle-même s'il s'attaquait à d'autres femmes.

Pour le moment, tout ce qu'elle avait réussi à découvrir, c'était que tous ceux qui travaillaient sur le tournage de *À la conquête de l'Ouest*, le dernier film du réalisateur, considéraient celui-ci comme un tyran mégalomane. Mais elle n'avait aucune preuve qu'il enfermait des jeunes femmes vulnérables dans des placards pour les attoucher comme il l'avait fait à Hope.

Le simple fait d'y repenser renforça la détermination de Hannah et la poussa à supporter la crampe qui lui torturait le mollet une minute de plus, pendant que la caméra zoomait sur son visage trempé de larmes. Elle avait été la tutrice de sa sœur depuis que celle-ci s'était installée à Los Angeles. Elles n'avaient personne.

Leur père, un procureur d'envergure, les avait abandonnées des années plus tôt, emportant la fortune familiale avec lui. Quant à leur mère, elle avait fait de son mieux pour les élever, mais sans jamais leur cacher qu'elle en aurait fini avec elles lorsque Hope aurait dix-huit ans.

Hannah se sentirait toujours responsable de sa sœur. Et elle se battrait pour elle si Hope refusait de le faire elle-même.

Dans l'écurie, un cheval renâcla et secoua la tête, son sabot piétinant les cheveux de Hannah avant de se soulever de nouveau. Hannah ne put réprimer un halètement de peur, ce qui gâcha la scène. Mais avant que le réalisateur n'ait eu le temps d'exploser de rage, un grand cow-boy aux épaules larges apparut dans son champ de vision, son ombre glissant sur le sol où Hannah était toujours allongée.

— Monsieur Ventura, je dois récupérer mes chevaux, annonça l'inconnu d'un ton qui ne souffrait aucune contradiction tandis qu'il venait se camper en face du tyran chargé des prises de vues. Maintenant.

Un murmure de stupéfaction générale parcourut l'équipe, rapidement étouffé.

Hannah s'étira dans la paille, désireuse de jeter un coup d'œil à l'homme dont l'arrivée avait détourné la colère de Ventura. Le nouveau venu s'encadrait dans les lumières, ce qui lui procura un soupçon de fraîcheur très agréable.

Elle tordit le cou pour l'observer derrière le genou d'un cheval.

Elle découvrit alors ce qui devait constituer un pur fantasme féminin : vêtu d'un jean et de bottes éculées, le cow-boy massif faisait une tête de plus que le réalisateur et ses biceps étiraient son T-shirt de coton gris tandis qu'il tendait un bras pour caresser le nez d'une de ses bêtes.

Les traits de l'homme demeuraient dans l'ombre, masqués par le Stetson noir qu'il portait, mais l'angle acéré de ses mâchoires et les mèches bouclées qui glissaient le long du col de son T-shirt suffisaient à donner envie d'en voir davantage. Pour l'instant, Hannah se contenta d'admirer la façon dont son dos large tendait le tissu de son vêtement, ainsi que ses épaules musclées et ses hanches minces.

— Vous avez gâché ma prise ! aboya Antonio Ventura en direction du nouveau venu en étrécissant les yeux. À cause de vous, je vais avoir besoin des animaux plus longtemps.

La fureur imprégnant ses mots fit glisser un filet de transpiration entre les omoplates de Hannah et rendit ses paumes moites, tandis qu'un frisson de terreur la paralysait.

— Que vous en ayez besoin ou non m'importe peu, répondit le cow-boy en saisissant les rênes de la bête la plus proche de lui. Ce ne sont pas des acteurs professionnels, par conséquent, j'ai décidé que c'était fini pour eux pour aujourd'hui.

Hannah aurait admiré n'importe quelle personne tenant tête à Ventura, mais elle prit un plaisir tout particulier à voir cet homme fort et viril remettre la brute mielleuse à sa place.

— Comme vous pouvez le constater, déclara Ventura en articulant les mots comme s'il avait affaire à un attardé, on ne leur demande pas de jouer. Ils restent au milieu de l'écurie, un point c'est tout. Je vous suggère donc d'aller consulter votre patron avant de prendre une décision qui pourrait vous coûter votre poste.

Quelle ordure ! songea Hannah. Elle composait déjà dans sa tête une lettre à l'intention du propriétaire du ranch pour voler au secours du cow-boy.

— Ma décision est prise, déclara calmement l'homme en réunissant les rênes d'un autre cheval dans sa main. Et comme nous en sommes à nous faire des suggestions, je vous conseille de vous occuper un peu mieux de vos acteurs.

Sur ces mots, il porta son regard sur Hannah qui était toujours étendue dans la paille.

— Vous avez besoin d'aide, mademoiselle ?

Ses yeux étaient bleus, d'une couleur azuréenne très claire.

Hannah eut aussitôt envie de se lever pour le serrer dans ses bras.

Sauf qu'elle ne pouvait pas se mettre à dos Antonio Ventura tant qu'elle n'avait pas réuni des preuves de son comportement criminel. Avec une pointe de regret, elle secoua la tête, un brin de paille lui piquant l'arrière du cou dans le mouvement.

— C'est bon, je vous remercie, dit-elle en esquissant un petit sourire à l'intention du cow-boy, avec l'espoir que le réalisateur serait trop occupé pour le remarquer.

Quand elle reporta son regard sur son patron, elle vit qu'il fixait son téléphone portable, sur lequel il pianotait tout en s'éloignant des caméras.

— Vous allez regretter cet acte de rébellion, marmonna-t-il entre ses dents serrées.

Autour de lui, l'équipe bourdonnait d'excitation – tous pressentaient qu'ils en avaient fini pour la journée – tandis que l'homme emmenait ses animaux hors de l'écurie. Lorsqu'il ouvrit la porte, l'air nocturne s'engouffra dans le grand espace.

Hannah le vit s'en aller, le souffle coupé, et le suivit des yeux en admirant ses longues jambes et son léger déhanché. Comme elle regrettait de ne pas avoir accepté sa proposition ! Quel effet cela lui aurait-il fait de le toucher ? D'avoir ce regard bleu posé sur elle quelques secondes de plus ?

Derrière elle, la costumière s'éclaircit la gorge.

— Euh... Hannah ?

Hannah détourna son attention de la vision enchanteresse du cow-boy et leva la tête pour voir que la jeune femme lui tendait une robe.

— Désolée, j'étais un peu distraite.

Elle adressa un sourire de connivence à la costumière tandis que l'un des assistants éteignait le projecteur le plus proche. Hannah ne voulait pas que les gens s'aperçoivent à quel point cette scène la perturbait. Ses muscles étaient noués par le stress et le fait de travailler avec l'agresseur de sa sœur la crispait autant que le fait de maintenir cette position tordue durant des heures.

— Je crois que nous l'étions tous, confirma Callie, l'habilleuse.

Sa queue-de-cheval haute se balança sur ses épaules étroites tandis qu'elle se penchait pour entourer Hannah de la couverture qu'elle tenait, la dissimulant aux regards.

— J'ai l'impression d'avoir arrêté de respirer durant un instant, reprit-elle avec un sourire.

Le parfum de vanille de Callie enveloppa Hannah comme une robe de chambre en soie. Ses irritations s'atténuèrent aussitôt, tempérées par l'air frais, la température moins élevée et la disparition du contact de la paille.

Elle était en train d'enfiler les vêtements en cuir que Callie lui avait apportés quand, de l'autre côté d'un chariot à roulettes empli de matériel électronique, une série d'injures retentit. Callie plissa le nez, et Hannah étrécit les yeux tandis que le réalisateur hurlait dans son téléphone.

Il fallait qu'elle s'éloigne, pensa Hannah, elle avait déjà passé trop de temps en compagnie de cet homme et n'avait aucune envie d'écouter sa tirade alors qu'elle avait un refuge tout près – elle bénéficiait d'un chalet privé sur le ranch de Creek Spill, à proximité du site de tournage.

— Callie, je crois que j'en ai fini pour aujourd'hui, je vais rentrer dans mon gîte, dit-elle calmement en nouant la ceinture de sa robe de chambre. Je me démaquillerai toute seule.

— Comme je te comprends, marmonna la costumière à voix basse, son regard glissant sur leur patron.

Une veine palpitait follement sur la tempe de ce dernier, et ses traits étaient contorsionnés tandis qu'il hurlait des insanités sur l'incompétence de son personnel et de la compagnie de production.

— Tiens, sers-toi de ces lingettes démaquillantes, lui proposa Callie en lui tendant une petite boîte en plastique. Tu n'as sûrement pas envie que quelqu'un croie que tu viens juste de subir un horrible accident, ajouta-t-elle en indiquant son visage.

Hannah était déjà en train de tirer un tissu de l'étui.

— Tu me sauves la vie…

Elle récupéra son sac à main derrière un des piliers de la grange puis se dirigea vers la porte, ses sandales en cuir claquant sur ses talons nus.

— Je te remercie, Callie, on se voit demain matin.

Une partie d'elle-même se demandait si elle ne devrait pas rester là un peu plus longtemps, pendant que Ventura était énervé et en colère, au cas où sa mauvaise humeur exacerberait ses tendances criminelles. Mais elle était physiquement à bout, l'esprit vidé par ces heures épuisantes. Elle avait besoin de récupérer un peu d'énergie pour le lendemain.

Elle prendrait un bon bain, ferait peut-être un peu de yoga. Le porche de sa petite cabane était doté d'un panorama superbe en pleine journée et, la nuit, elle pouvait observer les étoiles. Mais, alors qu'elle traversait le ranch pour prendre un peu de temps pour elle, une image de sa sœur, le visage baigné de larmes, s'immisça dans ses pensées.

Chez elles, Hope ne déstresserait pas, cette nuit. Et elle ne prendrait aucun plaisir à admirer la silhouette magnifique d'un cow-boy en jean.

Ses priorités lui revenant en tête, Hannah ralentit son allure pour regagner son chalet. Elle se doucherait, se changerait puis retournerait à l'écurie pour voir ce que l'ignoble Antonio mijotait. Parce que rien ne lui ferait plus plaisir que de l'envoyer derrière des barreaux.

Pas même la diversion causée par le cow-boy sexy qui l'avait sauvée du tournage d'aujourd'hui.

Impossible de chasser l'image de cette actrice de son esprit, songea Brock McNeill.

Deux heures après avoir retiré ses chevaux des griffes de cet imbécile de réalisateur qui avait fait de la vie du ranch un enfer, Brock était toujours préoccupé par la jeune femme blonde et voluptueuse qu'il avait découverte dans la paille. Quelque chose en elle l'attirait, qui allait au-delà de son physique, même si elle était superbe malgré les énormes ecchymoses qu'on avait peintes sur elle.

Alors qu'il chevauchait dans l'étroit canyon caillouteux qui le menait chez lui après une consultation tardive avec le vétérinaire, son esprit ne cessait de revenir à cette femme, au lieu de se focaliser sur la santé de sa pouliche. En tant que chef de l'élevage de chevaux et responsable du programme de développement du ranch Creek Spill, Brock savait que toute son attention aurait dû se porter sur son travail, et aujourd'hui plus que jamais. Le tournage le nécessitait. Mais le planning n'aurait pu être pire.

Les McNeill étaient en train d'affronter un véritable scandale : un maître chanteur menaçait de révéler les secrets de sa belle-mère au monde entier et avait posé un ultimatum deux jours plus tard. Toute la branche du Wyoming de la famille était en alerte, attendant le coup de grâce après avoir refusé d'accéder aux réclamations de l'escroc.

Pour compliquer encore les choses, la belle-mère de Brock se remettait à peine d'un accident de randonnée qui l'avait plongée dans le coma pile au moment où les premières lettres anonymes étaient arrivées. C'était un vrai bazar.

Brock devait protéger les siens. En tant que benjamin de la fratrie – il était né après les jumeaux Carson et Cody –, Brock avait toujours été un électron libre. Dans une telle famille, il n'avait eu aucune difficulté à faire profil bas, mais l'heure était désormais venue pour lui de passer au premier plan et de faire ses preuves tandis que ses frères devaient se concentrer sur leurs proches. D'autant que ses demi-sœurs étaient particulièrement vulnérables parce que le maître chanteur avait sous-entendu que le mariage de leur mère avec Donovan McNeill était invalide. Brock devait être présent pour son père, sa belle-mère et ses demi-sœurs.

Voilà pourquoi il ne devait surtout pas perdre son temps et son énergie à songer à cette beauté dans la paille de son écurie. Fréquenter une actrice ne ferait qu'attirer davantage l'attention sur sa famille alors qu'ils devaient rester discrets. Le fait que sa sœur Scarlett se soit retrouvée dans les tabloïds après être sortie avec l'un des acteurs principaux du film leur faisait déjà une assez mauvaise publicité. De surcroît, penser autant à cette inconnue était une aberration compte tenu du fait qu'il ne l'avait vue qu'une demi-heure, pas plus. Il avait été présent sur le tournage parce que la personne chargée de ramener les chevaux au bercail n'était pas revenue. Brock n'appréciait pas que l'on abuse de sa générosité avec les animaux, aussi avait-il décidé de recadrer Antonio Ventura lui-même. Et il s'était retrouvé distrait par cette femme au visage couvert de larmes qui avaient l'air bien réelles.

Ce n'était que du cinéma, évidemment. Il le savait. Mais ces pleurs l'avaient beaucoup touché : la douleur dans les yeux de la jeune femme avait été si convaincante qu'il avait eu du mal à détourner le regard. Qu'est-ce qui pouvait motiver une femme à accepter un travail aussi difficile, émotionnellement parlant ? Parce que, que ce soit pour la scène ou non, de tels pleurs n'étaient pas artificiels. Ils venaient d'un endroit profond de l'âme, et en être le témoin avait paru à Brock presque… intime.

Peut-être n'était-ce que ça. Sauf que l'étrangère lui avait souri.

Un léger mouvement des lèvres quand leurs yeux s'étaient croisés, et il y avait eu…

Un éblouissement de chaleur.

Il aurait pu jurer d'après l'expression de son regard qu'il n'avait pas été le seul à ressentir cette connexion.

Brock décida de retourner à la grange isolée afin de vérifier que le réalisateur avait bien libéré l'actrice. Parce que si lui avait réussi à récupérer ses chevaux, il n'avait pas eu la satisfaction de voir la jeune femme blonde s'éloigner de son rôle difficile. Il aurait préféré soulever des bottes de foin toute la journée plutôt que de passer une heure assis dans la paille, à demi nu, comme elle l'avait fait. Surtout cette paille sèche et rêche que le réalisateur avait répandue partout au sol. Brock avait l'impression qu'un tapis clouté aurait été plus confortable.

Il tira sur les rênes de son cheval en arrivant devant la vieille grange désaffectée. Il pouvait d'ores et déjà constater que l'équipe était partie, car les lumières étaient plus basses. Ce qui était très bien, puisqu'il aurait été en droit, en tant que copropriétaire du domaine McNeill, de mettre un terme au tournage si les protocoles de sécurité n'étaient pas respectés, clause que son frère Carson avait eu l'intelligence de réclamer dans le contrat signé avec la compagnie de production. Car travailler dans une grange en bois avec des lumières en surchauffe et de la paille sèche susceptible de prendre feu faisait partie des pires risques.

Les portes étaient ouvertes, néanmoins, invitant ours et autres animaux à entrer. Quelqu'un avait dû oublier de les fermer pour la nuit. Une fois descendu de sa jument, Brock lui flatta l'encolure avant de lâcher les rênes et de pénétrer dans la grange.

Une ombre se détacha de derrière un pilier.

Une ombre… aux courbes affriolantes.

Brock reconnut aussitôt la silhouette, ce qui n'était pas une mince affaire étant donné qu'elle était couverte de paille la dernière fois qu'il l'avait vue. Apparemment, son imagination avait fait du beau travail pour combler les vides en ce qui concernait le corps de la jeune femme.

Elle portait un legging noir et un T-shirt de la même couleur. Ses cheveux blond platine étaient rassemblés sous une casquette au logo d'un club de football américain de la côte ouest. Son visage étant dépourvu de maquillage, il pouvait mieux voir ses traits. Les longs cils qui ornaient ses yeux. Les taches de rousseur sur son nez. Puis l'angle têtu de son menton lorsqu'elle le repéra dans l'encadrement de la double porte.

— J'espère que vous ne travaillez plus, vu l'heure, dit Brock avec un sourire, dans l'espoir de la rassurer, puisqu'elle était seule. Je suis revenu vérifier que le réalisateur avait compris qu'il était temps de vous libérer.

Elle passa d'un pied sur l'autre. Était-elle mal à l'aise ?

Il fit un pas de côté pour s'appuyer contre l'encadrement de la porte, lui laissant assez d'espace au cas où elle voudrait s'en aller.

Elle croisa les bras sur sa poitrine et se campa sur place.

— Moi aussi, prétendit-elle, même si la façon dont elle prononça ces mots lui fit se demander si elle ne lui mentait pas. Je suis partie du tournage juste après vous, mais le réalisateur était dans une telle colère que je suis revenue parce que je voulais m'assurer qu'il n'était pas en train de...

Elle prit une profonde inspiration, expira lentement puis recommença, comme si elle se forçait à se détendre.

— Je voulais m'assurer qu'il ne maltraitait personne sur le tournage, poursuivit-elle.

Sa formulation hésitante semblait artificielle, se dit Brock. Elle lui cachait quelque chose, et il n'avait pas besoin d'être un génie pour comprendre qu'elle était mal à l'aise. Peut-être s'était-il trompé à propos de leur attirance tout à l'heure, peut-être n'avait-elle existé que dans sa tête.

— Cela ferait de lui quelqu'un d'encore plus vil que je ne l'imaginais, dit-il en s'apprêtant à partir.

Il se redressa et se préparait à souhaiter bonne nuit à la jeune actrice quand son rire résonna dans la grange.

Un rire sincère, communicatif, qui lui fit l'effet d'une véritable mélodie.

Une partie de sa nervosité se dissipa instantanément.

— C'est le cas, je vous l'assure.

Elle fit un pas vers lui, un sourire illuminant son visage, le faisant passer de joli à tout simplement époustouflant.

— Au fait, je m'appelle Hannah Ryder.

Elle lui tendit la main. Un frisson d'anticipation le parcourut à l'idée de la toucher.

— Brock. Ravi de faire votre connaissance.

Il referma les doigts autour des siens.

Sa main s'attarda un instant de trop, juste assez pour qu'elle le remarque. Ses pupilles se dilatèrent, et elle inspira brusquement, confirmant ce qu'il avait soupçonné.

Elle était attirée par lui. Il y avait quelque chose de sensuel entre eux, qui couvait sous la surface. Puis il relâcha sa main. Il n'avait pas mentionné son nom de famille, pour éviter l'intérêt que sa famille connue et fortunée suscitait en général. Brock avait déjà vécu ça, ne se rendant pas compte que certaines femmes ne l'avaient fréquenté que pour ses relations et le mode de vie des McNeill, du moins les autres membres de sa famille. Pour sa part, il préférait le dur travail du ranch au monde de la jet-set, même si son milliardaire de grand-père possédait des hôtels cinq étoiles aux quatre coins du globe. Hannah Ryder tripota la manche longue de son T-shirt, la ramenant sur une main, mais pas avant qu'il n'y ait remarqué une bague argentée représentant le signe de l'infini.

— Je n'ai pas eu le temps de vous remercier pour tout à l'heure. Vous avez fait votre entrée au bon moment.

Sa voix était légèrement rauque, ce qui lui conférait une tonalité envoûtante, aussi liquoreuse qu'un verre de whisky. Elle faisait environ une tête de moins que lui, peut-être un peu plus. Vêtue de la sorte, tout en noir et avec une casquette, elle donnait l'impression qu'elle ne voulait pas qu'on la reconnaisse. Peut-être la plupart des acteurs s'habillaient-ils ainsi quand ils ne travaillaient pas. En tout cas, elle n'avait rien d'une diva.

— Je suis désolé de ne pas être intervenu plus tôt, mon cheval vous a piétiné les cheveux...

Après avoir assisté à ça, il avait agi au plus vite, conscient que les animaux étaient nerveux. Un frisson de terreur l'avait parcouru en voyant leurs sabots ferrés si près du crâne de Hannah.

— Vous n'avez quasiment pas réagi...

Elle haussa les épaules et secoua la tête.

— Cela a suffi pour ruiner la scène. Chaque fois que je baisse un peu la garde, c'est ma faute si toute l'équipe se retrouve coincée sur le tournage une heure de plus.

— Est-ce toujours comme ça ?

Il s'aperçut que, sous la visière de sa casquette, elle avait les yeux gris.

Elle sentait bon, un mélange de savon et de fleurs sauvages. Il avait perçu une bribe de son parfum quand elle avait joué avec la manche de son T-shirt et que le tissu avait frotté contre sa peau.

— Pas du tout. D'habitude, mon métier est plutôt sympa, mais ce film m'a fait comprendre à quel point le caractère du réalisateur peut influer sur l'ambiance du tournage...

Brock aurait voulu lui poser d'autres questions, mais il supposa qu'elle devait être fatiguée après sa longue journée.

— Eh bien, pour ce que ça vaut, je vous ai trouvée fabuleuse, tout à l'heure.

Il n'exagérait pas, pas plus qu'il ne la flattait. C'était vrai, elle était douée.

— En fait, c'est parce que j'étais trop absorbé par votre performance que je ne suis pas intervenu plus tôt.

Elle rit de nouveau.

— Dans ce cas, je n'ai personne d'autre que moi à blâmer pour m'être fait piétiner les cheveux ! Prétendez-vous que si j'avais été plus mauvaise actrice, vous seriez venu à mon secours plus vite ?

Ses yeux gris pétillaient de malice. Elle le provoquait, elle flirtait.

Ce n'était pas un jeu auquel Brock avait souvent joué.

Il laissa ce feu nouveau se propager en lui, étonné de constater que cette inconnue pouvait susciter en lui un tel degré de chaleur. Que possédait-elle qui l'attirait autant ?

— Ce que je voulais dire, Hannah Ryder, c'est que vous n'êtes pas une femme dont on détourne facilement les yeux.

L'air qui les séparait changea, se réchauffa.

Il lut de la confusion dans le regard de Hannah, ainsi que de la surprise. Un panel d'émotions se diffusa sur ses traits.

Il en identifia une, parce qu'il la ressentait aussi. Du désir.

Il palpitait dans l'air comme un battement de cœur. Durant un instant, il crut que Hannah allait faire un pas vers lui. Mais soudain, au-dehors, sa jument poussa un hennissement et brisa le sortilège qui se nouait entre eux.

— Je ferais mieux d'y aller, dit Hannah en baissant le visage avant de passer devant lui.

Elle sortit de la grange et s'enfonça dans la nuit.

Brock la regarda s'éloigner, l'air frais du soir dissipant les vestiges de la flamme qui avait brûlé entre eux. Il prit son temps pour sortir et, lorsqu'il le fit, il vit la silhouette de la jeune femme se découper dans la pénombre, baignée par le clair de lune.

Elle lui tournait le dos, aussi put-il voir l'image qu'elle avait affichée sur son téléphone.

C'était une carte du ranch, avec l'itinéraire menant à son chalet.

Brock ferma les yeux plusieurs secondes, sachant qu'il ne pouvait pas la laisser effectuer ce long trajet dans les ténèbres toute seule. Il aurait refusé que ses propres sœurs traversent ainsi la forêt à pied de nuit, alors qu'elles avaient été élevées ici et en connaissaient tous les pièges. Que savait une visiteuse de la côte ouest des dangers potentiels du Wyoming ?

Il s'efforça de chasser son attirance pour cette femme et se rapprocha d'elle pour lui faire une offre qui allait balayer toutes ses bonnes résolutions.

— Que diriez-vous si je vous proposais de vous ramener chez vous ?

2

Le timbre grave de la voix de Brock s'insinua en Hannah, la réchauffant de l'intérieur et faisant naître un frisson de désir sur sa peau.

Voulait-elle qu'il la raccompagne ?

Son subconscient allait sacrément s'amuser avec cette image dans ses rêves, cette nuit... Mais, pour l'instant, elle devait cesser de fantasmer à propos de Brock, le cow-boy sexy dont la voix et le regard suffisaient à la bouleverser.

Ses jambes tremblaient encore à la suite de leur tête-à-tête dans la grange. Certes, elle avait eu des relations dans le passé, il y avait eu des hommes qu'elle avait aimés, mais aucun d'eux ne lui avait jamais fait un tel effet. Elle déglutit avec difficulté et s'efforça de recouvrer ses esprits alors qu'elle faisait demi-tour, sur le point de refuser son offre.

— Je vous remercie, mais ça ne me gêne pas de marcher, dit-elle une voix qui lui parut essoufflée. De toute façon, j'ai besoin de prendre l'air.

Elle avait également besoin de changer de libido. D'en trouver une qui ne serait pas aussi sensible à ce grand cow-boy musclé. Ce devait être à cause de tout ce stress qu'elle ressentait. Elle s'était focalisée sur une distraction agréable et, maintenant, elle ne parvenait pas à penser à autre chose.

Brock croisa les bras sur son torse impressionnant. Dieu que ses bras étaient appétissants ! Elle avait envie de caresser ses biceps et de remonter jusqu'à ses épaules mais, au lieu de cela, elle se força à fourrer ses mains dans les poches de son pantalon, où elle avait déjà rangé son téléphone.

— Je suis sûr que vous en êtes capable, reconnut-il. Après tout, vous êtes déjà revenue ici en pleine nuit, même si la lune était plus haute et vous éclairait mieux.

Elle avait déjà réfléchi à ce point depuis son premier trajet. La nuit dans cette partie du Wyoming n'avait rien à voir avec celle du sud de la Californie. Ici, il n'y avait pas de lampadaires, juste le noir et les étoiles.

— J'ai mon portable, riposta-t-elle, même si elle commençait à se demander quel genre de bestioles pouvait errer dans les profondeurs nocturnes de cette nature sauvage qui entourait le ranch.

Elle avait entendu des loups – à moins que ce ne soit des coyotes – aboyer et hurler au loin.

— Le chalet où je séjourne est juste à côté, reprit-elle.

Elle désigna sa direction approximative et tenta de distinguer l'ébauche d'une piste dans les herbes hautes.

— Je ne suis pas sûr que téléphoner à quiconque vous sera d'une grande aide si vous croisez un ours. Ou un élan. Ou je ne sais quel autre animal qui sera surpris de vous trouver sur sa route.

Elle ne voulait pas se montrer déraisonnable, aussi, en dépit de l'attirance incontrôlable, qu'elle éprouvait pour cet homme, se rendit-elle compte que la meilleure chose à faire était d'accepter sa proposition et de rentrer chez elle le plus vite possible.

Ensuite, elle chasserait cette rencontre de son esprit.

— Votre pick-up est à proximité ? lui demanda-t-elle en jetant un coup d'œil autour de la grange.

Durant le tournage, elle avait remarqué plusieurs voiturettes de golf et deux camions garés là.

Un sourire se dessina sur la bouche virile du cow-boy. Il hocha la tête, décroisa les bras et se dirigea vers elle, juste assez pour qu'elle puisse sentir la chaleur de son corps et que leurs manches se frôlent.

— Mon cheval est juste là.

— Votre... cheval ?

Son estomac se noua.

Pas par peur de monter à cheval, mais à l'idée que cela impliquait une proximité qui...

Un frisson parcourut sa peau à l'idée de le toucher. Quelque chose dans son esprit lui souffla que c'était une très, très mauvaise idée.

— Je...

Même sa voix n'était pas assurée. Elle s'humidifia les lèvres, la gorge sèche, et essaya à nouveau de parler.

— Je ne suis pas sûre que...

— Tout va bien se passer, lui promit-il en tendant une main vers elle tandis qu'il se postait à côté d'un cheval noir à la robe luisante. Je vais vous aider.

Il souleva l'étrier pour qu'elle le voie mieux.

— Mettez un pied dans l'étrier, et vous serez de retour à votre chalet en moins de temps qu'il n'en faut pour le dire.

Le cœur de Hannah se mit à battre la chamade. Mais atermoyer ne la ramènerait pas chez elle plus vite. Elle s'efforça de demeurer calme et posa sa tennis dans l'étrier.

Avec rapidité et efficacité, Brock la souleva pour l'aider à se mettre en selle, sans laisser ses doigts s'attarder. Mais il aurait aussi bien pu lui faire un massage tant sa peau réagit à son contact. Sa cuisse la picotait, sa taille la brûlait, sa...

Elle avait envie de sentir de nouveau ses mains sur elle. Avant qu'elle n'ait pu recouvrer son calme ou reprendre ses esprits, Brock sauta en selle derrière elle, et elle se retrouva adossée contre lui. Les hanches de Brock se calèrent contre son bassin, ses cuisses fermes s'appuyèrent contre les siennes.

Il n'y avait plus d'espace entre eux, plus de distance... et c'était tellement bon qu'elle n'aurait pu articuler un mot si elle l'avait désiré. Quoi qu'il en soit, elle savait qu'elle n'aurait pas dû savourer autant cet instant.

Mais elle n'avait plus aucune chance de protester alors que le bras de Brock s'enroulait autour de sa taille, ses mains la serrant contre lui tandis qu'il faisait avancer son cheval. Hannah réprima un hoquet de stupéfaction lorsqu'elle sentit leurs deux corps se mettre à bouger à l'unisson, synchronisés, se frottant l'un contre l'autre.

C'était l'expérience la plus érotique de sa vie, alors qu'elle se trouvait en présence d'un quasi-inconnu ! Elle avait une conscience aiguë de sa présence derrière elle et elle ferma les yeux pour tenter de la dissiper. Mais lorsque son esprit se mit à fourmiller d'une multitude de détails encore plus suggestifs, elle comprit que même cela se révélait dangereux. Le parfum de Brock, un mélange de cuir et d'après-rasage pour homme, l'enveloppait, sa chaleur la réchauffant dans cette nuit d'été qui s'était refroidie étonnamment vite après le coucher du soleil.

Elle avait envie de se tourner pour voir son visage, pour lire l'expression de ses traits, mais les paumes du cow-boy étaient appuyées contre son ventre, ses doigts traçant un sillon de feu tout contre ses hanches. La barrière de son legging représentait une bien maigre protection contre cette incroyable sensation.

Elle ignorait comment elle ferait pour s'éloigner de lui après cette chevauchée. En fait, elle ignorait même comment elle pourrait le regarder dans les yeux après ça. Ce moment partagé était si... sensuel.

Son cœur se mit à battre plus vite que le crépitement des sabots du cheval. Elle se dit que c'était à cause du stress qu'elle subissait en ce moment. La tension de voir sa sœur souffrir sans rien pouvoir y faire. La pression insupportable de travailler pour un homme qu'elle méprisait afin de réunir des preuves de ses agissements.

Toute cette anxiété l'avait poussée dans ses derniers retranchements, la vidant de toute sa volonté. Brock était entré par effraction dans son monde, avait remis Ventura le tyran à sa place, et Hannah avait été intriguée, curieuse... attirée.

Et maintenant la chevauchée lui faisait ressentir des besoins qu'elle réprimait d'habitude. Des désirs qu'elle ignorait en général sans difficulté, ne se les autorisant que lors de relations spécifiquement cadrées.

Cette fois, pourtant, elle se sentait incapable de résister. Brock l'embrasait comme aucun homme avant lui, comme si la plus subtile pression de ses mains risquait de déclencher un tsunami de passion qui la submergerait.

Soudain, son chalet apparut devant eux, la petite lumière du plafonnier grossissant au fur et à mesure qu'ils s'approchaient de la frêle bâtisse. Elle se concentra dessus comme si c'était un phare dans la tempête, lui soufflant que ce torrent de sensualité disparaîtrait lorsqu'elle arriverait.

Quand Brock se pencha un peu en arrière, arrêtant son cheval, Hannah se prépara à la fin de ce sortilège. Mais même lorsqu'il descendit de selle, ses terminaisons nerveuses continuèrent à éprouver ce flot de désir et d'anticipation.

Elle lui jeta un coup d'œil et croisa son regard, ce qui ne fit qu'accentuer la chaleur entre eux. Il tendit les mains pour l'aider à descendre de cheval, prêt à la soutenir. Et elle tomba dans ses bras. Sans réfléchir, sans l'avoir prévu. Elle glissa, et son corps se fondit contre le sien comme si rien n'était plus naturel. Soudain, elle se retrouva contre lui, accrochée à son cou, à l'embrasser.

Ses lèvres se collèrent à celles du cow-boy, ses bras s'enroulèrent autour de son dos et de sa taille. Durant une seconde, elle resta suspendue dans le vide, sa poitrine pressée contre celle de Brock. Des flammes parcoururent sa peau tandis que leurs bouches se soudaient l'une à l'autre et que leurs langues s'entremêlaient. Un désir ardent et instinctif s'empara d'elle, une avidité d'en avoir plus, encore plus.

Quand il la posa par terre, il recula d'un pas pour la considérer, le souffle court.

Elle savait qu'il avait eu raison de s'écarter d'elle, de briser ce contact fascinant et de leur donner un instant pour réfléchir à ce qui venait de se passer mais, là, dans ces ténèbres profondes, avec uniquement le cheval et le vent comme témoins, elle n'avait aucune envie de se priver de ce festin des sens, cette connexion, ce plaisir intense qu'elle n'avait jamais ressenti. Peut-être était-ce le noir profond qui conférait ce côté irréel à la nuit, comme un rêve dont elle ne voulait pas se réveiller.

Tout ce qu'elle savait, en tout cas, c'était que son corps était attiré par celui de Brock comme un aimant par un autre, plus puissant.

Un gémissement monta dans la gorge du cow-boy alors qu'elle trouvait ses lèvres et l'embrassait de nouveau. Brock enroula ses mains autour d'elle, cette fois avec plus de vigueur et de désir. Elle pouvait sentir la différence à la façon dont il la touchait.

— Hannah, vous êtes sûre ? souffla-t-il contre sa bouche.

— Affirmatif, répondit-elle en agrippant ses biceps, brûlant de l'attirer à l'intérieur du chalet où elle pourrait lui ôter ses vêtements.

Elle se redressa et sortit de sa poche la carte électronique qui ouvrait la porte d'entrée. Elle avait les doigts qui tremblaient lorsqu'elle l'inséra dans le lecteur.

— Je n'ai pas de protection sur moi, mais ma maison est juste de l'autre côté de la forêt.

— Moi, j'en ai, rétorqua-t-elle.

C'était une vieille habitude qu'elle avait prise et qui lui avait été inspirée par la grossesse d'une amie à l'université. Ce qui était une bonne chose, parce qu'elle n'avait aucune envie d'attendre qu'il fasse l'aller-retour chez lui.

Alors qu'elle ouvrait la porte, elle sut, en franchissant le seuil, qu'elle avait atteint le point de non-retour. Mais elle n'avait aucun doute quant à son choix. C'était un instant de plaisir dans une année infernale. Tout ce qu'elle ressentait à présent n'était que faim et désir, l'envie qui la dévorait, plus forte que tout ce qu'elle avait jamais éprouvé. Son regard croisa celui de Brock dans le faible éclairage des deux appliques de fer forgé qui encadraient le manteau de la cheminée.

Elle tendit la main vers lui et entrelaça ses doigts aux siens.

— S'il te plaît, viens...

Quelque chose s'était produit durant cette chevauchée à deux, comme si quelqu'un avait appuyé sur un interrupteur. Un feu s'était allumé, et il n'y avait plus aucun moyen de l'éteindre.

Brock songea qu'il avait offert à Hannah toutes les issues possibles et imaginables, toutes les occasions de changer d'avis. Et elle avait refusé. Il ne pouvait pas lutter à la fois contre son propre désir et celui de la jeune actrice, pas alors qu'il avait eu envie d'elle dès l'instant où il l'avait vue. Pas alors que le stress d'être un McNeill était à son maximum depuis si longtemps. Il avait l'impression que le monde entier était sur le point de s'effondrer.

Comment pouvait-il se refuser une nuit de bonheur alors qu'il pouvait se perdre dans les délices que Hannah lui promettait ?

C'est pourquoi, lorsqu'il entra dans le petit chalet, il ferma la porte derrière lui et la verrouilla. Il s'accorda un instant pour calmer ses envies, ne serait-ce que pour faire en sorte qu'ils atteignent un lit au lieu de s'arracher leurs vêtements et de finir en plein milieu du séjour.

Mais Hannah ne l'entendait pas de cette oreille. Avec la même certitude qu'elle avait affichée en descendant de cheval pour tomber dans ses bras, elle se dirigea vers lui, enroula les mains autour de son cou et se pressa contre lui. Cette fois, il ne se refréna pas, s'autorisant à ressentir le plein impact de ses courbes douces contre lui, exerçant leur magie sur sa peau.

Hannah tissait autour de lui un sortilège extrêmement puissant, totalement envoûtant.

L'alchimie entre eux était intense, la chaleur si forte qu'il avait l'impression qu'ils pourraient entrer en combustion spontanée à la moindre seconde. Il posa la main sur sa joue, inclinant son menton pour pouvoir la savourer à son gré. Elle repoussa son Stetson en arrière, l'accrochant au dossier d'une chaise près de la porte. Sa casquette à elle était déjà tombée, et ses longs cheveux blonds cascadaient en vagues souples sur ses épaules et dans son dos, chatouillant ses bras et effleurant sa peau.

Il la fit reculer en direction du couloir sombre menant aux chambres. Il avait participé à la construction de ce chalet avec ses frères, quelques années plus tôt, qui faisait désormais office de résidence pour les invités. Hannah se laissa conduire, bougeant avec lui, s'arrêtant près du comptoir de la cuisine le temps de récupérer un sac à main en cuir sur le bar. Elle le passa à son épaule et se dirigea vers la chambre.

Brock appuya sur l'interrupteur près de l'entrée, allumant une petite cheminée à gaz sur le mur opposé au lit, les flammes basses constituant la seule lumière de la pièce tandis qu'il refermait la porte d'un coup de pied. Hannah avait déjà ôté son T-shirt et la vision de sa peau crémeuse, de ses seins drapés de dentelle bleue, faillit l'achever.

Le cœur battant la chamade, il tendit les bras vers elle, brûlant d'envie de la toucher. Sa peau était incroyablement douce et, tandis qu'il l'attirait à lui, son parfum – une fragrance entêtante comme de la fleur d'oranger – attisa son désir de la savourer. Il l'embrassa dans le cou puis descendit le long de sa clavicule, lui mordillant l'épaule et le lobe de l'oreille.

Elle agrippa l'ourlet de son T-shirt et le remonta sur son torse, puis par-dessus sa tête. Le rythme était trop rapide au goût de Brock, mais il avait tellement faim d'elle qu'il n'avait aucune envie de ralentir alors qu'ils se déshabillaient, se goûtant et se touchant avec avidité. À la lueur de l'âtre, la peau laiteuse de Hannah était rosée, ses cheveux passant de blond platine à dorés dans son dos. Il passa un bras sous la bretelle de son soutien-gorge et la fit glisser sur son épaule, retraçant le motif de la dentelle avant d'enlever le tissu.

Elle se cambra contre lui, ses tétons réclamant à être goûtés. Il se pencha pour en prendre un entre ses lèvres et le lécha, avant de passer à l'autre et de le mordiller, tout en défaisant l'agrafe de son soutien-gorge pour libérer ses seins et les saisir. Elle poussa une plainte sensuelle qui lui fit l'effet d'un chant de sirène.

— Encore, s'il te plaît, gémit-elle, une main posée sur sa ceinture, son index traçant un sillon de feu à la lisière du cuir. Elle effleura ses abdominaux, et il sentit son érection réagir aussitôt.

Toute velléité de modération disparut soudain en lui.

Hannah saisit un paquet de préservatifs dans son sac et le posa sur le lit. Il lui jeta un coup d'œil avant de l'aider à défaire sa ceinture. Un instant plus tard, son pantalon, ses bottes et son boxer disparurent.

Ce fut encore plus rapide pour elle, car elle avait ôté son legging tandis qu'elle le regardait se déshabiller avec une attention toute flatteuse.

Brock la souleva dans ses bras, lui enleva sa culotte en dentelle bleue avant de la déposer sur le duvet blanc avec lui. Elle émit des gémissements doux et envoûtants alors qu'elle plongeait ses doigts dans ses cheveux et l'attirait à elle pour l'embrasser. Des ombres projetées par le feu de cheminée les entouraient, faisant disparaître le reste du monde autour d'eux.

Brock n'avait jamais couché aussi vite avec une femme.

Il n'avait jamais imaginé qu'il connaîtrait un jour une nuit submergée de désir, où la faim sensuelle dissiperait en lui tout vestige de raison dans un appétit prédateur. Mais Hannah était à sa place, avec lui, ses doigts glissant le long de son torse, puis remontant sur ses bras. Tout en elle appelait à l'assouvissement, à l'accomplissement, alors qu'elle l'encourageait à la caresser, à l'embrasser, à la goûter.

Il brûlait de la posséder.

Quand elle déposa le paquet de préservatifs dans sa main, il l'ouvrit avec avidité. Il avait à la fois hâte et envie de faire durer le plaisir, de voir comment elle réagirait lorsque la passion l'emporterait.

Mais ce qu'il y avait entre eux, quoi que ce soit, dépassait le simple désir. C'était une fièvre qui rugissait plus vite et plus fort à chaque instant.

Il déroula le préservatif sur son sexe et croisa le regard de Hannah. Ses yeux gris le surveillaient, et elle écarta les lèvres pour inspirer par à-coups. Il captura sa bouche, l'embrassant tout en se positionnant entre ses cuisses. Puis il se fraya un chemin en elle.

Il avala son cri de plaisir avec sa bouche, jusqu'à ce qu'elle se cambre contre lui pour l'accueillir plus profondément en elle. Les ongles de la jeune femme s'enfoncèrent dans les épaules de Brock, et elle se raidit contre lui. Quand il commença à bouger en elle, ses pieds remontèrent le long de ses jambes, puis encore plus haut, jusqu'à ce qu'elle croise les chevilles sur ses reins, l'attirant encore plus loin en elle. Il empoigna ses cuisses et la serra contre lui, perdant presque connaissance tellement les sensations étaient délicieuses.

Il attendit un instant dans l'espoir de ralentir, de tempérer son désir, mais Hannah poussa alors un soupir dans son oreille puis en mordit le lobe et lécha son cou juste au-dessous. Ce simple geste brisa toutes les limites en lui. Il glissa une main entre eux pour la caresser, lui arrachant un cri.

Il éprouvait la même tension. Elle secouait la tête, son corps raidi de plaisir, et il l'embrassa de nouveau, prenant ses lèvres alors que l'orgasme culminait en elle.

À son tour, il émit un cri de jouissance, tandis qu'elle gémissait, leurs voix se faisant écho en une symphonie merveilleuse.

Et tout ça avec une femme qu'il connaissait à peine.

Cette prise de conscience se fraya un chemin dans son esprit alors qu'il haletait, la raison revenant en lui. Néanmoins, le fait qu'ils ne se connaissent pas très bien n'enlevait rien au plaisir qu'ils venaient de vivre ensemble. Cet instant avait été puissant, mémorable, passionné.

Incroyable, fabuleux et exceptionnel, même si c'était de la folie pure.

Brock se laissa tomber sur le matelas à côté d'elle, faisant rouler Hannah sur le flanc pour qu'ils se retrouvent côte à côte, avant de remonter le duvet sur leurs deux corps étendus.

— C'est la chose la plus folle que j'aie jamais faite, dit-elle d'une voix alanguie par le plaisir et l'émerveillement, un soupçon de sourire sur les lèvres. Et dire que je ne connais même pas ton nom de famille !

Un pincement de suspicion s'empara de lui et le crispa. Il l'avait dissimulé de façon volontaire, bien sûr, mais cela n'avait plus la moindre importance à présent. La jeune actrice n'avait de toute évidence pas tenté de se rapprocher de lui parce qu'il était un McNeill, au moins, ça, c'était clair. De plus, étant une artiste, elle devait avoir son propre chemin tout tracé vers la célébrité et la fortune.

— C'est McNeill, marmonna-t-il en la scrutant, caressant une longue mèche blonde qui s'était égarée sur sa joue. Brock McNeill.

Quelque chose joua dans les yeux de Hannah, comme un éclair de reconnaissance. Mais ce n'était pas l'éclat spéculateur et avide qu'il avait parfois perçu au fil des ans.

Non, il aurait pu jurer que Hannah Ryder s'était raidie et écartée de lui. De façon infime, certes, avant de se figer.

Comme si le nom avait signifié quelque chose pour elle, et pas de manière positive.

Il avait envie de lui demander de quoi il s'agissait, ou du moins de lui parler et de tirer au clair ce malentendu, mais elle s'éloignait déjà de lui.

— Je suis désolée, dit-elle en secouant la tête. Et très embarrassée.

Mais je viens de me rappeler que je dois me lever tôt demain matin, j'attends un coup de fil.

Elle se glissa hors du duvet et posa les pieds par terre.

— J'ignore ce à quoi je pensais. Mais bon, j'imagine que c'est tout le principe : je ne réfléchissais pas.

Peut-être sa réaction n'avait-elle rien à voir avec son nom, peut-être éprouvait-elle juste le malaise du lendemain – bien trop tôt, cependant. Cela, au moins, Brock pouvait le comprendre. L'attirance entre eux l'avait également pris au dépourvu, comme une tornade, le submergeant avec une féroce intensité.

Il posa une main sur son épaule.

— Je me sauve dans une minute, lui promit-il. Tout va bien ?

— Oui, ça va, confirma-t-elle en évitant son regard. C'est juste que… tout ceci est très bizarre, non ?

Elle récupéra son T-shirt et l'enfila, le tissu noir la couvrant jusqu'aux cuisses.

— Tu serais d'accord pour qu'on en parle demain, quand j'aurai de nouveau la tête sur les épaules ? reprit-elle.

Quelque chose n'allait vraiment pas, songea-t-il.

Il ne savait pas quoi, mais il n'était pas sûr que s'attarder ici alors que Hannah paraissait si agitée apporterait quelque chose de positif. Il le comprenait. Et elle n'était pas la seule à être bouleversée par ce qui venait de se passer. Brock aurait seulement aimé être certain que ce qui la perturbait était la vitesse à laquelle la situation avait basculé entre eux, et pas quelque chose en lien avec son nom de famille. Les McNeill avaient déjà bien assez de soucis comme cela.

— Bien sûr.

Il hocha la tête, récupéra ses vêtements éparpillés par terre et se rhabilla.

— Je viendrai demain soir, et nous pourrons en discuter.

Elle ouvrit la bouche puis la referma. Elle acquiesça, tira un caftan posé sur le bord du lit et s'enroula dedans.

— Volontiers, dit-elle en serrant le tissu autour d'elle. Et… Euh… Merci de m'avoir raccompagnée.

Il ne put s'empêcher de laisser échapper un petit rire, puis il enfila ses bottes.

— En tout cas, j'espère bien que la chevauchée ne sera pas ton souvenir le plus mémorable de ce soir.

Il se pencha vers elle, déposa un baiser sur sa joue, sans vouloir plus que lui rappeler que ce qui venait de se passer n'avait pas été qu'une aventure sans sentiments. Mais il comprenait les nécessités des coups de fil matinaux.

— Nous en parlerons davantage demain. Bonne nuit, Hannah, conclut-il.

Il sortit de la chambre, récupéra son chapeau dans le fauteuil et le posa sur sa tête avant de quitter le chalet. Si Hannah lui cachait quelque chose - si toutefois elle avait quelque chose contre les McNeill -, il avait la ferme intention de le découvrir.

3

Hannah savait qu'elle ne pouvait pas se cacher de Brock McNeill, mais elle s'aperçut néanmoins que l'absence de celui-ci la perturbait lorsqu'il n'apparut pas au petit matin. Comment la nuit la plus magique de toute sa vie avait-elle pu tourner si mal ?

Le cow-boy sexy qui l'avait bouleversée était un McNeill...

Assise dans le siège pliant de la maquilleuse sous une tente érigée près de la grange où elle avait joué la veille, Hannah s'efforçait – sans succès – de lire un script pour ne plus penser à Brock. Elle tenta de s'installer plus confortablement. Il y avait un miroir en pied face à elle et une tasse de café fourrée dans le porte tasse en tissu de son fauteuil. Vêtue de son costume d'époque – une robe de calicot avec des jupons et une blouse –, Hannah parcourait le scénario d'un western spatial sur son téléphone. Pas besoin d'être un génie pour voir qu'on lui proposait de plus en plus de navets. Elle en avait fait à ses débuts et aurait dû s'en éloigner à présent. Elle jouait un personnage similaire dans *À la conquête de l'Ouest*, mais elle aurait même accepté un rôle de figurante si cela lui avait permis de travailler sur un projet d'Antonio Ventura. Elle reposa son téléphone, rechignant à se sentir déprimée par sa carrière. En fait, tout ce qu'elle ressentait, c'était de la colère contre elle-même à l'idée d'avoir fait un choix égoïste la veille au soir.

Comment avait-elle pu se laisser aller de la sorte, faisant passer ses propres besoins avant sa mission ? Il ne lui était jamais venu à l'esprit que le cow-boy en tenue de travail qui s'occupait lui-même de ses chevaux pouvait appartenir à l'une des familles les plus puissantes du pays. Hannah connaissait la relation entre les propriétaires de ce domaine et les McNeill de Manhattan, détenteur d'une lucrative chaîne hôtelière. Elle avait également lu quelque chose à propos de leurs liens avec la start-up Transparent, de la Silicon Valley, essentiellement gérée par Damon McNeill et ses frères.

Hannah avait effectué des recherches sur les McNeill avant d'accepter ce rôle sur leur ranch à cause de leur parenté dissimulée avec les Ventura – un lien qu'ils avaient tous caché avec tant de soin qu'elle n'était pas sûre que quiconque en dehors d'elle-même soit au courant. Ce n'était pas que Hannah se préoccupe des secrets et scandales des riches, mais elle avait voulu savoir si elle pouvait considérer les McNeill comme des alliés potentiels ou des ennemis dans sa quête de justice pour sa sœur.

Et, en dépit de toutes les recherches qu'elle avait pu faire, allant même jusqu'à travailler quelques jours dans le service de ménage des Ventura, elle hésitait encore. Cela pouvait jouer dans les deux sens. Oui, Brock McNeill n'avait affiché aucune prédisposition encourageante envers Antonio, ils s'étaient tous deux comportés comme de parfaits étrangers quand ils s'étaient parlé la veille sur le tournage – raison de plus pour que Hannah n'ait pas imaginé que Brock soit un McNeill.

Impatiente et mal à l'aise, elle se leva de son siège pour arpenter la tente de maquillage et costumes. Elle n'avait pas fait trois pas que Callie apparut, son tablier de travail couvert d'épingles et sa queue-de-cheval, d'habitude parfaite et bien tirée, tout emmêlée.

— Enfin, te voilà ! clama-t-elle en s'arrêtant devant elle.

Ses joues étaient rouges et son souffle saccadé.

— Hannah, tu as un visiteur, expliqua-t-elle en haussant les sourcils et en baissant la voix. C'est le cow-boy sexy d'hier...

Hannah sentit une vague de tension raidir ses épaules alors que son estomac se nouait, empreint d'une nouvelle chaleur. Comment pourrait-elle faire semblant d'être à l'aise avec Brock, comme elle l'avait été la veille, à présent qu'elle connaissait son identité et savait que les McNeill cachaient leur lien avec Antonio

Ventura, l'homme qu'elle haïssait de tout son cœur ? Même Meryl Streep n'aurait pu jouer ce rôle…

— Il est… ici ? finit-elle par balbutier pour dissimuler son trouble.

Elle jeta un coup d'œil au miroir en pied, se demandant si son expression trahissait sa détresse.

Callie se rapprocha d'elle pour la regarder dans la glace.

— Il m'a dit que tu l'attendais. Que se passe-t-il ?

— Rien. Je suis juste un peu nerveuse, c'est tout, expliqua-t-elle en se forçant à sourire.

Elle devait avoir l'air sûre d'elle avant de voir Brock. Si seulement elle connaissait son lien exact avec les Ventura, tout aurait été plus simple !

Y avait-il une chance pour que sa relation avec Brock l'aide à découvrir quelque chose d'important à propos d'Antonio ? Quelque chose qui l'aiderait à le démasquer ?

Elle se força à carrer les épaules et s'imprégna du rôle qu'elle devait jouer pour le bien de sa sœur. Elle espérait qu'elle pourrait se désengager de sa liaison avec Brock sans s'aliéner ce dernier au passage. Car, même si elle était prête à se lier d'amitié avec n'importe qui pour apprendre tout ce qu'elle pourrait au sujet d'Antonio, elle traçait une ligne ferme sur le fait de permettre à Brock de s'immiscer de nouveau dans son lit maintenant qu'elle savait qu'il était un McNeill.

Le reste du monde pouvait bien ignorer la vérité à leur sujet, Hannah l'avait découverte grâce à une collègue qui avait fait le ménage avec elle chez les Ventura.

Paige McNeill, la belle-mère de Brock, avait épousé le père de ce dernier sous une fausse identité. Elle était, en fait, l'héritière disparue d'Eden Harris, fille de l'actrice Barbara Harris et du directeur Emilio Ventura. La demi-sœur d'Antonio Ventura lui-même.

Donc, tant que Hannah ne saurait pas comment se positionnaient les McNeill au sujet de cette parenté cachée, peut-être était-il mieux pour elle de les traiter tous – Brock inclus – comme des ennemis.

Brock savait qu'il aurait dû se tenir éloigné de Hannah Ryder.

En public, il était logique de garder leur relation secrète, vu qu'il n'avait pas besoin d'attirer davantage l'attention sur sa famille dans les jours – peut-être les heures – à venir, avant que le scandale ne surgisse. Et, en privé, Brock devait encore comprendre pourquoi Hannah avait eu l'air si perturbée lorsqu'elle avait découvert son identité la veille. De ce fait, ce n'était pas une bonne idée de s'engager trop en avant avec quelqu'un comme elle.

Pourtant, il était là, sur le plateau de tournage du film, en plein milieu de la matinée, le lendemain de leur rencontre. Alors que, la veille, ils s'étaient séparés avec gêne et qu'elle avait dominé ses pensées durant toute la nuit.

Il resta derrière les caméras tandis que l'équipe technique s'affairait à changer quelques composants sur les lentilles. Les lumières étaient en cours d'installation devant les portes de la grange et de nouveaux projecteurs étaient déplacés sur des chariots et des échelles. Des accessoires étaient échangés. Du foin était balayé et regonflé à l'aide de méthodes qui le rendraient inutilisable pour les chevaux – notamment avec de la colle, du spray de silicone et autres matériaux. L'endroit bourdonnait d'activité tandis que les acteurs et le réalisateur faisaient leur pause.

Brock avait regretté de ne pas assister à la scène de Hannah un peu plus tôt, mais il s'était attardé auprès de sa famille. La nouvelle petite amie de son frère Carson, Emma Layton, une cascadeuse de *À la conquête de l'Ouest*, avait annoncé qu'il pourrait y avoir un lien important entre les McNeill et les Ventura, une connexion que le maître chanteur était susceptible d'exploiter. La mère d'Emma, Jane, avait fait allusion à ce lien dans de récentes conversations téléphoniques. Jane Layton avait été domestique pour les Ventura durant des années et connaissait les affaires privées de la famille, mais Emma avait également signalé que la santé mentale de sa mère n'était pas stable. Dans ce cas, pouvaient-ils se fier à ce qu'elle disait ?

À présent que le délai se raccourcissait, le détective privé des McNeill n'avait plus le temps de suivre toutes les pistes menant au maître chanteur, et le père de Brock était terrorisé à l'idée que sa femme fasse une dépression, car elle n'avait pas encore récupéré de son coma. Quant à Scarlett, la fille cadette de Paige, elle refusait de parler à quiconque tant elle était furieuse contre eux, estimant qu'ils rejetaient Paige en s'opposant à toute négociation.

Et, maintenant, ça.

Cette femme qui avait captivé Brock la nuit dernière lui cachait quelque chose, et il était déterminé à découvrir quoi. Les McNeill soupçonnaient le maître chanteur de se trouver sur le tournage ou d'être en lien avec quelqu'un qui y travaillait. La colère flamboya dans son esprit à l'idée que Hannah ait pu se servir de lui à cette fin. Il était certain que l'attirance entre eux était réelle, mais le risque qu'elle le manipule le tracassait.

Il était tellement plongé dans ses pensées qu'il n'entendit pas qu'on s'approchait de lui.

— Brock ?

Dans son dos, la voix de Hannah fit remonter une flèche de désir le long de sa colonne vertébrale. Il avait vraiment besoin de garder cette attirance sous contrôle jusqu'à ce qu'il ait déterminé le lien entre Hannah et les McNeill.

Il pivota sur ses talons pour lui faire face.

Elle était encore plus belle que dans ses souvenirs. Ses cheveux étaient tirés en arrière de chaque côté de sa tête, le reste tombant en boucles souples dans un style vaguement historique. Elle portait un costume inspiré du Far West, d'une teinte crème parsemée de fleurettes. Le bustier moulait sa poitrine à outrance, comprimant sa taille et remontant ses seins. L'ourlet de sa jupe aurait frôlé le sol si elle n'avait pas retenu le tissu par des pinces – probablement pour ne pas le salir entre deux prises.

Même ses bottes noires lacées à petits talons semblaient surgies d'une autre époque.

Il résista à l'envie de la toucher, de l'accueillir d'un baiser, ou de chuchoter quelques mots pour lui dire à quel point elle était belle. Mais il devait s'en tenir à ce qu'il avait prévu. Il commençait à être à court de temps pour aider sa famille. Il devait découvrir pourquoi son nom avait bouleversé cette actrice de la côte ouest, alors qu'elle n'aurait pas dû se préoccuper de son identité.

— Bonjour, Hannah, déclara-t-il d'un ton aussi froid que son signe de tête. Nous avions dit que nous parlerions aujourd'hui. Pouvons-nous nous rendre dans un lieu un peu plus privé ?

— Je dois tourner ma prochaine scène dans quelques instants, lui dit-elle avec distance.

Elle se tenait sur ses gardes, cela se voyait. Ce qui était normal, songea-t-il, même si elle n'avait aucun lien avec le maître chanteur. Il serra les dents de frustration, comme il l'avait souvent fait au cours des précédentes semaines. Il était éleveur de chevaux et dresseur après tout, pas détective ni espion.

— Je dois te parler de ce qui s'est passé hier soir, insista-t-il, refusant de lâcher prise.

Il se contenta de baisser la voix et l'entraîna vers un recoin sombre de la grange, entre la porte latérale et les grands battants principaux.

— Au sujet de ta réaction lorsque je t'ai appris mon nom.

Ça y est, il l'avait dit. Et il avait remarqué un froncement de sourcils chez Hannah. Il avait déjà fréquenté une femme qui avait eu des secrets, auparavant, et il en reconnaissait les signes. C'était une expérience qu'il n'avait aucune envie de renouveler.

— Je ne vois pas de quoi tu parles, répondit-elle en mentant avec aplomb, bien que ses mots ne puissent effacer la réponse honnête que son corps avait émise.

— Je sais que si.

Il ne renoncerait pas à obtenir la vérité.

— Ma famille traverse un enfer en ce moment, Hannah, et si tu sais quelque chose à ce sujet, à propos des menaces que subissent les McNeill...

— Je n'ai pas la moindre idée de ce dont tu parles, fit-elle en secouant la tête, ses boucles platine roulant sur ses épaules.

Pourtant, son visage avait pâli.

— Quelles menaces ?

Derrière lui, un autre chariot passa, rempli d'appareils électroniques, mais avec le bruit et les cris de l'équipe, il ne craignait pas que leur conversation soit épiée.

Il enfonça le clou.

— Depuis quelques semaines, quelqu'un s'en prend à ma

famille. Je vais bientôt manquer de temps pour découvrir qui se cache derrière ce chantage.

Il se rapprocha d'elle, sentant un mouvement dans son dos tandis que les assistants ajustaient des lampes au-dessus de leurs têtes.

— Quelqu'un nous a envoyé des lettres anonymes et...

Il s'interrompit puis s'arrêta pour de bon, tandis que quelque chose s'écrasait sur l'arrière de son crâne. Il comprit en un éclair qu'il tombait, eut une seconde pour voir le beau visage de Hannah afficher une panique totale puis ce fut le noir.

— Brock ! s'exclama Hannah avec horreur tandis que le grand homme musclé à côté d'elle s'effondrait au sol.

Il lui fallut un instant pour comprendre ce qui s'était passé. L'un des spots au-dessus de leurs têtes s'était détaché du gril technique et avait heurté Brock à la tête. Le projecteur était fracassé par terre, en pièces, derrière lui, son cache noir un peu plus loin. Déjà, autour d'eux, les gens hurlaient et manœuvraient des perches et des pinces pour consolider la structure métallique et déblayer le plateau.

— Brock ?

Hannah s'agenouilla à côté du cow-boy et lui secoua l'épaule, la peur lui glaçant le dos.

— Brock, tu vas bien ?

Il respirait mais il demeurait inerte, inconscient.

Deux assistants de production apparurent à son côté et se penchèrent au-dessus de Brock, lui intimant de ne pas tenter de le bouger, mais comme elle était bouleversée et terrifiée, il lui fallut un moment pour comprendre pourquoi. Il avait reçu un choc à la tête. Il pouvait souffrir d'une commotion cérébrale, ou pire. Une blessure à la colonne pourrait...

Oh ! mon Dieu. Elle posa une main sur la sienne et prit ses doigts dans les siens, veillant à ne pas déplacer son bras.

— Appelez les pompiers ! hurla-t-elle, remarquant un instant plus tard que l'une des assistantes costumières avait déjà un téléphone portable plaqué contre son oreille et parlait à toute vitesse dans le combiné.

Les minutes s'étirèrent sans fin en attendant l'ambulance. En arrière-plan, Hannah entendit le second réalisateur crier quelque chose à l'équipe tandis que quelqu'un balayait les éclats de verre. Elle envisagea de prévenir la famille de Brock pour les informer de ce qui s'était passé, mais elle se sentait incapable de lâcher sa main.

Il lui avait dit que quelqu'un menaçait ses proches. Les faisait chanter. Cela l'avait perturbé à tel point qu'elle avait lu de la suspicion dans ses yeux, juste avant que la lampe ne s'écrase sur lui. La soupçonnait-il d'être le maître chanteur ?

L'idée la glaça jusqu'aux os.

Avait-il parlé à sa famille d'eux deux ? De sa nuit avec elle, et de la façon dont elle avait réagi quand il avait mentionné le nom des McNeill ? Et si c'était elle qu'ils blâmaient pour l'accident ?

Rien de tout cela n'aurait dû avoir d'importance en cet instant, mais elle ne pouvait se permettre de se retrouver mêlée à un scandale. Brock pouvait la soupçonner de quelque chose mais, elle, elle savait qu'elle n'était pas le maître chanteur. Elle voulait seulement rassembler des preuves contre Antonio Ventura, mais elle ne pouvait pas en parler aux McNeill, pas même pour blanchir son nom, si elle devait en arriver là.

Au loin, elle entendit le hurlement d'une sirène. L'ambulance arrivait.

Soulagée à l'idée que les secours approchent, elle annonça à l'un des assistants réalisateurs qu'elle allait accompagner Brock à l'hôpital. Quelle que soit la façon dont les choses avaient évolué entre eux, il s'agissait toujours de l'homme qui l'avait embrassée à en perdre la raison la veille, celui qui s'était ouvertement opposé à Antonio.

Elle devait être présente pour lui jusqu'à ce que quelqu'un de sa famille vienne à son chevet.

— Tout va bien se passer, lui promit-elle même s'il ne pouvait pas l'entendre.

De sa main libre, elle caressa la barbe de trois jours sur ses joues.

— L'ambulance est presque là...

Le son de la sirène s'amplifia encore. À côté, l'équipe de production avait dégagé le passage entre les portes et Brock.

Hannah songea qu'il fallait qu'elle s'écarte, mais avant d'avoir pu bouger, elle sentit Brock faire un mouvement.

Une vague de soulagement la parcourut.

— Il se réveille ! cria-t-elle à la cantonade sans le lâcher. Il revient à lui !

Elle serra sa main et le vit soulever la tête. Puis, comme si celle-ci avait été trop lourde, il la reposa au sol et cligna les yeux.

— Tu vas bien ? lui demanda-t-elle en se penchant au-dessus de lui. Pour le moment, ne bouge pas.

Elle inspecta ses traits en quête du moindre signe d'inconfort ou de douleur. Elle avait besoin qu'il aille bien.

Brock fronça les sourcils. Quand il parla, sa voix était rauque et profonde, son ton distant.

— Qui êtes-vous ? s'enquit-il, ses iris bleus ne se détournant pas de son visage. Je vous connais ?

4

Était-il sérieux ?

Hannah s'aperçut soudain qu'il y avait du mouvement autour d'elle. Les urgentistes placèrent une civière à côté de Brock avant de l'installer dessus avec précaution.

Avait-il vraiment tout oublié d'elle ?

Elle se massa les tempes, essayant de comprendre ce dont il s'agissait.

La tension lui noua l'estomac tandis que les médecins prenaient les constantes vitales du cow-boy et lui posaient des questions, rassemblant par ailleurs des informations quant au coup qu'il avait reçu à la tête.

Hannah se mit à déambuler, s'efforçant de réfléchir, de comprendre ce que cela signifiait pour elle si Brock ne la reconnaissait pas.

Il l'avait scrutée comme si elle était une inconnue. Comme si, moins de vingt-quatre heures plus tôt, ils n'avaient pas été nus, l'un contre l'autre.

Son attention se reporta sur lui, son cœur s'emballant à sa vue. Elle n'imaginait pas ne pas se souvenir de lui, l'oublier. Elle le regarda tenter de repousser la femme qui prenait sa tension. Il essaya d'attraper son téléphone, visiblement pour appeler son médecin traitant.

C'était bon signe, non ? Sauf que ses gestes semblaient encore un peu hésitants. Et quand les ambulanciers lui demandèrent quel jour on était, il eut l'air confus.

L'inquiétude taraudait Hannah. Durant un instant, elle envisagea de partir, avant que sa mémoire ne revienne. Nul ne le saurait.

Sauf qu'elle n'était pas ce genre de femme. En outre, elle voulait rester à proximité de Brock au cas où il en sache davantage à propos d'Antonio Ventura. Sa mission – aider sa sœur – passait avant tout.

Si Brock avait oublié sa nuit avec elle, peut-être n'avait-elle pas besoin de lui rappeler à quel point les choses étaient allées loin entre eux. Elle pouvait avoir sa chance de recommencer à zéro, juste cette fois, pour être son amie et pas son amante.

Il n'y aurait aucune attente supplémentaire entre eux. Aucun soupçon concernant sa réaction lorsqu'elle avait entendu son nom de famille. Et si une petite voix intérieure l'avertissait que ce ne serait pas facile de prétendre qu'elle n'était pas attirée par lui, elle se contenterait de l'ignorer.

Brock était allongé dans des draps rêches et froids, une migraine lui martelant les tempes. Il imputait une partie de sa douleur à la bosse à l'arrière de son crâne, mais la principale souffrance provenait du fait qu'il ignorait pourquoi il s'était retrouvé dans une ambulance.

Ce n'était pas la première fois qu'il se réveillait dans un lit médicalisé ; durant ses années de rodéo, il s'était cassé assez d'os et avait pris suffisamment de coups à la tête pour que les séjours à l'hôpital aient été monnaie courante.

Mais, dans le passé, il s'était toujours souvenu de ses chutes.

Aujourd'hui, il n'avait pas la moindre idée de ce qui lui était arrivé. Et il n'avait pas besoin d'être Dr House pour savoir que quelque chose ne tournait vraiment pas rond, compte tenu du nombre de médecins qui étaient venus dans sa chambre pour lui poser des questions et inspecter leurs graphiques. Où était sa famille ? Il ne s'attendait pas à ce que ses frères aînés accourent à son chevet, ni son père, d'ailleurs, mais ses demi-sœurs auraient déjà dû être là. Maisie, Madeline et Scarlett avaient toujours été présentes pour lui.

Or, Maisie et Madeline lui avaient toutes deux envoyé un SMS pour lui faire part de leurs regrets de ne pas pouvoir se déplacer, parce qu'elles devaient être aux côtés de leur mère « avant que le scandale n'éclate ». Que cela signifiait-il ? La réponse de Scarlett avait été encore plus bizarre, puisqu'elle disait que le trajet en voiture serait trop long, mais qu'elle espérait qu'il irait bientôt mieux.

Où donc était sa sœur cadette pour que Cheyenne soit trop loin ? Il avait eu envie de regarder l'historique de ses messages, pour voir s'il pouvait comprendre ce qui se passait, mais il avait un mal de chien à manipuler son portable qui était un modèle totalement différent de celui dont il avait l'habitude. Il pianota sur l'écran tactile, se demandant où le bouton central avait disparu.

La porte de sa chambre s'ouvrit, et l'un de ses médecins entra – un grand gars doté d'un accent d'Europe de l'Est à couper au couteau. Brock rangea son téléphone sur sa table de chevet, impatient à l'idée de rentrer chez lui dans l'espoir que ses idées s'éclairciraient. Le monde entier lui paraissait tourner à contresens, mais s'il y avait un scandale susceptible de blesser sa famille, il tenait à être avec ses frères et sœurs, pas à attendre dans un lit d'hôpital.

Brock se redressa et posa les pieds au sol.

— Holà, pas si vite, monsieur McNeill, lui reprocha le Dr Kreshnik, son bloc-notes tombant par terre tandis qu'il se précipitait pour l'aider à se recoucher. Vous avez eu un traumatisme à la tête, je ne veux pas que vous fassiez de gestes brusques ou que vous vous mettiez debout.

— Je vais bien, protesta Brock, persuadé qu'il se sentirait mieux chez lui. Je ne sais pas qui a décidé que je devais être emmené à l'hôpital, mais je suis prêt à rentrer à la maison.

— Je suis désolé, mais ce n'est pas possible, monsieur McNeill, reprit le médecin en fronçant les sourcils, tandis qu'il récupérait ses affaires. Nous devons faire d'autres examens.

— Mais je suis ici depuis cinq heures ! s'indigna Brock.

Il avait beau avoir du mal à rassembler ses idées, il avait échangé des messages avec ses sœurs dans l'ambulance, aussi savait-il depuis combien de temps il patientait. La pièce tourna encore un peu, puis tout se remit en place. Il portait ses vêtements habituels, et on lui avait déjà fait passer un scanner crânien. Il ferait envoyer les résultats à son médecin.

— Vous affichez des signes d'amnésie… continua le médecin, énonçant des termes comme « oubli à court terme » et « plus de tests ».

Mais le cerveau de Brock s'était arrêté sur un mot bien précis. « Amnésie. »

Était-ce la raison pour laquelle il ne se souvenait pas de cette histoire de chantage ? Celle pour laquelle il avait oublié l'accident qui l'avait conduit ici ? Mais il se rappelait son nom, ses amis, sa famille.

Sa tête le lança encore plus fort.

Tandis que le spécialiste se mettait à parler d'assurance médicale, quelqu'un frappa doucement à la porte. Peut-être une de ses sœurs ?

— Entrez, s'écria Brock, en quête d'alliés pour l'aider à sortir de l'hôpital.

Mais la femme qui pénétra dans la pièce en tenant deux tasses en carton fumantes n'était pas de sa famille, et il en remercia sa bonne étoile.

Ses courbes plantureuses et ses longs cheveux ondulés blond platine faisaient d'elle la femme idéale, même si ses vêtements semblaient surgis d'une autre époque – dans le genre *Petite Maison dans la prairie*. Son ample jupe fleurie était vieillotte, mais sa tunique pinçait sa taille et accentuait sa poitrine, son tissu rigide aussi serré et moulant qu'un corset.

Aucun traumatisme à la tête n'aurait pu l'empêcher de remarquer cette femme ou de négliger cette étincelle d'attirance qui venait de naître en lui.

— Je peux revenir plus tard, proposa la nouvelle venue en hésitant un instant lorsqu'elle découvrit l'homme en blouse blanche au chevet de Brock. Je vous dérange, peut-être ?

— Entrez, insista Brock en lui faisant signe d'avancer, même s'il n'avait pas la moindre idée de l'identité de la jeune femme.

Il avait un vague souvenir d'elle agenouillée à côté de lui quand il avait repris conscience, une expression indéchiffrable dans ses magnifiques yeux gris. Mais avant ça… rien.

Qui était-elle ?

— Madame Ryder, bienvenue, dit le Dr Kreshnik à la belle inconnue. Avez-vous réussi à joindre sa famille ?

— J'ai bien peur que non, fit-elle en secouant la tête, ses boucles blondes virevoltant avec légèreté tandis qu'elle se dirigeait vers Brock et lui tendait l'une de ses tasses.

Il remarqua qu'elle ne portait pas d'alliance.

— J'ai laissé un message au chef d'équipe du ranch Creek Spill, et il a promis de contacter les frères de Brock lui-même.

C'était bien la dernière chose dont il avait besoin ! songea Brock. Il avait passé toute son existence à tenter de se faire oublier de ses proches, et ce pour de bonnes raisons. Il n'avait pas la moindre envie d'être dans le collimateur des McNeill, surtout alors que sa famille semblait traverser une crise.

— Cela ne sera pas nécessaire, intervint-il. Je vous signerai toutes les décharges que vous voulez.

Plus tôt il rentrerait chez lui, plus tôt sa tête cesserait de lui faire mal. Et plus tôt il pourrait découvrir ce qui se passait avec ses proches. Le fait que personne ne soit à son chevet en disait long à ce sujet.

Le Dr Kreshnik fronça de nouveau les sourcils tandis que Brock goûtait son café, trop sucré à son goût, mais appréciable.

— Vous avez reçu une blessure qui pourrait être grave, protesta le praticien, prêt à se lancer dans une nouvelle diatribe, son stylo martelant son calepin.

— Et j'ai besoin de me reposer, pas de subir d'autres examens, asséna Brock.

Les chocs à la tête pouvaient affecter la mémoire à court terme, et il connaissait par cœur le protocole en cas de traumatisme crânien. Ses souvenirs lui reviendraient à coup sûr dans quelques jours.

— Maintenant, si vous voulez bien me noter toutes les recommandations médicales nécessaires, je les prends et je m'en vais. Ma famille a besoin de moi à la maison.

Brock tourna les yeux vers la femme – Mme Ryder – tandis que le médecin faisait demi-tour et appelait une infirmière.

— Vous êtes venue en voiture ?

Son *mug* de café se figea à mi-chemin vers sa bouche. Elle semblait surprise d'être incluse dans la conversation. Il remarqua qu'un nom – Hannah – avait été écrit au feutre doré sur le devant de sa boisson à emporter.

— Oui, euh... Bien sûr.

Elle baissa sa tasse et se redressa.

— J'ai emprunté l'une des voitures du tournage pour suivre l'ambulance.

Le... tournage ?

Il n'avait pas la moindre idée de ce que cela signifiait, mais il se rappelait qu'elle avait été à son côté lorsqu'il avait repris conscience. Tout le reste, y compris leur relation, était flou.

— Parfait. Donc, si ça ne vous gêne pas de me déposer à Creek Spill, je vous rejoins en bas dans dix minutes.

Il savait que le personnel médical ne pouvait pas le retenir de force.

Les yeux gris de la jeune femme firent l'aller-retour entre le médecin et lui, puis elle hocha la tête. Elle plongea la main dans son sac et en tira un trousseau de clés, avant de sortir de la pièce.

Il y avait quelque chose de particulier à son propos qui le tracassait, bien au-delà de ses vêtements étranges. Quelque chose dans ce regard ardoise troublé, mais peut-être était-ce juste de l'inquiétude à son sujet.

Pour l'instant, elle était sa carte « libéré de prison » pour rentrer chez lui afin qu'il puisse découvrir ce qui clochait avec sa famille, et c'était tout ce qui comptait. En outre, elle pourrait certainement lui fournir quelques réponses concernant l'accident qui l'avait amené ici.

À condition, bien sûr, qu'il puisse se fier à elle.

Amnésie rétrograde à court terme.

Une demi-heure plus tard, Hannah ruminait encore le diagnostic alors qu'elle conduisait la petite voiture sur la route départementale menant au ranch Creek Spill. L'infirmière qui avait accompagné Brock jusqu'à la sortie de l'hôpital lui avait donné les papiers de décharge avec des instructions pour le suivi médical, ce qui avait permis à Hannah de jeter un coup d'œil au bilan tandis que Brock attachait sa ceinture de sécurité. À présent, elle se mordillait les lèvres entre deux réponses aux questions que Brock ne cessait de lui poser, et elle s'interrogeait sur ce que cette amnésie impliquait.

Les mots « à court terme » signifiaient-ils que le problème était temporaire, ou que Brock avait perdu ses souvenirs les plus récents ? Elle ne pouvait pas le lui demander, pas alors qu'il venait de l'interroger pour savoir comment l'accident s'était produit, pourquoi elle était habillée comme à l'époque du Far West, pourquoi un film était tourné sur son domaine, et depuis quand ils se connaissaient.

Elle s'était montrée honnête sur ce sujet et avait même admis qu'il l'avait raccompagnée chez elle la nuit précédente. Elle avait simplement omis de préciser qu'elle s'était jetée dans ses bras à leur arrivée, saisissant sa chance de dissimuler leur relation.

Mais elle s'étonnait néanmoins qu'il ait pu l'oublier tout en se rappelant que sa famille avait besoin de lui. Il l'avait dit au Dr Kreshnik, pourtant il lui paraissait improbable qu'il se rappelle que quelqu'un faisait chanter les McNeill s'il était amnésique. Mais là encore peut-être avait-il déduit ce fait à partir des SMS de son portable. Hannah savait qu'il avait reçu des messages de la part de ses proches, ce qui expliquait qu'il ait pu retrouver la date d'aujourd'hui quand l'un des médecins la lui avait demandée, même si cette question avait semblé le plonger dans un abîme de confusion.

— Honnêtement, Brock, es-tu sûr que tu veux que je te ramène chez toi ? J'ai jeté un œil sur ces papiers de décharge...

Elle souleva sa main du levier de vitesse pour désigner les documents qui se trouvaient sur le tableau de bord entre eux.

— Si le médecin a raison concernant ton amnésie...

— Je me suis déjà cogné la tête en faisant du rodéo, protesta-t-il en étirant ses longues jambes dans l'espace restreint de la voiture, son genou heurtant le couvercle de la boîte à gants. Je connais les symptômes d'une commotion cérébrale et j'ai un bon neurologue à Denver. Je lui passerai un coup de fil quand je serai rentré.

Hannah se mordilla la lèvre, embarrassée. Une commotion cérébrale pouvait rendre quelqu'un irritable et le faire agir de façon étrange. Elle l'avait lu sur Internet quand elle patientait dans la salle d'attente, espérant que quelqu'un de la famille de Brock vienne prendre le relais. Personne ne l'avait fait. Mais, au moins, elle en avait appris un peu plus sur les blessures à la tête, et elle savait que le stress pouvait en aggraver les symptômes.

— Bonne idée, finit-elle par confirmer tout en bifurquant sur la petite route privée menant à Creek Spill. Mais je ne suis pas sûre qu'une commotion cérébrale suffise à justifier tout ce que tu as oublié, si tu ne te souviens même plus qu'on est en train de tourner un film sur tes terres.

L'équipe était sur place depuis presque deux semaines et, avant ça, l'assistante de production était restée chez le frère aîné de Brock, Cody, le temps d'organiser toute la logistique.

— Je regarderai de quoi il s'agit une fois que j'aurai fait le point avec mes parents, expliqua-t-il en tapotant la vitre.

Était-il anxieux ? Impatient ? Ou juste agité, peut-être.

— Ne t'arrête pas devant l'habitation principale, reprit-il, tout le monde sera chez mon père. D'après les messages de mes sœurs aujourd'hui, il se passe quelque chose de grave.

L'inquiétude manifeste dans sa voix bouleversa Hannah. Elle ne comprenait que trop bien à quel point les liens familiaux pouvaient être importants pour quelqu'un et l'amener à prendre des mesures extrêmes, voire des décisions radicales : comme sortir de l'hôpital sans l'aval des médecins, ou accepter de travailler pour un homme abject.

Ils avaient plus en commun que ce qu'elle avait imaginé de prime abord.

— Il se pourrait que je sois au courant d'une partie du problème, admit-elle, aussi désireuse de l'aider que de se racheter après avoir omis les détails les plus importants de leur relation. Avant que ce projecteur ne te tombe dessus, tu avais mentionné des choses à propos de ta famille, expliqua-t-elle.

Elle dépassa la demeure de Creek Spill, comme il le lui avait demandé. Elle espérait qu'il se rappellerait l'itinéraire pour aller chez son père car, à présent, elle ignorait la direction à prendre.

— OK, raconte-moi, se contenta-t-il de répondre en tournant la tête vers elle. Que t'ai-je dit ?

Elle frissonna sous le poids de son regard, percevant l'impact de ses iris sans même détourner son attention de la route. Les souvenirs de leur nuit ensemble la taraudaient et lui faisaient regretter tout ce qu'elle ne vivrait plus jamais avec lui.

— Je...

Elle s'interrompit sous le coup de l'émotion puis se racla la gorge et tenta de ne plus penser à la façon dont il l'avait touchée.

— En fait, tu as mentionné que ta famille traversait un véritable enfer, ces derniers temps. Que quelqu'un menaçait les McNeill.

— Lorsque j'ai vu que personne ne venait à mon chevet à l'hôpital, j'ai compris que quelque chose clochait, confirma-t-il en serrant les poings, les épaules raidies. Quel genre de menace ?

Elle détestait devoir le bouleverser de la sorte alors qu'il était blessé, mais il avait le droit de savoir.

— Du chantage.

Il réprima un juron et tira son téléphone de sa poche.

— Il doit bien y avoir des indices sur ce qui se passe dans la mémoire de cet appareil. Ma sœur a mentionné un scandale, mais j'ignore ce à quoi elle fait allusion, tempêta-t-il en pianotant sur son écran, les doigts agités de tremblements nerveux. Ce doit être récent...

Le scandale dont il parlait était-il en rapport avec le secret qu'elle avait découvert ? Sa peau se mit à la picoter, la culpabilité la submergeant à l'idée qu'elle pouvait en savoir plus à propos des McNeill que Brock lui-même. Mais... avait-il oublié la vérité uniquement à cause de son amnésie, ou parce que sa famille pouvait avoir délibérément dissimulé leur lien avec les Ventura ?

Au fur et à mesure que Hannah s'enfonçait dans les bois, la route se rétrécissait, et elle fut vite perdue. Dans tous les sens du terme, songea-t-elle. Comment avait-elle fait pour se retrouver mêlée à la vie de Brock ?

— Je suis toujours sur le bon chemin ? demanda-t-elle.

Il leva les yeux pile à l'instant où son portable émettait un bip.

— Oui, c'est bon. La maison de mon père est juste à droite, après ce virage.

Il reporta son attention sur son téléphone avant de demander à Hannah son numéro au cas où il aurait besoin de l'appeler. Quelques instants plus tard, elle le vit pincer les lèvres.

— Qu'y a-t-il ?

Elle ralentit en s'engageant dans le tournant.

Brock ne détourna pas son regard de son portable et sa voix, quand il lui répondit, était vide.

— Un tabloïd hollywoodien vient de lancer le nom de ma belle-mère dans ses gros titres.

Un mauvais pressentiment étreignit Hannah, et elle jeta un coup d'œil anxieux à Brock. Il semblait perdu, perplexe.

— Apparemment, la femme de mon père est célèbre à Hollywood.

Il tourna la tête vers Hannah, et celle-ci se dépêcha de reporter son attention sur la route, de crainte que son visage ne révèle qu'elle n'était pas étonnée de cette nouvelle.

Elle avala sa salive, espérant que son trouble passerait pour de la surprise.

— Que veux-tu dire ?

— Si j'en crois cet article, Paige Samara McNeill est en réalité Eden Harris, la fille d'Emilio Ventura et de l'actrice de série B Barbara Harris.

Hannah retint son souffle une seconde, puis une deuxième.

— Cela signifie que ta belle-mère est la belle-sœur d'Antonio, mon réalisateur, marmonna-t-elle avec réluctance, détestant devoir prononcer le nom de cet homme qu'elle haïssait.

Mais elle devait poser à Brock la question qui lui importait le plus.

— Tu étais au courant ?

Il secoua la tête.

— Tu veux dire que c'est sa demi-sœur, la corrigea-t-il machinalement, son regard fixé sur le grand chalet en rondins qui se dressait devant eux, et dans la cour duquel plusieurs véhicules étaient stationnés. Si c'est vrai, Paige est la demi-sœur d'Antonio Ventura.

— Pas au sens biologique, car Antonio est le fils adoptif d'Emilio, précisa Hannah en se garant derrière un pick-up.

Elle avait fait des recherches approfondies sur l'agresseur de

Hope, mais le fait qu'Antonio avait été adopté était connu de tous. Emilio Ventura était déjà célèbre avant d'épouser la mère d'Antonio, et il avait fait les gros titres lorsqu'il avait adopté le fils de sa femme.

Lequel fils avait d'ailleurs très vite marché dans les traces de son père et récupéré la fortune et les relations cinématographiques des Ventura lorsque Emilio avait pris sa retraite. Puis il avait fait pression de son pouvoir et de son prestige pour intimider Hope tout en espérant garantir son silence.

— Le mariage de mon père avec Paige n'est donc pas valide, puisqu'elle s'est mariée sous un faux nom, précisa Brock en se passant une main sur le front avant de se masser les tempes. Ma famille doit être bouleversée, en particulier mes sœurs.

Il tendit son téléphone vers Hannah afin qu'elle puisse voir, affichée à l'écran, la photo de l'adolescente qu'avait été Eden Harris à côté d'un cliché des filles que Paige avait eues avec Donovan McNeill. La ressemblance, surtout avec la cadette, était indéniable.

— Le Wyoming n'a pas adopté les lois générales sur le mariage. Ce qui fait qu'elles sont toutes illégitimes.

Si Hannah avait dû faire une supposition, elle aurait juré que le choc de Brock était sincère. Il n'avait pas été au courant du lien entre les McNeill et les Ventura. Mais était-ce à cause de l'amnésie, ou ne l'avait-il jamais été ?

Quoi qu'il en soit, aujourd'hui, il était visiblement stupéfait.

— Je suis vraiment désolée..., chuchota Hannah en tendant un bras pour entremêler ses doigts aux siens, si désireuse de lui offrir la moindre bribe de réconfort qu'elle ne pouvait résister à la tentation de le toucher. Je peux faire quelque chose pour t'aider ?

Elle aurait aimé qu'un membre de sa famille sorte de la demeure pour les faire entrer. Elle ignorait si Brock était assez remis pour marcher. Mais il n'y avait aucun signe de vie à l'intérieur...

Le regard de Brock glissa sur leurs mains jointes. Ce simple contact n'aurait jamais dû déclencher d'étincelles en elle, surtout compte tenu des circonstances et de la crise qu'il traversait, mais ce n'était pas le cas. Elle pétillait là où leurs peaux se touchaient. Puis il leva la tête et plongea les iris dans les siens.

Elle retint son souffle.

— Tu es sûre qu'il ne s'est rien passé hier soir, quand je t'ai ramenée chez toi ?

Ses souvenirs étaient-ils revenus ? Le médecin s'était-il trompé à propos de son amnésie ? Brock était resté si peu de temps aux urgences...

Des visions du moment qu'ils avaient passé ensemble défilèrent dans son esprit, si vives et réalistes qu'elle craignit que Brock ne les lise dans ses yeux. Mais elle ne pouvait pas se permettre de se retrouver mêlée aux histoires des McNeill ni de s'engager avec l'un d'eux – surtout à présent que leur lien avec les Ventura était devenu public. Leur aventure d'un soir ne risquait-elle pas de compromettre les chances de Hope d'obtenir réparation contre Antonio ? Ou cela empêcherait-il d'autres victimes de se confier à Hannah ?

— Nous n'avons fait que parler, se força-t-elle à dire avec un sourire alors qu'elle lâchait sa main.

Elle toucha l'anneau d'argent à son doigt, identique à celui qu'elle avait offert à sa sœur.

Son cœur battait à se rompre face à ce mensonge flagrant. Et cette attirance irrépressible entre eux qui continuait à la tourmenter...

Brock hocha la tête et récupéra les papiers de décharge.

— Je me demande pourquoi je suis venu te rendre visite sur le plateau de tournage, aujourd'hui, pour te parler de ce chantage, dit-il en ouvrant la portière avant de sortir. Je n'ai pas l'impression que ce serait quelque chose que je raconterais à quelqu'un que je connais à peine.

Elle voyait très bien ce qu'il voulait dire, mais elle n'avait aucune réponse à lui fournir.

— Je l'ignore, fit-elle en haussant les épaules, avant de redémarrer. Mais j'espère que tu vas vite te remettre.

Il esquissa un signe de tête assez brusque et tourna les talons pour se diriger vers le chalet.

Hannah ne put s'empêcher de repenser à leur séparation, la nuit dernière, quand elle ne portait rien d'autre qu'un caftan et qu'il avait promis de revenir discuter très vite.

Aujourd'hui, elle avait obtenu ce qu'elle voulait : une distanciation totale de Brock McNeill, la remise à zéro de cette relation qui n'aurait jamais dû exister.

Malgré cette réussite, Brock nourrissait des soupçons à son égard.

Et avec un maître chanteur dans la nature, Hannah se demandait si elle ne venait pas de faire une énorme erreur.

5

Scarlett McNeill roulait à toute allure sur l'autoroute, la radio de sa voiture allumée sur la station d'informations qu'elle écoutait en boucle depuis que le scandale qui éclaboussait sa famille était devenu public.

Au prix d'un énorme effort de volonté, elle relâcha la pédale d'accélération – elle se rapprochait trop du véhicule devant elle. Son corps fourmillait d'impatience de la tête aux pieds, et son cerveau était en état de choc.

« ... Eden Harris, la fille de la sulfureuse actrice Barbara Harris et du célèbre réalisateur Emilio Ventura, vit sous un faux nom depuis plus de vingt-six ans. » La voix du présentateur radio répétait presque au mot près l'annonce que Scarlett avait entendue sur deux autres stations depuis qu'elle s'était installée au volant de sa voiture de location.

Elle devait se rendre chez Logan. Elle avait besoin de sa présence, de ses bras musclés pour se rassurer en cette période où sa vie dérapait. Tout ce qu'elle pensait avoir su à propos de sa mère était un mensonge. Cette femme qu'elle appelait maman, une personne normale en apparence qui avait fui l'attention des médias pour le bien de ses filles depuis toujours, avait en réalité déserté l'un des foyers les plus célèbres de Hollywood à l'âge de dix-sept ans. Et elle n'en avait jamais soufflé mot à quiconque.

Et en plus Scarlett n'était pas à Cheyenne avec ses proches au moment où la bombe avait explosé, elle s'était retrouvée seule à essayer d'endiguer les dégâts. Bien sûr, ils avaient tous su qu'un scandale allait se produire quand Scarlett avait reçu la première lettre de chantage, écrite de la main d'un étranger, un peu plus tôt dans le mois. Mais alors que Scarlett avait proposé de tenter de parlementer avec l'escroc ou de travailler avec la police pour éviter que l'affaire soit rendue publique, son père et ses frères et sœurs avaient décidé de ne pas négocier. Scarlett s'était indignée au nom de sa mère, encore plus outrée par le fait que celle-ci ne s'était toujours pas remise de son accident de randonnée et n'était pas assez en forme pour se défendre elle-même.

Entre cette divergence d'opinions fondamentale et le fait que son frère avait engagé un détective privé pour enquêter sur elle depuis son voyage à Los Angeles, Scarlett en avait plus qu'assez de sa famille. Elle avait réorganisé son emploi du temps pour s'installer à Hollywood et décidé de tenter sa chance en tant qu'actrice. Elle ne le regrettait pas mais, à présent, les mille trois cents kilomètres qui la séparaient de Cheyenne lui faisaient l'effet d'un million. Heureusement, elle venait d'arriver chez Logan. Son allée était sur la gauche, et elle sortit de la voie rapide devant son garage à trois portes. Alors qu'elle se garait, elle continua à écouter la radio.

« Mme Harris, qui se fait appeler Paige Samara, a épousé l'héritier de l'empire hôtelier Donovan McNeill et a eu trois filles avec lui. Pour l'instant, on ignore toujours si ce mariage est valide compte tenu des circonstances. »

Scarlett coupa le moteur, et la voix du présentateur par la même occasion. Le silence qui se fit n'empêcha pas les mots de résonner dans l'habitacle et dans sa tête.

Elle venait juste de renouer avec l'acteur Logan King. Ce dernier avait semblé sincère en disant vouloir une seconde chance avec elle, en prétendant l'aimer.

Aujourd'hui, elle y croyait. Verrouillant sa voiture, elle ouvrit le portillon qui menait à l'escalier longeant la maison située sur la côte de Logan. Dévalant les marches, elle suivit le son des vagues qui s'écrasaient sur les rochers jusqu'à parvenir sur la terrasse derrière la demeure.

— Logan ? l'appela-t-elle.

Son habitation donnait sur cette grande terrasse par une cloison vitrée qui, pour le moment, était presque entièrement ouverte.

Elle inspecta la pièce et vit Logan émerger de la cuisine. Il avait les cheveux noirs et les yeux verts, les épaules larges. Il lui tendait les bras.

Elle lâcha son sac sur le canapé et s'aperçut qu'elle tremblait. Elle enroula ses bras autour de sa taille.

— Tu vas bien ? lui demanda-t-il en l'embrassant sur le front. Tu veux rentrer chez toi pour être avec ta famille ?

Il fit courir une main dans son dos. Sa peau était chaude et réconfortante, son parfum entêtant.

— J'ai prévu de me rendre à Cheyenne dans la semaine pour tourner mes dernières scènes dans *À la conquête de l'Ouest*, mais je peux avancer mon vol pour qu'on y aille ensemble...

Elle inspira l'odeur de son après-rasage, mêlée à l'air marin qui provenait des vagues au-dessous. Le battement de son cœur contre son oreille et le ressac l'aidèrent à refouler la panique qui menaçait de la submerger.

Logan jouait un rôle important dans le film tourné sur le domaine des McNeill. Il lui avait proposé de s'installer chez lui pendant tout le temps de son absence au lieu de rester dans sa suite à Beverly Hills, mais elle voulait ralentir le rythme avec lui, après avoir forcé les étapes dans le passé.

— C'est gentil de ta part, dit-elle en reculant d'un pas pour le regarder.

Le soleil commençait à baisser et nimbait le ciel de lueurs roses et pourpres.

— Je n'arrive pas à me projeter si loin pour le moment, je suis... sous le choc.

Il la guida vers l'une des ottomanes qui surplombaient la mer et la fit s'asseoir sur un coussin à côté de lui.

— Je n'ai pas envie que tu restes seule, dit-il en la prenant par les épaules pour la regarder dans les yeux. Je sais que tu es fâchée parce que ton frère a engagé un détective privé pour te suivre, mais ils s'inquiètent pour toi, et moi aussi.

Les cheveux noirs de Scarlett s'envolèrent au gré d'une bourrasque, et elle repoussa une mèche sur sa joue, touchée à l'idée que Logan pense également à sa sécurité.

— Le dernier message a été délivré à Cheyenne, donc il y a de fortes chances pour que la personne qui menace les McNeill se trouve à présent dans le Wyoming, pas à Los Angeles.

Elle était restée en contact avec ses sœurs toute la journée pour se tenir informée du déroulement des événements. Elle était peut-être en froid avec ses proches, mais elle refusait de les abandonner.

— Les instructions pour le dépôt de fonds sur un compte à l'étranger ont été expédiées par e-mail cet après-midi, même si mes parents les ont ignorées, vu qu'ils refusent de négocier avec le maître chanteur.

Mais désormais ils en paieraient tous le prix, songea-t-elle.

— D'après le détective privé, le message provient d'un fournisseur d'accès Internet situé à Cheyenne.

Scarlett avait abandonné sa quête d'un logement, incapable de se concentrer au vu des SMS que ses sœurs ne cessaient de lui envoyer.

— Et ta mère, comment elle gère ? lui demanda Logan. A-t-elle dit quelque chose à propos du scandale ?

— Non. Je sais qu'elle n'est toujours pas remise de son accident, mais je n'arrive pas à croire qu'elle n'ait rien dit sur ce qu'elle pense de cette histoire, ni même si c'est la vérité.

Les sentiments de Scarlett à propos de Paige étaient partagés depuis qu'elle avait appris la nouvelle.

— J'hésite entre me sentir trahie et me demander si elle avait vraiment une bonne raison de dissimuler son passé.

— J'ai vu les photos que les médias ont postées depuis que le scandale a éclaté. La ressemblance entre Eden Harris et toi est stupéfiante.

— Je sais...

Elle ne pouvait le nier. Des trois filles de sa mère, Scarlett était celle qui lui avait toujours le plus ressemblé, ce qui était source de frustration pour elle, car Maisie et Madeline avaient hérité de traits plus classiques. Mais même elle devait admettre que les anciennes photos d'Eden Harris dépeignaient une adolescente attirante. D'une beauté exotique et différente, certes, mais plus adaptée à l'époque à laquelle elle avait été élevée.

Une pensée étrange la traversa, une parmi toutes celles qui

parcouraient son esprit alors qu'elle contemplait le coucher du soleil sur l'eau.

— J'ai envisagé de m'éloigner de Hollywood. D'après ce que j'ai compris, mon grand-père maternel était l'un des pontes de l'industrie cinématographique.

— Et le frère adoptif de ta mère est mon réalisateur...

Logan n'éprouvait pas la moindre affection pour Antonio Ventura et lui avait dit plus d'une fois qu'il avait hâte de ne plus travailler pour lui.

— Tu crois qu'Antonio serait assez ignoble pour faire chanter sa propre sœur ?

Scarlett savait qu'Antonio avait confisqué le téléphone de Logan lors d'un tournage au Congo un peu plus tôt dans l'année, prétendument pour le forcer à se lier à son équipe. Elle savait donc qu'il était déjà considéré comme un réalisateur tyrannique et insupportable.

— Je le crois capable de tout, marmonna sombrement Logan en se renfonçant dans son siège. Mais ce ne serait pas par manque d'argent. J'ai du mal à imaginer qu'il irait jusqu'à commettre un crime aussi grave pour une somme modique alors qu'il engrange une véritable fortune à chaque film.

Scarlett ne parvenait pas à envisager que quelqu'un puisse faire ça à sa famille. Elle se rapprocha de Logan.

— Tu as raison. Et, histoire de compliquer la situation, mon frère Brock s'est retrouvé à l'hôpital aujourd'hui pour une commotion cérébrale. Il s'est pris un projecteur sur la tête durant un changement de scène.

Scarlett se remémora l'étrange message qu'elle avait reçu cet après-midi, lui demandant d'aller le chercher à l'hôpital.

Comme s'il avait oublié qu'elle était à Los Angeles.

Logan étendit un bras sur le dossier du siège, jouant avec une mèche de ses cheveux et l'enroulant autour de ses doigts. Son contact faisait partie des rares bonnes choses de sa journée, et elle laissa le plaisir simple de sa caresse la détendre et la réchauffer.

— Ta famille subit beaucoup de stress, en ce moment, déclara-t-il d'une voix douce. Tu es sûre que tu ne veux pas que je t'accompagne à Cheyenne ? Nous pourrions prendre un vol privé et partir ce soir...

Elle appréciait vraiment qu'il s'inquiète pour elle et veille à son bien-être. Lorsqu'elle l'observa, son souffle se coupa. Il était si beau, et ses yeux verts la regardaient avec tant d'amour...

Son cœur se mit à battre la chamade.

— J'ai une meilleure idée, proposa-t-elle, l'envie de l'embrasser la traversant.

Était-ce mal de sa part de le désirer quand tout son univers s'écroulait ? N'était-ce pas ce que l'amour était censé être ?

Quelque chose de positif, sur lequel on pouvait compter, quand tout s'effondrait...

— Vraiment ?

Il enroula ses cheveux autour de son doigt et les tira doucement.

— Ma mère se remet encore de son coma et n'a visiblement aucune envie de parler de son passé. Mais son père, Emilio Ventura, se trouve en ville.

Scarlett était la seule de la fratrie à habiter assez près pour se confronter à lui.

— Je vais aller le voir.

— Scarlett..., la gronda Logan en lâchant sa mèche et en secouant la tête. La demeure des Ventura doit grouiller de paparazzis.

— J'irai incognito, affirma-t-elle.

Après tout, elle voulait être actrice, non ? Elle devait pouvoir jouer la comédie.

— S'il ressemble à son fils, je n'ai aucune envie que tu le rencontres sans être accompagnée, dit Logan, la voix grave.

Mais elle venait à peine de sortir de la sphère protectrice de ses frères, ce n'était pas pour se laisser materner par son petit ami ! songea Scarlett.

À présent, elle prenait ses propres décisions.

— Je vais découvrir par moi-même si ma mère est bien une héritière hollywoodienne disparue, la dénommée Eden Harris, dit-elle, trouvant que les mots sonnaient juste dans sa bouche. Et, plus important, je vais découvrir pourquoi elle a ressenti le besoin de fuir ses parents et de se cacher pendant plus de vingt-six ans.

C'était la première fois depuis le début de la journée qu'elle avait l'impression de prendre des initiatives, d'avoir un rôle à jouer dans le drame qui explosait en public.

— Si quelqu'un lui veut du mal, je le découvrirai.

Une heure après son arrivée, Brock savait qu'il avait fait une erreur en rejoignant tout le monde chez son père. Il était assis dans un fauteuil, près de la porte, et se demandait s'il pouvait filer. Il se reprochait d'avoir envie de partir, mais sa migraine ne faisait qu'empirer, et il commençait à craindre que sa commotion ne soit pas bénigne.

Il ferma les yeux, tentant d'étouffer la discussion avec la conseillère en relations publiques venue de New York la veille à la demande de son grand-père. Sa présence avait été pour Brock le premier indice que la situation était grave. Oublier l'existence de la séduisante actrice, Hannah, qu'il ne connaissait que depuis quelques jours était une chose, mais oublier que son entêté de père avait renoué avec le géniteur avec lequel il avait coupé les ponts depuis des années, Malcolm McNeill, en était une autre.

Brock ignorait comment cela avait commencé. Néanmoins, tous ses frères et sœurs se comportaient comme si le fait d'avoir Malcolm et sa compagne Rose sous le même toit que Donovan était normal. L'immense famille remplissait le salon, et Maisie et Madeline étaient assises sur les tabourets hauts de la cuisine afin de participer à la conversation.

Brock se pinça l'arête du nez et tenta de reprendre ses esprits, ordonnant à son cerveau d'assimiler le trop-plein d'informations qui menaçait de le submerger. Malgré tous ses efforts pour comprendre le drame et les changements – à commencer par celui de découvrir que le mariage de vingt-six ans de son père n'était plus légal si Paige était vraiment Eden Harris –, les pensées de Brock revenaient systématiquement à Hannah.

Était-ce parce que être avec elle était moins frustrant vu qu'ils n'avaient pas de passé ensemble ? Ou pensait-il plus à elle parce qu'elle lui faisait beaucoup d'effet ? Elle était venue à son chevet quand nul ne l'avait fait. Elle l'avait ramené chez lui, lui avait souhaité bon rétablissement.

Peut-être était-ce tout ce qui s'était passé entre eux à la surface, mais il avait perçu un autre panel de sentiments, plus profonds, lorsqu'elle l'avait touché. Elle l'avait fait de manière compatissante, pour le rassurer et le réconforter, mais son contact avait éveillé des sensations beaucoup plus élémentaires. Et Brock ne pouvait chasser l'idée que les yeux gris de la jeune femme dissimulaient des secrets qu'il devait découvrir.

— Donovan, ils doivent savoir, énonça une voix féminine en provenance du fond de la pièce, qui fit aussitôt taire tout le reste de la famille.

La belle-mère de Brock se tenait sous l'arche du salon, vêtue d'une chemise de nuit bleue à fleurs, avec une robe de chambre assortie, les pieds nus et ses longs cheveux châtain détachés. Son père avait passé un bras autour de sa taille. Elle était pâle et semblait frêle, après plusieurs semaines dans le coma, un détail que Brock avait oublié. Mais ses yeux bruns étincelaient d'une lueur féroce inconnue.

Madeline se rapprocha d'eux.

— On peut t'apporter quelque chose, maman ? proposa-t-elle en désignant la cuisine. Quelque chose à boire, du thé, peut-être ?

Brock se pencha en avant pour écouter Paige. Les nouvelles disaient-elles la vérité ? Sa belle-mère avait toujours été douce et effacée, presque trop, vu la façon dont elle permettait à son entêté de mari de régenter la maison. Il avait du mal à croire qu'elle avait pu concevoir un plan à l'âge de dix-sept ans pour changer d'identité, traverser le pays et épouser un homme connu de Cheyenne sans que quiconque ne lui pose de questions sur son passé.

Mais, là encore, l'héritière invisible de Hollywood n'avait jamais été portée officiellement disparue. Elle avait simplement cessé d'apparaître en public.

— Non, je te remercie, ma chérie. Je voulais juste vous dire la vérité, dit-elle en détournant son regard du père de Brock pour fixer tout le monde dans la pièce. À vous tous. Tout ce que les tabloïds disent à mon sujet est vrai, expliqua-t-elle d'une voix qui tremblait, avant de s'interrompre. Je... je n'ai pas pris une fausse identité dans le but de faire du mal à quiconque, j'avais seulement besoin… d'un nouveau départ.

Quand la pièce sombra dans le silence, la chargée des relations publiques, nommée Jasmine, s'apprêta à parler. Elle inspira et ouvrit la bouche, mais Carson était assis à côté d'elle et il posa une main ferme sur son bras pour la faire taire.

Donovan serra Paige contre lui.

— En ce qui me concerne, son nom ne change pas l'épouse et la mère qu'elle a toujours été. Et cette découverte sur son passé n'altère pas qui elle est au fond d'elle-même, dit-il en se détournant de Paige pour les scruter un à un. Je sais que vous pensez tous comme moi.

Les yeux de Paige se mirent à briller de larmes contenues.

— Merci. Merci à tous.

Donovan la fit pivoter sur ses talons puis la conduisit dans le couloir pour regagner leur chambre.

— Concentre-toi sur le fait de guérir, lui dit-il doucement en l'entraînant hors de la pièce.

— Je n'arrive pas à croire qu'elle ait gardé le secret sur son passé depuis notre naissance, dit Madeline, l'aînée de ses filles, l'air confus.

Brock savait que quelqu'un aurait dû la réconforter mais, ce soir, ce ne pouvait être lui. Ses pensées étaient trop dispersées, sa tête trop malmenée. Sa famille n'avait pas besoin de découvrir qu'il avait perdu la mémoire des six derniers mois. Il se rappelait avoir convoyé deux pouliches chez un voisin doté de filles jumelles juste après le nouvel an mais, après ça, il n'avait plus le moindre souvenir.

Jusqu'à ce qu'il se réveille à l'hôpital, avec Hannah Ryder penchée au-dessus de lui, l'inquiétude se lisant sur son visage et des secrets dans les yeux.

Il fut arraché à ses réflexions quand Jasmine tapota la table en érable du bout de son ongle manucuré pour attirer l'attention générale.

— Si nous voulons contrôler la situation, nous devons préparer une annonce officielle aussi vite que possible.

— Je suis bien d'accord, ma chère, approuva Malcolm de sa

voix fatiguée, assis à côté de sa compagne dans l'un des canapés. Mais comme vous pouvez le voir, il n'est pas facile pour nous d'anticiper les événements alors que nous avons du mal à gérer les conséquences de cette annonce.

— Nous pourrions tenter une tactique de diversion le temps de préparer un communiqué, suggéra Jasmine.

Apparemment, c'était une amie du petit-fils de Malcolm, Quinn, et de sa ballerine d'épouse, Sofia Koslov McNeill. Jasmine avait travaillé pour Sofia avant son mariage avec Quinn et aidé à promouvoir l'image de la danseuse dans son milieu.

Cette nouvelle était peut-être plus fraîche pour Brock que pour tout le reste de l'assemblée. Pour lui, c'était comme si la branche de Manhattan de la famille avait fait les gros titres la veille.

Cody, l'un des jumeaux, se leva de son siège, posa les mains sur la table devant lui et laissa son regard errer à l'extérieur, sur l'allée et les champs plongés dans les ténèbres au-delà.

— Suggérez-vous que nous inventions une histoire pour détourner l'attention des médias ?

— Pas que nous l'inventions, protesta Jasmine d'un air offusqué. Cela doit être vrai, mais cela doit aussi être quelque chose d'assez gros pour détourner l'intérêt. Peut-être des nouvelles d'une cession de terrain ou une annonce concernant le tournage ?

Brock n'était pas le genre d'homme à participer à ce genre de manigances dans ses bons jours, mais la journée qui venait de s'écouler l'avait privé de toute sa détermination, en plus de sa mémoire. Il devait sortir de la maison au plus vite, pour se débarrasser de ces histoires de chantage et de film qui l'embrouillaient. Il devait comprendre comment il allait combattre l'amnésie.

Et cajoler Hannah Ryder jusqu'à ce qu'elle accepte de lui dire ce qui s'était passé entre eux, car ce souvenir-là promettait d'être bien plus intéressant et agréable que tous les autres.

— Je ne peux pas me mêler de ça pour l'instant, annonça-t-il à l'assemblée dans la pièce, regrettant de ne pas pouvoir s'occuper de sa famille alors qu'ils avaient besoin de lui. J'ai mal à la tête et je n'arrive pas à réfléchir, donc je ne vous serai d'aucune aide ce soir.

Ce ne serait pas la première fois qu'il décevrait son père. En tant que plus jeune fils, il était également celui qui avait le moins contribué aux opérations du ranch. Le programme d'élevage de chevaux de Brock n'avait aucun lien avec le bétail et n'améliorait pas la production.

Mais il faisait de son mieux.

Pivotant sur ses talons, il prit la direction de la sortie, prévoyant déjà d'envoyer un message à Hannah. Il allait emprunter une monture dans l'écurie de son père. Il ne se sentait pas concerné par les ordres du médecin, car il était quasiment né sur une selle. Le chalet où Hannah lui avait dit qu'elle logeait était presque sur son chemin.

Alors qu'il posait la main sur la poignée, quelqu'un frappa à la porte. Il l'ouvrit et découvrit une jeune femme brune et mince vêtue d'un short de sport et d'un sweat. Ses joues étaient roses, et elle avait le front brillant de transpiration. Ses yeux étaient un peu injectés de sang – peut-être avait-elle pleuré.

— Salut, Brock, dit-elle d'une voix douce, en passant devant lui pour entrer dans la pièce.

Il n'avait pas la moindre idée de son identité.

Mais à la façon dont Carson se précipita vers elle, le visage marqué par l'inquiétude, il comprit que c'était quelqu'un d'important pour le second jumeau.

— Emma ? Que se passe-t-il ?

Brock hésita à s'en aller alors que tous les yeux étaient rivés sur la nouvelle venue que Carson venait de prendre dans ses bras.

— C'est ma mère, dit-elle en regardant tour à tour tous les membres de la famille avant de le fixer. Brock, tu n'étais pas là il y a trois jours quand j'étais assise avec ta mère et que j'ai reconnu la photo dans son médaillon : c'est le portrait de cette femme dont nous savons aujourd'hui que c'est sa mère, Barbara Harris.

Brock connaissait ce pendentif que Paige avait toujours porté. Mais comment la petite amie de Carson avait-elle pu identifier le visage d'une actrice qui n'avait pas joué dans un film depuis plusieurs décennies ? Il hocha néanmoins la tête, peu désireux d'admettre son ignorance. Avait-il perdu à ce point la mémoire ? Cependant, il devait bien reconnaître que toutes ces nouvelles auraient été dures à suivre même en temps normal.

— J'ai appelé maman pour en discuter avec elle, vu qu'elle avait travaillé comme domestique chez les Ventura il y a des années, poursuivit Emma en se servant de sa manche pour s'essuyer les yeux. Et il se trouve qu'elle est en ville. Elle s'est rendue à Cheyenne le jour précédant le deuxième message de chantage.

Un lourd silence s'ensuivit. Et quand aucune explication ne sembla prête à être énoncée, Maisie se porta à la rencontre d'Emma.

— Je ne comprends pas, déclara Maisie en faisant passer son regard d'Emma à Carson. Tu lui manquais ? Elle est venue assister au tournage ?

— Non, ce n'est pas ça, dit Emma en reniflant et en secouant la tête, avant de se redresser d'un air déterminé. À l'époque où elle travaillait pour les Ventura, maman a eu une aventure avec son patron, Emilio Ventura. Malgré le temps, elle est toujours restée un peu obsédée par lui. Or, depuis ma naissance, je l'ai vue lutter contre des troubles maniaco-dépressifs, expliqua-t-elle. Le fait qu'elle soit ici, à Cheyenne, alors que des demandes d'argent ont été envoyées à Paige depuis cette ville, me laisse à penser que ma mère pourrait bien être le maître chanteur.

6

En quittant la maison paternelle, Brock abandonna toute idée de rassembler les fragments de cette énigme. Il ne serait d'aucune aide pour personne ce soir : il n'était même pas capable d'identifier les gens dans la pièce !

Maisie tenta mollement de le retenir et lui demanda s'il voulait qu'elle le raccompagne, mais il refusa. Son père aurait bien une monture à lui prêter pour rentrer. Les bêtes nées chez eux faisaient le trajet entre Black Creek et Creek Spill assez souvent, et la maison de Brock se trouvait pile à mi-chemin, juste à côté de la rivière.

Sans mentionner le fait qu'il avait lui-même dressé la plupart des animaux du ranch au cours des six dernières années. Le succès de son programme d'élevage et d'entraînement lui avait permis de développer son propre domaine d'expertise, ce qui lui conférait une certaine autonomie, même s'il restait lié aux entreprises McNeill.

Même malgré une commotion cérébrale et souffrant d'amnésie, il comprenait les chevaux mieux que sa propre famille.

Il sella une jument beige, Aurora, qui se trouvait dans la stalle la plus proche, prenant plaisir à se rappeler tous les détails du dressage de l'animal – autant de faits qui lui revenaient facilement en mémoire. L'animal avait cinq ans et était la progéniture de l'un des étalons les plus prolifiques du ranch. Intelligente et bien proportionnée, Aurora était l'incarnation de toutes les qualités que Brock tentait de développer dans son élevage.

Il la conduisit dehors et n'eut qu'à lui indiquer la direction de sa maison – qui était à présent achevée, d'après les photos qu'il avait regardées sur son téléphone. Dans sa mémoire, il en était encore à poser les cloisons intérieures, aussi constater que l'ouvrage était terminé l'avait stupéfié. Il avait hâte de le découvrir en personne, de voir si les photos ne mentaient pas.

La jument avançait à bonne allure et émit un petit reniflement. Brock se redressa sur sa selle, la douleur dans sa tête diminuant pour la première fois de la journée tandis qu'il savourait le parfum de l'herbe et des fleurs sauvages. Lorsqu'ils se rapprochèrent du cours d'eau, il entendit le clapotis des vagues, et une certaine tension dans sa poitrine se relâcha.

Alors qu'il atteignait le tournant avant le chalet de Hannah, Brock tira sur les rênes, faisant ralentir Aurora au pas. Il n'avait pas prévenu Hannah, et elle ne s'attendrait pas à sa visite.

Mais il pouvait passer devant chez elle pour voir si les lumières étaient allumées. Il devait la remercier, c'était le minimum. Après avoir appris la véritable identité de sa belle-mère, il avait été sous le choc, et sa séparation d'avec Hannah avait été un peu tendue. Il ne s'était pas montré très courtois envers elle.

Brock fit s'éloigner sa jument de l'eau et traversa un fourré dense. Les grands érables cédèrent la place aux ormes, puis à quelques pins et, enfin, le terrain s'aplanit, laissant apparaître une clairière baignée par le clair de lune. De la lumière brillait par les fenêtres du chalet et une lampe-tempête était posée sur la table de la terrasse, sous le porche étroit.

Brock se sentit porté par une vague d'anticipation. Les vestiges de sa migraine se dissipèrent tout à fait à l'idée de voir Hannah.

— Hello, lança celle-ci dans le noir alors qu'il discernait sa silhouette dans l'un des rocking-chairs de la terrasse. Qui est là ?

Il perçut de la nervosité dans sa voix, ainsi que de l'inquiétude.

— C'est Brock, répondit-il, peu désireux de lui faire peur.

Il leva une main en l'air pour la saluer tandis qu'Aurora s'approchait du chalet.

— Je ne voulais pas te surprendre, je rentre juste chez moi.

Chez lui, pour voir la maison qu'il avait construite de ses mains mais dont il ne se souvenait pas.

Hannah émit un petit rire et se mit debout pour s'avancer vers lui.

— Je n'ai pas l'habitude d'entendre de gros animaux vagabonder dans les bois la nuit, plaisanta-t-elle.

Elle s'arrêta à côté du cheval. Elle portait un sweat clair à capuche qui disait « Je lis toute la nuit » en grandes lettres roses. Elle tendit la main pour caresser le nez d'Aurora alors que Brock mettait pied à terre.

Avec son visage dépourvu de maquillage et ses cheveux serrés par un élastique, elle avait l'air prête à aller se coucher. À cette idée, le cerveau de Brock s'emballa, et ses pensées s'affolèrent durant un instant. Il se campa devant elle, assez près pour sentir le parfum frais de son shampoing.

Il avait oublié ce pour quoi il était venu. Son attention était concentrée sur elle et se tenir à son côté lui semblait normal, familier. Rester un moment serait encore meilleur.

Elle leva les yeux vers lui, ses iris gris se plongeant dans les siens.

— Je ne m'attendais pas à te revoir aujourd'hui.

Comment se faisait-il que les interactions les plus ordinaires avec Brock McNeill lui paraissaient plus érotiques que les baisers qu'elle avait échangés avec d'autres ?

Hannah tenta de reprendre la mainmise sur sa libido en se forçant à se rappeler pourquoi elle avait menti à Brock un peu plus tôt. Elle ne pouvait pas s'engager dans une relation avec un homme dont la famille était liée à son ennemi.

Mais qu'il était difficile de garder ce fait à l'esprit tant ces deux individus lui semblaient différents ! Sauf qu'elle n'était pas venue à Cheyenne pour s'amuser. Elle n'était là que pour protéger sa sœur Hope et l'empêcher de sombrer davantage dans la dépression.

Brock se rapprocha d'elle, les rênes de son cheval à la main. Puis il les lâcha, et elles tombèrent à terre.

— Je me suis rendu compte que je ne t'avais pas remerciée pour tout ce que tu as fait pour moi, expliqua-t-il.

Il était encore vêtu des habits qu'il portait le matin, puis à l'hôpital. Après son séjour aux urgences et ce qui s'était passé dans sa famille, il devait être épuisé.

— Mais je t'en prie. De toute façon, ils avaient annulé le tournage pour refixer les spots, je n'avais donc rien à faire, répondit-elle.

Elle savait que le film allait dépasser le budget initial et exploser le planning, ce qui lui convenait parfaitement, vu que cela lui offrait plus de temps pour discuter avec d'autres collègues pour découvrir si elles aussi avaient été victimes d'Antonio Ventura.

— Je me demande comment tu fais pour tenir encore debout après la journée que tu as eue... reprit-elle.

Brock leva une main pour effleurer l'arrière de son crâne, le geste faisant gonfler ses biceps de manière très appétissante.

— En fait, je me sens mieux. Partir de chez mon père et m'éloigner de tous ces tracas pour respirer un peu d'air frais m'a fait du bien.

Un frisson de panique la traversa.

— Ta mémoire... Est-elle revenue ?

Que répondrait-elle s'il lui demandait pourquoi elle lui avait menti à propos de la nuit dernière ?

Elle ne voulait pas se faire un ennemi de ce McNeill, sa famille était connue et influente, et un mot glissé par l'un d'eux dans l'oreille du réalisateur suffirait à la faire licencier.

Brock l'étudia quelques instants avant de secouer la tête.

— Non, pour le moment, je ne me souviens de rien après janvier.

Soulagée, elle s'adossa à la rambarde en bois de la terrasse, mais ne put réprimer un soupçon de déception et de compassion envers lui. Elle aurait détesté perdre le souvenir de tout un pan de sa vie.

— Je suis désolée, murmura-t-elle en serrant ses bras autour d'elle, la brise qui descendait des montagnes était étonnamment fraîche, une fois le soleil couché. Et je crains fort que ta famille ne t'ait pas été d'une grande aide ce soir, avec tous ces tracas à propos de ta belle-mère.

— Tu as froid ? lui demanda-t-il alors qu'elle frissonnait. Il y a du gaz dans la cheminée, tu sais, reprit-il en désignant le petit foyer au manteau en ardoise. À moins que tu ne préfères entrer à l'intérieur.

Depuis la veille, quand elle l'avait littéralement traîné dans son chalet, l'endroit était empli de souvenirs où il jouait le premier rôle. Donc, non, entrer avec lui n'était pas prudent.

— Un feu, c'est une bonne idée, déclara-t-elle. Mais la télécommande doit être dedans. Je n'ai pas encore lu le mode d'emploi pour m'en servir.

Brock grimpa les marches et se rapprocha de l'âtre.

— Tu peux l'allumer manuellement, aussi, expliqua-t-il.

Il passa un bras sous le manteau et appuya sur un bouton dissimulé dessous. Une seconde plus tard, dans un grésillement sourd, des flammes orangées et bleues apparurent au centre du foyer.

Hannah le suivit sous le porche, qui était juste assez spacieux pour deux fauteuils, une causeuse et la cheminée. En bas des marches se trouvait également une petite terrasse sur laquelle elle avait fait son yoga tous les matins. De là, la vue était imprenable.

— C'est super, je te remercie, dit-elle en tendant les mains vers le feu.

— Je t'en prie. Il demeura de l'autre côté, à la regarder. Et, en ce qui concerne ma famille, tu as raison. Ce soir, toute l'attention était fixée sur ma belle-mère.

— Comment va-t-elle ? demanda Hannah, dans l'espoir de découvrir si ses proches avaient été surpris par les nouvelles, ou si, dès le début, ils avaient été au courant de son lien avec les Ventura.

— Honnêtement, je ne sais pas ce que j'ai le droit de dire, éluda-t-il.

Il contourna le feu pour se rapprocher d'elle, assez près pour qu'elle puisse percevoir sa chaleur corporelle.

— Mon grand-père a fait venir une spécialiste en relations publiques pour nous aider à réagir.

— Il a bien fait, concéda-t-elle en frissonnant à nouveau, cette fois à cause de sa proximité. Le nom des McNeill est connu, vous devez vous protéger.

Il haussa les épaules sans la quitter des yeux.

— Cela risque plus d'être mauvais pour la chaîne hôtelière que pour le ranch, d'après moi. Et en ce qui me concerne, je ne vois pas comment quelqu'un en quête d'un bon cheval pourrait d'un coup décider qu'il ne veut pas traiter avec moi parce que ma belle-mère est une héritière de Hollywood.

— Les gens préfèrent être sûrs d'avoir affaire à quelqu'un d'honnête et de fiable, rétorqua-t-elle en se demandant s'il croyait vraiment que son entreprise ne serait pas affectée par cette histoire, ou s'il tentait seulement d'être optimiste.

Dans son esprit, cela ne faisait pas le moindre doute que le scandale jouerait.

— Et être associé avec les Ventura est tout sauf une bonne chose. Cette famille a peut-être de l'influence dans le milieu industriel, mais ils ne sont pas appréciés.

— Oui, tu as raison, admit-il, ses lèvres s'étirant en un sourire sans joie. Cela risque d'avoir un impact sur le ranch. J'avais espéré que l'air frais me rendrait mes esprits, mais je n'arrive toujours pas à réfléchir. Il se tourna vers elle.

— Hannah, puis-je te demander une nouvelle faveur ?

L'entendre prononcer son nom lui arracha un frisson, et sa gorge s'asséchа.

— Oui, bien sûr, dit-elle en le scrutant en biais, sans oser le regarder bien en face.

— C'est peut-être parce que nous ne nous connaissons pas beaucoup et n'avons pas de relation bien établie, mais je trouve plus facile de discuter avec toi qu'avec n'importe quel membre de ma famille, pour l'instant.

— Vraiment ?

Ses mots suscitèrent en elle une pointe de culpabilité : ils avaient bel et bien une relation… Elle fourra ses mains dans les poches de son sweat pour qu'il ne les voie pas trembler.

— Oui, vraiment, insista-t-il en la scrutant de ses iris bleus avec le même feu qui l'avait consumée la veille. Tu ne me mets pas la pression, et cela ne me fait pas mal à la tête, quand je te parle.

— Ah, d'accord.

Elle savait ce qu'il allait lui demander et elle brûlait d'envie de l'interrompre, car moins elle passait de temps avec lui, mieux ce serait. Mais comment aurait-elle pu le lui dire ? Comment lui expliquer que chaque instant avec lui était une lutte pour ne pas le toucher, l'embrasser ?

— Dîne avec moi, un soir de cette semaine. Un jour où tu ne travailles pas, ou juste après.

— Je… euh…

Elle essaya de réfléchir à un prétexte pour refuser, mais alors qu'il tendait la main pour lui caresser la joue, elle ne put que se tourner vers lui et incliner le visage dans sa direction. Son regard se fit sérieux.

— Je sais que je ne t'aurais pas parlé du chantage sur ma famille si je ne te faisais pas confiance. Si je n'espérais pas… aller plus loin avec toi.

Elle se raidit, prête à réfuter toute attirance.

— Je n'ai pas eu cette impression, de mon côté, plaida-t-elle. Tu as juste été courtois avec moi en me ramenant chez moi.

— Hannah…

Sa voix se fit grondeuse, et il effleura sa joue en un geste à la fois suppliant et tentateur.

— Même maintenant je sens qu'il y a quelque chose entre nous. Être amnésique ne m'empêche pas d'avoir conscience que je devais être attiré par toi, hier, autant que je le suis aujourd'hui.

Comment réfuter cette logique ? Nier ce qu'il y avait entre eux était impossible, elle n'avait pas la moindre chance de réussir.

— Que nous soyons attirés l'un par l'autre est une chose, mais il n'est pas raisonnable de céder à cette attraction.

Elle aurait aimé compléter cette phrase d'un argument imparable, mais elle n'en avait aucun à lui opposer.

— N'accepte pas de dîner avec moi parce que ce serait raisonnable, fais-le parce que tu as envie de mieux me connaître, ou parce que tu n'as pas envie de passer ta vie sans avoir embrassé un cow-boy.

Il se pencha vers elle, son regard porté sur sa bouche. Durant un instant, ils respirèrent le même air. Elle cligna les paupières.

— Ou alors, accepte parce que tu as faim et que je peux te promettre un meilleur repas que le service restauration du tournage.

Il fit retomber sa main et recula d'un pas, lui laissant assez d'espace pour réfléchir à sa proposition.

Comment refuser ? Il avait raison à propos de leur attirance, bien sûr, mais elle voulait avant tout le revoir pour reprendre le contrôle de la situation, découvrir s'il recouvrait la mémoire et pourquoi sa belle-mère avait fui le foyer des Ventura à l'adolescence.

Cela n'avait aucun lien avec le fait d'embrasser un cow-boy, mince ! Après tout, elle savait déjà l'effet que ça faisait.

— Tu as de bons arguments, admit-elle. Je finis à 19 heures.

Le lendemain matin, alors qu'elle quittait son chalet pour se rendre sur le plateau, Hannah réfléchissait encore à leur dernière rencontre.

Elle portait une légère robe d'été et un chapeau à bords larges pour éviter que le soleil du Wyoming ne fasse naître d'autres taches de rousseur sur son visage. Brock lui avait dit qu'il lui enverrait un message dans la journée lorsqu'il aurait réservé le restaurant. Il était décidément aussi prévenant que courtois, et elle regrettait vraiment que leur relation soit condamnée. La plupart des hommes avec lesquels elle était sortie jusqu'à présent préféraient passer leur temps avec leurs copains plutôt que d'organiser un dîner en tête à tête.

C'était pourquoi le fait que Brock ait envie de faire quelque chose de spécial pour elle la touchait beaucoup. Alors, comme en plus, il avait remis Antonio à sa place le jour de leur rencontre, cela le rendait… unique. Surtout venant de la part de quelqu'un de privilégié comme lui. D'après son expérience, les gens possédant ce genre d'avantages ne se préoccupaient guère que de leur propre confort.

Cela lui fit repenser à son père, un procureur puissant et prestigieux, qui avait sans remords coupé ses filles de sa fortune le jour où il avait rompu avec leur mère. Bon, d'accord, Hannah n'avait pas besoin de son argent, mais Hope ? Dix ans plus tard, cela la rendait toujours aussi furieuse. Leur géniteur, car finalement il n'était rien d'autre, avait laminé l'avocat de son ex-femme, et protégé ses biens de cette famille dont il ne voulait plus.

Le téléphone de Hannah émit une sonnerie, et elle plongea la main dans son sac pour le récupérer, heureuse de la distraction qu'il lui proposait. Elle regarda le numéro qui s'affichait, impatiente de découvrir s'il s'agissait de Brock. Mais, non, c'était sa sœur et, déjà inquiète, elle décrocha.

— Bonjour, Hope, se força-t-elle à lancer d'une voix joyeuse. Comment vas-tu ?

Hope s'était installée chez elle lorsqu'elle avait eu dix-huit ans, après son baccalauréat, quand leur mère avait annoncé vouloir vivre pour elle et voyager. Mais Hannah avait adoré avoir sa cadette avec elle. Elle leur avait acheté des bagues assorties et dit à Hope que c'était elles deux contre le reste du monde. Les Ryder *sisters*. Hope était allée à la fac deux ans durant avant de venir à l'université de Californie, à Los Angeles, ce qui avait toujours été son rêve. Sauf que, à présent, Hannah devait lui rappeler qu'elle devait se rendre en cours, alors qu'autrefois sa cadette adorait y aller.

— Si tu veux tout savoir, ça ne va pas très bien, Hannah, répondit Hope d'une voix énervée, plus morose que d'habitude.

Ces derniers mois, elle avait passé la majeure partie de son temps à ruminer en silence, aussi, le fait d'entendre parler sur ce ton déclencha aussitôt tous les signaux d'alerte de Hannah.

— *À la conquête de l'Ouest* fait tous les gros titres, je vois son visage partout. Partout.

Le cerveau de Hannah se mit à tourner à plein régime pour remplir les blancs. Elle s'arrêta en plein milieu du chemin menant au plateau, une ravine caillouteuse où trois des personnages du film devaient se retrouver pour une réunion secrète. Elle avait encore du temps devant elle avant de devoir être maquillée.

— Pourquoi ? C'est à cause de l'histoire à propos d'Eden Harris ? lui demanda-t-elle. Y a-t-il eu d'autres nouvelles aujourd'hui ?

— Je l'ignore ! explosa sa sœur en un murmure appuyé, comme si elle tentait d'être calme sans y parvenir.

En bruit de fond, Hannah entendit de la musique. Hope devait se trouver au centre commercial où elle travaillait comme vendeuse dans une boutique de prêt-à-porter pour adolescentes.

— Mais mes collègues ne cessent de me montrer des vidéos du ranch où tu tournes parce qu'elles savent que tu joues dans le film, reprit-elle. Et son visage est partout...

Une nouvelle crainte s'empara de Hannah, et la tension raidit ses épaules. Brock était-il au courant de ça ?

— Il y a des vues du domaine des McNeill ? demanda-t-elle en se remettant en route pour le plateau, cette fois à bonne allure. Du genre, des photos de tabloïds ?

Elle n'avait pas consulté les médias ce matin, trop heureuse de savourer l'ambiance zen du chalet au lever du soleil, dégustant son café sur la terrasse tandis qu'elle regardait le jour se lever sur les champs.

— Ils montrent des vidéos de… lui… devant un bar à cow-boys. Quelqu'un lui demande s'il savait que Mme McNeill était en réalité Eden Harris quand il avait décidé de tourner à Cheyenne, dit Hope en baissant encore plus la voix. Je ne comprends pas pourquoi tu fais ça, Hannah. Je ne voulais pas que tu entres en contact avec lui.

Hannah détestait l'idée de faire davantage de mal à sa sœur, mais elle devait s'efforcer de penser que, sur le long terme, elle faisait ce qui était juste.

— Ma chérie, j'aurais été prête à faire de la figuration dans ce film si cela m'avait permis de travailler avec lui, tu le sais.

Elle plissa les yeux pour découvrir les installations du tournage au loin, guettant d'éventuels drones à caméras ou des photographes cachés dans les buissons.

— Je vais trouver des preuves de sa culpabilité. Une fois qu'il sera catégorisé comme prédateur sexuel en public, il ne pourra plus jamais faire de mal à personne.

Elle envisagea d'envoyer un message à Callie, l'assistante costumière, pour lui demander s'il y avait des paparazzis près du ranch, mais le soleil masquait son écran. Et si elle devait prévenir quelqu'un, ce serait plutôt Brock. Sa famille voudrait être mise au courant, s'ils ne l'étaient pas déjà.

Mais Brock avait dit qu'ils avaient engagé une chargée des relations publiques. Donc ils devaient en avoir été informés. Si ça se trouvait, les McNeill faisaient peut-être jouer leur influence pour raisons d'affaires. L'idée de Brock négociant avec Antonio Ventura l'écœura.

— Oui, mais à cause de ça l'homme qui m'a agressée est ton employeur. Quand j'y pense, ça me rend...

Hannah ne put entendre la suite.

Alors qu'à un tournant le plateau apparaissait, elle remarqua une foule amassée devant la tente de la costumière. Un groupe de gens se tenait là et regardait quelque chose, ou quelqu'un, dissimulé derrière eux. Quelque chose que Hannah ne pouvait pas voir.

— Hope, je te promets que je serai prudente, mais je dois y aller. Je ne vais pas tarder à commencer, tu comprends ?

Elle accéléra encore dans l'herbe.

Elle raccrocha et s'élança en courant en direction de l'attroupement, composé d'assistants, des maquilleurs et costumiers, scénaristes, équipes d'installation et dresseurs. Tous semblaient fascinés par quelque chose. Une rixe ? Un journaliste ?

Mais alors qu'elle s'arrêtait derrière eux, Hannah entendit un homme parler. Antonio Ventura.

— ... Et si c'est ce qu'il faut pour que tout le monde sur ce plateau soit sur la même longueur d'onde, je le ferai, disait-il, la voix vaguement menaçante. Je l'ai déjà fait sur d'autres tournages.

Un murmure parcourut le groupe, et Hannah se demanda ce qu'il proposait pour les mettre « sur la même longueur d'onde ». Elle se rapprocha de Callie et tenta d'apercevoir l'homme qu'elle détestait.

En la voyant, Callie dissimula sa bouche d'une main et chuchota :

— Il veut nous priver de nos portables si nous ne sommes pas sages.

Le réalisateur prit tout son temps pour scruter tout le monde.

— L'attention renforcée des médias n'est problématique que si nous en faisons un problème. Je licencierai moi-même toute personne qui poste des nouvelles, qui émet des spéculations sur ma famille ou qui parle aux journalistes. Je considérerai que cette personne ne souhaite plus travailler avec moi. Définitivement.

Il partit en trombe en direction de sa caravane, un de ses assistants courant derrière lui pour le rattraper.

Il bluffe, avait envie de hurler Hannah à l'intention des jeunes techniciens. Elle brûlait de leur rappeler qu'un réalisateur n'avait pas ce genre d'emprise sur une entreprise de production. Ventura ne pouvait décider qui la firme engagerait pour ses projets. Mais, de façon égoïste, elle savait que le trouble que cette annonce générait au sein de l'équipe améliorait ses chances d'apprendre quelque chose de compromettant sur Antonio. Des gens inquiets et mis sous pression baisseraient plus facilement leur garde concernant le comportement d'Antonio.

Aussi, Hannah ne dit-elle rien, écoutant la foule commenter la nouvelle en se dispersant. Certaines personnes semblaient trouver normal qu'Antonio cherche à obtenir leur coopération, mais elle entendit également quelqu'un parler des ragots qui s'étaient propagés sur les précédents tournages d'Antonio, notamment celui où il avait bel et bien confisqué les portables durant plusieurs semaines.

Alors que les gens s'écartaient les uns des autres et reprenaient leurs activités, Callie accompagna Hannah jusqu'à la caravane de la maquilleuse puis lui tint la porte tandis qu'elles pénétraient à l'intérieur.

— Alors, qu'est-ce qui a déclenché cette tirade ? demanda Hannah en s'asseyant dans son fauteuil, posant son sac à main sous la table dotée d'un grand miroir devant elle.

Elles étaient seules dans le véhicule. Les autres devaient s'être attardés dehors pour échanger quelques mots. Hannah avait envie de consulter Internet pour voir ce dont Hope lui avait parlé. Mais pianoter sur son portable donnerait l'impression qu'elle ne voulait pas discuter, et elle ne pouvait pas se permettre de se couper des gens. Elle avait besoin qu'ils se confient à elle dans l'espoir de glaner des informations sur Antonio.

— Un des extra a posté une photo d'Antonio à côté de Paige McNeill, tous deux devant le panneau « Bienvenue au ranch Creek Spill », expliqua Callie en tendant la main pour ajuster le col de la tunique que Hannah mettrait pour la scène d'aujourd'hui. Il a rajouté un commentaire disant « séparés à la naissance ? » parce qu'ils portaient tous deux un jean et un Stetson pour le cliché.

— Ça ne me semble pas très compromettant, protesta Hannah.

— Cela n'aurait pas dû l'être, sauf que, sur la photo, Antonio a l'air d'un vieux pervers tandis qu'Eden Harris est plus jolie que jamais. Et comme ils sont approximativement du même âge, j'imagine que l'ego d'Antonio a dû en prendre un coup.

Pervers ? Le mot attira davantage l'attention de Hannah que tout ce que l'habilleuse avait dit d'autre. Callie avait-elle été témoin d'un comportement inapproprié de la part du réalisateur ? Elle se promit d'aborder de nouveau le sujet avec elle.

— Je croyais qu'il était furieux parce qu'il y a des paparazzis à Cheyenne, dit Hannah

Elle se demandait si elle pouvait consulter son portable en quête d'informations sur Antonio. De plus, elle avait envie de voir si Brock lui avait envoyé un message – il n'était jamais loin de ses pensées.

— Ma sœur m'a dit qu'il y avait beaucoup de rumeurs à propos du tournage, depuis que la nouvelle a éclaté à propos d'Eden Harris, reprit-elle.

Callie hocha la tête et s'assit sur un banc en face de Hannah, sa longue queue-de-cheval retombant sur ses bras.

— Tout le monde à Hollywood veut savoir si les Ventura étaient au courant d'où se trouvait Eden depuis tout ce temps, puisque personne n'a signalé sa fugue. Elle a juste… disparu des médias.

À ses pieds, le téléphone de Hannah vibra. Mais comme un assistant de production venait d'entrer dans le mobile home elle ne s'en préoccupa pas.

— Désolé, mesdames, le tournage est annulé pour la journée. Il y a eu une intrusion dans le ranch, et les McNeill nous ont recommandé d'attendre demain pour filmer, du moins jusqu'à ce qu'ils aient renforcé la sécurité.

Une seconde plus tard, l'homme repartit, sans doute pour répandre la nouvelle.

Callie applaudit.

— Un jour de congé, chic ! s'exclama-t-elle en esquissant quelques pas de danse avant de quitter l'endroit, si vite que Hannah n'eut pas le temps de l'arrêter ou de lui poser des questions sur son commentaire concernant Antonio.

Eh mince ! Elle prit son sac et en tira son téléphone pour voir qu'elle avait reçu un message au sujet de leur rendez-vous du lendemain.

Problème de sécurité. Impossible de quitter le ranch. J'ai réservé un chef trois étoiles à mon domicile demain. Je viendrai te chercher à 19 h 30.

Hannah lut le message à deux reprises, son cœur battant la chamade. Un dîner chez Brock lui semblait beaucoup plus intime, presque décadent.

Elle devrait se montrer très, très prudente quant à ce qu'elle révélerait, même lors de ses tentatives pour en apprendre plus sur lui et, surtout, elle ne devrait pas tomber sous son charme.

7

Brock n'avait pas la moindre envie d'aller chercher Hannah avec une cohorte de gardes du corps sur ses pas, mais vu l'essaim de paparazzis déterminés à pénétrer sur le ranch des McNeill depuis la veille, il avait fini par accepter que quelqu'un l'accompagne jusque chez elle. Il avait bien assez de soucis sans devoir en plus se préoccuper du risque que des reporters parviennent à s'infiltrer à Creek Spill.

Il ne vit personne lorsqu'il s'arrêta devant le chalet dans son pick-up. Il éteignit les phares mais laissa les clés sur le siège avant de descendre et de se diriger vers la porte.

De la musique résonnait, une aria douce dans une langue étrangère, pas du tout le genre de morceau qu'il aurait supposé que Hannah aimait mais, une fois de plus, il ne savait pas grand-chose d'elle, à part qu'elle l'attirait énormément. Néanmoins, il brûlait d'envie d'en découvrir davantage sur cette femme qui lui faisait l'effet d'un bain de fraîcheur dans une tempête d'amnésie, de chantage et de scandale.

La veille, il avait passé la majeure partie de la journée chez son neurologue, à discuter des résultats de son scanner dans l'espoir d'obtenir des réponses quant à sa mémoire. La consultation ne lui avait rien appris de concret par rapport au diagnostic initial mais, au moins, son mal de tête avait cessé. Il était ensuite retourné chez son père, car la chargée des relations publiques avait mis au point une déclaration pour détourner l'attention des gens : Malcolm demandait sa compagne, Rose Hanson, en mariage, et le couple était en train d'organiser une cérémonie fastueuse à Manhattan pour la fin du mois.

Brock ne se rappelait pas grand-chose de Malcolm, mais il devait bien admettre que le patriarche du clan McNeill savait faire passer sa famille avant tout. Son annonce avait quelque peu atténué l'intérêt intense suscité par les révélations sur Paige.

Alors que Brock s'apprêtait à frapper à la porte du chalet, celle-ci s'ouvrit soudain et un flot de lumière, accompagné d'un discret parfum de fleur d'oranger, l'enveloppa. Hannah apparut dans l'encadrement.

Elle portait une robe bustier en soie qui tombait jusqu'à ses pieds en volutes écarlate, rose et fuchsia. Une ceinture lamée or entourait sa taille fine et des chaussures assorties émergeaient de sous l'ourlet de sa jupe. Ses longs cheveux blonds cascadaient en boucles souples.

— Brock, te voilà, dit-elle avec un sourire ravi, d'un air soulagé. Lorsque le tournage a été annulé, je craignais qu'un flot de photographes ne surgisse dans mon chalet si j'ouvrais la porte ne serait-ce que d'un millimètre, expliqua-t-elle en jetant un coup d'œil derrière lui. Mais il n'y a personne, non ?

— J'ai un gars de la sécurité qui se tient en retrait, répondit-il, incapable de détacher son attention d'elle. Tu es… magnifique.

— Merci.

Elle s'empressa d'aller récupérer une télécommande sur la table basse et appuya dessus pour faire taire la mélodie de violons qui résonnait toujours.

— Je n'ai pas emporté grand-chose pour le tournage, mais heureusement, j'avais une robe.

Elle prit un petit sac doré et glissa ses clés à l'intérieur, avant d'éteindre le lustre en fer forgé du séjour. Brock inspecta la pièce pour s'assurer que tout était normal avant leur départ. Même si le ranch était devenu le centre d'intérêt principal des reporters, il regrettait que Hannah soit seule ici, vulnérable.

Son regard s'attarda sur la porte de sa chambre. Une image d'eux deux, s'embrassant dans l'encadrement de cette porte avant de s'effondrer sur le lit qui se trouvait juste à côté, le traversa.

— … Brock ? demanda Hannah en le scrutant avec attention.

Elle se mordilla la lèvre inférieure avant de poursuivre :

— Tout va bien ?

Combien de temps était-il resté là, à imaginer quelque chose qui ne lui avait paru que trop réel ? Il refréna l'impression d'être pris dans un souvenir qui lui échappait. Il avait certainement rêvé de ça quand il avait raccompagné Hannah chez elle l'autre soir, et son désir pour elle était intense, mais il ne se précipiterait pas. Il avait envie de la fréquenter, de la découvrir.

— Oui, ça va, confirma-t-il.

Il avait passé beaucoup de temps à tout organiser pour ce dîner avec elle, et il refusait de tout gâcher avant même d'être arrivé chez lui.

— J'ai pensé toute la journée à ce rendez-vous.

Il lui proposa son bras et la guida à l'extérieur. La brise fit palpiter les pans de sa robe, qui vinrent frôler ses jambes, puis il aida Hannah à monter à bord du pick-up.

Avec résolution, il s'efforça de rester concentré sur la route qui menait chez lui. Il ne vit personne en chemin, pas même le vigile. Sa demeure était plus éloignée que celles de Carson et Cody, car il avait choisi un lopin de terre près de Black Creek, entre les deux domaines principaux, ce qui expliquait peut-être le calme qui y régnait. Mais Carson lui avait certifié que l'équipe de sécurité qu'il avait engagée était la crème de la crème. Carson avait contacté une entreprise de protection individuelle avant d'autoriser la firme de production à filmer sur le ranch. Puis, après l'annonce stupéfiante d'Emma sur sa mère, il avait fait appel à d'autres vigiles supplémentaires pour s'assurer que Jane Layton ne s'approche pas de la propriété des McNeill.

Lorsque Brock s'engagea sur le dernier tournant et que sa demeure apparut, Hannah poussa un cri d'admiration.

— C'est ta maison, ça ? s'exclama-t-elle, les sourcils haussés. Mais, Brock, elle est magnifique !

Brock ne l'aurait pas décrite en ces termes, mais l'enthousiasme de Hannah lui fit néanmoins plaisir.

— Merci. J'y travaille depuis des années, mais je suis frustré de ne pas me rappeler l'avoir achevée.

Il gara son pick-up près de l'entrée pour que Hannah n'ait

pas trop à marcher, fourra les clés dans sa poche et contourna le véhicule pour l'aider à descendre.

— C'est toi qui l'as construite ? demanda-t-elle en posant le pied sur le dallage de l'allée.

Il prit sa main, savourant la douceur de sa peau et réprimant son envie de faire courir son pouce sur sa paume. Il la lâcha, ferma la portière derrière elle et se posta à son côté pour contempler sa maison.

Elle faisait presque sept cent cinquante mètres carrés et comportait de nombreuses chambres. Le rez-de-chaussée était presque entièrement en galets gris se fondant avec les murs de soutènement et les allées qui menaient jusqu'à la rivière. Les poteaux du porche étaient en pierre, mais ceux des balcons du premier étage étaient en bois, les deux matériaux s'alliant pour former un tout cohérent pour une demeure bâtie en forêt et surplombant un torrent. Et, ce soir, comme Brock avait allumé toutes les lampes d'extérieur, la maison se reflétait sur l'eau.

— J'ai presque tout fait tout seul, à part l'électricité et la plomberie. J'ai également fait appel à un maçon pour creuser les fondations, mais je me suis chargé de tout le reste.

Il avait pris des photos de toutes les étapes de son travail. S'il ne recouvrait jamais la mémoire, il aurait au moins ça en souvenir...

— Pendant des années, ça a été mon second métier lorsque je finissais ma journée avec les chevaux.

Un parfum de pancetta fumée et de poulet grillé émanait de l'intérieur, lui faisant savoir que l'apéritif ne tarderait pas à être servi. Il conduisit Hannah dans le salon, lui expliquant au passage quelques-unes des particularités de la maison, comme les piliers du séjour et les rondins qui soutenaient l'arcade principale, qu'il avait coupés lui-même.

Comme il avait laissé carte blanche au chef et à son équipe, ils évitèrent la cuisine. Brock avait demandé que le repas soit servi à l'étage, sur la terrasse couverte qui surplombait Black Creek, dotée d'une cheminée d'extérieur qu'il avait allumée à l'avance pour être sûr qu'il ferait chaud malgré la température nocturne.

— C'est incroyable, souffla Hannah en effectuant un tour

sur elle-même pour admirer le balcon, avec sa table ronde déjà décorée pour un dîner en tête à tête.

Trois bougies blanches brûlaient dans une lampe-tempête, entourées de tournesols, de roses et de lis orange.

Brock sourit en constatant que ses préparatifs plaisaient à Hannah. Il regrettait de ne pas avoir engagé de musiciens, car il aurait aimé pouvoir danser avec elle. Cela lui aurait fourni un prétexte pour la prendre dans ses bras.

— Je suis désolé que nous ne puissions pas sortir ce soir, dit-il.

Il n'avait jamais fréquenté de femme qui l'attire à ce point, du moins, pas dans ses souvenirs.

Son téléphone ne lui avait donné aucun détail quant à sa vie sentimentale de ces six derniers mois. Apparemment, il n'avait eu de relation avec personne. Il supposait avoir investi toute son énergie dans l'achèvement des travaux.

Hannah posa son sac à main doré sur la console près de la cheminée.

— Qui pourrait avoir envie de sortir avec ce genre de luxe à la maison ? plaisanta-t-elle.

— Ce n'est pas faux.

Brock se dirigea vers le seau à champagne disposé sur un plateau d'argent à côté de la table.

— Tu veux un peu de champagne ? proposa-t-il en tournant l'étiquette de la bouteille vers elle. Ce soir, je n'ai choisi que les boissons. Le chef s'est chargé de tout le reste.

— Dans ce cas, volontiers, répondit Hannah en se rapprochant, sa robe virevoltant autour d'elle. Mais juste un peu, je travaille demain.

— Si j'étais toi, je n'en serais pas si sûr, déclara-t-il en prenant une serviette pour empêcher le bouchon de sauter. Ton réalisateur a menacé de rapatrier le tournage dans un studio à Los Angeles si nous ne pouvions pas garantir plus de sécurité sur le ranch.

Il versa le champagne dans deux flûtes tandis qu'un serveur apparaissait avec un plateau d'amuse-bouche et le déposait discrètement sur la table. Brock avait commandé un menu dégustation qui leur permettrait de goûter de nombreux mets originaux, car il ne savait pas ce que Hannah préférerait.

— Tu as discuté avec Antonio ? s'étonna-t-elle, ses doigts effleurant les siens tandis qu'elle prenait la coupe de cristal.

Était-ce de l'angoisse, dans sa voix ? Peut-être s'inquiétait-elle pour son travail ou sur la qualité du film si le réalisateur abandonnait le site de tournage...

— Non, nous n'avons pas parlé.

Il reposa la bouteille dans la glace, saisit son verre et conduisit Hannah vers le foyer de pierre où le feu crépitait.

— Antonio a envoyé un message à mon frère Carson, reprit-il, que celui-ci nous a transmis. Cet homme ne nous a pas fait bonne impression, et nous serons tous heureux de son départ, dit-il en se penchant vers elle pour appuyer son front sur le sien. Chose que je ne pourrais pas dire à ton sujet.

Elle leva les yeux vers lui, les flammes dansant sur ses traits délicats tandis qu'elle plongeait son regard dans le sien. Il avait envie de lui ôter sa flûte des mains et de l'embrasser – de goûter ses lèvres plutôt que le champagne. Il s'accorda un instant pour envisager ce baiser avant de reprendre :

— Je n'ai pas hâte que tu t'en ailles, Hannah, lui confia-t-il, brûlant du désir de la toucher.

Mais il se força à se contenter d'entrechoquer son verre au sien.

— À ta santé, et au temps qu'il nous reste.

Deux heures plus tard, assise à table en face de Brock dans le plus bel espace extérieur qu'elle ait jamais vu, Hannah songeait que si elle l'avait rencontré en cet instant, jamais elle n'aurait imaginé que cet homme était un cow-boy.

Et pas seulement à cause du smoking sur-mesure qu'il portait – et qui lui allait aussi bien que les jeans dont il s'habillait d'habitude. Même s'il aurait fallu être aveugle pour ne pas remarquer la façon dont le tissu noir de sa veste mettait ses yeux en valeur. Il y avait également quelque chose, ce soir, qui avait changé.

Quand il l'avait raccompagnée chez elle à cheval, cette fameuse nuit, c'était elle qui l'avait embrassé tant l'ardeur entre eux avait été intense et le stress du tournage l'avait bouleversée. Aujourd'hui, elle ne pouvait se permettre de céder à la tentation, aussi se contenta-t-elle d'attendre et d'observer. Ce soir, c'était Brock qui esquissait les gestes d'ouverture, et il était bien plus patient qu'elle, attentionné. Alors qu'elle s'était tout simplement jetée dans ses bras, il exacerbait ses sens avec des mets délicieux et du vin, excitait son intellect avec une discussion passionnante sur de nombreux sujets, allant du métier d'acteur aux chevaux, en passant par l'opéra.

Il avait veillé à son confort et répondu à la moindre de ses requêtes, lui faisant faire un tour du jardin entre le plat principal et le dessert quand elle lui avait posé des questions sur les arbres en fleurs qu'elle avait aperçus grâce aux lampes d'extérieur. Soudain, elle repoussa son assiette qui contenait les restes d'une salade de fruits aux baies exotiques et se força à se rappeler qu'elle n'était pas là pour céder à Brock McNeill.

Elle avait accepté son invitation pour en apprendre plus sur les connexions de sa famille avec les Ventura et elle ne pouvait partir sans avoir découvert quelque chose susceptible d'aider sa sœur.

— Alors comme ça, ton grand-père va se marier ? demanda-t-elle en s'adossant à sa chaise pendant que Brock leur servait de l'eau pétillante.

— Tout à fait, répondit-il en désignant le foyer où les flammes continuaient à danser. Tu veux t'asseoir près du feu ?

— Volontiers, dit-elle en prenant son verre d'eau avec elle pour le poser sur la console en fer forgé devant la causeuse.

Elle s'installa confortablement dans les coussins bleu marine, se décalant sur le côté pour pouvoir mieux discuter avec lui. Elle ôta ses escarpins et se mit en tailleur.

— Le *timing* de ton grand-père Malcolm a dû fournir un répit appréciable pour les tiens, poursuivit-elle. Il semblerait que la nouvelle de son mariage ait détourné l'attention des médias de ta belle-mère.

— Il a vraiment fait quelque chose de bien, avec sa proposition, confirma Brock en plongeant son regard dans les flammes, tout en s'asseyant dans le fauteuil d'à côté, ses épaules larges presque assez proches pour qu'elle puisse poser son menton dessus. Il a fait sa demande pile au bon moment mais, honnêtement, après l'avoir vu avec Rose, je crois qu'ils auraient fini tôt ou tard par se marier.

— Tu peux dire ça rien qu'en les voyant ensemble ? plaisanta-t-elle.

Il prit sa question au sérieux et y réfléchit une bonne minute avant de hocher la tête.

— Il y a quelque chose dans la manière dont ils se regardent, comme s'ils gravitaient l'un autour de l'autre, même dans une pièce pleine de monde.

— Oh… C'est très romantique, murmura-t-elle, le souffle coupé.

Ces mots, venant de la part d'un homme qui l'attirait autant, la touchaient profondément.

Soudain, elle eut trop chaud et se pencha en avant pour prendre son verre, la gorge sèche. Les iris de Brock la suivirent. Elle le sentait, même si elle gardait les yeux rivés sur le feu.

— Oui, c'est ce que je pense aussi, confirma-t-il. Je n'ai pas vu beaucoup de couples se regarder ainsi.

— Pas même ton père et ta belle-mère ? lui demanda-t-elle. Pourtant, cela fait longtemps qu'ils sont ensemble… Et tes frères ? J'ai entendu dire que Carson et Cody avaient tous deux trouvé la femme de leur vie, récemment.

— Tu en sais probablement plus sur ma famille que moi, vu que je ne me rappelle pas les six derniers mois, dit-il en inclinant la tête en arrière pour l'appuyer au dossier de son siège, la voix tendue de frustration. La petite amie de Carson nous a rejoints chez mon père l'autre soir, et j'aurais juré ne l'avoir jamais rencontrée…

— Je ne peux imaginer à quel point cela doit être difficile pour toi, admit Hannah en reposant son verre. Tout ce que je sais sur tes frères vient des ragots du tournage. Les hommes de ta famille attirent l'intérêt des femmes, et les spéculations se sont multipliées depuis mon arrivée à Cheyenne.

— Personne n'a été plus surpris que moi à l'idée que les jumeaux soient casés, dit-il en pivotant sur la causeuse pour se retrouver face à elle, son genou frôlant le sien. Quant à mon père et ma belle-mère, jusqu'à hier je considérais leur relation comme un mariage de convenance. Mais après les avoir vus ensemble, j'ai changé d'avis. C'est peut-être à cause de son accident et du coma qui en a résulté, ou peut-être qu'il a de la peine pour elle suite au scandale.

La chaleur de la jambe de Brock remonta contre la peau de Hannah à travers sa robe, une sensation suffisamment délicieuse pour la faire se tortiller sur son siège. Elle avait enfin réussi à orienter la conversation sur un sujet susceptible de lui fournir des informations utiles concernant Antonio Ventura, mais elle ne parvenait pas à penser à autre chose qu'à la conscience aiguë qu'elle avait de Brock, à la façon dont leurs regards se frôlaient.

Elle devait se ressaisir. Faire passer Hope en premier.

— Tu crois que ton père sait pourquoi Paige a coupé les ponts avec sa famille biologique ? Ou pourquoi elle a fugué ? Plus de vingt-six ans, ça fait beaucoup...

Hannah s'était posé ces questions à plusieurs reprises depuis que le scandale avait éclaté. Les McNeill avaient-ils caché leurs liens avec les Ventura volontairement ou n'avaient-ils jamais été au courant ?

Brock secoua la tête.

— Je l'ignore. Paige nous a dit qu'elle n'avait jamais voulu nous tromper, qu'elle avait simplement eu besoin de prendre un nouveau départ. Et mon père la soutient. Il dit que son nom ne change rien à ce qu'elle est à l'intérieur, ce que je respecte totalement.

Hannah plongea son regard dans celui de Brock, en quête de réponses. Peut-être disait-il la vérité, mais peut-être son amnésie lui avait-elle fait oublier les détails du scandale lorsqu'il avait éclaté. Mais quoi que l'accident ait révélé, elle le croyait. Elle savait, au plus profond d'elle-même, que Brock avait ignoré que sa belle-mère était parente avec Antonio Ventura et qu'il n'aidait pas ce dernier à se servir de sa célébrité et de sa fortune pour commettre des actes abominables.

La seule préoccupation de Brock était ses proches, et elle regrettait d'avoir perdu toute chance de nouer une relation avec lui, de suivre son attirance là où elle les avait déjà menés une première fois. C'était un homme honorable, un simple cow-boy qui se trouvait également être membre de l'une des familles les plus riches du pays.

— Ton père me fait l'effet d'être quelqu'un de bien, dit-elle en se forçant à repousser la vague de sensualité qui la submergeait.

Il fallait qu'elle s'en aille avant de faire quelque chose de fou, comme de l'embrasser à nouveau.

— Tu as de la chance d'avoir grandi avec quelqu'un comme lui pour modèle.

— Tu n'es pas proche de ton père ?

— Pas du tout, fit-elle en secouant la tête et en se redressant pour enfiler ses chaussures. Il a quitté ma mère quand nous étions encore petites. Il s'est toujours plus intéressé à sa carrière qu'à sa famille.

— Tu as dit « nous », constata Brock en faisant courir ses doigts sur un pan de robe qui s'était étalé sur le siège de la causeuse. Tu as des frères et sœurs ?

— Juste une sœur, Hope, répondit Hannah en regrettant que son absence de Los Angeles pour les besoins du tournage blesse autant sa cadette.

Mais elle ne pouvait pas faire ses bagages et s'en aller alors que quelqu'un sur le plateau possédait peut-être des informations sur les secrets d'Antonio.

— Cela fait deux ans qu'elle habite avec moi à Los Angeles. Je ferais n'importe quoi pour elle.

Brock lui adressa un sourire sincère.

— Pareil pour moi. C'est pour ça que je suis si en colère à propos de ce scandale, dit-il en secouant la tête, la tristesse emplissant son regard. Il va y avoir de véritables batailles juridiques pour que mes sœurs puissent conserver leur part du domaine et leur héritage.

Savoir qu'ils avaient ça en commun, malgré les différences de surface, aida Hannah à mieux comprendre pourquoi ils avaient autant été attirés l'un par l'autre la première nuit. Elle n'avait peut-être pas su tout ça à propos de Brock à ce moment-là, mais elle avait ressenti le lien sans tarder. Que se serait-il passé si elle avait fait confiance à son instinct ? Si elle ne lui avait pas menti lorsqu'il s'était réveillé amnésique, et qu'elle lui avait avoué qu'ils avaient eu une aventure ?

Les choses auraient-elles été différentes ?

— Je suis désolée pour elles, dit-elle en tendant une main pour la poser sur son genou. Je sais à quel point c'est douloureux de ne pas pouvoir protéger les gens qu'on aime.

Elle avait seulement voulu faire preuve de compassion mais, alors qu'elle plongeait le regard dans ses yeux, elle sentit le lien se renforcer entre eux.

Elle ôta ses doigts et se redressa avant que les choses n'échappent à son contrôle.

— Mieux vaudrait que j'y aille, annonça-t-elle, constatant que sa voix était devenue rauque.

Elle avait dû faire appel à des trésors de volonté pour retirer sa main et elle n'avait plus d'énergie pour dissimuler le désir dans son timbre. Je veux dire... je dois me lever tôt, demain.

— Bien sûr.

Il se mit debout et l'aida à se relever.

— Dîner avec toi a été un véritable plaisir.

Était-ce son imagination, se demanda Hannah, ou avait-il accentué le mot « plaisir » ? Des souvenirs revinrent la hanter, sensations aussi fortes que s'ils étaient en train de faire l'amour.

Elle se rappelait chacun de leurs baisers et elle ne pouvait concevoir le fait qu'il ait tout oublié.

Sa gorge était si sèche qu'elle ne put répondre et dut se contenter d'un hochement de tête. Elle devait partir, s'éloigner de cette cheminée romantique et de la tentation que représentait l'attention de Brock.

Dix minutes plus tard, alors que le pick-up se garait devant son chalet, elle sortit en trombe du véhicule et se dirigea vers la porte d'entrée sans lui laisser le temps de l'aider.

— Merci pour tout, lança-t-elle par-dessus son épaule, le corps en feu.

La fraîcheur de la nuit n'avait rien fait pour calmer ses ardeurs.

— Le dîner était délicieux, et j'ai passé un excellent moment.

Brock se précipita à sa poursuite, ses longues jambes couvrant la distance en un clin d'œil, bien plus vite qu'elle n'avait pu le faire avec ses escarpins.

— Si nous avons passé un si agréable moment, Hannah Ryder,

je ne comprends pas pourquoi tu te sauves comme si tu avais les chiens de l'enfer à tes trousses.

Il lui ouvrit la porte moustiquaire, la maintenant en s'appuyant dessus, tandis qu'elle fouillait son sac à la recherche de sa clé magnétique.

— Je ne fuis pas, protesta-t-elle, tout en sachant que si elle avait eu ses baskets, elle aurait piqué un sprint. C'est juste que je... je ne suis pas en bonne position pour aller plus loin.

— As-tu l'impression que je suis le genre d'homme à vouloir tirer avantage de la situation ?

Même dans le noir, elle vit ses yeux luire de colère réprimée.

Elle l'avait blessé sans le faire exprès.

— Pas du tout, protesta-t-elle en reculant de quelques pas, s'appuyant dans l'encadrement de la porte tandis qu'il se rapprochait encore d'elle.

Elle avait tenté de dissimuler ses sentiments et, visiblement, ça n'avait pas marché.

— Ma... fuite n'a d'autre but que de m'éloigner de mes propres désirs, Brock. Pas de toi.

Une partie de sa tension sembla disparaître.

— Rappelle-toi que, si tu me l'as un jour expliqué, je l'ai oublié. Comme tout ce qui s'est passé entre nous avant mon accident : je ne me souviens de rien.

La brise souleva sa robe et diffusa autour d'eux un parfum d'herbes et de fleurs. Hannah ne savait plus quoi dire, mais elle ne pouvait lui raconter ce qu'ils avaient fait. Sa conscience ne lui permettait pas de se détourner davantage de la vérité.

— Nous n'avions pas parlé de ça, l'autre soir, dit-elle en serrant sa bourse dorée contre elle pour s'empêcher de le toucher. Mais je m'inquiète beaucoup pour ma sœur, elle traverse une période... traumatisante. Ce n'était probablement pas le bon moment pour moi d'accepter un rôle, et je lui ai promis de rentrer à la maison aussi vite que possible.

— Ma sœur est à Los Angeles aussi, dit-il en fronçant les sourcils, l'air pensif. Scarlett en veut à notre famille de ne pas avoir davantage protégé sa mère, et je crains qu'elle ne prenne des décisions cruciales concernant son avenir alors qu'elle est en colère.

Hannah lui fut reconnaissante de comprendre et de ne pas chercher à fouiller plus en profondeur sur ses raisons de ne pas céder à l'attirance entre eux.

— Cela me donne une idée, déclara soudain Brock en se redressant avant de se rapprocher. Si le tournage s'interrompt quelques jours de plus, préviens-moi. Nous pourrions aller passer la journée sur la côte ouest pour voir nos sœurs, proposa-t-il, les yeux brillant d'excitation. Nous pourrions dîner à nouveau ensemble !

L'idée de passer plus de temps avec lui la tentait plus que de raison, et elle se reprit, se préparant à refuser. Mais elle avait les genoux qui tremblaient et elle se demanda si elle serait assez folle pour se priver de son contact alors qu'il pouvait tout aussi bien se réveiller demain et se souvenir de tout ce qu'ils avaient partagé.

Un jour, Brock McNeill lui en voudrait de lui avoir menti, et elle mériterait ses reproches.

Rêvait-elle, ou était-elle en train d'envisager d'être de nouveau avec lui ?

— Peut-être, finit-elle par répondre, le mot à peine audible.

Ils étaient attirés l'un par l'autre, ils gravitaient l'un autour de l'autre comme deux aimants.

Il ne la touchait pas et il ne le ferait pas, elle le savait, vu la manière dont elle l'avait repoussé tout à l'heure. Si elle en voulait plus, il faudrait qu'elle fasse le premier pas.

Un baiser ne ferait de mal à personne.

Elle se demanda si elle avait prononcé ces derniers mots à voix haute, car les yeux de Brock s'assombrirent de désir, son regard s'attardant sur ses lèvres.

Son cœur se mit à battre la chamade, l'incitant à l'embrasser de nouveau.

Elle posa les doigts sur l'angle de ses mâchoires et en suivit le contour d'un index léger. Elle se rapprocha de lui, glissa une main derrière son cou, savourant sa chaleur, là où ses cheveux bouclaient le long de son col.

Puis elle l'embrassa. Doucement, lentement. Elle mordilla et lécha les lèvres de Brock, se rappelant le goût de sa bouche, même si ce baiser était totalement différent du premier qu'ils avaient échangé, sauvage et possessif. Il la laissa explorer et découvrir. Ce n'est que lorsqu'elle soupira de plaisir qu'il répondit à son contact. Ses mains se posèrent sur ses reins en une étreinte langoureuse et sensuelle qui la fit se blottir contre lui. Les sensations la submergèrent, de celle de la force de son torse sous sa chemise à celle des muscles de ses cuisses quand il la pressa contre lui.

Elle s'agrippa aux pans de sa veste, se rapprochant encore, s'abandonnant à leur baiser. Sa langue caressa la sienne avec avidité, d'une manière qui lui rappela à quelle vitesse il pouvait l'emmener aux frontières du plaisir et la faire basculer...

Puis il la repoussa doucement. Il lui fallut un moment pour comprendre ce qui s'était passé. Elle avait le regard flou et perdu. Ses doigts s'accrochaient toujours aux pans du smoking de Brock, comme s'il contenait la réponse à ses questions. Alors qu'elle reprenait ses esprits, elle lut le regret dans ses yeux, qui fit écho aux sentiments qui l'animaient.

Avec un effort, elle le relâcha, se forçant à repousser l'odeur de son après-rasage et le goût de ses lèvres. Sa peau la picotait, et son corps bourdonnait d'excitation réprimée.

— Je ne te mets pas la pression, mais ma proposition de voyage tient toujours, lui rappela-t-il, ses doigts jouant dans ses cheveux.

Puis il recula, brisant le sortilège. Il porta sa main à sa bouche et embrassa sa paume à l'endroit sensible qu'il venait de caresser.

— Réfléchis-y, Hannah.

Il fit glisser la carte magnétique qu'elle avait tirée de son sac dans le lecteur et ouvrit la porte, avant de faire demi-tour, de descendre les marches et de retourner à son pick-up. Hannah aurait pu jurer qu'elle avait cessé de respirer durant le temps de leur baiser. Au bout d'un moment, prenant une grande inspiration, elle se força à entrer dans son chalet. Elle ferma le battant derrière elle et s'appuya quelques instants dessus, sachant qu'il lui serait impossible d'oublier ce baiser. Brock lui avait proposé de réfléchir à un voyage à Los Angeles.

Ce soir, elle aurait de la chance si elle parvenait à penser à quoi que ce soit d'autre.

8

Pénétrer dans le domaine des Ventura n'avait pas été aussi ardu que Scarlett l'avait craint.

Elle avait observé leur domicile de Beverly Hills durant une journée entière pour se familiariser avec les différentes issues et regarder qui entrait et sortait de la propriété. Au portail du lotissement se trouvait un poste de garde avec un vigile, mais franchir cette barrière n'avait pas été difficile, car elle avait remarqué qu'il ne prévenait pas les habitants lorsqu'il y avait des livraisons. Aussi avait-elle acheté un panier d'aliments bio et prétendu qu'elle l'apportait au bout de la rue. La sentinelle n'avait pas hésité à la laisser passer, et elle s'était aussitôt dirigée chez les Ventura.

Une fois sur place, il lui avait suffi de cajoler un vieux jardinier qui lui avait gentiment ouvert en voyant son colis. Si elle n'avait pas été convaincue du bien-fondé de sa mission, elle s'en serait voulu de sa duplicité, mais les Ventura avaient fait quelque chose pour s'aliéner sa mère à l'époque où celle-ci n'avait été qu'une adolescente et elle ne partirait pas avant d'avoir découvert la vérité.

À présent, alors qu'elle portait deux sacs pleins de pommes, de pêches et d'oranges vers l'entrée de service du luxueux manoir de style européen, elle aurait aimé avoir une main libre pour envoyer un SMS à Logan et l'informer que la première étape de son plan avait fonctionné. Logan avait longuement argumenté avant de la laisser partir seule, mais en tant qu'étoile montante de Hollywood, il était bien trop connu pour pouvoir se faufiler incognito quelque part.

En outre, elle n'avait aucune envie qu'il compromette son statut auprès du réalisateur de *À la conquête de l'Ouest*, même s'il semblait ne pas se préoccuper de ce qu'Antonio Ventura pensait de lui. Depuis que le réalisateur lui avait confisqué son téléphone sur un plateau au Congo, l'empêchant de contacter Scarlett pendant plusieurs semaines, il n'avait plus aucun respect pour lui, bien qu'il soit son patron actuel.

Elle avait vraiment apprécié ce geste de Logan. À l'époque, elle avait cru qu'il avait voulu couper les ponts avec elle, et cela l'avait profondément blessée. Mais depuis qu'ils avaient renoué, tout semblait s'améliorer entre eux. Cependant, à présent, sa famille et même son identité étaient en jeu.

Avant d'avoir pu monter les marches du perron pour sonner à la porte de service, Scarlett entendit quelqu'un siffloter dans la cour. Curieuse, elle jeta un coup d'œil à travers la haie et aperçut un jardin à la française sillonné d'allées et orné d'une tonnelle où se trouvait un homme d'un certain âge, bien habillé, qui lui tournait le dos.

L'inconnu avait les cheveux gris et se tenait, un pinceau à la main, devant une toile posée sur un chevalet sur laquelle il peignait des fleurs écarlates. Quelque chose dans son port de tête, ou peut-être dans sa chemise bleue parfaitement amidonnée, lui annonça son statut. Ce n'était pas un domestique. Elle était prête à parier son dernier dollar que l'artiste amateur était le propriétaire de la demeure.

Emilio Ventura, le père adoptif d'Antonio.

Son propre grand-père biologique.

Une vague d'émotion reflua en elle, charriant des relents de colère et de ressentiment, ainsi qu'un soupçon d'indignation à l'idée que cet individu n'avait rien fait pour renouer avec sa fille en plus de vingt ans.

— Excusez-moi, appela-t-elle en se dirigeant vers lui avec une détermination féroce. Monsieur Ventura ?

Elle avait parcouru la moitié de la cour quand l'homme cessa de peindre et se tourna lentement vers elle.

Il n'eut l'air ni surpris ni inquiet. Il la considéra avec calme tout en posant son pinceau dans un verre sur le plateau de son chevalet. Puis, alors qu'elle continuait à se rapprocher, il saisit un carré de tissu et s'essuya les mains dessus, prenant le temps de se nettoyer méticuleusement les ongles.

Son geste ne fit qu'accentuer le courroux de Scarlett. Elle ne voulait rien avoir en commun avec cet individu aux manières affectées qui trônait devant son manoir ostentatoire, trop imbu de lui-même pour se préoccuper du reste du monde. Elle accéléra son allure, prête à lui foncer dedans.

— Vous savez qui je suis ? demanda-t-elle en parvenant sous la tonnelle, juste avant de prendre conscience qu'elle portait toujours son colis de nourriture.

Elle le posa avec précipitation et renversa quelques fruits qui roulèrent sur le sol de marbre, l'un d'eux s'arrêtant contre une des chaussures bateau italiennes de l'homme.

Il la regarda avec amusement et haussa un sourcil broussailleux avec surprise.

— J'ai bien une petite idée, déclara-t-il en se penchant pour récupérer l'orange avant de se redresser.

Avant qu'elle n'ait eu le temps de répondre, il jeta un coup d'œil derrière elle et esquissa un geste brusque du poignet, comme s'il saluait quelqu'un. Elle pivota et découvrit le vigile du lotissement dans une voiturette de golf. Il s'était garé sur la pelouse et parlait à une jeune femme vêtue d'un tailleur rouge, les cheveux tirés en un chignon strict. Apparemment, celle-ci savait ce que le signe de Ventura signifiait, car elle reprit sa conversation avec l'homme.

Scarlett ignorait si Emilio venait de la sauver ou s'il lui avait simplement accordé un bref répit avant qu'ils ne l'arrêtent pour intrusion, mais elle ne pouvait se permettre de rater l'occasion d'apprendre pourquoi sa mère avait fui et changé de nom sans jamais revenir.

— Vous avez... une idée, répéta Scarlett en croisant les bras pour le toiser. Cela en dit long sur votre instinct paternel si vous n'avez qu'une vague idée de qui est votre petite-fille. En fait, cela me fait me demander pourquoi vous avez eu des enfants si votre seul rôle dans leur vie a été de donner du matériel génétique.

Il étrécit les paupières, posa l'orange sur le chevalet et leva des yeux tristes sur elle.

— C'est ce qu'elle vous a raconté ?

— Qui ? Qui m'aurait dit ça ? s'indigna Scarlett sans regretter le moins du monde sa tirade, d'autant qu'elle ne percevait pas le moindre remords dans l'expression du vieil homme.

— Ta mère, hasarda-t-il en plongeant les mains dans les poches kaki de son pantalon bien repassé. Ma fille. Même si tu sembles m'en vouloir de ne pas connaître mes propres petits-enfants, je reconnais ses traits dans ton visage, tu lui ressembles beaucoup.

Il y avait une intonation douce dans la manière dont il avait prononcé ces mots. Un timbre qui, durant un instant, fit regretter à Scarlett de ne pas ressembler davantage à ses sœurs, qui tenaient plus du côté McNeill.

Avec hâte, elle réprima toute émotion autre que la colère.

— Je ne peux m'empêcher de penser qu'un homme qui aurait traité sa fille correctement ne devrait pas avoir besoin de deviner l'identité de ses petits-enfants, lança-t-elle en jetant un nouveau coup d'œil par-dessus son épaule, inquiète à l'idée que le vigile puisse se diriger vers elle, mais la voiturette n'était nulle part en vue. Peut-être avez-vous l'intention de me chasser de votre propriété. Est-ce ce que vous avez fait à ma mère, à l'époque ? Est-ce pour cela qu'elle ne vous a jamais mentionné, ne vous a jamais rendu visite ? Qu'elle a changé de nom et s'est cachée dans un ranch du Wyoming ?

Le vieil homme secoua la tête, ses rides se creusant alors qu'il fronçait les sourcils.

— Jamais. C'est la mère d'Eden, Barbara Harris… L'as-tu rencontrée ?

Scarlett fit un signe négatif, sa curiosité titillée.

— Elle était perturbée, bien avant la naissance de ta mère, expliqua-t-il en croisant les mains tout en contournant son chevalet. Je l'aimais profondément, mais elle ne voulait pas d'une relation traditionnelle. C'était une idéaliste, j'imagine, emplie de rêves, mais elle a sombré dans la drogue juste après la naissance d'Eden. Nous nous sommes séparés, et j'aurais dû réclamer la garde de notre fille mais, à l'époque, les hommes ne faisaient pas ça, continua-t-il en levant les yeux pour jauger la réaction de Scarlett. Je croyais avoir pris la bonne décision en acceptant le choix de Barbara de vivre avec sa mère. Je pensais que cela l'aiderait. Et durant quelque temps, cela a fonctionné. Du moins jusqu'à ce qu'Eden soit au collège et que Barbara ne s'enfuie pour plusieurs mois.

Scarlett se sentit prisonnière de cette histoire de famille qu'elle avait ignorée et qu'elle n'aurait jamais imaginée jusqu'à ce que le scandale éclate. Elle ne savait pas quoi faire de la réaction de cet homme, mais elle voulait en apprendre plus sur le passé de sa mère.

Et, même si elle craignait de s'adoucir envers Emilio, elle ne pouvait réprimer une étrange fascination à le voir déambuler de la sorte. Le rencontrer en personne, et non juste à travers des photos sur Internet, révélait une certaine ressemblance avec Paige, dans la manière dont il inclinait la tête et tournait ses phrases.

— Mais c'est alors que j'ai épousé Stella et adopté son fils Antonio. J'ai dit à Stella que nous devions prendre Eden avec nous et lui fournir un foyer stable, vu que sa grand-mère ne pouvait veiller sur elle en permanence. Durant quelques années, j'ai pu avoir Eden sous mon toit, et c'était fabuleux. Nous formions une véritable famille, dit-il en se remettant à marcher, se caressant le menton du bout des doigts.

Autour d'eux, des oiseaux chantaient, et la fontaine gargouillait.

L'estomac de Scarlett se noua, elle était consciente que l'histoire ne pouvait pas bien se terminer.

— Que s'est-il passé ?

— Je me suis absenté un long moment pour un tournage et, à mon retour, Stella m'a dit que Barbara avait récupéré Eden. Je n'ai pas été surpris par cette décision subite ni par le refus d'Eden de revenir nous rendre visite de toute l'année... Barbara était comme ça. J'ai supposé qu'elles voyageaient. Mais, deux ans plus tard, quand j'ai revu Barbara, elle avait replongé dans la drogue, et c'était pire que jamais... Elle n'a jamais rien voulu me dire à propos d'Eden.

Scarlett restait rivée à ses mots. Quand elle comprit que son histoire était terminée, elle leva les yeux sur lui qui déambulait toujours et éprouva une pointe de frustration.

— Et c'est tout ? Vous vous êtes dit que votre fille était partie, sans vous donner la peine de la chercher ? Cela vous convenait qu'elle ne veuille plus vous voir alors que, selon vous, vous n'aviez rien fait de mal ?

Cela n'avait aucun sens, et elle put lire sur le visage d'Emilio qu'il avait perçu ses reproches.

— Mais je l'ai cherchée ! protesta-t-il. Un peu, du moins. J'ai demandé à des amis journalistes de faire jouer leurs relations, expliqua-t-il en cessant de marcher. Mais, tu as raison, j'ai toujours craint qu'elle ait eu un bon motif pour partir.

— Du genre ? insista Scarlett en faisant un signe de ses mains, lassée de le voir enrober la vérité. Vous avez visiblement travaillé dur pour donner l'impression que vous vivez au paradis. La vie au château Ventura serait-elle différente de l'image publique que vous en donnez ?

Emilio poussa un profond soupir et laissa courir son regard sur le chevalet sur lequel se trouvait sa peinture. Le travail inachevé représentait des lianes vertes et une bougainvillée, avec la maison en arrière-plan.

— Ta mère évitait Antonio au possible, et je me suis demandé s'il ne l'avait pas... je ne sais pas, persécutée, d'une façon ou d'une autre, reprit Emilio, avant de marmonner quelques mots sur le fait que Stella avait toujours tout pardonné à son fils.

Mais Scarlett ne put écouter ce qu'il disait.

Les pièces du puzzle s'assemblaient dans son esprit, formant une toute nouvelle image.

Sa mère avait-elle fui le fils, et non le père ?

Et qui protégeait Paige McNeill de lui à présent qu'Antonio tournait un film dans son jardin ? Une crainte irraisonnée pour sa mère lui tenailla l'estomac.

— Je dois partir, marmonna-t-elle en tirant son téléphone de sa poche pour appeler Logan. Je dois rentrer chez moi.

Heureux d'avoir retrouvé un semblant de normalité, Brock était posté devant le manège et regardait son meilleur dresseur travailler avec un cheval âgé de deux ans.

L'entraîneur lui avait envoyé un message concernant trois des nouveaux yearlings qu'il considérait comme prometteurs pour les concours. Brock s'était spécialisé dans les montures destinées à gérer le bétail et était content de l'investissement de son employé, surtout si on considérait que le processus d'évaluation était loin d'être scientifique, même pour les plus aguerris des juges équestres. Le ranch de Creek Spill commençait à avoir la réputation d'élever des gagnants, avec notamment un groupe d'élite d'excellentes poulinières. Leur programme de reproduction lui avait permis de réunir assez de fonds pour élargir son activité, ce qu'il appréciait particulièrement.

À cet instant, accoudé à la rambarde, en train d'observer l'entraînement, Brock se sentait presque redevenu lui-même. Il pouvait oublier son amnésie pour quelques minutes et prétendre que tout était normal.

Il ne pouvait pas en dire autant concernant Hannah, en revanche. Cette femme restait en permanence en marge de ses pensées et le déconcentrait, notamment en raison du baiser qu'ils avaient échangé la veille au soir. Elle l'avait surpris en le prenant dans ses bras, surtout après avoir cherché à se sauver pour se cloîtrer chez elle sans même lui dire au revoir.

« Ma... fuite n'a d'autre but que de m'éloigner de mes propres désirs, Brock. Pas de toi. »

Ses mots avaient tournoyé toute la nuit dans son esprit, servant de bases à des rêves torrides où elle avait joué le premier rôle.

Il ne tenterait pas de lui soutirer un nouveau rendez-vous, encore moins un voyage sur la côte ouest. Mais il ne pouvait pas nier qu'elle le fascinait et l'attirait tout à la fois. Cela n'avait aucun sens. Il brûlait d'envie de la posséder alors même qu'il était persuadé qu'elle lui cachait quelque chose. Son amnésie embrouillait ses souvenirs des six derniers mois, mais il se rappelait très nettement s'être réveillé après son accident et avoir vu une ombre dans les yeux de Hannah, une forme d'hésitation.

Presque comme si elle se demandait ce qu'elle pouvait lui dire.

Il sortit son téléphone et tapa quelques notes concernant le poulain avant d'oublier. Il était d'accord avec l'entraîneur à son sujet : cet animal ne s'intéressait pas au bétail, alors que les meilleurs manifestaient dès le départ une réaction, que ce soit de la crainte ou de l'agressivité. Les deux pouvaient être manipulés pour donner un bon résultat, mais les chevaux qui semblaient plus indifférents aux vaches avaient besoin d'un dressage plus intensif et risquaient de ne jamais développer l'instinct nécessaire.

Ses notes l'aidaient à se changer les idées et à ne plus penser à Hannah. Il avait déjà fréquenté une mythomane, par le passé, qui lui avait bourré le crâne de petits mensonges. En soi, cela n'aurait pas eu d'importance, sauf qu'il avait fini par comprendre qu'elle n'avait jamais menti pour être avec lui mais avec un McNeill, peu importe lequel.

La vérité lui était apparue dans toute sa splendeur lorsqu'il l'avait confrontée aux incohérences de ses assertions. Brock avait alors compris qu'il n'avait pas la moindre idée de qui était cette femme, car tout ce qu'elle lui avait montré d'elle n'était que les différentes facettes d'une façade soigneusement élaborée pour lui plaire. Quand il repensait à quel point cela avait fonctionné, et ce que cela disait de lui...

— Brock ! l'appela un homme dans l'encadrement de la grange.

Il pivota et découvrit son père qui se dirigeait vers lui, vêtu d'un vieux jean et d'un T-shirt orné du logo du ranch. Donovan McNeill avait appris à ses fils que c'était le travail bien fait et la loyauté qui généraient du respect, et pas un compte en banque bien fourni. Il pensait de même. Parce que bien que né dans une famille riche et puissante, il avait un temps coupé les ponts avec son père après une dispute et avait tout fait pour devenir un cow-boy indépendant, grâce à son labeur et à sa volonté.

— Tout va bien à la maison ? demanda Brock, aussitôt inquiet.

Il n'avait pas vu son père sortir de chez lui depuis que le scandale avait éclaté.

— Comment va Paige ?

— Elle va mieux.

Son père laissa son regard errer sur le manège où le cheval effectuait les exercices.

— Et toi, comment se passe l'entraînement ?

Brock comprit que son père devait sans doute avoir besoin de distraction, au moins autant que lui.

Il lui relata donc brièvement ses préoccupations du moment.

Donovan n'avait jamais manifesté beaucoup d'intérêt envers son programme d'élevage, du moins jusqu'à ce que celui-ci devienne rentable, et l'avait laissé gérer cette branche à sa guise. Mais, d'après les souvenirs de Brock, il avait commencé à se pencher dessus l'année dernière et avait alors encouragé son fils à développer son activité.

— Tu te débrouilles bien, finit par reconnaître son père après avoir écouté les explications de Brock, ce que celui-ci prit pour une validation officielle, Donovan McNeill faisant rarement des compliments. J'ai laissé Paige avec Madeline pour un petit moment pour vous voir, tes frères et toi.

— Tu sais, nous aurions pu venir à la maison...

Donovan esquissa un geste de dénégation.

— Bien sûr, mais j'avais l'impression que Paige avait besoin d'autre chose que de ces énormes réunions de famille oppressantes, déclara-t-il en plissant les yeux dans le soleil, après avoir relevé les bords de son Stetson pour profiter de la brise. Je crois qu'elle se sent responsable de toutes ces mauvaises nouvelles, même si je lui ai dit que ce n'était pas sa faute.

Brock regarda l'entraîneur relâcher la vache juste à côté du cheval.

— Scarlett nous en veut de ne pas avoir tenté de négocier avec le maître chanteur.

— Et je la comprends, admit Donovan en renfonçant son chapeau sur sa tête avant de poser un pied sur l'un des barreaux de la rambarde. T'a-t-elle dit qu'elle avait forcé la porte des Ventura pour affronter Emilio Ventura ? Elle lui a demandé ce qu'il avait fait pour pousser sa fille à fuguer...

— Elle a de la chance qu'il ne l'ait pas fait arrêter.

Donovan éclata de rire.

— Comment aurait-il pu ? C'est sa petite-fille, lui rappela-t-il avant de reprendre une expression sérieuse. Scarlett semble croire que ce n'est pas lui qui a fait fuir Paige, mais son fils adoptif, ce maudit réalisateur qui vit sous notre propre toit, à Creek Spill.

— Antonio ? demanda Brock en se raidissant.

Il ne se souvenait pas d'avoir rencontré cet homme en personne, mais le tableau que lui avait dépeint Hannah de sa confrontation avec lui en disait bien assez.

— Nous devons nous débarrasser de cette engeance.

— Sauf que cela représenterait le cauchemar ultime d'un chargé des relations publiques, d'après Jasmine. Elle a recommandé que nous permettions au tournage de reprendre afin de ne pas attirer davantage l'attention des médias, déclara Donovan en fronçant les sourcils. Pendant ce temps, notre détective a renforcé la sécurité sur le ranch pour que Paige soit à l'abri.

— Et en ce qui concerne le maître chanteur ? demanda Brock qui n'avait plus rien entendu à son sujet depuis le jour de son accident, quand la petite amie de Carson leur avait parlé de son inquiétude vis-à-vis de sa mère. Le détective a-t-il creusé cette piste ?

— Il dit qu'il a mis plusieurs personnes sur le dossier. Il n'a pas assez de preuves pour contacter la police afin qu'elle effectue des arrestations mais, apparemment, Jane Layton a pu bien observer la famille Ventura au cours de ses années comme domestique chez eux.

Brock écoutait, mais son cerveau continuait à réfléchir à la possibilité qu'Antonio Ventura soit la raison de la fuite de sa belle-mère. Il n'aimait pas l'idée que Hannah travaille pour quelqu'un de ce genre. Il se demanda s'il ne devait pas aller voir lui-même Paige et lui confier ses craintes pour Hannah. Peut-être aurait-il une chance de la convaincre de lui parler de son passé...

— Et pendant ce temps, continua son père, Maisie dit que Scarlett va se calmer, ne serait-ce que pour la durée du tournage, puisque son petit ami joue dans ce film.

— C'est une bonne chose, dit Brock qui n'avait guère espoir de persuader sa demi-sœur de revenir au bercail après son coup d'éclat. Je crois que nous nous sentirions tous mieux si nous pouvions être en meilleurs termes avec elle. Ou au moins, l'amener à comprendre notre point de vue.

Donovan hocha la tête.

— Cette fille a plus de mordant que personne de ma connaissance. J'avais espéré, si elle restait au ranch, qu'elle parviendrait à y trouver sa place et déciderait de s'y installer...

— Elle a toujours voulu être actrice, fit remarquer Brock en faisant signe à l'entraîneur qu'il en avait vu assez avec ce cheval.

Quitte à être ici, autant qu'il s'occupe aussi des autres animaux.

— Moi, je pensais que ce serait juste une phase, dit Donovan en soupirant avant de donner un coup de poing sur la rambarde. Mais peut-être aura-t-elle besoin de cette carrière si elle n'est plus une McNeill, d'un point de vue légal.

Brock remarqua que son père avait crispé les mâchoires à cette idée et qu'une lueur de colère froide brillait dans ses yeux.

— Papa, tu sais que nous ne priverons jamais les filles de leur part d'héritage.

— Je ne fais que répéter ce que les avocats m'ont dit. D'après eux, il sera impossible de clarifier la situation pour déterminer ce à quoi elles ont droit, constata-t-il d'une voix rauque qui, mieux que des mots, transmettait des émotions que Brock n'avait jamais vues chez lui. Sans le nom des McNeill pour les protéger, elles risquent de perdre bien plus que les ranchs, précisa-t-il en jetant un coup d'œil à Brock. Si Malcolm décédait demain, elles n'auraient rien de lui. Et j'ai beau blâmer mon père pour beaucoup de choses, il n'en serait en rien responsable. C'est ma faute, pour ne pas avoir su que mon mariage n'était pas légal.

— Comment pouvons-nous t'aider ? demanda Brock, comprenant enfin où son père voulait en venir.

La chaîne hôtelière McNeill Resorts était une entreprise dotée d'un réseau qui dépassait de loin les ranchs. Mais tout n'était pas qu'une question d'argent. C'était le nom, la famille, l'héritage. Les générations à venir.

Parce que, même si Donovan avait pendant longtemps coupé les ponts avec son père, il avait gardé son nom et y avait ajouté de la valeur.

— Pour commencer, je vais épouser à nouveau Paige, annonça Donovan en carrant les épaules avant de se redresser. Elle a déjà traversé bien trop d'épreuves pour que je me contente de signer un papier en vitesse devant un juge. Dès que j'aurai réussi à organiser quelque chose digne de ce nom, il y aura un beau mariage au ranch.

Un mariage.

Rien qu'à entendre sa voix déterminée, Brock savait que son père comptait les heures avant de pouvoir mener à bien son projet. Cela se passerait-il demain ? Le jour d'après ?

Alors que Donovan tournait les talons, Brock supposa qu'il allait annoncer la nouvelle au reste de la famille, ou peut-être acheter une nouvelle alliance. Il venait de découvrir chez son père un côté sentimental qu'il ne lui avait jamais vu.

De son côté, Brock savait déjà à qui il demanderait de l'accompagner. La seule femme avec laquelle il avait envie de voir son père et sa belle-mère échanger leurs vœux, c'était Hannah.

9

— Il t'a invitée à assister à un mariage avec lui ? répéta Callie à l'intention de Hannah alors qu'elles se trouvaient dans l'un des mobile homes destinés aux costumes.

— Chut !

Hannah n'avait aucune envie que la nouvelle du renouvellement des vœux de Paige et Donovan s'ébruite. Elle jeta un coup d'œil par-dessus son épaule en direction de la porte ouverte. Par l'entrebâillement, elle aperçut un des dresseurs qui passait, un cheval à la longe derrière lui.

— Cela doit rester entre nous, d'accord ? insista-t-elle.

Brock lui avait téléphoné la veille pour lui proposer d'assister avec lui à un mariage secret, ce soir ou demain. Elle s'était dit que cela lui fournirait un prétexte parfait pour discuter en privé avec Callie – elle devait lui demander de lui prêter une robe – et chercher à découvrir pourquoi celle-ci avait qualifié Antonio de « pervers », mais au lieu de trouver des moyens de convaincre la costumière de lui faire des confidences, Hannah s'était endormie en s'imaginant à la fête, en train de danser dans les bras de Brock.

Bien qu'elle préfère penser que cette attirance n'était qu'une histoire de chimie hormonale purement physique, elle savait que ce n'était pas le cas. Chaque moment passé avec Brock McNeill lui faisait apprécier un peu plus cet homme et regretter la barrière qu'elle avait dressée entre eux et qui mettrait un terme à cette relation quand la mémoire du cow-boy lui reviendrait. Elle l'avait fait pour s'empêcher de tomber amoureuse d'un individu comme son père, comme le marin qui s'était ligoté au mât de son bateau pour ne pas succomber au chant des sirènes. Cela lui avait paru une bonne idée au début, mais à présent que la tentation l'appelait…

— Mais pourquoi en secret ? lui demanda Callie en levant les yeux du portant sur lequel elle défroissait une manche en dentelle.

— Ils ne veulent pas attirer l'attention des médias, expliqua Hannah en espérant qu'elle n'avait pas fait une erreur en se confiant à son amie. Je ne tiens pas à ruiner leur mariage, après tout ce qu'ils ont traversé.

— Tu as raison, commenta Callie en passant les cintres en revue en quête d'une robe pour Hannah. J'ai tendance à oublier que, ici, ce n'est pas Hollywood, où tout le monde prétend ne pas rechercher l'attention des médias tout en faisant son possible pour la susciter.

Elle sortit une jupe bleue en dentelle.

— Que penses-tu de ça ? Je l'ai emportée par erreur. Tu pourrais la mettre avec un débardeur en soie et l'accessoiriser un peu…

— Pourquoi pas, approuva Hannah qui imaginait déjà sentir les mains de Brock sur sa taille, là où les deux tissus se rejoindraient, là où un pouce s'égarerait facilement sur une parcelle de peau nue.

Elle chassa l'image et se concentra sur la véritable raison de sa présence dans le mobile home après le tournage.

— Callie, j'ai une question à te poser, à propos de… d'Antonio.

Elle baissa la voix en prononçant son nom puis, pour faire bonne mesure, elle pivota et ferma la porte de la caravane. Callie la scruta avec curiosité.

— Oui ? Quoi donc ?

— Tu te souviens, quand tu m'as parlé de la photo que quelqu'un avait postée avec la mention « séparés à la naissance », demanda-t-elle. Tu as utilisé le mot « pervers », pour le décrire.

Hannah vit le visage de Callie s'empourprer et afficher un air perdu.

— Vraiment ? bégaya-t-elle tandis qu'elle délaissait ses cintres pour croiser les bras sur sa poitrine. Je ne suis pas sûre de voir où tu veux en venir…

— Je ne veux en venir nulle part, ne t'inquiète pas, la rassura aussitôt Hannah. Et je ne cherche pas à fouiner, c'est juste que j'ai entendu... des choses, à son propos. Et je me demandais...

— Je ne sais rien, s'empressa de répondre Callie en secouant la tête, les yeux brillant d'émotion et les épaules raidies. Et je crois que tu as mal compris mes propos. Tout le monde juge son prochain si vite...

— Je ne juge pas...

— Hannah, tu ferais mieux d'y aller, d'accord ? Je ne parlerai à personne de ce mariage, mais je ne suis pas à l'aise avec cette conversation.

Sur ces mots, elle fourra la jupe dans les bras de Hannah et fonça dans la minuscule salle de bains du mobile home, verrouillant la porte derrière elle.

Hannah doutait que ce soit la réaction d'une femme ignorant tout du comportement d'Antonio. Incapable de savoir si elle agissait bien ou non, elle se rendit devant la porte et toqua.

— Callie ? Je m'en vais, mais je veux que tu saches que tu peux me parler, si tu changes d'avis, dit-elle d'une voix douce. Je n'avais pas l'intention de te bouleverser.

Quand elle comprit que la costumière ne rouvrirait pas, elle sortit du mobile home, laissant la jupe en dentelle derrière elle. Elle n'avait pas envie que Callie s'imagine qu'elle cherchait à tirer profit d'elle. Peut-être n'aurait-elle pas dû se servir du prétexte d'emprunter une robe pour venir ici en dehors de ses horaires de travail.

Mais loin d'être découragée par ce qu'elle avait découvert, Hannah espérait être sur une piste. Peut-être qu'après avoir réfléchi à la question Callie déciderait de se confier à elle.

En attendant, elle devait se préparer pour un mariage secret.

À la nuit tombée, Brock rentra chez lui à cheval, beaucoup plus tard que d'habitude. Il pressa Aurora pour arriver plus vite après une longue soirée passée à travailler avec Carson et Cody pour convertir une grange vide en salle de réception. L'édifice qu'ils avaient nettoyé était vieux et inutilisé, mais il était solide et possédait un beau potentiel. Son père ne voulait pas engager trop de personnel de l'extérieur pour préparer la fête dans l'espoir de garder les médias à distance, aussi Brock avait-il proposé son aide en même temps que ses frères pour aménager l'endroit.

Travailler avec les jumeaux lui avait fait l'effet d'un bond en arrière, d'autant que la grange remontait au temps où la famille Calderon était propriétaire du domaine, avant et pendant le mariage de Donovan avec Kara Calderon, la mère de Brock. Brock avait des souvenirs mitigés de cette période. Certains étaient heureux, d'autres douloureux – comme la mort de sa mère. Il n'avait que trois ans à l'époque, mais son premier souvenir datait de ce jour. Les gyrophares des ambulances. Son père tombant à genoux.

La vie avait pourtant continué dans la grande maison malgré le décès de sa mère. Paige les avait rejoints, d'abord en tant que nounou, puis comme nouvelle épouse de Donovan. Néanmoins, elle n'avait jamais été « maman ». Elle s'était toujours montrée discrète, ne prenant pas de responsabilités, et offrant une présence rassurante sous leur toit quand Donovan multipliait les voyages, sa personnalité dominante demeurant la force motrice des McNeill.

Soudain, Brock prit conscience que si Scarlett était celle qui ressemblait le plus, physiquement, à leur mère, son caractère correspondait plus à celui de Donovan. C'était quelqu'un que l'on remarquait tout de suite, tandis que Madeline tenait de Paige, qui ne faisait pas de remous et gérait le ranch du White Canyon, un domaine annexe où la plupart des employés du tournage de *À la conquête de l'Ouest* séjournaient.

Brock dirigea Aurora sur le chemin de la maison, mais la fit ralentir lorsqu'il passa devant le chalet de Hannah. Il avait prévu de déposer chez elle quelques affaires dont elle pourrait avoir besoin pour le mariage mais, étant occupé à la grange, il n'avait pas eu le temps de le faire. Il avait donc demandé à l'un de ses employés de s'en charger à sa place. À présent, à quasiment minuit, les lampes du chalet étaient encore allumées, et une nouvelle aria résonnait dans le vent, filtrant par une fenêtre ouverte. Visiblement, Hannah était toujours debout. Qui plus est, la pluie d'étoiles filantes des Perséides était à son sommet cette semaine, parsemant le ciel de traînées claires.

Comment pouvait-il la laisser manquer ça ?

Il tendit les rênes, descendit de cheval puis gravit les marches menant à la porte d'entrée. Avant de frapper, il sortit son téléphone pour envoyer un message à Hannah afin qu'elle sache que c'était lui. Grâce à la fenêtre entrebâillée, il entendit son portable tinter et, un instant plus tard, un rire doux.

Puis des pas.

L'impatience le fit tressaillir.

Quand elle ouvrit la porte, Hannah était vêtue d'un vieux T-shirt violet qui proclamait « Priorité numéro un : café » et d'un bas de pyjama en coton bleu vif. Ses cheveux étaient nattés et son visage dénué de maquillage. Mais cela ne faisait que la rendre encore plus attirante. Il n'y avait rien pour distraire Brock de ses beaux yeux gris et de sa bouche expressive.

— Ça commence à ressembler à une habitude, cow-boy, se moqua-t-elle gentiment en se postant sur le paillasson pour regarder par-dessus son épaule. Que vont penser les voisins ?

L'odeur de son shampoing lui parvint, et il lutta contre l'envie de se pencher pour fourrer le nez dans ses cheveux.

— Vu qu'il n'y a personne à moins d'un kilomètre, je crois que notre réputation est saine et sauve, commenta-t-il en désignant sa monture. À moins que tu n'aies peur de l'opinion d'Aurora.

— Parce que les chevaux ne jugent pas ? renchérit-elle en souriant. Dans ce cas, je comprends mieux pourquoi tu as choisi un métier où ce sont tes seuls compagnons…

Il perçut de la tension dans sa voix et se demanda s'il avait touché une corde sensible.

— Quant à toi, tu évolues dans un milieu très compétitif, hasarda-t-il prudemment en lui faisant signe de sortir. Promis, je ne m'attarderai pas. Je souhaitais juste te montrer quelque chose.

— Maintenant ? Dans le noir ? s'étonna-t-elle.

— Oui, madame. Prends un sweat si tu veux, et des chaussures, mais tu pourras rester sur la terrasse.

— C'est le moins que je puisse faire pour te remercier de tout ce que tu m'as fait livrer tout à l'heure, dit-elle en se penchant pour attraper un cardigan gris accroché à une patère à côté de la porte. J'ai été surprise de découvrir plusieurs choix de tenues à mettre pour le mariage.

— C'est normal, puisque tu as eu la gentillesse d'accepter d'être ma cavalière au dernier moment, répliqua-t-il en saisissant le cachemire. Je peux ?

Il lui tendit le vêtement pour qu'elle puisse l'enfiler et, lâchant le col, il laissa le tissu retomber sur son cou. Puis, incapable de résister, il glissa une main pour libérer sa tresse prise dans l'encolure. Ses cheveux étaient doux comme de la soie.

La main de Brock demeura suspendue en l'air, son cerveau bourdonnant d'idées pour continuer à toucher Hannah.

— C'est très gentil de ta part, je t'en remercie.

Elle se dégagea rapidement et sortit après avoir enfilé des sandales. Il remarque que ses ongles étaient vernis de rose vif.

— Je suis prête, annonça-t-elle.

Il prit sa main, se forçant à songer que c'était uniquement pour éviter qu'elle ne trébuche dans le noir.

— Fais attention.

Brock avait envie de se rapprocher d'elle, d'en apprendre plus sur elle, de voir s'il pouvait accéder aux secrets qu'il lisait dans ses yeux.

Mais comme c'était impossible, il voulait simplement passer du temps avec elle, se perdre dans la chaleur de son sourire, le confort d'être avec quelqu'un qui ne cherchait pas à parler de chantage et de stratégies de communication. Et, mince, il voulait juste savourer le plaisir simple de regarder les étoiles avec elle.

L'opéra qu'elle avait mis à l'intérieur se termina, suivi d'une mélodie plus mélancolique, la musique diminuant au fur et à mesure qu'ils s'éloignaient sur la terrasse pour profiter d'une meilleure vue.

— Ferme les yeux, lui ordonna-t-il doucement, la bouche contre ses cheveux, les mâchoires contre sa tempe.

— Te voilà bien mystérieux, dit-elle sans acrimonie. Je n'y vois rien.

— Fais-moi confiance.

Il lâcha sa main pour la poser devant ses yeux, son bras s'enroulant autour d'elle. Elle semblait se sentir bien, tout contre lui, comme si c'était sa place.

Mais il ne s'autorisa pas cette distraction et lui fit incliner le visage en arrière.

— Tu peux les ouvrir, maintenant.

Il retira sa paume, laissant le regard de Hannah errer dans le ciel tandis qu'un filament lumineux passait au-dessus de leurs têtes.

Elle poussa un halètement de surprise, l'air émerveillé.

— Comment as-tu fait pour deviner qu'il y aurait une étoile filante pile à ce moment ?

— Je n'en savais rien, c'est le hasard, dit-il en rapprochant un banc matelassé du patio pour elle. Néanmoins, cette semaine, c'est le pic de la pluie de météorites des Perséides. Je me suis dit que tu apprécierais peut-être de profiter de l'un des avantages de vivre à la campagne. En général, on a une bien meilleure vue qu'en ville, loin des éclairages urbains.

— C'est merveilleux, souffla-t-elle en continuant à guetter le ciel. Je dois éteindre le chalet ?

— Je peux le faire.

Il retourna vers la maisonnette et passa une main à l'intérieur pour appuyer sur l'interrupteur avant de rejoindre Hannah.

Il s'assit sur le banc à côté d'elle, écartant un coussin pour se rapprocher davantage. Il ôta son chapeau et le posa sur le plancher tandis que les cantatrices chantaient dans le séjour.

— Regarde ! s'exclama Hannah en tendant le doigt vers de nouvelles traînées multicolores. Je crois que je n'avais jamais vu une étoile filante jusqu'à aujourd'hui.

— Ce sont des poussières d'astéroïdes, je pense. La Terre passe à travers l'orbite d'une comète chaque année à la même époque, ces traînées lumineuses sont donc des débris cosmiques qui traversent l'atmosphère.

— Je trouve l'expression « étoiles filantes » plus poétique, protesta-t-elle en gardant les yeux rivés au ciel. J'espère que ton père et ta belle-mère regardent ça, aussi. Ça me semble être un bon présage pour leur mariage.

— Ils ont prévu plein de détails romantiques pour demain. Je viens de finir de nettoyer la grange avec mes frères, et mes sœurs commençaient à la décorer quand nous sommes partis. Madeline m'a montré une photo de ce qu'elle comptait faire, et ça devrait être vraiment joli.

— Elles sont en train de faire de la décoration ? À presque minuit ? s'étonna Hannah en le scrutant. Je suis surprise que les McNeill n'aient pas une cohorte d'employés pour se charger de ça à leur place.

— Papa a toujours estimé la valeur du travail manuel. Mais même s'il avait voulu engager des prestataires pour le faire, il ne peut pas, cette semaine, puisqu'il ne tient pas à attirer l'attention sur le ranch ni inciter les médias à spéculer.

— Donc ça va être un événement discret, pas une grande fête ?

— Pas le moins du monde.

Il repéra le début d'un autre météore et lui désigna la direction de l'arc de lumière blanche. De là où ils se trouvaient, dans l'ombre de la maison, avec une vue inégalable sur le ciel nocturne, ils avaient la meilleure place pour observer le spectacle.

— Mon père tient à ce que Paige profite de tout l'amour et le soutien de notre famille, demain, poursuivit-il. Il fait donc tout son possible pour rendre la soirée mémorable.

— C'est-à-dire ? demanda Hannah en retirant une de ses sandales pour caler son pied sous elle.

Son genou frôla la cuisse de Brock, et des visions assaillirent ce dernier – des images qu'il devait réprimer au plus vite.

Il prit une profonde inspiration, savourant l'air frais de la nuit, et s'efforça de garder les yeux sur les étoiles.

— Je ne veux pas te gâcher la surprise, mais il a fait appel à un traiteur. Ils doivent arriver chez nous à 3 heures du matin pour tenter de ne pas attirer l'attention des médias.

Brock devait reconnaître ça à son père : il savait organiser les choses.

— C'est malin de sa part, commenta Hannah en posant une main sur son genou pour le prévenir qu'un autre météore traversait le ciel dans une flamboyance bleue. Ces couleurs sont magnifiques…

Le pouls de Brock s'accéléra. Il commençait à se dire qu'avoir invité Hannah dehors n'était finalement pas une si bonne idée. Il avait envie de mieux la connaître, mais lui faire la conversation alors que l'attirance entre eux devenait irrépressible, était de plus en plus difficile.

Il ferma les yeux une seconde pour prolonger l'instant. Il tenta de se souvenir qu'il était là pour découvrir Hannah, pas pour tester l'intensité de l'alchimie qui les liait.

— Je suis agréablement surpris par l'ampleur des efforts de mon père. Ma belle-mère a toujours été le roc de notre famille depuis leur mariage, et je suis heureux qu'il le reconnaisse.

Hannah laissa échapper un rire amer.

— Certains hommes passent toute leur vie sans remarquer les gens avec qui ils la partagent. Mon père nous a quittées dès qu'il a rencontré une femme qui avait les mêmes ambitions que lui.

— Je suis désolé que tu aies dû traverser ça, dit-il en tirant doucement sur sa tresse. Mais, même si c'était très mal de sa part, je me dis que ça a peut-être été plus facile pour ta mère de se débrouiller sans lui plutôt que d'avoir à rester quinze ans de plus avec quelqu'un qui ne l'appréciait pas.

Paige était-elle restée avec son père parce qu'elle se sentait piégée ? Parce qu'elle se cachait de sa vraie famille, grâce à la protection des McNeill ?

— Peut-être, admit Hannah, mais je suis convaincue d'une chose : ça a causé beaucoup de torts à Hope.

— Et à toi, Hannah ? s'enquit Brock en lâchant sa tresse avant de se pencher en avant pour scruter son expression. Cela a dû être difficile pour toi aussi.

— Non, protesta-t-elle en secouant la tête avec véhémence. Je n'ai pas besoin de gens qui apprécient plus les biens matériels que leurs proches. Mais ma sœur était plus petite quand notre père est parti, et je crois que ça l'a rendue plus fragile à la promesse d'amour et d'acceptation.

— Fragile ? répéta-t-il, intrigué par son choix de mots.

Il voulait en apprendre plus sur elle et il avait bien l'impression d'avoir mis le doigt sur quelque chose d'important, même s'il ignorait encore de quoi il s'agissait. Peut-être du ressentiment. Mais il n'avait sûrement entendu qu'une partie de l'histoire.

— Tu dis ça comme si l'amour et l'acceptation étaient des maladies... reprit-il.

— Ça y ressemble beaucoup quand tu les recherches autant parce que tu n'en as pas reçu étant enfant, gronda-t-elle d'une voix durcie par la colère. Cela fait de toi une cible pour les gens qui en abusent.

Brock réfléchit un bon moment à ce qu'elle venait de dire, essayant de comprendre les sous-entendus dans le peu de son passé qu'elle venait de partager. Le ciel nocturne leur fournissait un point d'appui pour leurs yeux, de sorte que le silence entre eux ne devenait pas gênant. Enfin, il reprit la parole.

— On dirait que Hope a traversé beaucoup d'épreuves, déclara-t-il en posant sa paume sur celle de Hannah, sur le coussin entre eux. Mais elle a visiblement une protectrice féroce, et c'est toi, Hannah. Tu en as probablement fait plus pour elle que tout ce que son père aurait pu faire.

Durant un moment, il ne fit que ressentir son pouls battant doucement au creux de sa main, sous son pouce. Mais, au bout de quelques instants, elle tourna la tête vers lui.

— J'échangerais volontiers mon bonheur contre le sien, admit-elle avec une conviction qui lui laissa penser qu'elle avait déjà passé ce pacte avec le diable. Mais je ne suis pas sûre que cela lui ferait grand bien.

Brock ne parvenait pas à élucider le mystère perçant derrière ces confidences cryptées. Peut-être à cause de son amnésie et parce que son cerveau ne fonctionnait qu'au ralenti, ou peut-être parce que l'attirance entre eux étouffait ses intentions les plus nobles. Mais, de manière égoïste, il aurait aimé adoucir la douleur qu'il percevait dans ses yeux.

— Tu ne peux pas vivre pour quelqu'un d'autre ni sacrifier ton bonheur pour sauver un proche, lui rappela-t-il en faisant courir sa main libre le long de sa joue, son pouce caressant l'angle de sa mâchoire. Cela ne fonctionne pas comme ça.

À son contact, elle cligna les paupières. Là, dehors, sous le feu d'artifice naturel des étoiles, il avait l'impression qu'ils étaient seuls au bout du monde, sans autre témoin que la brise nocturne pour les entendre.

Il se surprit à se rapprocher d'elle. Non, il devait conserver ses distances.

— Je n'ai pas renoncé à tout bonheur, le corrigea-t-elle en ouvrant de nouveau les paupières, les pupilles tellement dilatées qu'il n'y avait plus qu'un fin cercle de gris autour. Je pourrai toujours y goûter...

Elle baissa les yeux sur son visage, et toute la modération de Brock s'évapora.

Un baiser, c'est tout, se promit-il.

Avec douceur, il lui fit incliner le menton et captura sa bouche. Un pic de chaleur culmina dans son dos, parcourant ses épaules. Elle s'offrit à lui sans retenue, ses lèvres s'écartant sous les siennes, creusant les reins pour se blottir contre lui.

Il entremêla leurs doigts pour lui éviter de tomber tant elle était abandonnée à son étreinte, mais aussi pour l'empêcher de monter sur ses genoux, parce que si cela se produisait...

— Brock..., murmura-t-elle contre sa bouche alors que ses mains parcouraient son dos.

Elle se rapprocha encore plus de lui, la douceur de sa peau se transmettant aux paumes de Brock sous l'épais tissu de son pyjama.

Puis il renonça.

Il la hissa en travers de ses cuisses, conscient que, de toute façon, ils ne pourraient pas aller plus loin là où ils se trouvaient. Elle s'installa à califourchon sur lui, les jambes enserrant sa taille.

S'il ne faisait pas attention, songea Brock, la situation risquait de dégénérer.

Et ce, d'autant plus qu'il sentait son cœur battre la chamade, et que les gémissements que Hannah poussait en l'embrassant l'excitaient au plus haut point.

Mais il y avait quelque chose de fragile en Hannah Ryder, des secrets ou des blessures, il ne savait quoi, qui l'empêchaient d'être honnête avec lui. Alors, il allait honorer ce vœu d'un unique baiser, même s'il devait en mourir.

Il s'écarta d'elle, essoufflé comme s'il avait fait le tour du ranch en courant – il envisageait d'ailleurs de le faire pour se calmer.

— J'ai envie de toi, déclara-t-il avec sincérité, leur respiration ralentissant alors qu'ils se scrutaient dans le clair de lune.

Derrière Hannah, les étoiles clignotaient, des météorites parcouraient le ciel comme si le monde touchait à sa fin.

— Mais seulement si tu es sûre de toi, ajouta-t-il en la faisant glisser sur le banc à côté de lui, conscient qu'il devait s'en aller avant de rompre la promesse qu'il s'était faite.

Il déposa un baiser sur sa tempe avant de se mettre debout.

— Seulement quand tu seras prête.

S'éloigner d'elle alors qu'elle poussait un soupir de regret ne fut pas facile, même s'il savait qu'elle serait avec lui le lendemain pour le mariage.

10

Hannah ôta un brin de paille de l'ourlet de sa robe en organza. Elle n'aurait jamais imaginé que la première surprise de ce mariage serait d'arriver à la cérémonie dans une charrette à foin tirée par un gros tracteur vert.

Elle avait entendu le moteur gronder un peu plus tôt dans l'après-midi, alors qu'elle attendait Brock. Au lieu de son cavalier, un garçon vêtu d'un bleu de travail et d'un chapeau, une fleur piquée à sa poche, avait frappé à sa porte et lui avait proposé son bras. L'un des employés du ranch avait déroulé un tapis pour qu'elle n'abîme pas ses chaussures et, en grimpant de manière fort peu gracieuse, elle avait découvert une poignée d'autres invités, y compris la petite amie de Carson, la pro du rodéo Emma Layton, ainsi que la fiancée de Cody, Jillian Ross, qui, alors qu'elle était enceinte, avait organisé le tournage de *À la conquête de l'Ouest* chez les McNeill. Jillian, une rousse flamboyante vêtue d'une robe en tulle jaune et verte, lui expliqua que les frères McNeill aidaient leur père à se préparer pour la cérémonie, mais que Brock avait voulu s'assurer que Hannah ait des gens pour lui tenir compagnie jusqu'à ce qu'il puisse la rejoindre.

À présent, alors que la carriole cahotait sur le sentier menant au ranch Black Creek, Hannah s'accrochait aux bottes de foin sanglées sur les côtés qui avaient été empilées à l'extérieur du chariot pour éviter que les convives ne soient repérés par des téléobjectifs et des drones – le tout dans l'optique de garder le mariage le plus secret possible.

Hannah craignait de gâcher cette journée spéciale pour Brock.

Après son départ, la veille, elle n'avait pas réussi à s'endormir. Elle regrettait de lui avoir menti à propos de ce qu'ils avaient partagé lors de leur première soirée ensemble. Elle ne pouvait nier les sentiments qu'elle éprouvait pour lui, et le fait qu'elle avait passé la nuit à repenser à leur baiser n'avait fait qu'accentuer cette impression.

Elle ne s'était pas montrée honnête avec lui concernant leur première rencontre, car elle avait été dévorée d'inquiétude pour sa sœur et de haine pour Antonio. Quand elle avait appris que Brock était un McNeill, elle avait été submergée par la crainte d'avoir couché avec un homme lié à Antonio Ventura.

Maintenant qu'elle connaissait mieux Brock et le voyait tel qu'il était, elle devait lui dire la vérité. Après la fête de ce soir, elle lui avouerait tout. Il avait déjà traversé tant de choses cette semaine qu'il lui semblait injuste de lui gâcher aussi cette journée. Elle voulait qu'il profite du mariage de son père, mais elle ne l'embrasserait pas tant qu'elle ne lui aurait pas tout révélé.

Et, après, ce serait fini.

Aussi avait-elle prévu de savourer ces derniers instants tant qu'elle le pouvait, avant de tendre son cœur à Brock pour qu'il le brise.

— Ta robe est magnifique, Hannah, lui dit Emma.

C'était une jeune femme brune aux grands yeux sombres et aux traits délicats, vêtue d'une robe fourreau bleu marine toute simple.

— C'est bizarre, reprit-elle. J'ai l'impression de t'avoir déjà vue quelque part. On ne se serait pas rencontrées ?

Hannah s'efforça de sourire, se remémorant que son subterfuge était pour la bonne cause.

— Maintenant que tu en parles, j'ai l'impression de t'avoir déjà vue, moi aussi. Peut-être avons-nous travaillé pour la même agence d'intérim au printemps dernier.

Emma fronça les sourcils puis claqua des doigts.

— Oui, je me le rappelle ! Nous avons fait le ménage d'une maison de Beverly Hills ensemble, pendant toute une journée. C'est bien ça ?

Heureusement, la demeure en question n'avait pas été celle des Ventura.

Le tracteur ralentit, puis le grondement du moteur diminua. Autour d'eux, certains des invités prenaient des selfies, faisaient des photos de groupes et posaient avec des bouquets de fleurs des champs que l'un d'eux avait cueillies lors d'une halte.

— On fait ce qu'on peut pour joindre les deux bouts entre deux films, répondit Hannah avant de détourner la conversation. Comment as-tu trouvé le travail de dressage ici ?

— Je me suis vraiment attachée aux chevaux, admit Emma en mordant à l'hameçon. Et je ne sais pas comment j'aurais pu survivre au tournage sans Carson et toute sa famille, continua-t-elle en baissant la voix, de sorte que seules Jillian et Hannah puissent l'entendre. Je suis persuadée, au plus profond de moi, que ma mère est à l'origine de ce chantage, mais nous devons attendre que le détective ait réuni suffisamment de preuves pour l'arrêter...

Elle avait chuchoté la dernière phrase, les yeux emplis de larmes.

Jillian passa un bras autour de ses épaules en un geste de soutien et lui murmura quelques mots réconfortants à l'oreille.

— Je suis vraiment désolée, dit Hannah avec sincérité.

Elle se leva pour rapprocher son ballot de foin plus près d'Emma afin de l'abriter des regards.

— Je n'étais pas au courant, reprit-elle.

Jillian fouilla dans son sac en quête d'un mouchoir et le tendit à son amie.

— Nous savons tous que Brock a subi beaucoup d'épreuves, récemment, surtout avec son amnésie. Comment va-t-il ?

Hannah se sentit traversée d'une pointe de culpabilité. Elle s'était tellement concentrée sur ses propres problèmes familiaux qu'elle n'avait pas autant pensé à ceux de Brock qu'elle l'aurait dû, durant cette semaine.

— Il n'a plus de migraines, mais je vois bien qu'il est frustré de ne pas se rappeler ces derniers mois.

Emma était en train de s'essuyer les yeux quand elle s'interrompit brusquement.

— Je crois que, l'autre jour, quand il m'a vue chez Donovan, il ne m'a même pas reconnue.

Hannah hocha la tête.

— Je sais que les tenants et aboutissants de cette histoire l'ont déstabilisé, car il ne se souvient pas des événements qui y ont mené.

Elle se mordit la lèvre inférieure, se demandant si elle pouvait leur poser sa question, puisque Brock était en incapacité de l'aider. Cette même question qui l'avait empêchée de tout révéler à Brock quand il s'était réveillé amnésique.

— Vous croyez que les McNeill étaient au courant de l'identité de Paige, avant que le scandale n'éclate ?

Le tracteur s'arrêta soudain, le rugissement du moteur laissant place au son de violons.

Emma secoua la tête.

— Cody a été totalement pris au dépourvu, ça a été un véritable choc pour lui, asséna-t-elle avec certitude.

Hannah se trouvait avec les autres femmes, incapable de profiter de l'excitation générale en découvrant la grange décorée où Donovan et Paige échangeraient leurs vœux et accueilleraient leurs proches.

Elle avait dissimulé leur première rencontre à Brock de crainte qu'il n'éprouve une forme de loyauté envers les Ventura. Elle ne s'était pas attendue à tomber amoureuse du cow-boy et n'avait pas imaginé que cette omission viendrait un jour lui briser le cœur.

Alors qu'elle descendait sur la pelouse devant la grange, elle aperçut Brock dans son smoking noir, ses yeux bleus rivés sur elle. Elle souffrait déjà de tout ce qu'elle allait perdre.

Lorsque la musique du mariage commença, Scarlett se sentit comme une extraterrestre sur une planète étrangère.

Bien entendu, elle connaissait la plupart des invités. Elle avait grandi au ranch Black Creek et, après l'université, elle s'était installée dans un des dortoirs aménagés sur la propriété. Elle avait joué à cache-cache avec ses sœurs dans cette grange et avait même sauvé un chaton perché sur l'un des chevrons.

Mais, aujourd'hui, la bâtisse ne ressemblait plus à celle de ses souvenirs, à l'époque où elle était remplie de vieux matériel agricole. Avec ses fenêtres ouvertes pour laisser entrer l'air frais, ses murs de pierre grise représentaient un fond magnifique pour les immenses chandeliers dispersés dans la pièce et ornés de rubans crème et de fleurs blanches. Les gros chevrons avaient été polis jusqu'à briller, le bois étincelant dans la lumière de lanternes diaphanes accrochées au plafond et du tulle immaculé avait été suspendu comme des voiles de bateau entre les poutres.

L'endroit embaumait la cire d'abeille et la rose. Des tables drapées de blanc étaient décorées de freesias et de fleurs de muflier, disposés dans de grandes bonbonnes transparentes contenant également des tranches jaunes de citron.

Mais les gens semblaient différents. Son frère Brock, qui ne quittait jamais l'écurie, ne pouvait détacher ses yeux de la belle actrice blonde qui l'accompagnait. Et leur père, habituellement bougon, avait développé une sollicitude toute nouvelle envers sa femme, une affection tendre que Scarlett n'avait pas constatée depuis sa naissance – ce qui faisait donc vingt-cinq ans.

Elle serra la main de Logan qui se trouvait juste à côté d'elle, alors qu'ils s'asseyaient au premier rang du côté de la mariée. Madeline et son petit ami Sawyer s'installèrent près d'eux, tandis que Maisie se plaçait toute seule entre les deux couples.

— Je reconnais à peine l'endroit, chuchota Scarlett à Maisie. C'est vraiment papa qui a fait tout ça pour maman ?

Maisie lui donna un coup de coude, comme elles le faisaient souvent entre sœurs. Scarlett lui asséna une bourrade affectueuse en retour.

— Tu vois ces valises sous mes yeux ? lui demanda Maisie alors que la musique résonnait. J'ai passé la moitié de la nuit à faire la décoration. Mais, oui, c'était l'idée de papa.

— Je n'arrive pas à y croire. Je suis partie à peine une semaine, et le monde s'est mis à marcher sur la tête. Papa serait romantique ?

Elle allait avoir du mal à rester en colère contre son père après ce coup d'éclat. Pour le moment, elle ne l'avait pas encore vu, son vol ayant atterri la veille au soir, mais sa mère avait l'air plus forte et plus heureuse quand elle lui avait rendu visite dans l'après-midi pour l'aider avec sa robe.

Scarlett n'avait pas eu le cœur de l'interroger sur Antonio Ventura le jour de son remariage, mais elle le ferait, et le plus tôt possible.

— Crois-moi, c'en est inquiétant, murmura Maisie derrière sa main alors qu'elles se levaient pour accueillir la mariée. À ce rythme-là, bientôt, je serai la dernière cynique de la famille.

Presque tous les McNeill présents étaient en couple : Ian et Lydia avaient fait le voyage avec Malcolm et sa fiancée Rose. Lydia était enceinte et rayonnait. Damon et Caroline étaient également venus, ayant pris quelques jours de congé.

— Même Brock a quelqu'un…

Scarlett avait vu plusieurs des films de Hannah Ryder et trouvait qu'elle avait du talent, mais cela ne révélait pas grand-chose sur sa personnalité.

— J'ai demandé à Logan s'il avait déjà travaillé avec Hannah par le passé, mais il dit que non.

— Brock souffre d'amnésie, lui rappela Maisie. Je m'inquiète pour lui.

— Je lui parlerai, dit Scarlett alors que toutes les têtes se tournaient à l'entrée de leur mère dans la grange.

Dans sa robe fourreau ivoire ornée d'un châle en dentelle qui lui couvrait les épaules, Paige était sublime. Ses cheveux bruns cascadaient en vagues brillantes. C'était la coiffure que Scarlett lui avait conseillée. D'habitude, sa mère préférait les nouer en une queue-de-cheval haute, mais Scarlett l'avait suppliée de les boucler et de porter un gros nœud blanc. Paige avait alors concédé que l'heure était propice au changement.

Derrière Scarlett, Logan se pencha pour lui chuchoter quelques mots à l'oreille, dont la douceur la fit frissonner de plaisir.

— Regarde ton père, lui dit-il.

Scarlett jeta un coup d'œil par-dessus l'épaule de Maisie pour scruter le visage de son père. L'émotion sans fards qu'elle y lut la surprit. C'était de l'amour, de la tendresse, une fierté ardente en voyant la femme qui avançait vers lui. Scarlett réprima une larme tandis que Maisie plongeait la main dans son sac pour y récupérer des mouchoirs avant de lui en tendre plusieurs.

Alors que l'échange des vœux commençait, Sarlett comprit qu'elle s'était trompée en accusant son père d'être insensible au bien-être de sa mère. Oui, bien sûr, elle avait eu raison au sujet de ses frères, qui s'étaient montrés trop intrusifs en engageant un détective privé à Los Angeles pour la suivre, mais elle leur pardonnerait. C'étaient ses frères, et c'était leur rôle.

Qui plus est, elle avait la ferme intention de profiter de ce mariage. Après quoi elle parlerait à sa mère de ce qui s'était passé chez Emilio Ventura et qui l'avait poussée à fuir sa propre famille. Parce que Scarlett n'avait aucune envie de subir ce scandale juste pour protéger le nom des McNeill. Elle voulait découvrir qui avait blessé sa mère, et elle le lui ferait payer.

Lorsque le bal commença, Hannah sortit de la grange, avide de respirer un peu d'air frais.

Les musiciens qui avaient joué durant la cérémonie étaient en train de ranger leurs instruments et de les charger à l'arrière d'un pick-up tout proche. À l'intérieur, un groupe de country western les avait remplacés et attirait la foule sur une piste de danse improvisée dans un coin de la grande salle. Les lanternes blanches et les candélabres illuminaient la bâtisse, ainsi que des parcelles de pelouse dehors à travers les fenêtres et portes ouvertes.

La nuit estivale bruissait d'une brise fraîche, et Hannah laissa le vent jouer dans sa robe d'organza, la boule de malaise dans son ventre ne faisant que s'amplifier au fil des heures.

Derrière elle, elle entendit une voix familière.

— J'ai attendu le moment de danser toute la journée...

Une bouffée de chaleur la parcourut. C'était fou, cette réaction intense qu'elle avait à chaque fois qu'elle était en présence de Brock. Il lui suffisait d'un mot, d'un regard, d'un effleurement, et elle était en feu.

Elle ne pouvait pas lui refuser cette danse, pas alors que ses parents faisaient la fête à l'intérieur.

— Moi aussi, répondit-elle avec honnêteté en prenant sa main pour entrer dans la salle.

Le groupe était passé à un slow mélancolique et sensuel, le chanteur égrenant des rimes romantiques qui accentuaient ce qu'elle ressentait. Le désir, l'ardeur, l'angoisse que cela ne dure pas. Alors qu'ils se mêlaient aux couples, Brock la fit pivoter dans ses bras, une main autour de sa taille, la serrant contre lui.

— Je suis heureux pour mon père, lui confia-t-il en désignant les mariés qui se trouvaient au milieu de la piste.

Donovan McNeill n'avait d'yeux que pour sa femme tandis qu'ils dansaient, collés l'un à l'autre. Paige rayonnait, son alliance en diamant scintillant dans le reflet d'un millier de lanternes alors qu'elle laissait errer ses doigts sur les épaules de son époux.

— Il a organisé un événement incroyable, en un temps record, approuva-t-elle. Et je n'ai pas vu la moindre trace d'un paparazzi.

— Pour le moment, tout va bien, confirma Brock en faisant glisser la main sur sa taille tandis qu'il la scrutait, son contact lui tirant un frisson. Tu es magnifique, ce soir.

Elle se sentit fondre face à ce compliment, ses défenses s'effondrant. Si seulement cela avait pu être réel…

— C'est à toi que je le dois : c'est toi qui m'as envoyé cette robe.

L'ourlet de sa jupe en organza frôlait son mollet, le tissu délicat volant autour d'elle au rythme de leurs pas.

Sa robe était rose pâle et ornée de minuscules fleurs, dans un style romantique sans pour autant être mièvre, et la découpe du bustier lui conférait un côté plus sexy.

— Je ne parle pas de ta tenue, reprit-il en s'inclinant vers elle. C'est toi. Je te remercie d'avoir accepté de m'accompagner ce soir.

Elle se mordit la lèvre, incapable de répondre. Tout ce qu'elle savait, c'était qu'elle devait rediriger la conversation avant qu'elle ne s'enfonce.

— Cela en dit long sur ta famille, de s'être réunie aujourd'hui de la sorte pour célébrer un mariage et se focaliser sur le positif, après tout ce qu'elle a traversé.

Le slow se termina, mais Brock ne la lâcha pas pour autant.

— Je vais essayer de prendre exemple sur papa et tirer un

trait sur le passé que j'ai perdu, lui dit Brock. Je veux juste me contenter de savourer le présent avec toi.

Autour d'eux, les couples applaudissaient le groupe. Hannah ne parvenait pas à penser à autre chose qu'à la façon dont elle avait tout gâché avec Brock. Avant d'avoir pu prononcer un mot, il lui chuchota à l'oreille :

— Je veux un vrai rendez-vous avec toi. Loin de ma famille et du ranch. Pour apprendre à te connaître.

Il plongea son regard dans le sien, alors que le chanteur annonçait que les mariés s'apprêtaient à s'en aller.

Le mouvement de foule autour d'eux, suivi des embrassades et vœux de bonheur, permit à Hannah de ne pas répondre.

Brock prit sa main et la guida vers la porte afin qu'ils puissent voir le départ de Donovan et Paige. Hannah avait conscience que sa relation avec Brock se terminerait à ce moment-là. Elle ne pouvait accepter sa proposition, pas alors qu'elle l'avait trahi.

Et, lorsqu'elle lui aurait dit la vérité, elle savait qu'il ne voudrait plus rien avoir à faire avec elle.

Tournant les talons, elle se campa devant Brock. Il était bien trop séduisant, dans son smoking, son beau visage baigné par le clair de lune.

Elle devait se dépêcher de parler avant de faiblir. Elle prit une profonde inspiration et ouvrit la bouche.

— Dès que la fête sera terminée, nous devrons discuter. J'ai quelque chose à te dire.

11

Une demi-heure plus tard, une fois revenue dans son chalet, Hannah invita Brock à l'accompagner à l'intérieur pour qu'ils puissent discuter.

Elle avait les nerfs en pelote, mais il n'y avait pas d'autre moyen pour avancer. Elle devait dire la vérité à Brock concernant la nuit qu'ils avaient passée ensemble. Mais elle était inquiète, car elle ne pouvait pas tout lui dire. Le secret de Hope n'était pas le sien, elle n'avait pas le droit d'en parler à Brock, le bien-être et la santé mentale de sa sœur étaient en jeu et devaient passer en priorité, même si son cœur lui hurlait de tout révéler au séduisant cow-boy.

— Tu as l'air très sérieuse, dit-il en prenant ses mains dans les siennes alors qu'ils se rapprochaient de l'âtre. Asseyons-nous et discutons.

Il appuya sur le bouton de la télécommande pour allumer la cheminée au gaz. Les flammes orange se mirent à brûler en silence, sans bois pour les faire crépiter. La lumière chaleureuse créait une ambiance romantique dans le séjour, et Brock l'attira sur le canapé en cuir, à côté de lui.

Elle pivota pour lui faire face, consciente qu'il n'y avait aucune échappatoire.

— Je n'ai pas été honnête avec toi, entama-t-elle.

Elle baissa les yeux sur ses mains, ses ongles dénués de vernis pour coller à l'époque du film dans lequel elle jouait. Elle tripota l'anneau qu'elle portait, identique à celui qu'elle avait offert à sa sœur pour fêter son diplôme. Déjà, à ce moment-là, Hannah avait su qu'elles étaient tout l'une pour l'autre.

À côté d'elle, Brock se raidit. Elle n'avait pas besoin de le voir pour le sentir tant ils étaient liés. Perdrait-elle cette relation, cette proximité, une fois sa confession faite ? Elle espérait que non.

— À quel sujet ? demanda-t-il.

— À propos de notre première rencontre, répondit-elle. Tu ne te souviens pas de cette nuit à cause de ton amnésie, et je ne t'ai pas dit tout ce qui s'était passé.

Elle jeta un coup d'œil entre ses cils pour voir la réaction de Brock et constata qu'il la fixait, le visage dénué d'expression.

Réservait-il son jugement ? Elle n'en était pas sûre.

— Que s'est-il passé ? insista-t-il d'un ton distant dépourvu de sa chaleur habituelle. Qu'as-tu négligé de me dire ?

Son cœur accéléra.

— J'ai pris une décision irréfléchie en ne te parlant pas de tous les détails lorsque tu t'es réveillé sans souvenirs. À ce moment-là, ça m'a paru être le bon choix, s'empressa-t-elle d'ajouter afin de s'expliquer.

— Et qu'as-tu omis, alors ? insista Brock, à court de patience, la frustration rendant son ton acerbe.

— Nous avons été ensemble… de façon intime, lâcha-t-elle en lui jetant un nouveau coup d'œil pour jauger sa réaction.

Il haussa les sourcils. Mais, en dehors de ça, rien ne se lut sur ses traits. Durant trois longues secondes, Hannah retint son souffle, guettant son silence.

Puis la bouche de Brock se tordit en une grimace, et elle comprit que le pire restait à venir.

— Tu as profité de mon amnésie pour me raconter ta version des événements, déclara-t-il d'une voix posée.

L'espace d'une seconde, elle vit un éclair traverser ses yeux bleus, révélant de la colère et de la frustration. Elle méritait ces deux sentiments.

— C'est vrai, et je n'en suis pas fière, plaida-t-elle en faisant tourner l'anneau autour de son doigt, encore et encore. Cette nuit-là, tout a été ma faute. C'est moi qui me suis jetée dans tes bras, qui ai provoqué ce qui s'est passé, alors que je ne connaissais même pas ton nom. Je ne fais jamais ce genre de choses. La soirée avait été stressante, tu m'as raccompagnée à cheval, et…

Les mâchoires de Brock se détendirent tandis qu'il l'écoutait parler. Il ne l'interrompit pas mais attendit, les ombres du feu dansant sur son visage.

Elle prit une inspiration tremblante, submergée d'émotion.

— Cette proximité entre nous, ce lien... je ne peux même pas les décrire. Mais le tournage avait été si éprouvant ce jour-là, et quand nous nous sommes touchés...

— Pourquoi ? s'enquit-il en coupant le fil de son ressenti et de sa culpabilité d'une simple question.

— Pourquoi la situation a-t-elle dégénéré si vite entre nous ? Je ne sais pas, je...

— Non, pourquoi le tournage était-il horrible ? lui demanda-t-il d'une voix plus douce. À cause du réalisateur ? À cause du temps que tu as passé dans cette paille rêche ?

Elle lui avait raconté ces détails. En fait, elle lui avait tout dit jusqu'au moment de leur arrivée à son chalet.

Mais elle ne pouvait pas lui décrire la fureur impuissante qu'elle ressentait dès qu'elle regardait Antonio Ventura ou, encore pire, subissait ses ordres. Elle ne pouvait pas lui parler de la douleur de sa sœur alors que Hope voulait plus que tout garder son calvaire secret.

Cela la déchirait, la brûlait. Mais c'était une peine qu'elle ne pouvait partager, car celle de Hope était mille fois plus dure.

— Oui, répondit Hannah en clignant les yeux, se détestant de dissimuler une fois de plus les faits. Ventura est lunatique, et sa brutalité rend le tournage bien plus difficile qu'il ne devrait l'être.

Ça, c'était la vérité. Mais cela ne rendait pas compte ne serait-ce que d'une infime partie de la torture qu'elle avait subie à Cheyenne, fardeau à peine allégé par la présence de Brock. Sa compagnie lui avait donné quelque chose de positif à savourer dans cet océan de laideur.

Malgré tout, sa gorge la brûlait, le poids de ce qu'elle ne pouvait dire pesant sur sa conscience alors même qu'elle se confiait.

— Hannah, regarde-moi, dit Brock en attirant son attention, ses mains se posant sur les siennes en un contact inattendu.

— Je ne t'ai pas parlé de ce qui s'est passé entre nous parce que... cela me faisait l'effet d'une seconde chance. L'espoir de ne pas me laisser emporter de nouveau, expliqua-t-elle, le cœur battant la chamade. Je me disais que si tu l'oubliais, je pourrais le faire, moi aussi, et nous pourrions aller de l'avant.

— Mais nous sommes là, exactement là où tout a commencé cette nuit-là, plaida-t-il en faisant courir son pouce dans sa paume.

La délicatesse de son contact lui arracha un frisson.

— Tu devrais être furieux contre moi de t'avoir trompé de la sorte, dit-elle, espérant chasser par ses mots la chaleur que sa caresse avait suscitée. J'aurais dû te dire la vérité.

— Oui, mais je me souviens de plusieurs occasions où j'aurais bien aimé avoir la chance de réécrire l'histoire, moi aussi, déclara-t-il avec une nouvelle douceur dans la voix. Je te pardonne, Hannah.

Incapable d'en croire ses oreilles, elle chercha un signe prouvant qu'elle avait mal compris. Mais l'expression du visage de Brock était apaisée et honnête, son langage corporel sincère et détendu.

Et sexy.

Avec son nœud papillon défait et le bouton de sa chemise ouvert, il avait l'air d'un voyou. Ses épaules larges tendaient sa veste, le tissu moulant ses biceps lorsqu'il se pencha pour la toucher. Il était impossible de se tromper sur ses intentions.

— Tu me pardonnes, vraiment ?

Le cœur de Hannah manqua un battement.

Elle n'avait pas envisagé un scénario dans lequel Brock souhaiterait reprendre là où ils s'étaient arrêtés. Elle se sentit fondre à l'idée qu'il pouvait toujours y avoir une chance pour eux d'être ensemble.

— Mais oui. La question que j'aimerais que tu te poses, maintenant que tu as l'occasion de réécrire l'histoire, c'est : est-ce que tu veux oublier que ce que nous avons partagé s'est bel et bien produit ? lui demanda-t-il en levant une main pour lui caresser la pommette. Ou as-tu envie de revivre ce souvenir ?

Brock inspira à pleins poumons, savourant le parfum de Hannah, remarquant la façon dont ses pupilles se dilataient à son contact. La lueur des flammes donnait une teinte cuivrée à ses cheveux pâles et du rose à ses joues.

Il voyait bien qu'elle était surprise par sa réaction, mais même en cherchant bien, il ne ressentait que du soulagement. À présent, il savait ce qu'elle lui avait caché. Il comprenait l'ombre qui jouait parfois dans ses yeux, l'impression persistante qu'elle lui dissimulait quelque chose.

Entendre ce secret, découvrir qu'elle s'en était voulu après avoir couché avec lui, lui ôtait un poids. Il pouvait toujours envisager d'être avec elle et il avait encore envie d'elle.

— Tu... Tu es sûr ? demanda-t-elle en posant une main sur celle qu'il avait appliquée sur sa joue, maintenant ses doigts contre sa peau tout en observant son visage, en quête d'une réponse. Je veux dire... Oui, j'aimerais revivre ces moments avec toi. Mais ce n'est pas juste pour toi, puisque tu ne te souviens de rien.

Son « oui » résonna en lui, allumant un feu ardent dans son cœur et dans son esprit. Il avait l'impression d'avoir toujours attendu cette femme. Après le dîner chez lui, il avait à peine dormi, comme cela avait été le cas après la nuit des étoiles filantes et leur baiser imprévu. Elle avait envahi la moindre de ses pensées et dominait ses rêves.

— Je l'ai imaginé tant de fois que c'est presque réel, lui confia-t-il en portant la main de la jeune femme à ses lèvres pour embrasser le dessus de ses doigts.

Il s'attarda à la base du pouce, où il pouvait sentir son pouls palpiter.

— Qui plus est, combien de gens ont la chance d'avoir une « première fois » à plusieurs reprises ?

Elle inclina la tête sur le côté, ses cheveux coulant dans son dos, révélant la pâleur crémeuse de la peau de son cou. Autant d'endroits qu'il avait envie de goûter.

— Je ne suis pas sûre que nous puissions battre cette première « première fois », plaisanta-t-elle en faisant courir ses doigts sur son torse, sous la veste de son smoking.

— J'aime bien les défis, répondit-il sur le même ton, son sang tambourinant à ses tempes tandis qu'il imaginait comment les choses avaient pu se passer lorsqu'il l'avait raccompagnée. Mais aujourd'hui ce sera totalement différent car, maintenant, nous

nous connaissons. J'ai eu beaucoup de temps pour penser à nous, pour envisager la meilleure approche.

Il déposa un baiser à la base de son cou, puis sur son épaule, faisant glisser la bretelle de sa robe. Elle s'inclina vers lui, son genou frôlant le sien, sa cuisse se pressant contre la sienne.

Une vague de chaleur le submergea. Il la prit dans ses bras. Elle était si douce et sentait si bon qu'il avait envie de la déshabiller.

Ce qui était réciproque, visiblement, puisque les doigts de Hannah couraient sur les boutons de sa chemise. Il ôta sa veste et se rendit compte qu'ils allaient se retrouver allongés sur le canapé. Or, ce n'était pas ce qu'il désirait.

Il la souleva contre lui et l'emporta vers l'unique chambre du chalet. Il connaissait les lieux, et il y avait quelque chose de familier dans le fait de pénétrer dans cette pièce enténébrée avec Hannah, comme si sa mémoire voulait refaire surface.

Il chassa l'image pour cette fois. À quoi bon avoir des souvenirs alors qu'il pouvait profiter de la réalité ?

Il la reposa sur ses pieds avec douceur. Elle avait ôté ses escarpins, et ses orteils apparaissaient au clair de lune filtrant à travers les persiennes. Il avait envie de mieux la voir, aussi tendit-il le bras pour appuyer sur l'interrupteur qui allumait la cheminée dans cette pièce.

Un autre geste qui lui parut familier.

— Brock ? demanda Hannah, une main posée sur son torse – il avait déjà enlevé à moitié sa chemise. Tu vas bien ?

Il repoussa la sensation de déjà-vu qui n'était pas réelle, puisqu'il ne se rappelait pas cette première nuit avec Hannah. Au lieu de quoi, il se focalisa sur ses lèvres gonflées par leur baiser. La robe de Hannah glissait sur ses épaules, un peu de dentelle rose apparaissant à la bordure du bustier.

Hannah attendait, savourant le parfum de l'après-rasage de Brock, une fragrance boisée qui, elle le savait, la bouleverserait jusqu'à la fin de ses jours. Il semblait d'accord sur le fait de leur accorder une chance, mais elle était inquiète de le voir se masser la tempe. Avait-il mal ? Cela ne faisait pas si longtemps qu'il avait reçu un coup à la tête...

— Je me sens mieux que bien, lui promit-il, prenant ses deux mains pour les embrasser. Je me sens tellement bien que je pourrais mourir de bien-être.

Il déposa un baiser dans son cou, et ses mots murmurés contre sa peau lui arrachèrent un frisson qui descendit dans tout son corps et la fit vibrer. Ses seins la lançaient, la chaleur entre ses cuisses la brûlait.

C'était comme la première fois. La situation dérapait si vite, trop vite. Il la faisait se sentir délicieuse, féminine, désirée.

Avant d'avoir eu le temps de le réclamer, il dégrafa sa seconde bretelle, baissa le bustier et se mit à torturer son téton du bout de sa langue, à travers son soutien-gorge en dentelle. Elle le caressa tandis qu'il ouvrait la fermeture Éclair de sa robe. Lorsque la soie tomba en un cercle chatoyant à ses pieds, elle l'incita à se renverser sur le duvet, s'allongeant sur lui avec lascivité.

Durant un instant, il la regarda à la lueur des flammes, ses iris bleus suivant le moindre de ses mouvements alors qu'elle l'embrassait sur le torse et retraçait les muscles de son ventre de sa bouche.

Hannah n'avait pas imaginé que leur nouvelle première fois puisse être encore plus intense, mais c'était le cas. Elle en avait le souffle coupé, et la ferme intention de savourer ces instants.

Elle ouvrit la boucle de la ceinture de Brock avec des doigts tremblants tandis qu'il défaisait l'agrafe de son soutien-gorge avec habileté. Elle réprima un halètement quand il fit glisser la dentelle sur ses seins nus et les caressa, pendant qu'elle lui ôtait son pantalon, puis son boxer.

Mais alors qu'elle avait prévu de continuer au même rythme, un éclair de malice scintilla dans les yeux du cow-boy, et il se rassit, avant de l'allonger sur le côté puis sur le dos, pour la clouer sous lui et l'embrasser à en perdre haleine.

Quand ils eurent tous deux le souffle court, il s'écarta le temps de récupérer un préservatif dans une poche de sa veste. Elle n'attendit pas qu'il lui ôte sa culotte et s'en débarrassa d'un mouvement vif tandis qu'il la considérait, le regard intense et avide.

Il enfila la protection et se rallongea sur elle, lui ouvrant les cuisses de ses genoux et s'installant entre ces dernières avant de s'enfoncer profondément en elle.

Elle poussa un cri qu'elle ne se croyait pas capable d'émettre, un pur gémissement de plaisir et de satisfaction. Elle enroula les jambes autour des reins de Brock et s'abandonna à son étreinte, à cette « première fois » qui était encore meilleure que la précédente.

Elle plongea les mains dans ses cheveux, chuchotant à son oreille qu'elle aimait ce qu'il lui faisait, en réclamant encore plus, s'offrant tout entière à lui.

Les sensations montèrent et montèrent, culminant alors qu'elle pensait qu'elles ne pourraient pas s'élever davantage. Elle enfonça les talons dans les hanches de son amant, ses bras le serrant contre elle. Quand il glissa les doigts entre eux pour la caresser à l'endroit où elle brûlait de le sentir, elle se figea, et une vague de jouissance la parcourut, une explosion de bonheur et de plaisir qui la combla à tel point qu'elle ne put que fermer les yeux et s'abandonner.

Avant qu'elle n'ait eu le temps de lui rendre le plaisir qu'il lui avait offert, il atteignit l'orgasme à son tour et se raidit.

Elle l'embrassa dans le cou et sur le torse, s'accrochant à lui de peur de le perdre.

Elle n'avait pas pensé qu'il lui donnerait une seconde chance après ce qu'elle lui avait caché mais, à présent, la possibilité qui lui était accordée la bouleversait. Elle avait baissé ses défenses et se laissa baigner dans le bonheur qui la parcourait, l'espoir secret que leurs vies pouvaient continuer ainsi.

Quand il roula sur le côté, l'entraînant avec elle pour la garder dans ses bras, elle se blottit contre sa poitrine avec une familiarité bienvenue. La plénitude de cet instant l'entourait, et elle savourait cette impression de bien-être qu'elle n'avait plus éprouvée depuis la nuit où sa sœur était revenue en larmes chez elles.

Le souvenir la frappa, brisant son bonheur, mais elle le repoussa, se faisant la promesse qu'elle trouverait un moyen de venger Hope. En cet instant, elle se sentait plus forte que jamais, dans les bras de Brock.

Hope comprendrait sûrement à quel point Brock était important pour Hannah et elle lui permettrait de lui confier le secret qu'elle lui avait caché.

Hannah était tout ce dont il avait rêvé.

Même dans son sommeil, Brock revivait ce qu'il avait partagé avec elle. Il flottait dans un brouillard de bien-être et de bonheur, plus intense que tout ce qu'il avait imaginé et qui le dissuadait de se réveiller.

Il la soulevait dans ses bras, faisant descendre le bout de dentelle sur ses hanches avant de repousser le duvet blanc.

Hannah émettait des gémissements d'approbation sensuels dans son oreille tout en plongeant les mains dans ses cheveux et l'incitant à se courber pour l'embrasser. Des ombres palpitaient sur le lit au rythme des flammes, et il brûlait d'envie de la posséder.

Il n'avait jamais fait l'amour à une femme au cours de leur première rencontre. Il n'avait jamais imaginé une nuit pareille, nimbée d'une passion irrépressible et d'une faim sexuelle qui dépassait toute raison et le submergeait d'ordres exigeants. Mais Hannah était avec lui, ses mains courant sur son torse, le long de ses bras. Et elle l'invitait à aller plus loin, plus vite, plus fort, lui intimant de la toucher, de la goûter.

Il n'en pouvait plus de désir.

Brock se réveilla en sursaut et baissa la tête. Hannah dormait tout contre lui, ses cheveux blonds drapant son épaule comme une couverture. Il écarta les mèches pour la regarder, les vestiges de son songe flottant aux limites de ses souvenirs.

La nuit qu'ils venaient de passer avait été incroyable, mais alors que ses yeux se posaient sur la culotte en dentelle rose qui gisait au bout du lit, il repensa à son rêve. Il était persuadé qu'elle était bleue.

Il la voyait parfaitement, elle était bleu vif. Même le soutien-gorge de Hannah avait été bleu et non rose.

Les tempes douloureuses, il fut parcouru d'un flot d'images. Il montait à cheval avec Hannah qui portait un T-shirt noir, une casquette sur la tête et un legging qui lui permettaient de sentir ses courbes contre ses cuisses.

Ce n'était pas un rêve, c'était la réalité. Un souvenir.

Il se rappelait.

La prise de conscience fut si brutale et représentait un tel soulagement qu'il faillit réveiller Hannah pour lui faire part de la bonne nouvelle. Sauf que, soudain, il eut l'impression de recevoir un coup de poing en plein torse.

Il était allé voir Hannah, au lendemain de leur première nuit, dans un but bien précis, afin de lui demander pourquoi elle avait réagi de façon aussi violente en apprenant son nom de famille. Il se remémorait très bien à présent qu'entendre le patronyme des McNeill l'avait perturbée. Mais pourquoi ?

Il lui avait posé la question.

Elle ne s'était pas montrée honnête avec lui. Et, maintenant, il savait que la veille au soir elle ne lui avait pas dit toute la vérité. Et même s'il avait envie de se dire que ce n'était pas important, ça l'était.

Il s'écarta d'elle, désireux d'avoir le fin mot de l'histoire. Mais avant qu'il n'ait pu la réveiller, son téléphone, qu'il avait posé sur la table de chevet, émit une vibration. Il le prit et vit qu'il avait reçu un SMS de son frère aîné Cody.

Le message sur l'écran n'aurait pas pu le choquer davantage. Le détective privé que sa famille avait engagé voulait parler à Hannah.

12

— Hannah ?

Brock entendit la dureté dans sa voix, mais il ne put ni la réprimer ni l'adoucir. Ce qu'il venait de comprendre était trop grave.

— Hannah, on doit s'habiller.

Il se leva et enfila les vêtements qu'il avait portés pour le mariage.

— Que se passe-t-il ? marmonna-t-elle, somnolente, en s'asseyant dans le lit, le drap tiré sur elle.

— Deux choses, précisa-t-il en boutonnant sa chemise d'un geste impatient, avide d'aller respirer un peu d'air frais et de s'éclaircir les idées. Tout d'abord, Cody nous a demandé de nous rendre chez lui, sur le ranch Black Creek. Il y a eu des rebondissements dans l'affaire de chantage et, apparemment, le détective privé veut te parler.

Il la vit pâlir, l'inquiétude chassant les derniers vestiges de sommeil de son visage.

— À moi ?

— Oui, marmonna-t-il en prenant ses chaussures et en se dirigeant vers la porte. Et deuxième point : j'ai retrouvé la mémoire.

Il n'attendit pas de découvrir sa réaction ou ses explications. Il ne parvenait pas à faire le tri dans ce qui se passait. Pourquoi Hannah l'avait-elle fait revenir dans sa vie alors qu'elle avait volontairement tenté de prendre ses distances après son amnésie ? Pour l'instant, tout ce qu'il arrivait à se dire, c'était qu'il devait se rendre au plus vite chez son frère pour aller au fond du scandale, du chantage, et – ce qui lui était encore plus douloureux – de la tromperie de Hannah.

Une heure plus tard, toute la famille s'était réunie dans le séjour de Cody, doté d'un plafond voûté et d'une cheminée en pierre qui montait jusqu'au deuxième étage, les grandes ouvertures de la pièce laissant entrer le soleil matinal sur trois côtés.

Brock se tenait devant la fenêtre tandis que les jumeaux conféraient à voix basse avec Dax, le détective privé qu'ils avaient engagé. Hannah s'était rapprochée d'Emma et de Jillian dès leur arrivée, ce qui était aussi bien compte tenu du fait que Brock ne voyait pas ce qu'il aurait pu lui dire tant qu'il n'était pas au courant des dernières avancées de l'enquête.

Hannah ne s'était pas montrée honnête envers lui. Même après sa performance de la veille au soir, cette insistance à prétendre lui avoir dit toute la vérité, il ne la croyait pas. Pourquoi n'avait-elle pas dit qu'elle détenait des informations ?

Elle avait enfilé un legging noir et un long T-shirt gris, et avait noué ses cheveux en une queue-de-cheval haute avant de partir. Pour l'instant, elle était assise dans une ottomane à côté d'Emma, près de la cheminée. Madeline et Maisie avaient sorti la nourriture qu'elles avaient prévue pour le petit déjeuner des invités restés pour la nuit : il y avait des viennoiseries, des biscuits, des roulés à la cannelle et autres douceurs, ainsi que du café et des jus de fruits. Brock n'avait pas faim, mais l'odeur des pâtisseries et du pain grillé embaumait l'air, émanant du comptoir de la cuisine ouverte qui occupait toute une partie de l'espace. Son père avait pris une assiette et se servait. Ils attendaient Scarlett et Logan. Lorsque le couple arriva enfin, Dax, un ancien de la police scientifique adepte d'athlétisme, se posta au centre de la pièce.

— Merci à tous d'être venus, dit-il.

L'homme semblait ne pas avoir dormi et de lourds cernes marquaient ses yeux tandis que ses vêtements étaient froissés.

— Voici les dernières nouvelles : hier soir, la police a arrêté Jane Layton, la mère d'Emma, pour s'être introduite sur le ranch Black Creek.

Brock pivota pour observer la petite amie de Carson, assise à côté de Hannah. Celle-ci lui tapotait la cuisse tandis que Carson s'était posté derrière elle et avait posé les mains sur ses épaules. D'après son expression calme, Brock supposa qu'Emma devait déjà être au courant. Maintenant que ses souvenirs étaient revenus, il se rappelait l'avoir rencontrée, il se souvenait aussi du jour où elle avait annoncé ses craintes concernant sa mère. Néanmoins, il ne comprenait pas ce qui avait éveillé ses soupçons. Ce soir-là, il était parti tôt de la réunion familiale, incapable de saisir les enjeux de l'affaire à cause de son amnésie.

Le détective tourna quelques pages de son bloc-notes, ses yeux fixés sur ce qu'il avait écrit, avant de reprendre :

— Jane est en détention provisoire, et je vais bientôt pouvoir transmettre des preuves à la police. Mais avant de développer ce point, Paige et Donovan m'ont demandé de vous révéler certains éléments concernant le passé de Paige pour vous aider à mieux comprendre.

Derrière Dax, Cody accompagna sa compagne enceinte jusqu'à un tabouret haut près du bar et déposa une assiette de fruits devant elle.

Voir ses frères si heureux et amoureux ne faisait qu'amplifier le trou qui s'était creusé dans le cœur de Brock depuis ce matin.

— Eden Harris a volontairement quitté son foyer à l'âge de dix-sept ans grâce à l'assistance de sa belle-mère, Stella Ventura, dit Dax en faisant un signe de tête à l'intention de Paige, avant de reporter son attention sur le reste de l'assemblée. Stella a dissimulé cette fugue en disant au père d'Eden, Emilio Ventura, que celle-ci était partie avec sa mère. Stella a également donné à Eden les coordonnées de quelqu'un qui lui a fourni de nouveaux papiers d'identité et un numéro de sécurité sociale pour changer de nom.

Brock fut satisfait d'entendre ces explications. Il avait pensé qu'il était improbable qu'une adolescente aussi privilégiée et protégée puisse disparaître de la sorte sans laisser de traces mais, avec l'aide de sa belle-mère, cela devenait possible. Son regard se reporta sur Hannah, et il se demanda si l'annonce la surprenait ou si elle était déjà au courant. Une bulle de ressentiment monta en lui à l'idée qu'elle l'avait peut-être manipulé pour se rapprocher des siens.

À côté de Jillian, Cody prit la parole.

— Paige souhaite que nous respections son désir de ne pas parler des raisons de sa fuite, et c'est ce que nous allons faire.

Les avocats de papa collaborent déjà avec une agence gouvernementale pour l'aider à éviter tout ennui juridique pour avoir utilisé un faux nom et un faux numéro de sécurité sociale. Mais nous pensons qu'il est important que tout le monde sache qui l'a aidée à partir, et qui était au courant de sa nouvelle identité, puisque cela rétrécit le champ des potentiels maîtres chanteurs.

Près de lui, Brock vit que Scarlett dissimulait avec difficulté son impatience. Elle passait d'un pied sur l'autre et s'apprêtait à parler quand Logan King enroula un bras autour de sa taille. Le geste parut l'apaiser un peu, et elle se blottit contre son compagnon tandis que le détective reprenait son histoire.

Dax se mit à déambuler devant la cheminée, ses chaussures en cuir crissant dans le silence ambiant alors qu'il tirait un stylo de son attache sur son bloc-notes.

— À part Stella et, comme elle l'a compris plus tard, sa domestique Jane Layton qui avait surpris une conversation le jour du départ d'Eden, personne n'était au courant de la nouvelle identité de celle-ci.

Brock reporta son attention sur Hannah juste à temps pour la voir se mordre la lèvre. Savait-elle quelque chose ? Mais, au même instant, Emma carra les épaules et se redressa sur l'ottomane.

— Ma mère souffre de troubles bipolaires depuis très longtemps, expliqua-t-elle. J'ai toujours su qu'elle avait eu une aventure avec Emilio Ventura, le père de Paige, mais jusqu'à présent, j'ignorais qu'elle avait tenté de faire croire à M. Ventura que j'étais sa fille. Ce qui n'est bien sûr pas le cas. Je ressemble énormément à mon père qui est mort il y a longtemps. Mais je suppose que ma mère a voulu défier, ou narguer, Mme Ventura en prétendant que je pourrais être la fille biologique d'Emilio.

Derrière Emma, Carson secoua la tête.

— Rien de tout cela n'explique pourquoi Jane aurait tenté de faire chanter les McNeill, dit-il en lançant un regard pensif à Paige. À moins qu'elle n'ait cru que Paige paierait pour protéger son secret.

Paige n'avait l'air ni inquiète ni perturbée, songea Brock. En fait, elle paraissait même détendue. Il se demanda si le fait de voir la vérité éclater ne lui avait pas apporté une nouvelle sérénité. En tout cas, elle semblait plus heureuse que jamais.

Elle finit par se mêler à la conversation.

— Carson, je vais te dire ce que j'ai déjà expliqué à Dax. Je ne me rappelle pas avoir jamais croisé Jane Layton. Il faut vous souvenir que je n'étais qu'une adolescente, à l'époque, et que je ne vivais pas chez mon père. J'y ai simplement séjourné quelques années quand ma mère n'allait pas bien.

— Je l'ai rencontré, maman, lâcha soudain Scarlett en se redressant. Je veux dire : ton père. Et, pour ce que ça vaut, je crois que tu lui manques.

Elles se fixèrent quelques instants, une conversation silencieuse semblant se dérouler entre elles, que Brock ne parvenait pas à imaginer. Il se sentait empli de frustration, les épaules raides et les dents serrées. Il en avait plus qu'assez d'attendre des réponses.

— Donc, où en sommes-nous ? dit-il brusquement. Jane est-elle le maître chanteur ou non ?

Il était peut-être abrupt, mais sa famille avait beaucoup subi ces dernières semaines, et lui en particulier, avec son amnésie et cette impression que le sol se dérobait sous ses pieds.

— Et que vient faire Hannah là-dedans ?

Il l'entendit haleter. Il devait encore être trop proche d'elle, même s'ils étaient aux deux extrémités de la pièce. Couper ce lien entre eux serait difficile et douloureux, mais ce serait essentiel s'il voulait aller de l'avant.

Dax lui lança un coup d'œil, l'air mécontent. Peut-être le détective privé aurait-il préféré interroger Hannah seul à seule, mais l'homme reprit contenance assez vite.

— La plupart des éléments incriminant Jane Layton sont indirects, mais les accusations seront plus précises lorsque nous aurons éliminé toutes les pistes reliant *À la conquête de l'Ouest* à la famille Ventura, expliqua-t-il en désignant le petit ami de Scarlett du bout mâchouillé de son stylo. Logan King m'a déjà parlé de sa collaboration avec Antonio Ventura et a un alibi sérieux. La seule autre personne qui a eu accès à la fois aux Ventura et aux McNeill, et qui a un intérêt dans le film, est Hannah Ryder.

Tous les yeux se tournèrent vers elle.

Durant un instant, Hannah se demanda si le détective l'aurait questionnée en public si Brock ne l'y avait pas littéralement poussé. Mais cela n'avait pas d'importance. Aider sa sœur l'avait mise en lien avec une affaire criminelle, et elle ne pouvait entraver le cours de la justice à cause du besoin de secret de Hope.

Elle aurait simplement aimé ne pas avoir à en parler devant toute la famille McNeill.

Cela la blessait encore plus de savoir qu'elle se retrouvait dans cette situation parce que l'homme en qui elle avait le plus confiance au monde se méfiait d'elle. Mais si elle s'autorisait à penser ça, elle ne parviendrait pas à garder son calme durant l'interrogatoire. Elle ne tenait bon que par pur effort de volonté.

— Je peux vous expliquer, dit-elle en se levant, sa nervosité lui donnant envie de marcher, de tripoter ses mains. En effet, cela fait deux mois que j'enquête sur la famille Ventura, j'ai même brièvement travaillé pour une agence d'intérim, en tant que femme de ménage, chez eux. J'ai vu des photos d'Eden Harris et de sa mère dans le bureau d'Emilio Ventura, et Jane Layton, lorsque je l'ai rencontrée, a fait une remarque curieuse à leur propos, ce qui m'a permis de faire le lien entre Eden et Mme McNeill.

— Que cherchais-tu à propos des Ventura ? demanda sombrement Brock. Tu ne m'en as pas parlé, hier soir.

Hannah entendit le mépris dans sa voix. Il la prenait pour une menteuse, une tricheuse, et cela la blessait.

Elle ravala sa détresse et se concentra sur le détective.

— Je peux expliquer pourquoi je l'ai fait, mais comme mon histoire implique une tierce personne qui tient à son anonymat, je souhaiterais raconter le reste en privé.

Elle attendit la réponse de Dax, prête à tout lui révéler. Peut-être cela la soulagerait-il d'en parler à quelqu'un. Le stress que Hope avait vécu les avait toutes deux rongées depuis le début de l'année.

Lorsque le détective hocha la tête, Brock croisa les bras sur sa poitrine.

— Voilà qui est diablement pratique.

Ses mots la figèrent sur place et l'empêchèrent de suivre Dax dans la pièce voisine.

Muette de colère et de stupéfaction, elle le toisa.

— Pardon ?

— Tu ne crois pas que je mérite de savoir ce que tu m'as caché ?

Avant qu'elle ait pu répondre, Paige McNeill se mit debout.

— Brock, s'il te plaît. Ne t'est-il pas venu à l'esprit qu'elle pouvait souhaiter protéger quelqu'un ?

Un sentiment de gratitude emplit le cœur de Hannah comme un baume, même si cela n'apaisait pas complètement la détresse que la rancœur de Brock lui occasionnait. Elle réprima ses larmes et regarda Paige.

Quelque chose dans l'attitude de cette femme, sa manière de redresser le menton, le ton de sa voix, même la façon dont elle se tordait les mains, lui évoquait sa sœur. Elle pensa cela en un éclair mais, en cet instant, elle comprit sans la moindre hésitation pourquoi Eden Harris avait fui la maison des Ventura. Pourquoi Eden était devenue Paige Samara McNeill et n'avait jamais regardé en arrière.

Elle avait été blessée, exactement comme Hope l'avait été et, ce, par la même personne.

— Merci, madame McNeill, murmura Hannah en s'empressant de suivre le détective privé dans la salle à manger de l'autre côté de la grande cheminée.

Une fois sur le seuil, elle s'arrêta, le cœur battant à tout rompre. Elle jeta un coup d'œil en arrière, à la pièce pleine de McNeill, puis à Brock.

Il regardait par la fenêtre donnant sur la cour, l'expression insondable. Il n'avait pas bougé, lui accordant l'entretien privé avec le détective que sa belle-mère avait réclamée. Hannah savait qu'elle l'avait blessé et que, en protégeant sa sœur, elle avait provoqué de profonds dégâts dans sa relation naissante avec Brock.

Peut-être avait-elle fait tout son possible pour aider Hope. Elle avait veillé sur l'intimité de sa cadette de son mieux, et cela risquait de lui coûter son unique chance de bonheur. Après cette discussion, elle téléphonerait à sa sœur et lui demanderait pardon. Elle réclamerait sa compréhension. Mais, pour le moment, Hannah voulait parler à l'homme à qui elle avait donné son cœur et lui offrir les réponses qu'il désirait tant. Pourtant, elle savait déjà que c'était trop tard pour eux.

— Brock ? dit-elle, le voyant lever la tête en entendant son nom.

Leurs regards se croisèrent, et son expression distante la tua un peu de l'intérieur. Elle ressentait la douleur de ce qu'ils avaient perdu, et cela lui coupa le souffle. Pourtant, elle rouvrit la bouche.

— Tu peux venir, si tu veux...

Un homme meilleur lui aurait peut-être fait confiance, aurait compris que ses secrets étaient les siens et n'avaient pas d'importance sur leur relation, mais Brock avait déjà souffert d'une telle trahison. La veille, elle avait admis qu'elle lui avait menti. Comment était-il censé accepter cette nouvelle révélation, ses mensonges ? Elle avait un lien avec les Ventura et ne lui en avait jamais parlé...

Pourtant, malgré ses doutes, Brock suivit Hannah dans la salle à manger et s'assit à côté d'elle pour l'écouter répondre au détective privé.

L'histoire qu'elle raconta lui fit à moitié souhaiter ne jamais l'avoir entendue. Pas parce que la vérité impliquait Hannah, loin de là. Sa belle-mère avait bien compris la raison dont Hannah n'avait pas parlé, et lorsque celle-ci décrivit l'agression d'Antonio Ventura sur Hope Ryder, Brock se demanda si Paige n'avait pas vécu le même enfer à l'époque où elle avait cohabité avec son frère adoptif.

Il devenait évident qu'Eden Harris avait probablement été sa première victime. Et, plus de vingt-six ans plus tard, ce salaud continuait à abuser de jeunes femmes vulnérables et sans défense.

À cette idée, il brûla d'envie d'aller parler à Carson et Cody pour qu'ils aillent faire justice eux-mêmes, mais il savait que ce n'était pas le bon moyen d'arrêter un prédateur sexuel. De surcroît, il avait accepté, en suivant Hannah, de respecter la discrétion que Hope Ryder réclamait.

À présent, comme Hannah avant lui, il portait le poids d'une vérité ignoble qu'il n'avait pas le droit de révéler. Mais il ferait tout son possible pour faire jouer sa fortune et son influence afin de convaincre les victimes d'Antonio Ventura de témoigner, en commençant par sa belle-mère.

Avant cela, il devait parler à Hannah, lui demander pardon pour son manque de confiance mais, à en juger par sa façon de fuir la salle à manger dès que le détective lui avait confirmé avoir suffisamment d'informations, Brock ne pensait pas qu'elle lui accorderait une nouvelle chance.

Décidément, il avait tout raté.

Il se leva et se rendit dans le séjour, où son père lui désigna la porte d'entrée. En effet, par la fenêtre, il vit la queue-de-cheval blonde de la jeune femme rebondir dans son dos alors qu'elle s'éloignait à grands pas.

Il devait la suivre et s'excuser de ne pas avoir eu foi en elle. Mais d'abord il devait faire en sorte que sa famille comprenne quelque chose.

— Carson, dit Brock en ôtant ses mocassins pour attraper une paire de bottes près de la porte sans se préoccuper de leur propriétaire. Je sais que tu as signé un contrat avec la compagnie de production du film et je suis d'accord pour que le tournage reprenne, mais sans Antonio Ventura. Si ce... cette ordure continue à le diriger, tout est fini, quelles qu'en soient les conséquences pour nous.

Assis à côté de Paige, le bras passé autour de sa taille, Donovan hocha la tête avec brusquerie.

— Je paierai tous les avocats qu'il faudra. J'en engagerai une véritable armée, si c'est nécessaire.

Brock se demanda ce que son père savait concernant le réalisateur de *À la conquête de l'Ouest*. Il supposait que Donovan ne connaissait pas l'intégralité de l'histoire non plus, car dans ce cas, Antonio aurait subi un malheureux accident de chasse une semaine plus tôt.

— Merci, papa, dit-il en jetant un regard compatissant à Paige, une pointe de culpabilité le traversant à l'idée de ce qu'elle avait fui, toutes ces années.

Elle s'était cachée d'un monstre pendant bien trop longtemps mais, maintenant, c'était fini.

Il se rapprocha du canapé, se pencha et déposa un baiser sur la joue de sa belle-mère.

— Tu avais raison à propos de Hannah. Je t'aime, maman.

Puis il tourna les talons – dans ses bottes d'emprunt – et prit la porte, fermement décidé à retrouver Hannah et à arranger les choses entre eux.

13

Hannah s'était rendue chez Cody à cheval avec Brock, aussi n'avait-elle d'autre choix à présent que de rentrer à son chalet à pied.

Cela ne la dérangeait pas. Elle avait besoin d'un peu d'air frais après cette réunion intense avec les McNeill, puis la discussion encore plus bouleversante qu'elle avait eue avec le détective privé en présence de Brock. Raconter l'histoire de Hope lui avait coûté, mais elle était soulagée d'avoir enfin dit la vérité. À présent, elle allait faire ses bagages et rentrer chez elle au plus vite.

Sa sœur ne voulait pas qu'elle reste ici, de toute façon, et Hannah s'inquiétait de l'avoir laissée seule si longtemps. Si abandonner le tournage mettait un terme à sa carrière d'actrice, ce n'était pas grave. Elle préférait se ruiner dans une bataille judiciaire pour briser son contrat plutôt que subir un jour de plus les ordres de ce pervers de Ventura. Cette semaine dans le Wyoming lui avait donné un avant-goût d'une autre vie qui lui convenait mieux. Une vie avec des soirées passées à admirer les étoiles, à marcher en plein air, à monter à cheval.

Son cœur saignait à cette idée. Elle savait qu'elle ne ferait plus jamais de balade équestre comme celle qu'elle avait partagée avec Brock.

— Hannah, attends !

La voix derrière elle était inattendue… et féminine.

Hannah mit une main en visière au-dessus de ses yeux pour les abriter du soleil et découvrit Scarlett, une des sœurs de Brock, courir derrière elle. Elles s'étaient brièvement parlé au mariage, la veille, ce qui avait permis à Hannah d'apprendre que la jeune femme venait de déménager à Los Angeles pour entamer une carrière d'actrice. Hannah l'avait invitée à rester en contact avec elle une fois le tournage terminé si elle avait besoin de conseils. Elles avaient même envisagé de déjeuner ensemble.

Mais même si sa proposition avait été sincère, Hannah ne se sentait pas capable de papoter avec Scarlett maintenant, alors qu'elle avait le cœur brisé. Lorsque Scarlett la rejoignit, elle continua à marcher.

— Je suis désolée, Scarlett, mais je dois rentrer chez moi, dit-elle en gardant le regard rivé sur les traces de pneus incrustées dans la terre du chemin qu'elle suivait.

Des cigales chantaient dans les arbres, et le soleil brillait.

— Cette matinée m'a épuisée, je suis vidée de toute énergie.

— Mon frère a exagéré, tout à l'heure, déclara Scarlett en accélérant pour rester à son niveau.

— Il a droit à sa propre opinion, commenta-t-elle.

Elle cligna les yeux pour refouler ses larmes. Sous ses pieds, l'herbe devint floue, et elle se maudit de pleurer pour une chose à laquelle elle ne pouvait rien.

— Pas quand il fait sa mauvaise tête, protesta Scarlett en prenant sa main et en la serrant, la forçant à s'arrêter. Les hommes ne sont pas toujours sur la même longueur d'onde que nous. En tout cas, pas mes frères. Brock comprend l'humeur d'un cheval à l'instant où il pénètre dans l'écurie mais, avec une femme, il en est bien incapable.

Hannah éclata de rire. Ce fut un rire grinçant et un peu nerveux, mais elle appréciait la tentative de Scarlett pour la dérider.

— Non, c'est quelqu'un de bien. C'est moi qui ai tout gâché entre nous en essayant de lui dissimuler des choses.

— Je vois, dit Scarlett en fouillant dans son sac pour lui donner un mouchoir. Et ma mère a visiblement compris tout ce qui n'a pas été dit, tout à l'heure. Toute cette histoire me fait peur.

— Je crois qu'elle s'est enfuie de chez elle à cause de cet homme.

— Antonio, précisa Scarlett. Son père m'a même confié qu'il s'était toujours demandé si son fils adoptif n'était pas un harceleur et si ce n'était pas la raison pour laquelle Eden n'était jamais revenue.

— Il est pire qu'un harceleur, mais je ne peux pas en dire plus...

Soudain, une vibration sous ses pieds la fit s'interrompre. Puis un cheval et son cavalier apparurent au détour d'un virage.

Brock était monté sur Aurora, sa chemise de smoking ouverte au col et ses manches roulées sur ses avant-bras, son pantalon noir enfoncé dans des bottes sombres. Hannah ne put détourner les yeux de lui.

— Hannah, dit Scarlett en pressant ses doigts pour qu'elle la regarde. Je tenais seulement à ce que tu saches que je compte parler à ma mère. Elle n'est plus une adolescente terrifiée, c'est une femme de pouvoir et d'influence, si elle décide de prendre les choses en main. Et je suis sûre qu'elle le fera.

Hannah s'arracha à sa contemplation de Brock.

— Quoi ? Que veux-tu dire ?

Scarlett la fixa, l'air serein. Elle était vêtue avec style et possédait une beauté presque sauvage, avec ses boucles et ses grands yeux bleus. Mais il y avait une forme de détermination, de certitude en elle, une fierté et une force qu'il aurait été dangereux de négliger.

—Je dis que Paige McNeill est une héritière à double titre, et que sa parole aura beaucoup de poids face à un tribunal comme dans l'opinion publique. Si nous pouvons la convaincre de témoigner contre Antonio, la personne que tu essaies de protéger sera vengée.

Hannah réfléchit. Si Paige se dressait contre Antonio, ébruitait sa propre histoire, ce serait la fin de la carrière du réalisateur. Hope y lirait une certaine forme de justice, même si elle ne portait jamais plainte.

Mais peut-être que si elle constatait que d'autres le faisaient, elle oserait, elle aussi...

Du coin de l'œil, elle vit Brock mettre pied à terre et se diriger vers elles.

— Ce serait... fabuleux, admit Hannah, les nerfs noués à l'idée de parler à Brock. Je te remercie.

Cela serait l'aboutissement de tout ce qu'elle avait espéré faire en se rendant à Cheyenne : faire savoir au monde entier qu'Antonio Ventura était un pervers qui ne méritait pas le pont d'or que Hollywood lui avait fait.

Scarlett lui adressa un sourire encourageant avant de reculer d'un pas.

— Je vais commencer ma campagne auprès de maman dès maintenant.

La sœur de Brock repartit dans la direction d'où elle était venue, vers la maison. Hannah se retrouva seule face à l'homme qui l'avait condamnée devant toute sa famille.

— Je m'en vais, lui annonça-t-elle en fourrant le mouchoir que Scarlett lui avait donné dans la poche de sa tunique de yoga. Je pense que cela vaut mieux pour nous deux.

Elle portait des vêtements propres, tandis que Brock avait dû remettre ceux de la veille, mais il ressemblait toujours au héros ténébreux d'un roman de Jane Austen.

— Cela ne vaudrait pas mieux pour moi, Hannah, pas du tout, et je suis désolé de t'avoir mise dans cette position.

Il semblait sincère. D'ailleurs, peut-être l'était-il. Mais cela ne changeait rien à ce qui s'était passé entre eux. Cela ne signifiait pas qu'il lui ferait un jour confiance.

Elle fit courir le bout de sa basket dans l'herbe. La campagne allait lui manquer, tout comme le ciel bleu et les paysages infinis. Elle aurait aimé que Hope puisse les voir.

— Au bout du compte, nos loyautés étaient inconciliables. Pour moi, ma famille passe avant tout. Ma sœur passera toujours avant tout, dit-elle, les larmes aux yeux, brûlant de l'envie de repartir. J'ai hâte de rentrer chez moi, à présent que j'ai pris la décision de le faire. Je peux y aller, maintenant ?

Brock émit un sifflement et, derrière lui, la jument se remit en route, les suivant sans se presser, broutant un brin d'herbe çà et là.

— Je sais que j'ai réagi avec excès, tout à l'heure, déclara-t-il alors qu'ils s'enfonçaient dans le bosquet bordant le ruisseau. Cette semaine, tout a été très… intense. Depuis qu'on se connaît, il y a cette histoire de scandale qui me fait l'effet d'une épée de Damoclès, et un maître chanteur à confondre. Puis mon amnésie m'a empêché d'aider mes proches, alors qu'ils avaient besoin de moi. C'est la raison pour laquelle, quand ma mémoire m'est revenue ce matin et que j'ai continué à avoir l'impression que tu m'avais caché des choses, je n'ai pas bien réagi.

— Tu protèges ta famille, je protège la mienne. Cela nous a mis en conflit.

Et cela lui avait brisé le cœur. Elle repensa à ce qu'il y aurait pu y avoir entre eux si la situation avait été différente.

— Ce ne sera pas toujours le cas, plaida-t-il en cassant une branche morte d'un arbre voisin pour la jeter au loin, à l'écart du chemin. Je veux dire, on n'est pas obligés d'en faire un sujet de discorde permanent.

Elle soupesa ses mots, se demandant si elle avait bien saisi le sens de ses propos, et incapable de réprimer une bouffée d'espoir. L'espoir était dangereux, parce que Hannah brûlait d'envie de faire partie de la vie de Brock, de profiter d'autres promenades à cheval et de soirées sous les étoiles avec lui.

— Je ne comprends pas ce que tu essaies de me dire, finit-elle par déclarer en accélérant, avide de fuir la douleur de l'avoir perdu.

— Je respecte le fait que tu cherches à faire passer ta famille en premier, même si cela nous coûte… à nous, dit-il en se penchant pour cueillir un long brin d'herbe sans ralentir. Mais combien de fois dans une vie avons-nous la chance de faire une rencontre comme la nôtre ? Combien de fois nos familles nous opposeront-elles ?

Hannah secoua la tête.

— Peut-être jamais, mais cela n'a pas d'importance puisque nous avons déjà brisé cette fragile relation que nous étions en train de construire. Tu m'as montré à quel point tu étais prompt à m'accuser. Tu m'as rejetée, tout à l'heure, Brock.

— C'était idiot de ma part, c'est vrai, confirma-t-il, ses bottes s'enfonçant dans une trace de pneus tandis que celles de Hannah suivaient les autres, une bande d'herbe verte les séparant. Mais il faut que tu comprennes que je pensais à ma famille, moi aussi. Lorsque le détective a voulu t'interroger à propos du chantage, je me suis imaginé que tu faisais partie des ennemis des McNeill. Si j'avais eu plus de temps pour analyser la situation, j'aurais su, sans hésiter, que tu ne ferais jamais de mal à mes proches.

Elle réfléchit, essayant de voir les choses de son point de vue et se demandant où cela les mènerait.

— Donc, si je comprends bien, tu veux qu'on fasse la paix, c'est ça ? Qu'on se serre la main et qu'on se sépare bons amis ? s'énerva-t-elle en cessant de marcher. S'il te plaît, explique-moi ce que tu espérais accomplir en me suivant jusqu'ici, Brock, parce que, quoi que tu imagines, je n'aime pas les secrets. Je préférerais qu'on se dise les choses en face, qu'on mette cartes sur table.

Derrière eux, Aurora s'arrêta pour brouter. Hannah reporta son attention sur elle pour éviter le regard de Brock.

— Tu veux la vérité ? Alors la voilà.

Elle sentit un frisson la parcourir. Brock venait de lui caresser la joue avec le brin d'herbe qu'il avait cueilli, l'incitant à lever la tête. Quand elle pivota pour le regarder, il rangea la tige dans sa poche.

— J'ai laissé une précédente relation déteindre sur ce que je savais de toi, Hannah, et j'en suis désolé, dit-il en se rapprochant d'elle. Je me flatte néanmoins de ne jamais faire deux fois la même erreur. Aussi, si tu trouves en toi le courage de me pardonner et de m'accorder une seconde chance, je te promets que je ne te blesserai plus jamais ainsi.

Au-dessus d'eux, un oiseau se mit à chanter, et elle interpréta sa mélodie comme une incitation à saisir cette chance, à ressentir de l'espoir, peut-être même du bonheur.

La tentation était forte, très forte. Brock la scrutait comme si elle était la seule femme au monde – la seule qui ait de l'importance pour lui. Elle brûlait d'envie de le croire, de se dire qu'ils pouvaient être ensemble. C'était une idée entêtante.

— Imaginons une seconde que j'accepte, que je dise : « d'accord, donnons-nous une nouvelle chance », se lança-t-elle, la poitrine emplie de sentiments trop nombreux pour être identifiés.

Parler avec Brock lui faisait l'effet d'ouvrir la boîte de Pandore, et elle avait peur de ne pas être capable de partir si elle entamait cette discussion. Elle secoua la tête, s'efforçant d'afficher une détermination qu'elle ne ressentait pas.

— Qu'est-ce que cela signifierait, Brock ? Hope vit à Los Angeles et elle a besoin de moi. Tu n'es pas un simple cow-boy, tu es un homme d'affaires, avec un cheptel et une famille qui compte sur toi ici. Je ne vois pas comment cela pourrait marcher entre nous.

Alors même qu'elle prononçait ces mots, elle s'aperçut qu'elle espérait qu'il aurait la réponse à sa question. Elle ne pouvait pas nier qu'elle avait envie de faire partie de sa vie.

Brock prit ses mains pour les serrer dans les siennes.

— On pourra s'organiser, je suis sûr qu'on trouvera une solution. Et si Hope et toi voulez vraiment vivre sur la côte ouest, je me débrouillerai pour vous rejoindre. Je peux gérer le programme d'entraînement équestre à distance.

— Tu ferais ça pour moi ? lui demanda-t-elle, essayant d'imaginer la chose.

— Sans hésiter.

— Je n'ai jamais envisagé de proposer à Hope de déménager ici, mais... elle serait peut-être d'accord pour prendre un nouveau départ.

Ses mois de thérapie ne l'avaient pas aidée, mais peut-être un changement de vie lui offrirait-il une chance de guérir.

— Nous ne sommes pas obligés de tout organiser aujourd'hui. Je peux faire l'aller-retour le temps que vous décidiez. Mais je te promets une chose, Hannah : je ferai en sorte que ça marche, déclara-t-il en serrant ses mains dans les siennes. Peut-être que tu pourrais commencer par appeler ta sœur, pour savoir si elle voudrait visiter Cheyenne dès que nous aurons chassé cette ordure de Ventura de nos terres.

— Ce serait super, j'espère que Hope sera d'accord.

Hannah avait envie de fermer les yeux pour protéger cette vision d'espoir. Hope serait avec elle, elle trouverait la paix sur ce domaine magnifique et redeviendrait forte. Sauf que si Hannah fermait les yeux, elle ne pourrait pas garder le regard rivé à celui de cet homme qu'elle aimait et elle ne voulait pas perdre une seconde de cet échange.

— Comme je te l'ai dit, ce sont des détails que nous pourrons organiser au fur et à mesure. Ce que je veux savoir, c'est si nous souhaitons essayer. Je sais déjà à quel point j'en ai envie, dit-il en lui embrassant une paume, puis l'autre. Je t'aime, Hannah.

Les mots traversèrent la brume de confusion dans laquelle

Hannah était plongée avec la précision d'une flèche tirée par l'arc de Cupidon. L'intensité dans les iris bleus de Brock lui coupait le souffle.

— Je t'aime aussi, Brock, admit-elle en secouant la tête, l'inquiétude se dissipant à l'énoncé de ce simple fait. C'est la raison pour laquelle partir me coûtait tant.

Il lui lâcha les mains et enroula les bras autour d'elle pour la serrer contre lui. Elle avait la gorge nouée, mais ce sentiment céda la place au bonheur alors qu'elle s'abandonnait à son étreinte, une chaleur douce la submergeant.

— Je jure de ne plus jamais te faire de mal, dit-il en lui embrassant les cheveux, puis le front. Je ferai tout ce qu'il faut pour te rendre heureuse et t'aider à protéger ta sœur.

Blottie contre lui, elle sourit puis laissa échapper un petit rire.

— Je te fais confiance pour tenir cette promesse.

Elle se pressa contre Brock qui l'embrassa.

Ils se perdirent l'un dans l'autre, leurs bouches scellées, jusqu'à en avoir le souffle coupé. La vision d'un avenir à deux accentuait la passion et l'amour qu'elle ressentait pour lui. Elle s'agrippa à sa chemise, sûre de ce qu'elle désirait : un happy end avec Brock McNeill.

Lentement, il la relâcha, posant son front contre le sien.

— Dans ce cas, nous sommes bien d'accord.

Il caressa ses épaules, la réchauffant d'un simple contact.

— Parfait. Je vais téléphoner à Hope dès que nous serons rentrés à la maison, dit-elle.

Elle voulait également parler à Scarlett. Elle avait le sentiment que la sœur de Brock serait un atout considérable pour aider sa cadette.

— Peut-être pourrions-nous y aller à cheval ?

Elle posa son regard sur Aurora, se rappelant cette première nuit avec Brock.

Son rire entendu lui fit comprendre que lui aussi se souvenait de ce moment délicieux.

Épilogue

Neuf mois plus tard.

Les bagages de Hannah étaient prêts. Elle referma les valises de designer que Brock lui avait offertes à Noël, l'esprit empli de listes et de choses à prévoir pour sa première semaine loin de Hope depuis que sa sœur avait déménagé à Cheyenne à l'automne dernier.

— Tu es sûre que tu as tout pris ? lui demanda Hope, assise sur un tabouret devant la coiffeuse de Hannah, où elle s'était installée avec sa tablette pour superviser les préparatifs.

Hope travaillait depuis deux mois sur une pièce de théâtre, son envie d'écrire lui étant revenue. Son psychiatre disait d'ailleurs que c'était de très bon augure pour sa guérison.

— Je n'ai pas l'impression que tu aies prévu assez d'affaires pour une première à Hollywood et des vacances à l'étranger. Tu dois adopter le mode de vie des McNeill, maintenant, Hannah. Tu as droit à un peu de luxe, reprit-elle en plaisantant à moitié.

Hannah plongea les yeux dans ceux de sa sœur, heureuse d'y lire l'étincelle de bonheur qui y brillait chaque jour un peu plus fort. Bien sûr, Hannah avait de quoi être reconnaissante, ces derniers temps. Antonio Ventura était menacé de prison pour harcèlement et agressions sexuelles. Plus de cinquante femmes, y compris Callie, l'amie de Hannah, avaient porté plainte une fois que la belle-mère de Brock avait raconté son histoire à la police. Hope n'avait pas voulu partager la sienne en public pour le moment, et son thérapeute considérait que l'on devait respecter son cheminement. Hope avait dit qu'elle se sentait suffisamment vengée par le fait que le réalisateur finisse derrière les barreaux, et elle semblait s'épanouir à Cheyenne. Elle avait accepté un travail à temps partiel consistant à faire faire de l'exercice aux chevaux à Creek Spill tout en reprenant ses cours en ligne. Elle parlait de retourner à l'université à l'automne mais, pour le moment, elle avait son propre appartement dans la maison de Brock et Hannah.

— On va dire que je n'ai pas l'instinct d'une star, alors, commenta Hannah.

Elle s'était d'ailleurs plongée avec joie dans le rythme simple des journées sur le ranch et avait développé une affinité pour les bottes de cow-boy qui avaient été le présent « de bienvenue » de Brock lorsqu'elle avait emménagé chez lui.

Comme Hope, elle avait largement trouvé de quoi s'occuper avec les chevaux, en particulier en mettant le site Internet de Brock à jour avec des photos des animaux en cours de dressage, et en effectuant un suivi du progrès de chacun d'eux pour d'éventuels acheteurs. Brock disait que ses comptes rendus avaient fait monter les ventes de son programme et se révélaient très utiles. Mais, comme sa sœur, elle envisageait autre chose. Pour Hannah, cela serait peut-être de la réalisation cinématographique. Elle avait très envie de montrer des récits de femmes sur grand écran, et c'était quelque chose qui lui donnerait également de la flexibilité, ce dont elle aurait besoin pour fonder la famille dont Brock et elle avaient commencé à parler.

Hope referma l'écran de sa tablette et la posa sur la coiffeuse, repliant un pied sous elle.

— C'est drôle que toi, en tant qu'ancienne actrice de Hollywood tu aies déménagé à Cheyenne et oublié comment jouer les divas, tandis que Scarlett, une fille de rancher, s'est installée à Hollywood et s'est fait un nom comme « diva cow-girl ».

Hope faisait allusion au réseau social que Scarlett avait créé et qui attirait des *followers* des quatre coins du globe. Scarlett et Logan King demeuraient un couple en vue, et leurs photos suscitaient toujours autant l'attention. Si Brock voulait savoir ce que mijotait sa cadette, il n'avait qu'à demander à Hope qui lui montrerait les derniers clichés du compte de Scarlett.

Mais la « diva cow-girl » ne s'intéressait pas qu'aux robes de grands couturiers et au maquillage. Scarlett avait joué un rôle prépondérant dans la chute d'Antonio Ventura et avait mené campagne contre lui dans les médias. Hannah l'appréciait beaucoup.

— Diva ou pas, tu remarqueras qu'elle rentre à la maison presque tous les week-ends, lui rappela Hannah dans l'espoir de faire comprendre à sa sœur qu'elle pourrait venir à Cheyenne très souvent si elle décidait de retourner vivre à Los Angeles.

— C'est surtout à cause de Charlotte, ajouta Hope en humant l'une des fioles de parfum de Hannah. Elle adore le bébé de Cody et Jillian.

La petite fille était une double bénédiction, car Jillian avait vaincu, quelques années plus tôt, un cancer du sein et avait cru qu'elle ne pourrait jamais avoir d'enfants. Toutes deux étaient en bonne santé et, peu après la naissance de Charlotte, Emma et Carson avaient annoncé qu'eux aussi attendaient un heureux événement. Emma rayonnait de bonheur depuis qu'ils avaient révélé la nouvelle au cours d'un dîner dominical avec l'intégralité de la famille.

Hélas, la mère d'Emma s'était avérée être bel et bien le maître chanteur de Paige, mais Jane Layton avait été jugée inapte à subir un procès et, d'après Emma, elle semblait plus sereine depuis qu'elle recevait des soins pour les problèmes mentaux qu'on lui avait diagnostiqués sur le tard.

— Évidemment qu'elle est ravie. Nous sommes tous très heureux pour le bébé, confirma Hannah alors que Brock entrait dans la chambre.

— Qui va avoir un bébé ? demanda-t-il, vêtu d'un costume bleu et d'une chemise blanche sans cravate, plus beau, aux yeux de Hannah, que n'importe quel acteur de Hollywood.

C'était l'homme qui faisait battre son cœur d'un seul regard. Un regard comme celui qu'il venait de lui adresser, celui qui sous-entendait qu'ils partageaient un secret. Hannah se sentit brûler de l'intérieur et remercia sa sœur de répondre à sa place.

— Nous parlions de ta petite nièce. Charlotte est adorable, et je crois que nous devrions aller lui rendre visite si vous arrivez à sortir de votre chambre… plaisanta-t-elle en sautant sur ses pieds pour se diriger vers les bagages de Hannah. Vous avez besoin que je vous aide ?

Brock éclata de rire et la dépassa pour récupérer la valise.

— Hors de question. Un de mes employés va charger la voiture et nous emmener à l'aéroport.

— Vraiment ? demanda Hope, l'air intéressée, en prenant le chemin de la porte. J'espère que c'est Chad, il est carrément mignon.

Elle se dépêcha de sortir pour aller regarder par la fenêtre.

— Hannah, tu es prête, mon amour ? s'enquit Brock en l'aidant à se mettre debout. Parée pour assister à la première de *À la conquête de l'Ouest* ?

La compagnie de production avait repris les choses en main après le licenciement d'Antonio. Hannah avait admiré le fait qu'ils n'aient pas voulu que leur nom – ou leur film – soit associé au sien : elle était donc restée sur le plateau et avait repris son rôle sous l'égide d'un nouveau réalisateur.

— Maintenant que je suis fière de figurer au générique, tout à fait, dit-elle en se campant devant lui, laissant son corps s'abandonner contre le sien, déjà impatiente à l'idée de ce qu'ils partageraient cette nuit. Mais je suis surtout contente de t'avoir rien qu'à moi pour quelques jours.

— Comment vais-je faire pour garder mes mains à leur place durant le trajet en voiture ? chuchota-t-il à son oreille, en lui caressant le dos.

— Sans parler de l'avion…, plaisanta-t-elle en reculant d'un pas. Peut-être que je ferais mieux d'être sage…

— Aucun souci pour l'avion, lui promit Brock. Aurais-je oublié de te dire que nous prenions le jet privé de mon grand-père ?

Le patriarche des McNeill continuait à se montrer généreux avec ses parents du Wyoming et les avait tous invités à son mariage avec Rose Hanson. Hannah n'avait jamais assisté à une cérémonie plus romantique que l'union de l'octogénaire pimpant avec la flamboyante ancienne chanteuse de Harlem. Ils formaient un couple parfait.

Hannah sourit, jouant avec les cheveux sur la nuque de Brock.

— Tu n'as pas parlé d'un jet privé, Brock McNeill, je m'en serais souvenue.

— C'est la première des nombreuses surprises que j'ai prévues pour toi cette semaine, lui assura-t-il, laissant son regard glisser sur ses lèvres avant de poser sa bouche sur la sienne et de l'embrasser avec une détermination qui lui coupa le souffle.

S'il avait continué, elle en aurait oublié le voyage imminent tant Brock lui faisait de l'effet.

— Tu veux découvrir une autre surprise ? lui proposa-t-il.

Intriguée, elle s'écarta de lui pour étudier son expression. Ses iris bleus étaient emplis de chaleur et d'amour. Il avait tenu sa promesse de la rendre heureuse...

— D'accord, accepta-t-elle.

Il plongea la main dans la poche de sa veste et en tira un petit écrin en velours. Le cœur de Hannah fit un saut périlleux. Elle avait le regard rivé à cette boîte précieuse.

— Je crois que nous avons bien géré l'organisation de notre quotidien ensemble... entama-t-il d'un ton sérieux et sincère.

— Oui, je suis d'accord.

Le souffle court, elle se rappela cette conversation qu'ils avaient eue neuf mois plus tôt, quand elle avait accepté de lui faire confiance, de leur accorder une seconde chance.

— Ces mois avec toi ont été les plus heureux de toute ma vie, Hannah. Je n'imagine pas passer une autre minute sans toi. J'ai envie d'être avec toi pour toujours, de fonder une famille avec toi, reprit-il en posant un genou en terre devant elle avant d'ouvrir le couvercle de son écrin et de lui saisir la main. Hannah, accepteras-tu de faire de moi le plus heureux des hommes et de m'épouser ?

Hannah n'était pas sûre : étaient-ce ses larmes qui rendaient le diamant rond énorme et brillant, ou était-il simplement magnifique ? Il semblait étinceler de sa propre lumière, scintillant comme une promesse, sur une bande de platine.

Il n'y avait pas le moindre doute dans son esprit.

— Brock, tu as réalisé tous mes rêves, dit-elle en enroulant les bras autour de son cou pour le remettre sur ses pieds afin qu'ils puissent s'enlacer.

Elle riait et pleurait à la fois et l'embrassa tout en même temps.

— Oui, j'ai hâte de t'épouser.

Elle sentit le soupir de soulagement que Brock poussa alors qu'il la serrait contre sa poitrine. Son cœur à lui aussi battait à se rompre, et elle comprit à quel point sa réponse avait été importante pour lui.

Leur amour était un cadeau rare, précieux et profond. Ils restèrent ainsi, dans les bras l'un de l'autre, durant très longtemps.

À l'extérieur, Hannah entendit une voiture klaxonner et sa sœur hurler que leur véhicule était arrivé. Mais elle ne bougea pas. Pas tout de suite. Elle embrassa de nouveau Brock avec amour, consciente que leur histoire ne faisait que commencer.

[illegible]